Hye Won World Best

혈의 누. 귀의 성

이인직 지음

惠園出版社

일러두기

1. 이 책은, 원문은 현대적 감각에 맞게 의역한 곳도 있으나, 국문 본을 참조하여 가능한 원문에 가깝도록 노력하였다.

2. 뜻은 같되 음이 다른 한자는 〔 〕로 묶어 표시했다.

3. 원문에 충실하였으며, 명백한 오자는 현행 맞춤법에 따랐고, 방 언이나 속언은 그대로 살렸다.

4. 대화체의 부호는 “　”으로, 속말·인용 등은 ‘　’의 문장 부호로 통일하였다.

5. 각주(脚註)는 독자의 편의를 위하여 한자어, 인명, 지명, 고사 등 어려운 낱말을 장마다 일련 번호로 표시하여, 즉시 찾아볼 수 있도록 본문 하단에 자세하게 뜻풀이하여 제시했다.

차　　례

혈(血)의 누(淚) ⋯⋯⋯⋯⋯⋯⋯⋯⋯⋯⋯⋯⋯⋯ 5

귀(鬼)의 성(聲) ⋯⋯⋯⋯⋯⋯⋯⋯⋯⋯⋯⋯ 89

작품 바로 읽기 ⋯⋯⋯⋯⋯⋯⋯⋯⋯⋯ 289

작가 연보 ⋯⋯⋯⋯⋯⋯⋯⋯⋯⋯⋯⋯ 301

혈(血)의 누(淚)

혈(血)의 누(淚)

일청전쟁(日淸戰爭)의 총소리는 평양 일경이 떠나가는 듯하더니, 그 총소리가 그치매 사람의 자취는 끊어지고 산과 들에 비린 티끌뿐이라.

평양성 외 모란봉에 떨어지는 저녁 볕은 뉘엿뉘엿 넘어가는데, 저 햇빛을 붙들어 매고 싶은 마음에 붙들어 매지는 못하고 숨이 턱에 닿은 듯이 갈팡질팡하는 한 부인이 나이 삼십이 될락말락하고, 얼굴은 분을 따고 넣은 듯이 흰 얼굴이나 인정없이 뜨겁게 내리 쪼이는 가을볕에 얼굴이 익어서 선 앵둣빛이 되고, 걸음걸이는 허둥지둥하는데 옷은 흘러 내려서 젖가슴이 다 드러나고 치맛자락은 땅에 질질 끌려서 걸음을 걷는 대로 치마가 밟히니, 그 부인은 아무리 급한 걸음걸이를 하더라도 멀리 가지도 못하고 허둥거리기만 한다.

남이 그 모양을 볼 지경이면 저렇게 어여쁜 젊은 여편네가 술 먹고 한길에 나와서 주정한다 할 터이나, 그 부인은 술 먹었다 하는 말은 고사하고 미쳤다, 지랄한다 하더라도 그 따위 소리는 귀에 들리지 아니할 만하더라.

무슨 소회1)가 그리 대단한지 그 부인더러 물을 지경이면 대답할 여가도 없이 옥련이를 부르면서 돌아다니더라.

"옥련아, 옥련아, 옥련아, 옥련아, 죽었느냐 살았느냐. 죽었거든 죽은 얼굴이라도 한 번 다시 만나 보자. 옥련아 옥련아, 살았거든 어미 애를 그만 쓰이고 어서 바삐 내 눈에 보이게 하여라. 옥련아, 총을 맞아 죽었느냐, 창에 찔려 죽었느냐, 사람에게 밟혀 죽었느냐. 어리고 고운 살에 가시가 박힌 것을 보아도 어미된 이내 마음에 내 살이 지겹게 아프던 내 마음이라. 오늘 아침에 집에서 떠나올 때에 옥련이가 내 앞에 서서 아장아장 걸어다니면서, 어머니 어서 갑시다 하던 옥련이가 어디로 갔느냐."

하면서 옥련이를 찾으려고 골몰한 정신에, 옥련이보다 열 갑절 스무 갑절 더 소중하게 생각하는 사람을 잃고도 모르고 옥련이만 부르며 다니다가 목이 쉬고 기운이 탈진하여 산비탈 잔디풀 위에 털썩 주저앉았다가, 혼잣말로

"옥련 아버지는 옥련이 찾으려고 저 건너 산 밑으로 가더니 어디까지 갔누"

하며 옥련이를 찾던 마음이 홀지(忽地)2)에 변하여 옥련 아버지를 기다린다.

기다리는 사람은 아니 오고, 인간 사정은 조금도 모르는 석양은 제 빛 다 가지고 저 갈 데로 가니 산빛은 점점 먹장을 갈아 붓는 듯이 검어지고 대동강 물소리는 그윽한데, 전쟁에 죽은 더운 송장 새 귀신들이 어두운 빛을 타서 낱낱이 일어나는 듯 내 앞에 모여드는 듯하니, 규중(閨中)3)에서 생장한 부인의 마음이라, 무서운 마음에 간이 녹는 듯하여 숨도 크게 쉬지 못하고 앉았는데, 홀연히 언덕 밑에서 사람의 소리가 들리거늘, 그 부인이 가

---

1) 마음에 품고 있는 회포.
2) 갑작스럽게.
3) 부녀가 거처하는 안방.

만히 들은즉 길 잃고 사람 잃고 애쓰는 소리라.

“에그, 깜깜하여라. 이리 가도 길이 없고 저리 가도 길이 없으니 어디로 가면 길을 찾을까. 나는 사나이라, 다리 힘도 좋고 겁도 없는 사람이언마는 이러한 산비탈에서 이 밤을 새고 사람을 찾아다니려 하면 이 고생이 이렇게 대단하거든, 겁도 많고 다녀 보지 못하던 여편네가 이 밤에 나를 찾아다니느라고 오죽 고생이 될까.”

하는 소리를 듣고 부인의 마음에 난리 중에 피란 가다가 부부가 서로 잃고 서로 종적을 모르니 살아 생이별을 한 듯하더니 하늘이 도와서 다시 만나 본다 하여 반가운 마음에 소리를 질렀더라.

“여보, 나 여기 있소. 날 찾아다니느라고 얼마나 애를 쓰셨소.”

하면서 급한 걸음으로 언덕 밑으로 향하여 내려가다가 비탈에 넘어져 구르니, 언덕 밑에서 올라오던 남자가 달려들어서 그 부인을 붙들어 일으키니, 그 부인이 정신을 차려 본즉 북두 갈고리4) 같은 농군의 험한 손이 내 손에 닿으니 별안간에 선뜩한 마음에 소름이 끼치면서 가슴이 덜컥 내려앉고 겁결에 목소리가 나오지 못한다.

그 남자도 또한 난리 중에 제 계집 찾아다니는 사람인데, 그 계집인즉 피란 갈 때에 팔승무명5)을 강풀6) 한 됫박이나 먹였던지 장작같이 풀 센 치마를 입고 나간 터이요, 또 그 계집은 호밋자루, 절굿공이, 다듬잇방망이, 그러한 궂은 일로 자라난 농군의 계집이라, 그 남자가 언덕에서 소리하고 내려오는 계집이 제 계집으로 알고 붙들었는데, 그 언덕에서 부르던 부인의 손은 명주같이 부드럽고 옷은 십이승(十二升)7) 아랫길 세모시8) 치마가 이

---

4) 막일을 많이 하여 험상궂게 생긴 손가락의 비유.
5) 팔승바디를 통하여 짠 무명. 즉 굵은 무명.
6) 물에 개지 않은 된풀.

슬에 눅었는데, 그 농군은 제 평생에 그 옷 입은 그런 손길을 만져 보기는 고사하고 쳐다보지도 못하던 위인이러라.

부인은 자기 남편이 아닌 줄 깨닫고 사나이도 제 계집 아닌 줄 알았더라. 부인은 겁이 나서 간이 서늘하고, 남자는 선녀를 만난 듯하여 흥(興)김, 겁(怯)김에 가슴이 두근거리면서 숨소리는 크고 목소리는 아니 나온다. 그 부인의 마음에, 아까는 호랑이도 무섭고 귀신도 무섭더니, 지금은 호랑이가 와서 나를 잡아먹든지 귀신이 나와서 저놈을 잡아가든지 그런 뜻밖의 일을 기다리나, 호랑이도 아니 오고 귀신도 아니 오고, 눈에 보이는 것은 말 못하는 하늘의 별뿐이요, 이 산중에는 죄없고 힘없는 이내 몸과 저 몹쓸 놈과 단 두 사람뿐이라.

사람이 겁이 나다가 오래 되면 악이 나는 법이라. 겁이 날 때는 숨도 크게 못 쉬다가 악이 나면 반벙어리 같은 사람도 말이 물 퍼붓듯 나오는 일도 있는지라.

"여보, 웬 사람이오. 여보, 대답 좀 하오. 여보, 남을 붙들고 떨기는 왜 그리 떠오. 여보, 벙어리요 도둑놈이오? 도둑놈이거든 내 몸의 옷이나 벗어 줄 터이니 다 가져가오."

그 남자가 못생긴 마음에 어기뚱한9) 생각이 나서 말 한 마디 엄두가 아니 나던 위인이 불 같은 욕심에 말문이 함부로 열렸더라.

"여보, 웬 여편네가 이 밤중에 여기 와서 있소? 아마 시집살이 마다고 도망하는 여편네지. 도망꾼이라도 붙들어다가 데리고 살면 계집 없느니보다 날 터이니 데리고 갈 일이로구. 데리고 가기는 나중 일이어니와…… 내가 어젯밤 꿈에 이 산중에서 장가를

____

7) 가는 실로 썩 곱게 짠 모시.
8) 가늘고 고운 모시.
9) 엉큼한. 엉뚱한.

들었더니 꿈도 신통히 맞힌다.”
하면서 무지막지한 놈의 행위라 불측한10) 소리가 점점 심하니,
그 부인이 죽어서 이 욕을 아니 보리라 하는 마음뿐이나, 어느
틈에 죽을 겨를도 없는지라.

　사람이 생목숨을 버리는 것은 사람이 제일 설워하는 일인데,
죽으려 하여도 죽지도 못하는 그 부인 생각은 어떻다 형용할 수
없는 터이라.

　빌어 보면 좋을까 생각하여 이리 빌고 저리 빌고 각색으로 빌
어 보나 그놈의 귀에 비는 소리가 쓸데없고 하릴없을 지경이라.

　언덕 위에서 웬 사람이 소리를 지르는데 무슨 소린지는 모르나
부인은 그 소리를 듣고 죽었던 부모가 살아온 듯이 기쁜 마음에
마주 소리를 질렀더라.

　“사람 좀 살려 주오……”
하는 소리가 아무리 부인의 목소리라도 죽을 힘을 다 들여서 지
르는 밤소리라 산골이 울리니 언덕 위의 사람이 또 소리를 지른
다. 언덕 위와 언덕 밑이 두 간 길이쯤 되나 지척을 불변(不變)하
는 칠야(漆夜)11)에 서로 모양도 못 보고 또 서로 말도 못 알아듣
는 터이라, 언덕 위의 사람이 총 한 방을 놓으니 밤중의 총소리
라, 산이 울리면서 사람이 모여드는데 일본 보초병들이러라. 누구
는 겁이 많고 누구는 겁이 없다 하는 말도 알 수 없는 말이라. 세
상에 죄 있는 사람같이 겁 많은 사람은 없고, 죄 없는 사람같이
다기(多氣)12) 있는 것은 없다. 부인은 총소리에도 겁이 없고 도리
어 욕을 면한 것만 천행으로 여기는데, 그 남자는 제가 불측한
마음으로 불측한 일을 바라던 차이라, 총소리를 듣고 저를 죽이

---

10) 마음이 음흉한.
11) 아주 캄캄한 밤.
12) 여간 일에는 두려움이 없이 마음이 단단함.

러 온 사람으로 알고 달아난다. 밝은 날 같으면 달아날 생각도 못하였을 터이나, 깜깜한 밤이라 옆으로 비켜 서기만 하여도 알 수 없는 고로 종적(踪跡)13) 없이 달아났더라. 보초병이 부인을 잡아서 앞세우고 가는데 서로 말은 못하고 벙어리가 소를 몰고 가는 듯하다.

계엄중(戒嚴中) 총소리라 평양성 근처에 있던 헌병이 낱낱이 모여들어서 총 놓은 군사와 부인을 데리고 헌병부로 향하여 가니, 그 부인은 어딘지 모르고 가나 성도 보이고 문도 보이는데, 정신을 차려 본즉 평양성 북문(北門)이라.

밤은 깊어 사람의 자취도 없고 사면에서 닭은 홰를 치며 울고 개는 여염집 평대문 개구멍으로 주둥이만 내어놓고 짖는다. 닭소리, 개소리에 부인의 발이 땅에 떨어지지 못하여 걸음을 멈추고 섰는데, 오장이 녹는 듯하고 눈물이 앞을 가린다. 개는 명물이라 밤사람을 알아보고 반가워 뛰어나오다가 헌병이 칼을 빼어 개를 치려하니 개가 쫓겨 들어가며 짖으나 사람도 말을 통치 못하거든 더구나 짐승이야…….

"개야, 너 혼자 집을 지키고 있구나. 우리가 피란 갈 때에 너를 부엌에 가두고 나왔더니 어디로 나왔느냐. 너와 같이 집에 있었더면 이러한 일이 생기지 아니하였을 것을 살 곳 찾아가느라고 죽을 길 고생길로 들어갔다. 나는 살아 와서 너를 다시 본다마는 서방님도 아니 계시다. 너를 귀애하던 옥련이도 없다. 내가 너와 같이 다리 힘이 좋으면 방방곡곡으로 찾아다닐 터이나, 다리 힘도 없고 세상에 만만하고 불쌍한 것은 여편네라 겁나는 것 많아서 못 다니겠다. 닭도 주인 없는 집에서 혼자 울고, 개도 주인 없는 집에서 혼자 짖는구나. 개야, 이리 나오거라. 너는 어디로 잡

---

13) 발자취.

혀 가는지 내 발로 걸어가나 내 마음으로 가는 것은 아니다.”

헌병이 소리를 질러 가기를 재촉하니 부인이 하릴없이 헌병부로 잡혀 가는데 개는 멍멍 짖으며 따라오니 그 개 짖고 나오던 집은 부인의 집이러라.

그날은 평양성에서 싸움 결말나던 날이요, 성중(城中)의 사람이 진저리내던 청인(淸人)이 그림자도 없이 다 쫓겨 나가던 날이요, 철환은 공중에서 우박 쏟아지듯 하고 총소리는 평양성 근처가 다 두려빠지고14) 사람 하나도 아니 남을 듯하던 날이요, 평양 사람이 일병(日兵) 들어온다는 소문을 듣고 일병은 어떠한지, 임진(壬辰) 난리에 평양 싸움 이야기하며 별 공론(空論)이 다 나고 별 염려 다 하던 그 일병이 장마통에 검은 구름 떠들어오듯 성내와 성외에 빈틈없이 들어와 박히던 날이라.

본래 평양성중 사는 사람들이 청인의 작폐(作弊)15)에 견디지 못하여 산골로 피란 간 사람이 많더니, 산중에서는 청인 군사를 만나면 호랑이 본 것 같고 원수 만난 것 같다. 어찌하여 그렇게 감정이 사나우냐 할 지경이면, 청인의 군사가 산에 가서 젊은 부녀를 보면 겁탈하고, 돈이 있으면 빼앗아 가고, 제게 쓸데없는 물건이라도 놀부의 심사같이 장난하니, 산에 피란 간 사람은 난리를 한층 더 겪는다. 그러므로 산에 피란 갔던 사람이 평양성으로 도로 피란 온 사람도 많이 있었더라.

그 부인은 평양성 북문 안에 사는데 며칠 전에 산에 피란 갔다가 산에도 있을 수 없고, 촌에 사는 일가집으로 피란 갔다가 단칸방에서 주인과 손[客]16)과 여덟 식구가 이틀 밤을 앉아 새우고 하릴없이 평양성 내로 도로 온 지가 불과 수일 전이라. 그때 마

---

14) 한 곳을 중심으로 그 부근이 뭉떵 빠져 나가고.
15) 폐단을 지음. 폐를 끼침.
16) 손님.

음에 다시는 죽어도 피란 가지 아니한다 하였더니, 오늘 새벽부터 총소리는 천지를 뒤집어 놓고 사면 산꼭대기 들 가운데에 불비가 쏟아지니 밝기를 기다려서 피란길을 떠났는데, 아무것도 가진 것 없고 젊은 내외와 어린 딸 옥련이와 단 세 식구 피란이라.

성중에는 울음 천지요, 성 밖에는 송장 천지요, 산에는 피란군 천지라. 어미가 자식 부르는 소리, 서방이 계집 부르는 소리, 계집이 서방 부르는 소리, 이렇게 사람 찾는 소리뿐이라. 어린아이를 내버리고 저 혼자 달아나는 사람도 있고, 두 내외 손을 맞붙들고 마주 찾는 사람도 있더니, 석양판에는 그 사람이 다 어디로 가고 없던지 보이지 아니하고, 모란봉 아래서 옥련이 부르고 다니는 부인 하나만 남아 있더라.

그 부인의 남편되는 사람은 나이 스물아홉 살인데, 평양서 돈 잘 쓰기로 이름 있던 김관일이라. 피란길 인해중(人海中)17)에 서로 잃고 서로 찾다가 김관일은 저의 집으로 혼자 돌아와서 그날 밤에 빈 집에 혼자 있다가 밤중에 개가 하도 몹시 짖거늘, 일어나서 대문을 열고 보려 하다가 겁이 나서 열지는 못하고 문틈으로 내다보기도 하였으나 벌써 헌병이 그 부인을 앞세우고 가니, 김관일은 그 부인이 헌병에게 붙들려 가는 줄은 생각 밖이요, 그 부인은 그 남편이 집에 있기는 또한 꿈도 아니 꾸었더라.

김씨는 혼자 빈집에 있어서 밤새도록 잠들지 못하고 별생각이 다 난다. 북문 밖 넓은 들에 철환 맞아 죽은 송장과 죽으려고 숨넘어가는 반송장들은 제각각 제 나라를 위하여 전장에 나와서 죽은 장수와 군사들이라. 죽어도 제 직분이어니와 엎드러지고 곱드러져서18) 봄바람에 떨어진 꽃과 같이 간 곳마다 발에 밟히고 눈

___

17) 수없이 많이 모인 사람들의 속.
18) 걷다가 남에게 걸어채이거나 무엇에 부딪치어 엎드러져서.

에 걸리는 피란꾼들은 나라의 운수런가. 제 팔자 기박하여 평양 백성 되었던가. 땅도 조선 땅이요 사람도 조선 사람이라. 고래 싸움에 새우 등 터지듯이, 우리나라 사람들이 남의 나라 싸움에 이렇게 참혹한 일을 당하는가.

우리 마누라는 대문 밖에 한 걸음 나가 보지 못한 사람이요, 내 딸은 일곱 살 된 어린아이라 어디서 밟혀 죽었는가. 슬프다, 저러한 송장들은 피가 시내 되어 대동강에 흘러들어 여울목 치는 소리 무심히 듣지 말지어다. 평양 백성의 원통하고 설운 소리가 아닌가. 무죄(無罪)히 죄를 받는 것도 우리나라 사람이요, 무죄히 목숨을 지키지 못하는 것도 우리나라 사람이라. 이것은 하늘이 지으신 일이런가, 사람이 지은 일이런가. 아마도 사람의 일은 사람이 짓는 것이다. 우리나라 사람이 제 몸만 위하고 제 욕심만 채우려 하고, 남은 죽든지 살든지, 나라가 망하든지 흥하든지 제 벼슬만 잘하여 제 살만 찌우면 제일로 아는 사람들이라.

평안도 백성은 염라대왕이 둘이라. 하나는 황천에 있고, 하나는 평양 선화당(宣化堂)[19]에 앉았는 감사이라. 황천에 있는 염라대왕은 나이 많고 병 들어서 세상이 귀치 않게 된 사람을 잡아가거니와, 평양 선화당에 있는 감사는 몸 성하고 재물 있는 사람은 낱낱이 잡아가니, 인간 염라대왕으로 집집에 터주[20]까지 겸한 겸관(兼官)이 되었는지, 고사를 잘 지내면 탈이 없고 못 지내면 온 집안에 동토(東土)[21]가 나서 다 죽을 지경이라. 제 손으로 벌어 놓은 제 재물을 마음놓고 먹지 못하고 천생 타고난 제 목숨을 남에게 매어 놓고 있는 우리나라 백성들을 불쌍하다 하겠거든, 더

---

19) 각도의 관찰사(觀察使)가 사무를 보는 정당(正堂). 당헌(棠軒).
20) 집터를 지키는 지신(地神).
21) 동티. 흙을 잘못 다루어 지신(地神)을 노하게 하여 받는 재앙. 공연히 건드려
　　서 스스로 걱정이나 해를 입음을 비유하는 말.

구나 남의 나라 사람이 와서 싸움을 하느니 지랄을 하느니, 그러한 서슬에 우리는 패가하고 사람 죽는 것이 다 우리나라 강하지 못한 탓이라.

오냐, 죽은 사람은 하릴없다. 살아 있는 사람들이나 이후에 이러한 일을 또 당하지 아니하게 하는 것이 제일이다. 제 정신 제가 차려서 우리나라도 남의 나라와 같이 밝은 세상 되고 강한 나라 되어 백성된 우리들이 목숨도 보전하고 재물도 보전하고, 각도(各道) 선화당과 각도 동헌(東軒)22) 위에 아귀(餓鬼)23) 귀신 같은 산 염라대왕과 산 터주도 못 오게 되고, 범 같고 곰 같은 타국 사람들이 우리나라에 와서 감히 싸움할 생각도 아니하도록 한 후이라야 사람도 사람인 듯싶고 살아도 산 듯싶고, 재물 있어도 제 재물인 듯하리로다.

처량하다, 이 밤이여. 평양 백성은 어디 가서 사생(死生) 중에 들었으며, 아귀 같은 염라대왕은 어느 구석에 박혔으며, 우리 처자(妻子)24)는 어떻게 되었는고. 우리 내외 금실이 유명히 좋던 사람이요, 옥련이를 남다르게 귀애하던 가정이라. 그러하나 세상에 뜻이 있는 남자 되어 처자만 구구히 생각하면 나라의 큰일을 못하는지라. 나는 이 길로 천하 각국을 다니면서 남의 나라 구경도 하고 내 공부 잘한 후에 내 나라 사업을 하리라 하고 밝기를 기다려서 평양을 떠나가니, 그 발길 가는 데는 만리 타국이라.

그 부인은 일본군 헌병부로 잡혀 갔으나, 규중(閨中)에서 생장한 부인이 그러한 난리중에 그러한 풍파를 겪었다 하는 말을 듣

---

22) 지방의 고을 원이나 감사(監司)·병사(兵使)·수사(水使) 등이 공사(公事)를 처리하던 대청이나 집.
23) 불교에서 율법을 어기고 악업(惡業)을 저질러 아귀도(餓鬼道)에 떨어진 귀신 (늘 굶주린다고 함).
24) 아내와 자식.

는 자 누가 불쌍타 하지 아니하리요. 통변(通辯)25)이 말을 전하는 대로 헌병장이 고개를 기울이고 불쌍하다 가이없다 하더니, 그 밤에는 군중(軍中)26)에서 보호하고 그 이튿날 제 집으로 돌려보내니, 부인은 하룻밤 동안에 세상 풍파(風波)27)를 다 지내고 본집으로 돌아왔더라.

아침 날 서늘한 기운에 빈 집같이 쓸쓸한 것은 없는데 그 부인이 그 집에 들어와 보더니 처참한 마음이 새로이 나서 이 집구석에서 나 혼자 살아 무엇하리 하면서 마루 끝에 털썩 걸터앉더니 정신없이 모로 쓰러졌다.

어젯날 피란 갈 때에 급하고 겁나는 마음에 밥도 먹지 아니하고 나섰다가 하룻날 하룻밤에 고생한 일은 인간에 나 하나뿐인가 싶은 마음에 배가 고픈지 다리가 아픈지 모르고 지냈더니, 내 집으로 돌아오니 남편도 소식 없고 옥련이도 간 곳 없고, 엉성한 네 기둥과 적적한 마루 위에 덧문 척척 닫힌 방을 보고, 이 몸이 앉은 채로 쓰러져 없었으면 좋으련마는, 그렇지 아니하면 무슨 경황에 내 손으로 저 방문을 열고 내 발로 저 방으로 들어갈까 하는 혼잣말을 다 마치지 못하고 정신을 잃었더라.

평시절 같으면 이웃사람도 오락가락하고 방물장수28)·떡장수도 들락날락할 터인데, 그때는 평양성중에 살던 사람들이 이번 불소리에 다 달아나고 있는 것은 일본 군사뿐이라. 그 군사들이 까마귀떼 다니듯이 하며 이집 저집 함부로 들어간다.

본래 전시국제공법(戰時國際公法)에, 전장에서 피란 가고 사람 없는 집은 집도 점령하고 물건도 점령하는 법이라. 그런고로 군

---

25) 통역.
26) 군대의 안.
27) 세상살이의 어려움이나 고통.
28) 여자에게 소용되는 화장품·바느질 기구·패물 따위를 팔러 다니는 여자.

사들이 빈집을 보면 일삼아 들어간다.

김씨 집에 들어와서 보는 군사들은 마루 끝에 부인이 누웠는 것을 보고 도로 나갈 뿐이라. 아마도 부인을 구하여 줄 사람은 없었더라. 만일 엄동설한에 하룻동안을 마루에 누웠으면 얼어 죽었을 터이나, 다행히 일기(日氣)가 더운 때라 종일 정신없이 마루에 누웠으나 관계치 아니하였더라.

밤이 되매 비로소 정신이 나기 시작하는데 꿈 깨고 잠 깨듯 별안간에 정신이 난 것이 아니라 모란봉에 안개 걷히듯 차차 정신이 난다. 처음에 눈을 떠서 보니 하늘에는 별이 총총하고 다시 눈을 둘러 보니 우중충한 집에 나 혼자 누웠으니 이곳은 어디며 이 집은 뉘 집인지, 나는 어찌하여 여기 와서 누웠는지 곡절을 모른다.

차차 본즉 내 집이요, 차차 생각한즉 여기 와서 걸터앉았던 생각도 나고, 어젯밤에 일본 헌병부로 가던 생각도 나고, 총소리에 사람 모여들던 생각도 나고, 도둑놈에게 욕을 볼 뻔하던 생각이 나면서 새로이 소름이 끼친다.

정신이 번쩍 나고 없던 기운이 번쩍 나서 벌떡 일어앉았으니, 새로 남편 생각과 옥련이 생각만 난다.

안방에는 옥련이가 자는 듯하고, 사랑방에는 남편이 있는 듯하다. 옥련이를 부르면 나올 듯하고, 남편을 부르면 대답을 할 것 같다. 어젯날 지낸 일은 정녕 꿈이라, 내가 악몽을 꾸었지, 지금은 깨었으니 옥련이를 불러 보리라 하고 안방으로 고개를 두르고 옥련아, 옥련아, 옥련아, 부르다가 소름이 죽죽 끼치고 소리가 점점 움츠러진다. 일어서서 안방 문 앞으로 가니, 다리가 덜덜 떨리고 가슴이 두근두근 한다. 방문을 왈칵 잡아당기니 방 속에서 벼락치는 소리가 나며 부인은 외마디 소리를 지르고 주저앉았더라.

어제 아침에 이 방에서 피란 갈 때에는 방 가운데 아무 것도 늘어놓은 것 없었더니, 오늘 아침에 김관일이가 외국에 가려고 결심하고 나갈 때에 무엇을 찾느라고 다락 속 벽장 속에 있는 세간을 낱낱이 내어 놓고 궤문도 열어 놓고, 농문도 열어 놓고, 궤짝 위에 농짝도 놓고 농짝 위에 궤짝도 얹었는데, 단정히 놓인 것도 있지마는 곧 내려질 듯한 것도 있었더라. 방문은 무슨 정신에 닫고 갔던지, 방 안의 벽장문, 다락문은 열린 채로 두었더라.

강아지만한 큰 쥐가 다락에서 나와서 방안에서 제 세상같이 있다가, 방문 여는 소리를 듣고 궤 위에서 방바닥으로 내려 뛰는데, 그 궤가 안동하여[29] 떨어지니, 그 궤는 옥련의 궤라 조개 껍질도 들고 서양철 조각도 들고 방울도 들고 유리병도 들었으니, 그 궤가 떨어질 때는 소리가 조용치는 못하겠으나 부인이 겁결에 들은 즉 벼락치는 소리같이 들렸더라.

부인이 정신을 차려서 당성냥을 찾으려고 방안으로 들어가니, 발에 걸리고 몸에 부딪히는 것이 무엇인지 무서운 마음에 도로 나와서 마루끝에 앉았더라. 이 밤이 초저녁인지 밤중인지 샐 녘인지 모르고 날 새기만 기다리는데, 부인의 마음에는 이 밤이 샐 때가 되었거니 하고 동편 하늘만 바라보고 있더라.

두 날개 탁탁 치며 꼬끼요 우는 소리는 첫닭이 분명한데 이 밤 새우기는 참 어렵도다. 그렇게 적적한 집에 그 부인이 혼자 있어서 하루, 이틀, 열흘, 보름을 지낼수록 경황없고 처량한 마음이 조금도 감(減)하지 아니할 뿐 아니라 날이 갈수록 심란한 마음이 깊어 가더라. 그러면 무슨 까닭으로 세상에 살아 있는고. 한 가지 일을 기다리고 죽기를 참고 있었더라.

피란 갔던 이튿날 방안에 세간이 늘어놓인 것을 보고 남편이 왔던 자취를 알고 부인의 마음에는 남편이 옥련이와 나를 찾아다

---

29) 함께 따라서.

니다가 찾지 못하고 집에 돌아와서 보고 또 찾으러 간 줄로 알고 그 남편이 방향 없이 나서서 오죽 고생을 할까 싶은 마음에 가이 없으면서 위로는 되더니, 그날 해가 지고 저무니 남편이 돌아올 까 기다리는 마음에 대문을 닫지 아니하고 앉아 밤을 새웠더라. 그 이튿날 또 다음날을, 날마다 밤마다 때마다 기다리는데, 사람 의 소리가 들리면 뛰어나가 보고, 개가 짖으면 쫓아가서 본다.

고대하던 마음은 진(盡)하고30) 단망(斷望)31)하는 마음이 생긴 다. 어느 곳에서 사람이 많이 죽었다 하는 소문이 있으면 남편이 거기서 죽은 듯하고, 어느 곳에서는 어린아이 죽었다는 말이 들 리면 내 딸 옥련이가 거기서 죽은 듯하다.

남편이 살아 오거니 하고 고대할 때는 마음을 붙일 곳이 있어 서 살아 있었거니와 죽어서 못 오거니 하고 단망하니 잠시도 이 세상에 있기가 싫다.

부인이 죽기로 결심하고 대동강 물에 빠져 죽을 차로 밤 되기 를 기다려 강가로 향하여 가니, 그때는 구월 보름이라 하늘은 씻 은 듯하고 달은 초롱 같다. 은가루를 뿌린 듯한 백사장에 인적은 끊어지고 백구(白鷗)32)는 잠들었다. 부인이 탄식하여 가로되,

"달아 물어 보자, 너는 널리 보리로다. 낭군이 소식 없고 옥련 은 간 곳 없다. 이 세상에 있으면 집 찾아 왔으련만 일거 무소식 하니 북망객 됨이로다. 이 몸이 혼자 살면 일평생 근심이요. 이 몸이 죽었으면 이 근심 모르리라. 십오 년 부부 정과 일곱 해 모 녀 정이 어느 때 있었던지 지금은 꿈 같도다. 꿈 같은 이내 평생 오늘날 뿐이로다. 푸르고 깊은 물은 갈 길이 저기로다."

이러한 탄식을 마치매 치마를 걷어잡고 이를 악물고 두 눈을

---

30) 없어지고.
31) 희망이 끊어짐.
32) 갈매기.

딱 감으면서 물에 뛰어내리니, 그 물은 대동강이요 그 사람은 김
관일의 부인이라.

　물 아래 뱃나들이[33)]에 한 거룻배[34)]가 비꼈는데, 그 배 속에서
사공 하나와 평양성 내에 사는 고장팔이라 하는 사람과 단둘이
달밤에 밤윷을 노는데, 그 사공과 고가는 각[35)] 어미 자식이나 성
정(性情)[36)]은 어찌 그리 똑같던지, 사공이 고가를 닮았는지, 고가
가 사공을 닮았는지, 벌어먹는 길만 다르나 일만 없으면 두 놈이
함께 붙어 지낸다.

　무엇을 하느라고 같이 붙어 지내는고. 둘 중에 하나만 돈이 있
으면 서로 꾸어 주며 투전을 하고, 둘이 다 돈이 없으면 담배내
기 밤윷이라도 아니 놀고는 못 견딘다. 하루 밥을 굶어라 하면
어렵게 여기지 아니하나 하루 노름을 하지 말라 하면 병이 날 듯
한 놈들이라. 그 밤에도 고가가 그 사공을 찾아가서 단둘이 밤윷
을 놀다가 물 위에서 이상한 소리가 들리나 윷에 미쳐서 정신을
모르다가, 물 위에서 웬 사람이 떠내려 오다가 배에 걸려서 허덕
거리는 것을 보고 급히 뛰어내려서 건진즉 한 부인이라.

　본래 부인이 높은 언덕에서 뛰어 내렸더면 물이 깊고 얕고 간
에 살기가 어려웠을 터이나, 모래톱에서 물로 뛰어들어가니 그
물이 한두 자 깊이가 될락말락한 물이라, 물이 낮아 죽지 아니하
였으나 부인은 죽을 마음으로 빠진 고로 얕은 물이라도 죽을 작
정만 하고 드러누으니 얼른 죽지는 아니하고 물에 떠서 내려가다
가 배에 있던 사람에게 구원된 것이 되었더라.

　화약 연기는 구름에 비 묻어 다니듯이 평양의 총소리가 의주로

---

33) 배가 들고 나는 곳. 나루터.
34) 돛 없는 작은 배.
35) 각각의.
36) 타고난 본성.

올라가더니 백마산에는 철환 비가 오고 압록강에는 송장으로 다리를 놓는다.

평양은 난리 평정이 되고 의주는 새로 난리를 만났으니 가령 화재 만난 집에서 안방에는 불을 잡았으나 건넌방에는 불이 붙는 격이라. 안방이나 건넌방이나 집은 한 집이언만 안방 식구는 제 방에만 불 꺼지면 다행으로 안다. 의주서는 피비 오는데 평양성 중에는 차차 웃음 소리가 난다. 피란 가서 어느 구석에 숨어 있던 사람들이 차차 모여들어서 성중에는 옛 모양이 돌아온다.

집집의 걸어 닫혔던 대문도 열리고, 골목골목에 사람의 자취가 없던 곳도 사람이 오락가락하고, 개 짖고 연기 나는 모양이 세상은 평화된 듯하나, 북문 안의 김관일의 집에는 대문이 닫힌 대로 있고 그 집 문간엔 사람이 와서 찾는 자도 없었더라. 하루는 어떠한 노인이 부담말[負擔馬]37) 타고 오다가 김씨 집 앞에서 말께 내리더니 김씨 집 대문을 흔들어 본즉 문이 걸리지 아니하였거늘 안으로 들어가더니 나와서 이웃집에 말을 묻는다.

"여보, 말 좀 물어 봅시다. 저 집이 김관일 김초시 집이오?"

"네, 그 집이오. 그 집에 아무도 없나 보오."

"나는 김관일의 장인되는 사람인데, 내 사위는 만나 보았으나 내 딸과 외손녀는 피란 갔다가 집 찾아왔는지 아니 왔는지 몰라서 내가 여기까지 온 길이러니, 지금 그 집에 들어가서 본즉 아무도 없기로 궁금하여 묻는 말이오."

"우리도 피란 갔다가 돌아온 지가 며칠 되지 아니하였으니 이웃집 일이라도 자세히 모르겠소."

노인이 하릴없이 다시 김씨 집에 들어가서 자세히 살펴보니 사람은 난리를 만나 도망하고 세간은 도둑을 맞아서 빈 농짝만 남

---

37) 옷·책 따위를 담는 농짝을 싣고 그 위에 사람이 타게 꾸민 말.

왔는데, 벽에 언문 글씨가 있으니, 그 글씨는 김관일 부인의 필적인데, 대동강 물에 빠져 죽으려고 나가던 날의 세상 영결하는 말이라.

노인이 그 필적을 보고 놀랍고 슬픈 마음을 진정치 못하였더라. 그 노인은 본래 평양성내에서 살던 최주사라 하는 사람인데 이름은 항래라. 십 년 전에 부산으로 이사하여 크게 장사하는데, 그때 나이 오십이라. 재산은 유여(有餘)[38]하나 아들이 없어서 양자(養子)하였더니 양자는 합의(合意)치 못하고, 소생은 딸 하나 있으니 그 딸은 편애할 뿐 아니라 그 딸을 기를 때에 최주사는 애쓰고 마음 상하면서 길러 낸 딸이요, 눈살맞고 자라난 딸인데, 그 딸인즉 김관일의 부인이라.

최씨가 그 딸 기를 때의 일을 말하자 하면 소진(消盡)의 혀[39]를 두셋씩 이어 놓고 삼사월 긴긴 해를 몇씩 포개 놓을지라도 다 말할 수 없는 일이러라. 그 부인의 이름은 춘애라. 일곱 살에 그 모친이 돌아가고 계모에게 길렸는데, 그 계모는 부인 범절에는 사사이 칭찬 듣는 사람이나 한 가지 결점이 있으니, 그 흠절은 전실 소생 춘애에게 몹시 구는 것이라. 세간 그릇 하나라도 전실 부인이 쓰던 것이면 무당 불러서 불살라 버리든지 깨뜨려 버리든지 하여야 속이 시원하여지는 성정(性情)이라. 그러한 계모의 성정에 사르지도 못하고 깨뜨리지도 못할 것은 전실 소생 춘애라. 최씨가 그 딸을 옥같이 사랑하고 금같이 귀애하나 그 후취 부인 보는 때는 조금이라도 귀애하는 모양을 보이면 춘애는 그 계모에게 음해(陰害)[40]를 받을 터이라. 그런고로 최주사가 그 딸을 칭찬

---

38) 넉넉함.
39) 소진은 중국 전국시대의 모사(謀士)로 합종책을 써서 6국의 재상이 되었으며 구변이 능란하기로 유명하였음. 소진과 같이 말을 잘하는 사람을 말함.
40) 넌지시 남을 해치는 것.

하고 싶은 때도 그 계모 보는 데는 꾸짖고 미워하는 상을 보이는 일도 많다.

그러면 최주사가 그 후취 부인에게 쥐여 지내느냐 할 지경이면 그렇지도 아니하다.

그 후취 부인은 죽어 백골 된 전실(前室)[41]에게 투기하는 마음 한 가지만 아니면 아무 흠절이 없으니, 그러한 부인은 쇠사슬로 신을 삼아 신고 그 신이 날이 나도록 조선 팔도를 다 돌아다니더라도 그만한 아내는 얻기가 어렵다 하는 집안 공론이다. 최씨가 후취 부인과 금실도 좋고 전취 소생 춘애도 사랑하니, 춘애를 위하여 주려 하면 후실 부인의 뜻을 맞추어 주는 일이 상책이라. 춘애가 어려서부터 총명하고 눈치 빠르기로는 어린아이로 볼 수가 없다. 계모에게 따르기를 생모같이 따르면서 혼자 앉으면 눈물을 씻고 죽은 어머니를 생각하더라. 춘애가 그러한 고생을 하고 자라나서 김관일의 부인이 되었는데, 최씨는 그 딸을 출가한 딸로 여기지 아니하고 젖먹이는 딸과 같이 안다.

평양의 난리 소문이 다른 사람 듣기에는 이웃집에 초상났다는 소문과 같이 심상히 들리나, 부산 사는 최항래 최주사의 귀에는 소름이 끼치도록 놀랍고 심려되더니, 하루는 그 사위 김관일이가 부산 최씨 집에 와서 난리 겪은 말도 하고, 외국으로 공부하러 가고자 하는 목적을 말하니 최씨가 학비를 주어서 외국에 가게 하고, 최씨는 그 딸과 외손녀의 생사(生死)를 자세히 알고자 하여 평양에 왔더니, 그 딸이 대동강 물에 빠져 죽을 차로 벽상에 그 회포를 쓴 것을 보니, 그 딸 기를 때의 불쌍하던 마음이 새로이 나서, 일곱 살에 저의 어머니 죽을 때에 죽은 어미의 뺨을 대고 울던 모양도 눈에 선하고, 계모의 눈살을 맞아서 주접[42]이 들던

---

41) 남의 전처(前妻)를 높이어 이르는 말.

모양도 눈에 선하고, 내가 부산 갈 때에 부녀가 다시 만나 보지 못하는 듯이 낙루(落淚)43)하며 작별하던 모양도 눈에 선한 중에 해는 점점 지고 빈 집에 쓸쓸한 기운은 날이 저물수록 형용하기 어렵더라.

최씨가 데리고 온 하인을 부르는데 근력 없는 목소리로,

"이애 막동아, 부담 떼서 안마루에 갖다 놓아라."

"말은 어디 갖다 매오리까?"

"마방집44)에 갖다 매어라."

"소인은 어디서 자오리까?"

"마방집에 가서 밥이나 사서 먹고 이 집 행랑방에서 자거라."

"나리께서도 무엇을 좀 사다가 잡숫고 주무시면 좋겠습니다."

"나는 술이나 먹겠다. 부담에 달았던 술 한 병 떼어오고 찬합만 끌러 놓아라. 혼자 이 방에 앉아 술이나 먹다가 밤 새거든 새벽길 떠나서 도로 부산으로 가자. 난리가 무엇인가 하였더니 당하여 보니 인간에 지독한 일은 난리로구나. 내 혈육은 딸 하나 외손녀 하나뿐이러니 와서 보니 이 모양이로구나. 막동아, 너같이 무식한 놈더러 쓸데없는 말 같지마는 이후에는 자손 보존하고 싶은 생각 있거든 나라를 위하여라. 우리나라가 강하였더면 이 난리가 아니 났을 것이다. 세상 고생 다 시키고 길러낸 내 딸자식, 나 젊고 무병하건마는 난리에 죽었구나. 역질 홍역 다 시키고 잔주접 다 떨어놓은 외손녀도 난리 중에 죽었구나."

"나라는 양반님네가 다 망하여 놓으셨지요. 상놈들은 양반이 죽으라면 죽었고, 때리면 맞았고, 재물이 있으면 양반에게 빼앗겼고, 계집이 어여쁘면 양반에게 빼앗겼으니, 소인 같은 상놈들은

---

42) 여러 가지 탓으로 생물체가 쇠해지는 상태.
43) 눈물을 떨어뜨림. 또, 그 눈물.
44) 말을 두고 삯짐 싣는 일을 업으로 삼는 집.

제 재물 제 계집 제 목숨 하나를 위할 수가 없이 양반에게 매였으니, 나라 위할 힘이 있습니까. 입 한 번을 잘못 놀려도 죽일 놈이니 살릴 놈이니, 오금을 끊어라 귀양을 보내라 하는 양반님 서슬에 상놈이 무슨 사람값에 갔습니까. 난리가 나도 양반의 탓이올시다. 일청전쟁도 민영춘이란 양반이 청인을 불러왔답니다. 나리께서 난리 때문에 따님아씨도 돌아가시고 손녀아기도 죽었으니 그 원통한 귀신들이 민영춘이라는 양반을 잡아갈 것이올시다.”

하면서 말이 이어 나오니, 본래 그 하인은 주제넘다고 최씨 마음에 불합하나, 이번 난리중 험한 길에 사람이 똑똑하다고 데리고 나섰더니 이러한 심란중에 주제넘고 버릇없는 소리를 함부로 하니 참 난리 난 세상이라. 난리중에 꾸짖을 수도 없고 근심중에 무슨 소리든지 듣기도 싫은 고로 돈을 내어 주며 하는 말이, ‘막동아 너도 나가서 술이나 싫도록 먹어라. 홧김에 먹고 보자’ 하니 막동이는 밖으로 나가고, 최씨는 혼자 술병을 대하여 팔자 한탄하다가 술 한 잔 먹고, 세상 원망하다가 술 한 잔 먹고, 딸 생각이 나도 술 한 잔 먹고, 외손녀 생각이 나도 술 한 잔 먹고, 술이 얼근하게 취하더니 이 생각 저 생각 없이 술만 먹다가 갓 쓴 채로 목침 베고 드러누웠더니 잠이 들면서 꿈을 꾸었더라.

모란봉 아래서 딸과 외손녀를 데리고 피란을 가다가 노략질꾼 도둑을 만나서 곤란을 무수히 겪다가 딸이 도둑을 피하여 가느라고 높은 언덕에서 떨어져 죽는 것을 보고 최씨가 도둑놈을 원망하여 도둑놈을 때려 죽이려고 지팡이를 들고 도둑을 때리니 도둑놈이 달려들어 최씨를 마주 때리거늘, 최씨가 넘어져서 일어나려고 애를 쓰는데 도둑놈이 최씨를 깔고 앉아서 멱살을 쥐고 칼을 빼니 최씨가 숨을 쉴 수가 없어 일어나려고 애를 쓰니 최씨가 분명 가위를 눌린 것이다.

곁에서 사람이 최씨를 흔들며 '아버지, 여기를 어찌 오셨소. 아버지, 아버지!' 하는 소리에 깜짝 놀라 깨치니 남가일몽(南柯一夢)[45]이라. 눈을 떠서 자세히 본즉 대동강 물에 빠져 죽으려고 벽상에 회포를 써서 붙였던 딸이 살아온지라, 기쁜 마음에 정신이 번쩍 나서 생각한즉 이것도 꿈이 아닌가 의심난다.

"이애, 네가 죽으려고 벽상에 유언을 써서 놓은 것이 있더니 어찌 살아왔느냐. 아까 꿈을 꾸니 네가 언덕에서 떨어져 죽었더니 지금 너를 보니 이것이 꿈이냐, 그것이 꿈이냐? 이것이 꿈이어든 이 꿈을 이대로 깨지 말고 십 년 이십 년이라도 이대로 지냈으면 그 아니 좋겠느냐."

하는 말이 최씨 생각에는 그 딸 만나 보는 것이 정녕 꿈같고 그 딸이 참 살아온 사기는 자세히 모른다.

원래 최씨 부인이 물에 빠져 떠내려갈 때에 뱃사공과 고장팔에게 구한 바 되었는데, 장팔의 모와 장팔의 처가 그 부인을 교군(轎軍)[46]에 태워서 저희 집으로 모시고 가서 수일을 극진히 구원하였다가 그 부인이 차차 완인(完人)[47]이 되매 그날 밤 들기를 기다려서 부인이 장팔의 모를 데리고 집에 돌아온 길이라. 장팔의 모는 길가에서 무엇을 사가지고 들어온다 하고 뒤떨어졌는데, 그 부인은 발씨[48] 익은 내 집이라 앞서서 들어온즉 안마루에 부담 상자도 있고 안방에는 불이 켜서 밝은지라. 이전 마음 같으면 부인이 그 방문을 감히 열지 못하였을 터이나 별풍상 다 지내고 지금은 겁나는 것도 없고 무서운 것도 없는지라. 내 집 내 방에 누가 와서 들어앉았는가 생각하면서 서슴지 아니하고 방문을 열

---

45) 꿈과 같이 헛된 한때의 부귀영화.
46) 가마.
47) 병이 완전히 나은 사람.
48) 발걸음이 길에 익은 정도.

어 보니 웬 사람이 자다가 가위를 눌려서 애를 쓰는 모양인데, 자세히 본즉 자기의 부친이라. 부인이 그때에 부친을 만나니 반가운 마음에 아무 말도 아니하고 나오느니 울음뿐이라. 뒤떨어졌던 고장팔의 모가 들어 달아오면서 덩달아 운다.

"에그, 나리마님이 이 난리중 여기 오셨네. 알 수 없는 것은 세상 일이올시다. 나리께서 부산으로 이사 가실 때에 할미는 늙은 것이라 살아서 다시 나리께 뵙지 못하겠다 하였더니 늙은 것은 살았다가 또 뵈옵는데, 어린 옥련 애기와 젊으신 서방님은 어디 가서 돌아가셨는지 나리 오신 것을 못 만나 뵈네."
하는 말은 속에서 솟아나오는 인정이라. 그 노파가 그 인정이 있을 만도 한 사람이라.

고장팔의 모가 본래 최씨 집 종인데 삼십 전부터 드난49)은 아니하나 최씨의 덕으로 살다가 최씨가 이사 갈 때에 장팔의 모는 상전을 따라가고자 하나 장팔이가 노름꾼으로 최씨의 눈 밖에 난 놈이라 최씨를 따라가지 못하고 끈 떨어진 뒤웅박같이 평양에 있었더니, 이번에는 노름 덕으로 대동강 배 속에서 밤잠 아니 자고 있다가 최씨 부인을 구하여 살렸으니, 장팔이 지금은 노름하는 칭찬도 들을 만하게 되었더라.

최씨 부인이 그 부친에게 남편 김씨가 외국으로 유학하러 갔다는 말을 듣고 만리의 이별은 섭섭하나 난리중에 목숨을 보전한 것만 천행으로 여겨서, 부친의 말하는 일을 쳐다보면서 눈에는 눈물이 가득하나 얼굴에는 기쁜 빛을 띠우더라.

"이애 김집50)아, 네 집은 외무주장(外無主張)51)하니 여기서 고단

---

49) 임시로 남의 집 행랑에 붙어 지내며 부엌일을 도와주는 고용살이.
50) '집'은 자기 집안에서 출가한 손아래 여자를 시집의 성(姓) 밑에 붙여 그 집 사람임을 나타내어 부르는 말.
51) 집 안에 살림을 주장할 남자가 없음.

하여 살 수 없을 것이니 나를 따라 부산으로 내려가서 내 집에 같이 있으면 좋지 아니하겠느냐.”

“내가 물에 빠져 죽으려 하기는 가장(家長)이 죽은 줄로 생각하고 나 혼자 세상에 살아 있기가 싫은 고로 대동강에 빠졌더니, 사람에게 건진 바 되어 살아 있다가 가장이 살아서 외국에 유학하러 갔다는 소식을 들었으니 나는 이 집을 지키고 있다가 몇 해 후가 되든지 이 집에서 다시 가장의 얼굴을 만나 보겠으니, 아버지께서는 딸 생각 말으시고 딸 대신 사위의 공부나 잘 하도록 학비나 잘 대어 주시기를 바라나이다. 나는 이 집에서 장팔의 어미를 데리고 박토(薄土)[52] 마지기에서 도지섬 받는 것 가지고 먹고 있겠소. 그러나 옥련이나 있었더면 위로가 되었을걸, 허구한 세월을 어찌 기다리나.”

하는 소리에 최주사가 흉격(胸膈)[53]이 막히나 다사(多事)한 사람이 오래 있을 수 없는 고로 수일 후에 부산으로 내려가고 최씨 부인은 장팔의 어미를 데리고 있으니, 행랑에는 늙은 과부요 안방에는 젊은 생과부가 있어서 김씨를 오기만 기다리고 세월 가기만 기다린다. 밤에는 밤이 길고 낮에는 낮이 긴데 그 밤과 그 낮을 모아 달 되고 해 되니, 천하에 어려운 것은 사람 기다리는 것이라. 부인의 생각에는 인간의 고생이 나 하나뿐인 줄로 알고 있건마는, 그보다 더 고생하는 사람이 또 있으니, 그것은 부인의 딸 옥련이라.

당초에 옥련이가 피란 갈 때에 모란봉 아래서 부모의 간 곳 모르고 어머니를 부르면서 발을 동동 구르다가 난데없는 철환 한 개가 넘어오더니 옥련의 왼편 다리에 박혀 넘어져서 그날 밤을

---

52) 매우 메마른 땅.
53) 심장과 비장 사이의 흉부. 마음. 가슴 속.

그 산에서 목숨이 붙어 있었더니, 그 이튿날 일본 적십자 간호수가 보고 야전병원으로 실어 보내니 군의(軍醫)가 본즉 중상은 아니라. 철환이 다리를 뚫고 나갔는데 군의 말이, '만일 청인(淸人)의 철환을 맞았으면 철환에 독한 약이 섞인지라 맞은 후에 하룻밤을 지냈으면 독기가 몸에 많이 퍼졌을 터이나, 옥련이가 맞은 철환은 일인의 철환이라 치료하기 대단히 쉽다' 하더니, 과연 삼주일이 못 되어서 완연히 평일과 같은지라.

그러나 옥련이는 갈 곳이 없는 아이라. 병원에서 옥련의 집을 물은즉 평양 북문 안이라 하니 병원에서 옥련이가 나이 어리고 또한 정경(情景)54)을 불쌍케 여겨서 통사(通士)55)를 안동하여 옥련의 집에 가서 보라 한즉, 그때는 옥련의 모친이 대동강 물에 빠져 죽으려고 벽상에 그 사정 써서 붙이고 간 후이라, 통변이 그 글을 보고 옥련을 불쌍히 여겨서 도로 데리고 야전병원으로 가니, 군의 정상소좌(井上少佐)가 옥련의 정경을 불쌍히 여기고 옥련의 자품(資稟)56)을 기이하게 여겨 통변을 세우고 옥련의 뜻을 묻는다.

"이애, 너의 아버지와 어머니가 어디로 간지 모르냐?"

"………"

"그러면 네가 내 집에 가서 있으면 내가 너를 학교에 보내어 공부하도록 하여 줄 것이니, 네가 공부를 잘하고 있으면 아무쪼록 너의 나라에 탐지하여 너의 부모가 살았거든 너의 집으로 곧 보내 주마."

"우리 아버지 어머니가 살아 있는 줄을 알고 나를 도로 우리집에 보내 줄 것 같으면 아무 데라도 가고, 아무 것을 시키더라도

---

54) 사람이 처하고 있는 형편.
55) 통역. 통변.
56) 사람된 바탕.

하겠소."

"그러면 오늘이라도 인천으로 보내서 어용선(御用船)57)을 타고 일본으로 가게 할 것이니, 내 집은 일본 대판58)이라. 내 집에 가면 우리 마누라가 있는데, 아들도 없고 딸도 없으니 너를 보면 대단히 귀애할 것이니 너의 어머니로 알고 가서 있거라."

하면서 귀국하는 병상병(病傷兵)59)에게 부탁하여 일본 대판으로 보내니, 옥련이가 교군 바탕을 타고 인천까지 가서 인천서 유선을 타니, 등뒤에는 부모 소식이 묘연하고 눈앞에는 타국 산천이 생소하다.

만일 용렬한60) 아이가 일곱 살에 난리 피란을 가다가 부모를 잃었으면 어미 아비만 생각하고 낯선 사람이 무슨 말을 물으면 눈물이 비죽비죽하고 주접이 덕지덕지하고 묻는 말을 대답도 시원치 못할 터이나, 옥련이는 어디 그러한 영리하고 숙성한 아이가 있었던지 혼자 있을 때는 부모를 보고 싶은 마음에 죽을 듯하나 사람을 대할 때는 어찌 그리 천연하던지, 부모 생각하는 기색이 조금도 없더라. 옥련의 얼굴은 옥을 깎아서 연지분으로 단장한 것 같다.

옥련의 부모가 옥련 이름 지을 때에 옥련의 모양과 같이 아름다운 이름을 짓고자 하여 내외 공론이 무수하였더라. 옥같이 희다 하여 옥이라고 부르는 사람은 옥련이 모친이요, 연꽃같이 번화하다 하여 연화라고 부르는 사람은 옥련의 부친이라.

그 아이 이름 짓던 날은 의논이 부산하다가 구화담판되듯 옥(玉)자, 련(蓮)자를 합하여 옥련(玉蓮)이라고 지은 이름이라. 부모

---

57) 임금이나 왕실에서 쓰던 배.
58) 일본의 '오오사까'를 우리 음으로 읽은 이름.
59) 싸움터에서 병들거나 다친 군인.
60) 변변하지 못하고 졸렬한.

된 사람이 제 자식 귀애하는 마음에 혹 시꺼먼 괴석 같은 것도 옥같이 보는 일도 있고, 누렁퉁이나 호박꽃같이 생긴 것도 연꽃같이 보이는 일도 있기는 있지마는, 옥련이 같은 아이는 옥련의 부모의 눈에만 그렇게 아름다운 것이 아니라 어떠한 사람이든지 칭찬 아니하는 사람이 없고, 또 자식 없는 사람이 보면 빼앗아 갈 것같이 탐을 내서 하는 말에, 옥련이를 잡아가서 내 딸이 될 것 같으면 벌써 집어 갔겠다 하는 사람이 무수하였더라.

그리하던 옥련이가 부모를 잃고 만리타국으로 혼자 가니, 배 안에 들어 있는 사람들은 소일조로 옥련의 곁에 모여들어서 말 묻는 사람도 있고, 조선말을 하지 못하는 사람들은 행중에서 과자를 내어 주니, 어린아이가 너무 괴롭고 성가실 만하련마는 옥련이는 천연할 뿐이라.

만리 창해(滄海)61)에 살같이 빠른 배가 인천서 떠난 지 나흘 만에 대판에 다다르니, 대판에서 내릴 선객들은 각기 제 행장을 수습하여 삼판에 내려가느라고 분요(紛擾)62)하나 옥련이는 행장도 없고 몸 하나뿐이라 혼자 가만히 앉았으니, 어린 소견에도 별 생각이 다 난다.

"남은 제 집 찾아가건마는 나는 뉘 집으로 가는 길인고. 남들은 일이 있어서 대판에 오는 길이거니와 나 혼자 일없이 타국에 가는 사람이라. 편지 한 장을 품에 끼고 가는 집이 뉘 집인고. 이 편지 볼 사람은 어떠한 사람이며, 이내 몸 위하여 줄 사람은 어떠한 사람인가. 딸을 삼거든 딸노릇 하고, 종을 삼거든 종노릇 하고, 고생을 시키거든 고생도 참을 것이요, 공부를 시키거든 일시라도 놀지 않고 공부만 하여 볼까."

---

61) 넓고 푸른 바다.
62) 떠들썩하고 소란함.

이런 생각 저런 생각, 생각만 하느라고 시름없이 앉았더니, 평양서부터 동행하던 병정이 옥련이를 부르는데, 말을 서로 알아듣지 못하는 고로 눈치로 알아듣고 따라 내려가니, 그 병대는 평양 싸움에 오른편 다리에 총을 맞고 옥련이와 같이 야전병원에서 치료하던 사람인데, 철환이 신경맥을 상한 고로 치료한 후에 그 다리가 불편하여 몽둥이에 의지하여 겨우 걸어다니는지라. 그 병대는 앞에서 서서 내려가는데, 옥련이가 뒤에 서서 보다가 하는 말이, 나도 다리에 총 맞았던 사람이라. 내가 만일 저 모양이 되었더라면 자결하여 죽는 것이 편하지 살아서 쓸데 있나, 하는 소리를 옥련의 말 알아듣는 사람이 없으니, 그런 말은 못 듣는 것이 좋건마는, 좋은 마디는 그뿐이라. 옥련이가 제일 답답한 것은 서로 모르는 것이라. 벙어리 심부름하듯 옥련이가 병정 손짓하는 대로만 따라간다.

옥련의 눈에는 모두 처음 보는 것이라. 항구에는 배 돛대가 삼대 들어서듯63) 하고, 저잣거리에는 이층·삼층집이 구름 속에 들어간 듯하고, 지네같이 기어가는 기차는 입으로 연기를 확확 뿜으면서 배에는 천동지동하듯 구르며 풍우같이 달아난다. 넓고 곧은 길에 갔다왔다하는 인력거 바퀴 소리에 정신이 없는데, 병정이 인력거 둘을 불러서 저도 타고 옥련이도 태우니 그 인력거들이 살같이 가는지라. 옥련이가 길에서 아장아장 걸을 때에는 인해(人海) 중에 넘어질까 조심되어 아무 생각이 없더니, 인력거 위에 올라앉으매 새로이 생각만 난다.

'인력거야, 천천히 가고지고. 이 길만 다 가면 남의 집에 들어가서 밥도 얻어 먹고 옷도 얻어 입고, 마음도 불안하고 몸도 불편할 터이로구나. 인력거야, 어서 바삐 가고지고. 궁금하고 알고

---

63) 곧고 긴 물건이 빽빽이 모여섬의 비유.

자 하는 일은 어서 바삐 눈으로 보아야 시원하다. 가품 좋고 인정 있는 사람인지, 집안에서 찬기운 나고 사람에게서 독기가 뚝뚝 떨어지는 집이나 아닌지. 내 운수가 좋으려면 그 집 인심이 좋으련마는 조실부모하고 만리 타국에 유리하는 내 운수에……'

그러한 생각에 눈물이 비 오듯 하며 흑흑 느끼어 우는데 인력거는 벌써 정상 군의(井上軍醫) 집 앞에 와서 내려놓는데, 옥련이가 인력거 그치는 것을 보고 이것이 정상 군의 집인가 짐작하고 조심되는 마음에 작은 몸이 더욱 작아진 듯하다.

슬픈 생각도 한가한 때를 타서 나는 것이다. 눈물이 뚝 그치고 아니 나온다. 옥련이가 눈을 이리 씻고 저리 씻고 부산히 씻는 중에 앞에 섰던 인력거꾼이 무슨 소리를 지르매 계집종이 나와서 문간방에 꿇어앉아서 공손히 말을 물으니 병정이 두어 말 하매 종이 안으로 들어가더니 다시 나와서 병정더러 들어오라 하니, 병정이 옥련이를 데리고 정상 군의 집 안으로 들어갔다.

병정은 정상 부인을 대하여 군의 소식을 전하고 옥련의 사기를 말하고 전지(戰地)의 소경력(小經歷)을 이야기하는데, 옥련이는 정상 부인의 눈치만 본다.

부인의 나인 삼십이 될락말락하니 옥련의 모친과 정동갑이나 아닌지, 연기(年紀)64)는 옥련의 모친과 그렇게 같으나 생긴 모양은 옥련의 모친과 반대만 되었다. 옥련의 모친은 눈에 애교가 있더라. 정상 부인은 눈에 살기만 들었더라. 옥련의 모친은 얼굴이 희고 도화(桃花)65)색을 띠었더니 정상 부인의 얼굴이 희기는 하나 청기(靑氣)가 돈다. 얌전도 하고 쌀쌀도 한데, 군의의 편지를 받아 보면서 옥련이를 흘끔흘끔 보다가 병정더러 무슨 말도 하는

---

64) 대강의 나이.
65) 복숭아꽃.

것은 옥련의 마음에는 모두 내 말 하거니 하고 단정히 앉았는데,
병정은 할 말 다하였는지 작별하고 나가고, 옥련이만 정상 군의
의 집에 혼자 떨어져 있으니 옥련이가 새로이 생소하고 비편(非
便)66)한 마음뿐이라.

"이애 설자야, 나는 딸 하나 났다."

"아씨께서 자녀간에 없이 고적하게 지내시더니 따님이 생겼으
니 얼마나 좋으십니까. 그러나 오늘 낳으신 아기가 대단히 숙성
하오이다."

"설자야, 네가 옥련이를 말도 가르치고 언문[假名]도 잘 가르쳐
주어라. 말을 알아듣거든 하루바삐 학교에 보내겠다."

"내가 작은아씨를 가르칠 자격이 되면 이 댁에 와서 종 노릇을
하고 있겠습니까."

"너더러 어려운 것을 가르쳐 주라 하는 것이 아니다. 심상소학
교(尋常小學校) 일년급 독본이나 가르쳐 주라는 말이다. 네 동생
같이 알고 잘 가르쳐다고. 말을 능통히 알기 전에는 집에서 네가
교사 노릇 하여라. 선생 겸 종 겸 어렵겠다. 월급이나 많이 받으
려무나."

"월급은 더 바라지 아니하거니와 연희장(演戲場) 구경이나 자
주 시켜 주시면 좋겠습니다."

"설자야, 우리 옥련이 데리고 잡점에 가서 옥련에게 맞는 부인
양복이나 사서 가지고 목욕집에 가서 목욕이나 시키고 조선 복색
을 벗기고 양복이나 입혀 보자."

정상 부인은 옥련이를 그렇게 귀애하나 말 못 알아듣는 옥련이
는 정상 부인의 쓸쓸한 모양에 축기(縮氣)67)가 되어 고역 치르듯

---

66) 불편(不便).
67) 기운이 움츠러지는 것.

따라다닌다.

말 못하는 개도 사람이 귀애하는 것을 알거든, 하물며 사람이야. 아무리 어린아이기로 저를 사랑하는 눈치를 모를 리가 없는고로, 수일이 못되어 옥련이가 옹그리고 자던 잠이 다리를 쭉 뻗고 잔다. 정상 부인이 날이 갈수록 옥련이를 귀애하고 옥련이는 날이 갈수록 정상 부인에게 따른다.

옥련의 총명재질은 조선 역사에는 그러한 여자가 있다고 전한 일은 없으니, 조선 여편네는 안방 구석에 가두고 아무것도 가르치지 아니하였은즉, 옥련이 같은 총명이 있더라도 세상에서 몰랐든지, 이렇든지 저렇든지 옥련이는 조선 여편네에게는 비할 곳 없더라.

옥련의 재질은 누가 듣든지 거짓말이라 하고 참말로는 듣지 아니한다. 일본 간 지 반 년도 못되어 일본말을 어찌 그렇게 잘하던지, 정상 군의 집에 와서 보는 사람들이 옥련이를 일본 아이로 보고 조선 아이로는 보지를 아니한다. 정상 부인이 옥련이를 가르치며 저 아이가 조선 아이인데 조선서 온 지가 반 년밖에 아니 된다, 하는 말은 옥련이를 자랑코자 하여 하는 말이나, 듣는 사람은 정상 부인의 농담으로 듣다가 설자에게 자세한 말을 듣고 혀를 홰홰 내두르면서 칭찬하는 소리에 옥련이도 흥이 날 만하겠더라.

'호외(號外), 호외, 호외'라고 소리를 지르며 대판 저자 큰 길로 달음박질하여 돌아다니는 사람들이 둘씩 셋씩 지나가니 옥련이가 학교에 갔다 오는 길에 문을 열고 들어오면서,

"여보 어머니, 저것이 무슨 소리요?"

"네가 온갖 것을 다 알아듣더니 호외는 모르는구나. 그러나 무슨 큰 일이 있는지 한 장 사보자. 이애 설자야, 호외 한 장 사오너라."

“네, 지금 가서 사오겠습니다.”

하면서 급히 나가니 옥련이가 달음박질하여 따라나가면서, ‘이애 설자야, 그 호외를 내가 사오겠으니 돈을 이리 달라’ 하니, 설자가 웃으면서 하는 말이 ‘누구든지 먼저 가는 사람이 호외를 산다’ 하고 달아나니, 설자는 다리가 길고 옥련이는 다리가 짧은 지라. 설자가 먼저 가서 호외 한 장을 사가지고 오는 것을 옥련이가 붙들고 호외를 달라 하여 기어이 빼앗아 가지고 와서 하는 말이,

“어머니, 이 호외를 보고 나 좀 가르쳐 주오.”

정상 부인이 웃으며 받아보니 「대판매일신문」 호외라. 한 줄쯤 보고 깜짝 놀라더니 서너 줄쯤 보고 에그 소리를 하면서 호외를 던지고 아무 소리 없이 눈물이 비 오듯 한다.

“어머니, 어찌하여 호외를 보고 울으시오. 어머니 어머니……”

부인은 대답 없이 눈물만 흘리니, 옥련이가 설자를 부르면서 눈에 눈물이 가랑가랑하니, 설자는 방문 밖에 앉았다가 부인의 낙루하는 것을 못 보고 옥련의 눈만 보고 하는 말이,

“작은아씨가 울기는 왜 울어. 갓 낳은 어린아이와 같이.”

“설자야, 사람 조롱 말고 들어와서 호외 좀 보고 가르쳐다고. 어머니께서 호외를 보고 울으시니 호외에 무슨 말이 있는지 왜 울으시는지 자세히 보아라, 어서 어서.”

“아씨, 호외에 무슨 일이 있습니까. 아씨께서만 보셨으면 좀 보겠습니다.”

설자가 호외를 들고 보다가 씽긋 웃더니 그 아래는 자세히 보지 아니하고 하는 말이,

“아씨, 이것 좀 보십시오. 요동반도가 함락이 되었습니다. 아씨, 우리 일본은 싸움할 적마다 이기니 좋지 아니하옵니까. 에그, 우리나라 군사가 이렇게 많이 죽었나. 아씨, 이를 어찌하나. 우리 댁 영감께서 돌아가셨네. 만국공법(萬國公法)에, 전시에서 적십자

기(赤十字旗) 세운 데는 위태치 아니하다더니 영감께서는 군의시
언마는 돌아가셨으니 웬일이오니까.”

“무엇, 아버지가 돌아가셨어……?”

옥련이는 소리쳐 울고 부인은 소리 없이 눈물만 떨어지고 설자
는 부인을 쳐다보며 비죽비죽 우니 온 집안이 울음빛이라.

호외 한 장이 온 집안의 화기(和氣)68)를 끊어 버렸더라. 정상
군의는 인간의 다시 오지 못하는 길을 가고, 정상 부인은 찬 베
개 빈방에서 적적히 세월을 보내더라.

조선 풍속 같으면 청상과부가 시집가지 아니하는 것을 가장 잘
난 일로 알고 일평생을 근심중으로 지내나, 그러한 도덕상의 죄
가 되는 악한 풍속은 문명한 나라에는 없는 고로, 젊어서 과부가
되면 시집가는 것은 천하 만국에 부끄러운 일이 아니라. 정상 부
인이 어진 남편을 얻어 시집을 간다.

“이애 옥련아, 내가 젊은 터에 평생을 혼자 살 수 없고 시집을
가려 하는데 너를 거두어 줄 사람이 없으니 그것이 불쌍한 일이
로구나……”

옥련의 마음에는 정상 부인이 시집 가는 곳에 부인을 따라가고
싶으나, 부인이 데리고 가지 아니할 말을 하니 옥련이는 새로이
평양성 밑 모란봉 아래서 부모를 잃고 발을 구르며 울던 때 마음
이 별안간에 다시 난다. 옥련이가 부인의 무릎 위에 푹 엎디며
목이 메어 하는 말이,

“어머니, 어머니가 가시면 나는 누구를 믿고 사나.”

“오냐, 나는 죽은 셈만 치려무나.”

“어머니 죽으면 나도 같이 죽지.”

그 소리 한 마디에 부인 가슴이 답답하여 무슨 생각을 하고 있

---

68) 온화한 기색.

더라. 그때 부인이 중매더러 말하기를, 내 한 몸뿐이라 하였는데, 남편 될 사람도 그리 알고 있으니 이제 새로이 딸 하나 있다 하기도 어렵고, 옥련이가 따르는 모양을 보니 차마 떼치기도 어려운 마음이 생긴다.

"이애 옥련아, 울지 말아라. 내가 시집 가지 아니하면 그만이로구나. 내가 이 집에서, 네 공부나 시키고 있다가 십 년 후에는 내가 네게 의지하겠으니 공부나 잘하여라."

"어머니가 참 시집 아니 가고 집에 있어서 날 공부시켜 주시겠소?"

"오냐, 염려 말아라. 어린아이더러 거짓말하겠느냐."

옥련이가 그 말을 듣고 기쁜 마음을 이기지 못하여 여인의 무릎 위에 앉아서 뺨을 대고 어리광을 하더라.

그 후로부터 옥련이가 부인에게 따르는 마음이 더욱 간절하여 학교에 가면 집에 돌아오고 싶은 마음만 있다가 하학(下學)69)시간이 되면 달음박질하여 집에 와서 부인에게 안겨서 어리광만 한다. 그 어리광이 며칠 못되어 눈치꾸러기가 된다.

부인이 처음에는 옥련이의 어리광을 잘 받더니 무슨 까닭인지 옥련이가 어리광을 피면 핀잔만 주고 찬기운이 돈다. 날이 갈수록 옥련이가 고생길로 들고 근심중으로 지낸다.

본래 부인이 시집 가려 할 때에 옥련의 사정이 불쌍하여 중지(中止)하였으나 젊은 부인이 공방(空房)70)에서 고적한 마음이 있을 때마다 옥련이가 미운 마음이 생긴다. 어디서 얻어 온 자식말고 제 속으로 나온 자식일지라도 귀치 아니한 생각이 날로 더하는 모양이라.

---

69) 학교에서 그날의 수업을 마치는 것.
70) 사람이 거처하지 않는 빈 방.

옥련이가 부인에게 귀염받을 때에는 문 밖에 나가기를 싫어하더니, 부인에게 미움받기 시작하더니 문 밖에 나가면 들어오기를 싫어하더라.

부인이 옥련이를 귀애할 때에는 옥련이가 어디 가서 늦게 오면 문에 의지하여 기다리더니, 옥련이를 미워하는 마음이 생기더니 옥련이가 오는 것을 보면, '에그, 저 원수의 것이 무슨 연분이 있어서 내 집에 왔나!' 하면서 눈살을 아드득 찌푸리더라.

옥련이가 앉아도 그 눈살 밑, 서도 그 눈살 밑, 밥을 먹어도 그 눈살 밑, 잠을 자도 그 눈살 밑, 눈살 밑에서 자라나는 옥련이가 눈치만 늘고 눈물만 흔하더라. 하루가 삼추(三秋)71) 같은 그 세월이 삼 년이 되었는데, 옥련이는 심상소학교 입학한 지 사 년이라. 옥련의 졸업식을 당하여 학교에서 옥련이가 우등생이 된 고로 사람마다 칭찬하는 소리가 옥련의 귀에는 조금도 기뻐 들리지 아니한다. 기뻐 들리지 아니할 뿐 아니라 귀가 아프고 듣기 싫더라.

듣기 싫은 중에 더구나 듣기 싫은 소리가 있으니 무슨 소리런가.

"저 아이는 정상 군의의 양녀지. 군의는 요동반도 함락될 때에 죽었다지. 그 부인은 그 양녀 옥련이를 불쌍히 여겨서 시집도 아니 가고 있다지. 에그, 갸륵한 부인일세. 저 철없는 옥련이가 그 은혜를 다 알는지. 알기는 무엇을 알아. 남의 자식이라는 것이 쓸데없나니 참 갸륵한 일일세. 정상 부인이 남의 자식을 길러 공부를 시키려고 젊은 터에 시집을 아니 가고 있으니 드문 일이지."

졸업식에 모인 사람들이 옥련이 재주 있는 것을 추다가72) 옥련의 의모(義母) 되는 부인의 칭찬을 시작하더니, 받고 차기로 말이

---

71) '긴 세월'의 비유.
72) 남을 일부러 칭찬하여 주다가.

끊어지지 아니하니, 옥련이는 그 소리를 들을 적마다 남모르는 설움이 생기더라.

옥련이가 집에 돌아와서 문 열고 들어오면서,

"어머니, 나는 졸업장 받았소."

"이제는 공부 다 하였으니 어미를 먹여살려라. 공부를 네가 한 듯하냐? 내가 시키지 아니하였으면 공부가 다 무엇이냐. 네가 조선서 자랐으면 곧 공부하는 구경도 못하였을 것이다. 네 운수 좋으려고 일청전쟁이 난 것이다. 네 운수 좋았으나 내 운수만 글렀다. 너 하나 공부시키려고 허구한 세월에 이 고생을 하고 있다."

부인이 덕색(德色)73)의 말이 퍼부어 나오니 옥련이가 고개를 숙이고 가만히 생각한즉, 겨우 소학교 졸업한 계집아이가 제 힘으로는 정상 부인을 공양할 수도 없고, 정상 부인의 힘을 또 입으면서 공부하기도 싫고 한 가지 생각만 난다. 이 세상을 얼른 버려 정상 부인의 눈에 보이지 말고 하루바삐 황천(黃泉)74)에 가서 난리중에 죽은 부모를 만나리라 결심하고 천연한 모양으로 부인에게 좋은 말로 대답하고, 그날 밤에 물에 빠져 죽을 차로 대판 항구에로 나가다가 항구에 사람이 많은 고로 사람 없는 곳을 찾아간다.

어스름 달밤은 가깝게 있는 사람을 알아볼 만한데, 이리 가도 사람이 있고 저리로 가도 사람이라. 옥련이가 동으로 가다가 돌쳐서서 서쪽으로 향하다가 도로 돌쳐서서 머뭇머뭇하는 모양이 대단히 수상한지라.

등뒤에서 웬 사람이 '이애, 이애' 부르는데, 돌아다본즉 순검(巡檢)75)이라. 옥련이가 소스라쳐 놀라 얼른 대답을 못하니 순검이

---

73) 남에게 은혜를 베푼 것을 자랑하는 말이나 태도.

74) 저승.

75) 순찰하여 살피는 것. 순경(巡警).

더욱 의심이 나서 앞에 와 서서 말을 묻는다. 옥련이가 대답할 말이 없어서 억지로 꾸며 대답하되, 권공장(勸工場)에 무엇을 사러 나왔다가 집을 잃고 찾아다닌다 하니, 순검이 다시 의심 없이 옥련의 집 통수를 묻더니 옥련이를 데리고 옥련의 집에 와서 정상 부인에게 옥련이가 집 잃었던 사기를 말하니, 부인이 순검에게 사례하여 작별하고 옥련이를 방으로 불러 앉히고 말을 묻는다.

"이애, 네가 무슨 일이 있어서 이 밤중에 항구에 나갔더냐. 미친 사람이 아니어든 동으로 가다, 서로 가다, 남으로 북으로 온 대판을 헤매더라 하니 무엇하러 나갔더냐. 너 같은 딸 두었다가 망신하기 쉽겠다. 신문거리만 되겠다."

그러한 꾸지람을 눈이 빠지게 듣고 있으나 옥련이는 한번 정한 마음이 있는 고로 설움이 더할 것도 없고 내일 밤 되기만 기다린다.

그날 밤에 부인은 과부 설움으로 잠이 들지 못하여 누웠다가 일어나서 껐던 불을 다시 켜고 소설 한 권을 보다가 그 책을 놓고 우두커니 앉아서 무슨 생각을 하는 모양이라.

윗목에서 상직(上直)76) 잠자던 노파가 벌떡 일어나더니 하는 말이,

"아씨, 왜 주무시다가 일어나셨습니까?"

"팔자 사납고 근심 많은 사람이 잠이 잘 오나."

"아씨께서 팔자 한탄하실 것이 무엇 있습니까. 지금도 좋은 도리를 하시면 좋아질 것이올시다. 이때까지 혼자 고생하신 것도 작은아씨 하나를 위하여 그리하신 것이 아니오니까."

"글쎄 말일세. 남의 자식을 위하여 이 고생을 하고 있는 것이

---

76) 당직(堂直). 숙직(宿直).

내가 병신이지."

"그러하거든 작은아씨가 아씨를 고마운 줄이나 알면 좋지마는, 고마워하기는 고사하고 아씨 보면 곁눈질만 살살 하고 아씨에게 진저리를 내는 모양이올시다."

"글쎄 말일세. 내가 저 하나를 위하여 가려 하던 시집도 아니 가고 삼년 사년을 이 고생을 하고 있으니 아무리 어린것일지라도 나를 고마운 줄 알 터인데 고것 그리 발칙하게 구네그려. 오늘 밤 일로 말하더라도 이상한 일이 아닌가. 어린것이 이 밤중에 무엇하러 항구에를 나갔단 말인가. 물에나 빠져 죽으려고 갔던지 모르겠지마는, 내가 제게 무엇을 그리 몹시 굴어서 제가 설운 마음이 있어 죽으려 하였단 말인가. 아무리 생각하여도 모를 일일세. 만일 죽고 보면 세상 사람들은 내가 구박이나 한 줄로 알겠지. 그런 못된 것이 있나."

"죽기는 무엇을 죽어요. 죽을 터이면 남 못 보는 곳에 가서 죽지. 이리 가다가 저리 가다가 대판 바닥을 다 다니다가 순검의 눈에 띄겠습니까. 아씨의 몹쓸 흠만 드러낼 마음으로 그러한 것이올시다. 아씨께서는 고생만 하시고 댁에 계셔도 쓸데 없습니다. 아씨께서 가시려면 진작 가셔야지, 한 나이라도 젊으셨을 때에 가셔야 합니다. 할미는 나이 오십이 되고 머리가 희뜩희뜩하여 생각하면 어느 틈에 나이를 이렇게 먹었던지, 세월같이 무정하고 덧없는 것은 없습니다."

"남도 저렇게 늙었으니 낸들 아니 늙고 평생에 이 모양으로만 있겠나. 어디든지 내 몸 하나 고생 아니할 곳이 있으면 내일이라도 가고 모레라도 가겠다."

부인과 노파는 옥련이가 잠이 든 줄 알고 하는 말인지, 잠은 들었는지 아니 들었는지 말을 듣든지 말든지 관계없이 하는 말인지, 부인이 옥련이를 버리고 시집 가기로 결심하고 하는 말이다.

옥련이는 그날 밤에 물에 빠져 죽으러 나갔다가 죽지도 못하고 순검에서 붙들려 들어와서 정상 부인 앞에서 잠을 자는데, 소리를 삼키고 눈물을 흘리다가 정신이 혼혼(昏昏)77)하여 잠이 잠깐 들었는데 일몽(一夢)78)을 얻었더라.

옥련이가 죽으려고 평양 대동강으로 찾아 나가는데 걸음이 걸리지 아니하여 대동강이 보이면서 갈 수가 없어서 애를 무수히 쓰는데 홀연히 등뒤에서 '옥련아, 옥련아' 부르는 소리가 들리거늘 돌아보니 옥련의 어머니라. 별로 반가운 줄도 모르고 하는 말이, '어머니는 어디로 가시오, 나는 오늘 물에 빠져 죽으러 나왔소' 하니, 옥련의 모친이 하는 말이 '이애 죽지 말아라, 너의 아버지께서 너 보고 싶다 하는 편지를 하셨더라.' 하는 말끝을 마치지 못하여, 정상 부인의 앞에서 노파가 자다가 일어나면서, '아씨 왜 주무시다가 일어났습니까' 하는 소리에 옥련이가 잠이 깨었는데, 그 잠이 다시 들어서 그 꿈을 꾸었으면 좋겠다 하는 생각을 하나 정상 부인과 노파가 받고 차기로 옥련이 말만 하니, 정신이 번쩍 나고 잠이 다 달아나서 그 꿈을 이어 보지 못할지라.

불빛을 등지고 드러누웠는데, 귀에 들리나니 가슴 아픈 소리라. 노파는 부인의 마음 좋도록만 말하니, 부인은 하룻밤 내에 노파와 어찌 그리 정이 들었던지 노파더러 하는 말이,

"여보게, 내가 어디로 가든지 자네는 데리고 갈 터이니 그리 알고 있으라."

하니 노파의 대답이,

"아씨께서 가실 것은 무엇 있습니까. 서방님이 이 댁으로 오시지요. 아씨는 시댁 간다 하지 말고 서방님이 장가 오신다 합시오.

---

77) 정신 아뜩하여 희미한 모양.
78) 한 자리의 꿈.

아씨께서 재물도 있고 이러한 좋은 집도 있으니, 서방님 되시는 이가 재물은 있든지 없든지 마음만 착하시면 좋겠습니다. 작은아씨는 어디로 쫓아 보내시면 그만이지요. 할미는 죽기 전에 아씨만 모시고 있겠으니 구박이나 맙시오.”

부인이 할미더러 포도주 한 병을 가져오라 하면서 하는 말이,

“자네 말을 들으니 내 속이 시원하고 내 근심이 다 어디로 가는지 모르겠네. 내가 아무리 무정한들 자네 구박이야 하겠나. 술이나 먹고 잠이나 자세.”

하더니 포도주 한 병을 둘이 다 따라 먹고 드러눕더니 부인과 노파가 잠이 깊이 드는 모양이더라.

자명종은 새로 세시를 땅땅 치는데, 노파의 코고는 소리는 반자[79]를 울린다. 옥련이가 일어나서 한참을 가만히 앉아서 노파의 드러누운 것을 흘려보며 하는 말이,

“이 몹쓸 늙은 여우야, 사람들 몇이나 잡아먹고 이때까지 살았느냐. 나는 너 보기 싫어 급히 죽겠다. 너는 저 모양으로 백 년만 더 살아라.”

하더니 다시 머리 들어 정상 부인을 보며 하는 말이,

“내 몸을 낳은 사람은 평양 아버지 평양 어머니요, 내 몸을 살려서 기른 사람은 정상 아버지와 대판 어머니라. 내 팔자 기박하여 난리중에 부모 잃고, 내 운수 불길하여 전쟁중에 정상 아버지가 돌아가니, 어리고 약한 이내 몸이 만리 타국에서 대판 어머니만 믿고 살았소. 내 몸이 어머니의 그러한 은혜를 입었는데, 내 몸을 인연하여 어머니 근심되고 어머니 고생되면 그것은 옥련의 죄올시다. 옥련이가 살아서는 어머니 은혜를 갚을 수가 없소. 하루바삐, 한시바삐, 바삐 죽었으면 어머니에게 걱정되지 아니하고

---

79) 방이나 마루의 천장을 평평하게 만드는 시설.

내 근심도 잊어 모르겠소. 어머니, 나는 가오. 부디 근심 말고 지내시오."

하면서 눈물이 비 오듯 하다가 한참 진정하여 일어나더니 문을 열고 나가니 가려는 길은 황천이라.

항구에 다다르니 넓고 깊은 바닷물은 하늘에 닿은 듯한데, 옥련이 가는 곳은 저 길이라. 옥련이가 그 물을 바라보고 하는 말이,

"오냐, 반갑다. 오던 길로 도로 가는구나. 일청전쟁이 일어났을 때에 그 전쟁은 우리집에서 혼자 당한 듯이 내 부모는 죽은 곳도 모르고, 내 몸에는 총을 맞아 죽게 된 것을 정상 군의 손에 목숨이 도로 살아나서 어용선을 타고 저 바다로 건너왔구나. 오기는 물 위의 길로 왔거니와 가기는 물 속 길로 가리로다. 내 몸이 저 물에 빠지거든 이 물에서 썩지 말고 물결 바람결에 몸이 둥둥 떠서 신호마관(神戶馬關) 지나가서 대마도 앞으로 조선해협(朝鮮海峽) 바라보며 살같이 빨리 가서 진남포로 들어가서 대동강 하류에서 역류하여 올라가면 평양 북문 볼 것이니 이 몸이 썩더라도 대동강에서 썩고지고, 물아 부탁하자, 나는 너를 쫓아간다."

하는 소리에 바닷물은 대답하는 듯이 물소리가 솟아쳐서 천하가 다 물소리 속에 있는 것 같은지라. 옥련이가 정신이 아뜩하여 푹 고꾸라졌다. 섧고 원통한 맺힌 마음에 기색(氣塞)[80]을 하였다가 그 기운이 조금 돌면서 그대로 잠이 들어 또 꿈을 꾸었더라.

뒤에서 '옥련아, 옥련아' 부르는 소리만 들리고 사람은 보이지 아니하는데 옥련의 마음에는 옥련의 어머니라. '이애 죽지 말고 다시 한 번 만나 보자' 하는 소리에 옥련이가 대답하려고 말을 냅뜨려[81] 한즉, 소리가 나오지 아니하여 애를 쓰다가 소리를 버

---

80) 과격한 정신 작용으로 호흡이 잠시 멎음.

력 지르면서 옥련이가 정신이 나서 눈을 떠보니 하늘의 별은 총총하고 물소리는 그윽한지라. 기색을 하였던지 잠이 들었던지 정신이 황홀하다. 옥련이가 다시 생각하되 내가 오늘 밤에 꿈을 두 번이나 꾸었는데, 우리 어머니가 나더러 죽지 말라 하였으니, 우리 어머니가 살아 있는가 의심이 나서 마음을 진정하여 고쳐 생각한다.

"어머니가 이 세상에 살아 있어서 평생에 내 얼굴 한 번 보고자 하는 마음으로 하늘이 감동되고 귀신이 돌아보아 내 꿈에 현몽(現夢)[82]하니 내가 죽으면 부모에게 불효이라. 고생이 되더라도 참는 것이 옳은 일이요. 근심이 있더라도 잊어버리는 것이 옳은 일이라. 오냐, 일곱 살부터 지금까지 고생으로 살았으니 죽지 말고 살았다가 부모의 얼굴이나 한 번 다시 보고 죽으리라."
하고 돌쳐서서 대판으로 다시 들어가니, 그때는 날이 새려 하는 때라, 걸음을 바삐 걸어 정상 군의 집 앞에 가서 들어가지 아니하고 가만히 들은즉 노파의 목소리가 들리는지라.

"아씨 아씨, 작은아씨가 어디 갔습니까?"

"응 무엇이야, 나는 한잠에 내처 자고 이제야 깨었네. 옥련이가 어디로 가. 뒷간에 갔는지 불러 보게."

"내가 지금 뒷간에 다녀오는 길이올시다. 안으로 걸었던 대문이 열렸으니, 밖으로 나간 것이올시다."
하는 소리에 옥련이가 들어갈 수 없어서 도로 돌쳐서서 갈 곳이 없는지라.

정한 마음 없이 정거장으로 나가니, 그때 일번(一番)[83] 기차에 떠나려 하는 행인들이 정거장으로 모여드는지라. 옥련의 마음에

---

81) 기운차게 앞질러 하려.
82) 죽은 사람이나 신령이 꿈에 나타나는 것.
83) 첫 번째.

동경(東京)이나 가고 싶으나 동경까지 갈 기차표 살 돈은 없고 다만 이십 전이 있는지라. 옥련이가 대판(大阪)만 떠나서 어디든지 가면 남의 집에 봉공(奉公)[84]하고 있을 터이라 결심하고 자목(茨木 ; 이바라키) 정거장까지 가는 기차표를 사서 일번(一番) 기차를 타니, 삼등차에 사람이 너무 많이 들어서 옥련이가 앉을 곳을 얻지 못하고 섰는데 등뒤에서 웬 서생이 혼자 중얼중얼하는 말이,

"웬 계집아이가 남의 앞에 와 섰다."

하는 소리에 옥련이가 돌아다보니 나이 십칠팔 세 되고 얼굴은 볕에 그을러 익은 복숭아 같고 코는 우뚝 서고 눈은 만판 정신기 있는데, 입기는 양복을 입었으나 양복은 처음 입은 사람같이 서툴러 보이는지라. 옥련이가 돌아다보는 것을 보더니 또 조선말로 혼자 하는 말이,

"그 계집아이 똑똑하다. 재주 있겠다. 우리나라 계집아이 같으면 저러한 것들이 판판히 놀겠지. 여기서는 저런 것들도 모두 공부를 한다 하니 저것은 무엇하는 계집아이인지."

그러한 소리를 곁의 사람이 아무도 못 알아들으나 옥련의 귀에는 알아들을 뿐이 아니라, 대판 온 지 몇 해 만에 고국 말소리를 처음 듣는지라. 반갑기가 측량 없으나 계집아이 마음이라 먼저 말하기도 부끄러운 생각이 있어서 말을 못하고, 옥련이도 혼잣말로 서생의 귀에 들리도록 하는 말이,

"어디 가 좀 앉을 곳이 있어야지, 서서 갈 수가 있나."

하는 소리에, 뒤에 있던 서생이 이상히 여겨서 하는 말이,

"그 아이가 조선 사람인가, 나는 일본 계집아이로 보았더니 조선말을 하네?"

---

84) 나라나 사회를 위하여 힘써 일함.

하더니 서슴지 아니하고 말을 묻는다.

"이애, 네가 조선 사람이 아니냐?"

"네, 조선 사람이오."

"그러면 몇 살에 와서 몇 해가 되었느냐?"

"일곱 살에 와서 지금 열한 살이 되었소."

"와서 무엇 하였느냐?"

"심상소학교에서 공부하고 어제가 졸업식하던 날이오."

"너는 나보다 낫구나. 나는 이제 공부하러 미국으로 가려 하는데, 말도 다르고 글도 다른 미국을 가면 글자 한 자 모르고 말 한 마디 모르는 사람이 어찌 고생을 할는지, 너는 일본에 온 지가 사오 년이 되었다 하니 이제는 고생을 다 면하였겠구나. 어린아이가 공부하러 여기까지 왔으니 참 갸륵한 노릇이다."

"당초에 여기 올 때에 공부할 마음으로 왔으면 칭찬을 들어도 부끄럽지 아니하겠으나, 운수 불행하여 고생길로 여기까지 왔으니 칭찬을 들어도……"

하면서 목이 메는 소리로 눈에 눈물이 가랑가랑하여 고개를 살짝 수그린다.

서생이 물끄러미 보고 서로 아무 말이 없는데, 정거장 호각 한 소리에 기차 화통에서 흑운(黑雲) 같은 연기를 훅훅 내뿜으면서 기차가 달아난다.

옥련의 마음에 자목 정거장에 가면 내려야 할 터인데, 어떠한 집에 가서 어떠한 고생을 할지 앞의 길이 망연한지라[85].

옥련이가 가고자 하는 길을 갈 지경이면 자목 가는 동안에 대단히 더딘 듯하련마는, 기차표대로 자목 외에는 더 갈 수 없는 고로 싫어도 내릴 곳이라. 형세 좋게 달아나는 기차의 서슬은 오

---

85) 아득한지라.

늘 해 전에 하늘 밑까지 갈 듯한데, 자목 정거장이 멀지 아니하다.

"이애, 네가 어디까지 가는지 서서 가면 다리가 아파 가겠느냐?"

"자목까지 가서 내릴 터이오."

"자목에 아는 사람이 있느냐?"

"없어요."

"그러면 자목에 왜 가느냐?"

옥련이가 수건으로 눈을 씻고 대답을 아니하는데, 서생이 말을 더 묻고 싶으나 곁의 사람들이 옥련이와 서생을 유심히 보는지라, 서생이 새로이 시치미를 떼고 창 밖으로 머리를 두르고 먼 산을 바라보나 정신은 옥련이의 눈물나는 눈에만 있더라.

빠르던 기차가 천천히 가다가 딱 멈추면서 반동되어 뒤로 물러나니 섰던 옥련이가 넘어지며 손으로 서생의 다리를 잡으니, 공교히 서생 다리의 신경맥을 짚은지라. 그때 서생은 창 밖만 보고 앉았다가 입을 딱 벌리면서 깜짝 놀라 옥련이가 무심중에 일본말로 실례라 하나, 그 서생은 일본말을 모르는고로 알아듣지는 못하나 외양으로 가엾어 하는 줄로 알고 그 대답은 없이 좋은 얼굴빛으로 딴 말을 한다.

"네 오는 곳이 이 정거장이냐?"

하던 차에 장거수(掌車手)86)가 돌아다니면서 '자목 자목, 자목 자목, 자목' 자목이라 소리를 지르며 문을 여니 옥련이는 어린 몸에 일본 풍속에 젖은 아이라 서생을 향하여 허리를 굽히며 또 일본말로 작별 인사 하면서 기차에 내려가니, 구름같이 내려가는 행인 중에 나막신 소리뿐이라.

---

86) 전차 차장을 이르던 말.

　서생은 정신이 얼떨떨한데, 옥련이 가는 모양을 보고자 하여 창 밖으로 내다보니 사람에 섞이어서 보이지 아니하는지라. 서생이 가방을 들고 옥련이를 쫓아 나가다가 정거장 나가는 어귀에서 만난지라. 옥련이가 이상히 보면서 말없이 나가니 서생도 또한 아무 말 없이 따라 나가더라.

　옥련이가 정거장 밖으로 나가더니 갈 바를 알지 못하여 우두커니 섰거늘, 벌어먹기에 눈에 돈 동록(銅綠)[87]이 앉은 인력거꾼은 옥련의 뒤를 따라가며 인력거를 타라 하니, 돈 없고 갈 곳 모르는 옥련이는 거들떠 보지도 아니하고 섰다.

　“이애, 내가 네게 청할 일이 있다. 나는 일본에 처음으로 오는 사람이라 네게 물어 볼 일이 있으니, 주막으로 잠깐 들어갔으면 좋겠으니 네 생각에 어떠하냐?”

　“그러면 저기 여인숙(旅人宿)이 있으니 잠깐 들어가서 할 말을 하시오.”

하면서 앞서 가니, 자목에 처음 오기는 서생이나 옥련이나 일반이건마는, 옥련이는 자목에 몇 번이나 와서 본 사람과 같이 익달한[88] 모양으로 여인숙으로 들어가더라.

　여인숙 하인이 삼층집 제일 높은 방으로 인도하고 내려가니, 서생은 모두 처음 보는 것이라. 정신이 황홀하여 옥련이 만난 것을 다행히 여긴다.

　“이애, 내가 여기만 와도 이렇듯 답답하니 미국에 가면 오죽하겠느냐. 너는 타국에 와서 오래 있었으니 별물정 다 알겠구나. 우선 네게 좀 배울 것도 많거니와, 만리 타국에서 뜻밖에 만났으니 서로 있는 곳이나 알고 헤지자. 나는 공부하고자 하는 마음으로

---

87) 구리 거죽에 돋는 푸른빛의 물질. 곧, 벌려고 몹시 애타하는 것.
88) 숙달. 손에 익어 서툴지 아니한.

부모도 모르게 미국에 갈 차로 나섰더니, 불과 여기를 와서 이렇듯 답답한 생각만 나니 어찌하면 좋을지 모르겠다.”

하는 소리에 옥련이는 모르는 고국 사람을 만난 것 같지 아니하고 친부모나 친형제를 만난 것 같다.

모란봉 아래서 발을 구르고 울던 일부터 대판 항구에서 물에 빠져 죽으려던 일까지 낱낱이 말한다.

“그러면 우리 둘이 미국으로 건너가서 공부나 하고 있다가 너의 부모 소식을 듣거든 너 먼저 고국으로 가게 해 주마.”

“………”

“오냐, 학비는 염려 말아라. 우리들이 나라의 백성 되었다가 공부도 못하고 야만을 면치 못하면 살아서 쓸데 있느냐. 너는 일청전쟁을 너 혼자 당한 듯이 알고 있나 보다마는, 우리나라 사람이 누가 당하지 아니한 일이냐. 제 곳에 아니 나고 제 눈에 못 보았다고 태평성세로 아는 사람들은 밥벌레라. 사람이 밥벌레가 되어 세상을 모르고 지내면 몇 해 후에는 우리나라에서 일청전쟁 같은 난리를 또 당할 것이라. 하루 바삐 공부하여 우리나라의 부인 교육은 네가 맡아 문명길을 열어 주어라.”

하는 소리에 옥련의 첩첩한 근심이 씻은 듯이 다 없어졌는지라.

그 길로 황빈(黃濱)까지 가서 배를 타니, 태평양 넓은 물에 마름89)같이 떠서 화살같이 밤낮 없이 달아나는 화륜선(火輪船)이 삼 주일 만에 상항(桑港)90)에 이르러 닻을 주니 이곳부터 미국이라. 조선서 낮이 되면 미국에는 밤이 되고 미국에서 밤이 되면 조선서는 낮이 되어 주야가 상반되는 별천지라. 산도 설고 물도 설고 사람들도 처음 보는 인물이라. 키 크고 코 높고 노랑머리

---

89) 마름과의 한해살이풀.
90) 샌프란시스코.

흰 살빛에, 그 사람들이 도덕심이 배가 툭 처지도록 들었더라도 옥련의 눈에는 무섭게만 보인다.

서생과 옥련이가 육지에 내려서 갈 바를 알지 못하여 공론이 부산하다.

"이애 옥련아, 네가 영어를 할 줄 아느냐. 조금도 모르느냐. 한 마디도…… 그러면 참 딱한 일이로구나. 어디인지 물어볼 수가 없구나."

사오 층 되는 높은 집은 구름 속 하늘 밑에 닿은 듯한데, 물끓 듯 하는 사람들이 돌아들고 돌아나는 모양은 주막집 같은 곳도 많이 보이나 언어를 통치 못하는 고로 어린 서생이 어찌하면 좋을지 알지 못하여 옥련이가 지향없이 사람을 대하여 일어로 무슨 말을 물으니, 서생의 마음에는 옥련이가 영어를 조금 알면서 겸사로 모른다 한 줄로 알고 알아듣지도 못하는 소리를 바싹 들어서 듣는다. 옥련의 키로 돌을 포개 세워도 치어다볼 듯한 키 큰 부인이 얼굴에는 새그물 같은 것을 쓰고 무 밑둥같이 깨끗한 어린아이를 앞세우고 지나가다가 옥련의 말하는 소리 듣고 무엇이라 대답하는지, 서생과 옥련의 귀에는 바바…… 하는 소리 같고 말하는 소리 같지는 아니한지라.

그 부인이 뒤의 프록코트[91] 입은 남자를 돌아보면서 또 '바바바……' 하니, 그 남자는 청국말을 하는 양인이라. 청국말로 무슨 말을 하는데, 서생과 옥련의 귀에는 '또바' 하는 소리 같고 말소리 같지 아니하다.

서생은 옥련이가 그 말을 알아들은 줄로 알고,

"이애, 그것이 무슨 말이냐?"

"………"

---

91) 남자용의 예복.

"그 남자의 말도 못 알아들었느냐……?"

그렇듯 곤란하던 차에 청인 노동자 한 패가 지나거늘 서생이 쫓아가서 필담하기를 청하니, 그 노동자 중에는 한문자 아는 사람이 없는지 손으로 눈을 가리더니 그 손을 다시 들어 홰홰 내젓는 모양이 무식하여 글자를 못 알아본다 하는 눈치다.

그때 마침 어떠한 청인이 햇빛에 윤이 질 흐르고 비단옷을 입고 마차를 타고 풍우같이 달려가는데, 서생이 그 청인을 가리키며 옥련이더러 하는 말이, 저러한 청인은 무식할 리가 만무하다 하면서 소리를 버럭 지르니, 마차 탄 사람은 그 소리를 들었으나 차메고 달아나는 말은 그 소리를 듣고 아니 듣고 간에 네 굽을 모아 달아나는데 서생의 소리가 다시 마차에 들릴 수 없는지라. 마차 탄 청인이 차부더러 마차를 멈추라 하더니 선뜻 뛰어내려서 서생의 앞으로 향하여 오니 서생이 연필을 가지고 무엇을 쓰려 하는데, 청인이 옥련이 옷을 본즉 일복(日服)이라, 일본 사람으로 알고 옥련에게 향하여 일어로 말을 물으니, 옥련이가 기쁜 마음을 이기지 못하여 청인 앞으로 와서 말 대답을 하는데 서생은 연필을 멈추고 섰더라.

원래 그 청인은 일본에 잠시 유람(遊覽)한 사람이라, 일본말을 한두 마디 알아들으나 장황한 수작은 못하는지라. 옥련이가 첩첩(疊疊)한 말이 나올수록 그 청인의 귀에는 점점 알아들을 수 없고 다만 조선 사람이라 하는 소리만 알아들은지라.

청인이 다시 서생을 향하여 필담으로 대강 사정을 듣고 명함 한 장을 내더니 어떠한 청인에게 부탁하는 말 몇 마디를 써서 주는데 그 명함을 본즉 청국 개혁당(改革黨)의 유명한 강유위(康有爲)[92]라. 그 명함을 전할 곳은 일어도 잘하는 청인인데, 다년 상

항에 있던 사람이라. 그 사람의 주선으로 서생과 옥련이가 미국 화성돈93)에 가서 청인 학도들과 같이 학교에 들어가서 공부를 하고 있더라.

옥련이가 미국 화성돈에 다섯 해를 있어서 하루도 학교에 아니 가는 날이 없이 다니며 공부를 하는데, 재주 있고 부지런한 사람으로, 그 학교 여학생 중에는 제일 칭찬을 듣는지라.

그때 옥련이가 고등소학교에서 졸업 우등생으로 옥련의 이름과 옥련의 사적(事蹟)이 화성돈 신문에 났는데, 그 신문을 보고 이상히 기뻐하는 사람 하나가 있는데, 어찌 그렇게 기쁘던지 부지중 눈물이 쏟아진다. 기쁜 마음을 이기지 못하여 도리어 의심을 낸다. 의심중에 혼잣말로 중얼중얼한다.

"조선 사람의 일을 영서(英書)로 번역한 것이라 혹 번역이 잘못되었나. 내가 미국에 온 지가 십 년이나 되었으나 영문에 서툴러서 보기를 잘못 보았나."

그렇게 다심94)하게 생각하는 사람의 성명은 김관일인데, 그 딸의 이름이 옥련이라. 일청전쟁 났을 때에 그 딸의 사생(死生)을 모르고 미국에 왔는데, 그때 화성돈 신문에는, 옥련의 학교 성적과, 평양 사람으로 일곱 살에 일본 대판 가서 심상소학교를 졸업하고 그 길로 미국 화성돈에 와서 고등소학교에서 졸업하였다 한 간단한 말이라. 김씨가 분명히 자기의 딸이라고는 질언95)할 수 없으나, 옥련이라 하는 이름과 평양 사람이라는 말과 일곱 살에 집 떠났다 하는 말은 김관일의 마음에 정녕 내 딸이라고 하는 생각 아니할 수도 없는지라. 김씨가 그 학교에 찾아가니, 그때는 그 학교에서 학도 졸업식 후의 서중(暑中)96) 휴학이라, 학교에 아무

---

93) 워싱턴의 한자명.
94) 지나친 걱정.
95) 참된 사실을 들어 딱 잘라 말함. 또, 그 말.

도 없는 고로 물을 곳이 없는지라, 김씨가 옥련을 만나지 못하고 돌아왔더라.

옥련이가 졸업하던 날에 학교 졸업장을 가지고 호텔에 돌아가니, 주인은 치하하면서 옥련의 얼굴빛을 이상히 보더라.

옥련이가 수심(愁心)이 첩첩한 모양으로 저녁 요리도 먹지 아니하고 서산에 떨어지는 해를 쳐다보며 탄식하더라

그때 마침 밖에 손이 와서 찾는다 하는데, 명함을 받아 보더니 옥련이가 얼굴빛을 천연히 고치고 손을 들어오라 하니, 그 손이 보이를 따라 들어오거늘 옥련이가 선뜻 일어나며 그 사람의 손을 잡아 인사하고 테이블 앞에서 마주 향하여 의자에 걸터앉으니, 그 손은 옥련이와 일본 대판서 동행하던 서생인데 그 이름은 구완서라.

"네 졸업을 감축[97]한다. 허허, 계집의 재주가 사나이보다 나은 것이로구나. 너는 미국 온 지 일 년 만에 영어를 대강 알아듣고 학교에까지 들어가서 금년에 졸업을 하였는데, 나는 미국 온 지 두 해 만에 중학교에 들어가서 내년에 졸업이라. 네게는 백기를 들고 항복 아니할 수가 없다."

옥련이가 대답을 하는데, 일본에서 자라난 사람이라 말을 하여도 일본 말투가 많더라.

"내가 그대의 은혜를 받아서 오늘 이렇게 공부를 하였으니 심히 고맙소."
하니 일본 풍속에 젖은 옥련이는 제 습관으로 말하거니와, 구씨는 조선서 자란 사람이라 조선 풍속으로 옥련이가 아이인 고로, 해라를 하다가 생각한즉 저도 또한 아이이라.

---

96) 여름의 더위 때.
97) 경사를 축하함.

"허허허, 우리들이 조선 사람인즉 조선 풍속대로만 수작하자. 우리 처음 볼 때에 네가 나이 어린 고로 내가 해라를 하였더니 지금은 나이 열여섯 살이 되어 저렇게 체대(體大)하니 해라 하기가 서먹서먹하구나."

"조선 풍속대로 말하자 하시면서 아이를 보고 해라 하시기가 서먹서먹하셔요?"

"허허허, 요절할 일도 많다. 나도 지금까지 장가를 아니 든 아이라, 아이는 일반이니 너도 나보고 해라 하는 것이 좋은 일이니 숫접게[98] 너도 나더러 해라 하여라. 그리하면 내가 너더러 해라 하더라도 불안한 마음이 없겠다."

"그대는 부인이 계신 줄로 알았더니…… 미국에 오실 때 십칠 세라 하셨으니, 조선같이 혼인을 일찍하는 나라에서 어찌하여 그때까지 장가를 아니 들으셨소."

"너는 나더러 종시 해라 소리를 아니하니 나도 마주 하오를 할 일이로구, 허허허. 그러나 말 대답은 아니하고 딴소리만 하여서 대단히 실례하였다. 내가 우리나라에 있을 때에 우리 부모가 내 나이 열두서너 살부터 장가를 들이려 하는 것을 내가 마다하였다. 우리나라 사람들이 조혼(早婚)하는 것이 옳은 일이 아니라. 나는 언제든지 공부하여 학문 지식이 넉넉한 후에 아내도 학문 있는 사람을 구하여 장가 들겠다. 학문도 없고 지식도 없고 입에서 젖내가 모락모락 나는 것을 장가 들이면 짐승의 자웅(雌雄)같이 아무 것도 모르고 음양 배합의 낙(樂)만 알 것이라. 그런고로 우리나라 사람들이 짐승같이 제 몸이나 알고 제 계집 제 새끼나 알고 나라를 위하기는 고사하고 나라 재물을 도둑질하여 먹으려고 눈이 벌겋게 뒤집혀서 돌아다니는 것이 다 어려서 학문을 배

---

98) 숫제.

우지 못한 연고라. 우리가 이같은 문명한 세상에 나서 나라에 유익하고 사회에 명예 있는 큰 사업을 하자 하는 목적으로 만리 타국에 와서 쇠공이를 갈아 바늘 만드는 성력(誠力)을 가지고 공부하여 남과 같은 학문과 남과 같은 지식이 나날이 달라가는 이때에 장가를 들어서 색계상99)에 정신을 허비하면 유지(有志)한 대장부가 아니라. 이애, 옥련아, 그렇지 아니하냐?"

구씨의 활발한 말 한 마디에 옥련의 근심하던 마음이 풀어져서 웃으며,

"저러한 의논을 들으면 내 속이 시원하오. 혼자 있을 때는 참……"

말을 멈추고 구씨를 쳐다보는데, 구씨가 옥련의 근심 있는 기색을 언뜻 짐작하였으나 구씨는 본래 활발한 사람이라. 시계를 내어 보더니 선뜻 일어나며 작별인사 하고 저벅저벅 내려가는데, 옥련이는 의구히100) 의자에 걸터앉아서 먼 산을 보며 잊었던 근심을 다시 한다. 한숨을 쉬고 혼자 신세 타령을 하며 옛일도 생각하고 앞일도 걱정하는데 뜻을 정치 못한다.

"어— 세월도 쉽구나. 일본서 미국으로 건너오던 날이 어제 같구나. 내가 일본 대판 있을 때에 심상소학교 졸업하던 날은 하룻밤에 두 번을 죽으려고 하였더니 오늘 또 어떠한 팔자 사나운 일이나 없을는지. 내가 죽기가 싫어서 죽지 아니한 것도 아니요, 공부하고자 하여 이곳에 온 것도 아니라. 대판항에서 죽기로 결심하고 물에 떨어지려 할 때에 한(恨) 되는 마음으로 꿈이 되어 그랬던지, 우리 어머니가 나더러 죽지 말라 하시던 소리가 아무리 꿈일지라도 역력하기가 생시 같은 고로 슬픈 마음을 진정하고 이

---

99) 여색의 세계, 화류계. 여기서는 성적(性的)인 면.
100) 의심하고 두려워하여.

목숨이 다시 살아나서 넓은 천지에 붙일 곳이 없는지라. 지향없이 동경 가는 기차를 타고 가다가 천우신조하여 고국사람을 만나서 일동일정(一動一靜)을 남에게 신세를 지고 오늘까지 있었으니 허구한 세월을 남의 덕만 바랄 수는 없고, 만일 그 신세를 아니 지을 지경이면 하루 한시라도 여비를 어찌 써서 있을 수도 없으니 어찌하여야 좋을는지…… 우리 부모는 세상에 살아 있는지, 부모의 사생도 모르니 혈혈(孑孑)한[101] 이 한 몸이 살아 있은들 무엇 하리요. 차라리 대판서 죽었더면 이 근심을 몰랐을 것인데 어찌하여 살았던가. 사람의 일평생이 이렇듯 근심만 할진대 죽어 모르는 것이 제일이라. 그러나 지금 여기서는 죽으려도 죽을 수가 없구나. 내가 죽으면 구씨는 나를 대단히 그르게 여길 터이라. 구씨의 태산 같은 은혜를 입고 그 은혜를 갚지 못하고 죽으면 남의 은혜를 저버리는 것이라. 어찌하면 좋을꼬.”

그렇듯 탄식하고 그 밤을 의자에 앉은 채로 새우다가 정신이 혼혼하여 잠이 들며 꿈을 꾸었더라.

꿈에는 팔월 추석인데, 평양성 중에서 일 년 제일가는 명절이라고 와글와글하는 중이라. 아이들은 추석빔으로 새옷을 입고 떡 조각 실과개를 배가 툭 터지도록 먹고 어깨로 숨을 쉬는 것들이 가로도 뛰고 세로도 뛴다.

어른들은 이 세상이 웬 세상이냐 하도록 술 먹고 주정을 하면서 한길을 쓸어 지나가고, 거문고 줄 양금채[102]는 꾀꼬리 소리 같은 여청시조[103]를 어울려서 이 골목 저 골목, 이 사랑 저 사랑에서 어디든지 그 소리 없는 곳이 없다. 성중이 그렇게 흥치로 지내는데, 옥련이는 꿈에도 흥치가 없고 비창한 마음으로 부모 산

---

101) 외로운.
102) ‘양금을 치는 채’를 가리키는 말로 가냘픈 것을 이르는 말.
103) 여창(女唱)시조. 남자가 여자의 음조로 노래 부르는 시조.

소에 다니러 간다.

북문 밖에 나가서 모란봉에 올라가니 고려장(高麗葬)[104]같이 큰 쌍분(雙墳)이 있는데, 옥련이가 묘 앞으로 가서 앉으며 허리춤에서 능금 두 개를 집어 내며 하는 말이,

"여보 어머니, 이렇게 큰 능금 구경하셨소? 내가 미국서 나올 때에 사가지고 왔소. 한 개는 아버지 드리고 한 개는 어머니 잡수시오."

하면서, 묘 앞에 하나씩 놓으니, 홀연히 쌍분은 간 곳 없고 송장 둘이 일어앉아서 그 능금을 먹는데, 본래 살은 다 썩고 뼈만 앙상한 송장이라. 능금을 먹다가 위아랫니가 모짝[105] 빠져서 앞에 떨어지는데, 박씨 말려 늘어놓은 것 같은지라. 옥련이가 무서운 생각이 더럭 나서 소리를 지르다가 가위를 눌렸더라.

그때 날이 새어서 다 밝은 후이라. 이웃 방에 있는 여학생이 일어나서 뒷간으로 내려가는 길에 옥련의 방 앞으로 지나다가 옥련의 가위눌리는 소리를 들었으나 남의 방으로 함부로 들어갈 수는 없고, 망단[106]한 마음에 급히 전기 초인종을 누르니 보이가 오는지라. 여학생이 보이를 보고 옥련의 방을 가리키며, 이 방에서 괴상한 소리가 난다 하니 보이가 옥련의 방문을 여는데 문소리에 옥련이가 잠을 깨어 본즉 남가일몽이라.

무서운 꿈을 깰 때는 시원한 생각이 있더니, 다시 생각하니 비창(悲愴)[107]한 마음을 이기지 못하여 탄식하는 소리가 무심중에 나온다.

"꿈이란 것은 무엇인고. 꿈을 믿어야 옳은가. 믿을 지경이면 어

---

104) 고려시대의 호화스런 장분(葬墳).
105) 있는 대로 한 번에 모조리 몰아서.
106) 망령된 판단.
107) 슬프고 마음 아픔.

젯밤 꿈은 우리 부모가 다 세상에는 아니 계신 꿈이로구나. 꿈을 아니 믿어야 옳은가. 아니 믿을진대 대판서 꿈을 꾸고 부모가 생존하신 줄로 알고 있던 일이 허사로구나. 꿈이 맞아도 내게는 불행한 일이요, 꿈이 맞지 아니하여도 내게는 불행한 일이라. 그러나 다시 생각하여 보니 꿈은 정녕 허사라. 우리 아버지는 난리중에 돌아가셨으니, 가령 친척이 있더라도 송장 찾을 수가 없는 터이라. 더구나 사고무친(四顧無親)한 우리집에 목숨이 붙어 살아 있는 것은 그때 일곱 살 먹은 불효의 딸 옥련이뿐이라. 우리 아버지 송장 찾을 사람이 누가 있으리요. 모란봉 저녁 볕에 훌훌 날아드는 까마귀가 긴 창자를 물어다가 고목나무 높은 가지에 척척 걸어 놓은 것은 전쟁에 죽은 송장의 창자이라. 세상에 어떠한 고마운 사람이 있어서 우리 아버지 송장을 찾아다가 고려장같이 기구 있게[108] 장사를 지낼 수가 있으리요. 우리 어머니는 대동강 물에 빠져 죽으려고 벽상에 영결서를 써서 붙인 것을 평양 야전병원(野戰病院)의 통변이 낙루(落漏)를 하며 그 글을 읽어서 내 귀에 들려 주던 일이 어제같이 생각이 나면서, 대판항에서 꿈을 꾸고 우리 어머니가 혹 살아서 이 세상에 있을까 하는 생각이 다 쓸데없는 생각이라. 우리 어머니는 정녕히 물에 빠져 돌아가신 것이라. 대동강 흐르는 물에 고깃밥이 되었을 것이니, 어찌 모란봉에 그처럼 기구 있게 장사를 지냈으리요."

옥련이가 부모 생각은 아주 단념하기로 작정하고 제 신세는 운수 되어 가는 대로 두고 보리라 하고 정신을 가다듬어서 공부하던 책을 내어 놓고 마음을 붙이니, 이삼 일 지낸 후에는 다시 서책에 착미(着味)[109]가 되었더라.

---

108) 예법이 제대로 갖추어 있게.
109) 맛을 붙임. 취미(趣味)를 붙임.

하루는 보이가 신문지 한 장을 가지고 옥련의 방으로 오더니 그 신문을 옥련의 앞에 펼쳐 놓고 보이의 손가락이 신문지 광고를 가리킨다. 옥련이가 그 광고를 보다가 깜짝 놀라서 눈물이 평평 쏟아지면서 얼굴은 발개지고 웃음 반 눈물 반이라.

옥련이가 좋은 마음에 띄어서 광고를 끝까지 다 보지 못하고 우두커니 앉았다가 또 광고를 본다. 옥련의 마음에 다시 의심이 난다. 일전 꿈에 모란봉에 가서 우리 부모 산소에 갔던 일이 그것이 꿈인가. 오늘 신문지의 광고 보는 것이 꿈인가. 한 번은 영어로 보고 한 번은 조선말로 보다가 필경은 한문과 조선 언문을 섞어 번역하여 놓고 보더라.

- 광　고 -
지나간 열사흗날「황색신문」잡보에 한국 여학생 김옥련이가 아무 학교 졸업 우등생이라는 기사가 있기로 그 유(留)하는 호텔을 알고자 하여 이에 광고하오니, 누구시든지 옥련의 유하는 호텔을 이 고백인에게 알려 주시면 상당한 금으로 십 류110)를 앙정할 사.

조선 평안도 평양인 김관일 고백

현주111)……

의심 없는 옥련의 부친이 한 광고라.
"여보 보이, 이 신문을 가지고 날 따라가면 우리 부친이 십 류의 상금을 줄 것이니 지금으로 갑시다."
"내가 상금 탈 공은 없으니 상금은 원치 아니하나 귀양(貴孃)

---

110) 미국돈 10불.
111) 현주소.

을 배행112)하여 가서 부녀 서로 만나 기뻐하시는 모양 보았으면 나도 이 호텔에서 몇 해간 귀양을 모시고 있던 정분에 귀양을 따라 기뻐하고자 합니다.”

옥련이가 그 말을 듣고 더욱 기뻐하여 보이를 데리고 그 부친 있는 처소를 찾아가니 십 년 풍상에 서로 환형(換形)113)이 된지라, 서로 보고 서로 알아보지 못할 지경이라. 옥련이가 신문 광고와 명함 한 장을 가지고 그 부친 앞으로 가서 남에게 처음 인사하듯 대단히 서먹한 인사를 하다가 서로 분명한 말을 듣더니, 옥련이가 일곱 살에 응석하던 마음이 새로이 나서 부친의 무릎 위에 얼굴을 푹 숙이고 소리 없이 우는데, 김관일의 눈물은 옥련의 머리 뒤에 떨어지고, 옥련의 눈물은 그 부친의 무릎을 적신다.

“이애 옥련아, 그만 일어나서 너의 어머니 편지나 보아라.”

“응, 어머니 편지라니, 어머니가 살았소?”

무슨 변이나 난 듯이 깜짝 놀라는 모양으로 고개를 번쩍 드는데, 그 부친은 제 눈물 씻을 생각은 아니하고 수건을 가지고 옥련의 눈물을 씻기니, 옥련이가 그리 어려졌던지 부친이 눈물 씻어 주는데 고개를 디밀고 있더라. 김관일이가 가방을 열더니 휴지 뭉치를 내어 놓고 뒤적뒤적하다가 편지 한 장을 집어 주며 하는 말이,

“이애, 이 편지를 자세히 보아라. 이 편지가 제일 먼저 온 편지다.”

옥련이가 그 편지를 받아 보니, 옥련이가 그 모친의 글씨를 모르는지라. 가령 옥련이가 정신이 좋으면 그 모친의 얼굴은 생각할는지 모르거니와, 옥련이 일곱 살에 언문도 모를 때에 모친을

---

112) 윗사람을 모시고 따라감.
113) 모양이 전과 달라짐.

떠났는지라. 지금 그 편지를 보며 하는 말이,

"나는 우리 어머니 글씨도 모르지. 어머니 글씨가 이렇던가."
하면서 부친의 앞에 펼쳐 놓고 본다.

　　상　장

　떠나신 지 삼 삭이 못 되었으나 평양에 계시던 일은 전생
일 같삽. 만리타국에서 수토불복(水土不服)114)이나 되시지 아
니하고 기운 평안하시온지 궁금하옵기 측량 없삽나이다. 이
몸의 지낸 풍상은 말씀하기 신신치 아니하오나 대강 소식이
나 알으시도록 말씀하옵나이다. 옥련이는 어디 가서 죽었는
지 다시 소식이 묘연하고, 이곳은 죽기로 결심하여 대동강
물에 빠졌더니 뱃사공과 고장팔에게 건진 바 되어 살았다가
부산서 친정 어버님이 이곳 평양에 오셔서 사랑115)에서 미국
가셨다는 말씀을 전하여 주시니, 그 후로부터 마음을 붙여
살아 있삽. 세월이 어서 가서 고국에 돌아오시기만 기다리옵
나이다. 그러나 사랑에서는 몇십 년을 아니 오시더라도 이
세상에 계신 줄을 알고 있사오니 위로가 되오나, 옥련이를
만나 보려 하면 황천에 가기 전에는 못 볼 터이오니, 그것이
한되는 일이압. 말씀 무궁하오나 이만 그치옵나이다.

　옥련이가 그 편지를 보고 뼈가 녹는 듯하고 몸이 스러지는 듯
하여 가만히 앉았다가,

"아버지, 나는 내일이라도 우리집으로 보내 주시오. 날개가 돋
쳤으면 지금이라도 날아가서 우리 어머니 얼굴을 보고 우리 어머

---

114) 풍토(風土)나 물이 몸에 맞지 아니하여 위장이 상함.
115) 바깥양반. 즉 남편을 이름.

니 한을 풀어 드리고 싶소."

"네가 고국에 가기가 그리 바쁠 것이 아니라 우선 네가 고생하던 이야기나 어서 좀 하여라. 네가 어떻게 살아났으며 어찌 여기를 왔느냐?"

옥련이가 얼굴빛을 천연히 하고 고쳐 앉더니, 모란봉에서 총 맞고 야전병원으로 가던 일과, 정상 군의(井上軍醫)의 집에 가던 일과, 대판서 학교를 졸업하던 일과, 불행한 사기로 대판을 떠나던 일과, 동경 가는 기차를 타고 구완서를 만나서 절처봉생(絶處逢生)116) 하던 일을 낱낱이 말하고 그 말을 마치더니, 다시 얼굴빛이 변하며 눈물이 도니, 그 눈물은 부모의 정에 관계한 눈물도 아니요, 제 신세 생각하는 눈물도 아니요, 구완서의 은혜를 생각하는 눈물이라.

"아버지, 어머니께서 나 같은 불효의 딸을 만나 보시고 기쁘신 마음이 있거든 구씨를 찾아보시고 치사(致謝)의 말씀을 하여 주시면 좋겠습니다."

김관일이가 그 말을 듣더니, 그 길로 옥련이를 데리고 구씨의 유하는 처소로 찾아가니, 구씨는 김관일을 만나 보매 옥련의 부친을 본 것 같지 아니하고 제 부친이나 만난 듯이 반가운 마음이 있으니, 그 마음은 옥련의 기뻐하는 마음이 내 마음 기쁜 것이나 다름없는 데서 나오는 마음이요, 김씨는 구씨를 보고 내 딸 옥련을 만나 본 것이나 다름없이 반가우니, 그 두 사람의 마음이 그러할 일이라. 김씨가 구씨를 대하여 하는 말이 간단한 두 마디뿐이라.

한 마디는 옥련이가 신세지은 치사요, 한 마디는 구씨가 고국에 돌아간 뒤에 옥련으로 하여금 구씨의 기체117)를 받들고 백년

---

116) 극도로 궁박하던 끝에 살 길이 생김.

가약 맺기를 원하는지라.

구씨는 본래 활발하고 거칠 것 없이 수작하는 사람이라 옥련이를 물끄러미 보더니,

"이애 옥련아, 어— 실체(失體)118)하였구나. 남의 집 처녀더러 또 해라 하였구나. 우리가 입으로 조선말은 하더라도 마음에는 서양 문명한 풍속이 젖었으니, 우리는 혼인을 하여도 서양 사람과 같이 부모의 명령을 좇을 것이 아니라, 우리가 서로 부부될 마음이 있으면 서로 직접하여 말하는 것이 옳은 일이다. 그러나 우선 말부터 영어로 수작하자. 조선말로 하면 입에 익은 말로 외짝해라119) 하기 불안하다."

하면서 구씨가 영어로 말을 하는데, 구씨의 학문은 옥련이보다 대단히 높으나 영어는 옥련이가 구씨의 선생 노릇이라도 할 만한 터이라. 그러나 구씨는 서투른 영어로 수작을 하는데, 옥련이는 조선말로 단정히 대답하더라.

김관일은 딸의 혼인 언론(言論)을 하다가 구씨가 서양 풍속으로 직접 언론하자 하는 서슬에 옥련의 혼인 언약에 좌지우지할 권리가 없이 가만히 앉았더라.

옥련이는 아무리 조선 계집아이이나 학문도 있고, 개명한 생각도 있고, 동서양으로 다니면서 문견(聞見)이 높은지라. 서슴지 아니하고 혼인 언론 대답을 하는데, 구씨의 소청이 있으니, 그 소청인즉 옥련이가 구씨와 같이 몇 해든지 공부를 더 힘써 하여 학문이 유여한 후에 고국에 돌아가서 결혼하고, 옥련이는 조선 부인 교육을 맡아 하기를 청하는 유지(有志)한 말이라. 옥련이가 구씨의 권하는 말을 듣고 조선 부인 교육할 마음이 간절하여 구씨와

---

117) 기체후(氣體候)의 준말.
118) 체신을 잃음. 면목을 잃음.
119) 한쪽에서만 '해라'하기.

혼인 언약을 맺으니, 구씨의 목적은 공부를 힘써 하여 귀국한 뒤에 우리나라를 독일국(獨逸國)같이 연방도를 삼되, 일본과 만주를 한데 합하여 문명한 강국을 만들고자 하는 비사맥 같은 마음이요, 옥련이는 공부를 힘써 하여 귀국한 뒤에 우리나라 부인의 지식을 넓혀서 남자에게 압제받지 말고 남자와 동등 권리를 찾게 하며, 또 부인도 나라에 유익한 백성이 되고 사회상에 명예 있는 사람이 되도록 교육할 마음이라.

세상에 제 목적을 제가 자기하는 것같이 즐거운 일은 다시 없는지라. 구완서와 옥련이가 나이 어려서 외국에 간 사람들이라. 조선 사람이 이렇게 야만되고 이렇게 용렬한 줄을 모르고, 구씨든지 옥련이든지 조선에 돌아오는 날은 조선도 유지한 사람이 많이 있어서, 학문 있고 지식 있는 사람의 말을 듣고 이를 찬성하여 구씨도 목적대로 되고 옥련이도 제 목적대로 조선 부인이 일제히 내 교육을 받아서 낱낱이 나와 같은 학문 있는 사람들이 많이 생기려니 생각하고, 일변으로 기쁜 마음을 이기지 못하는 것은 제 나라 형편 모르고 외국에 유학한 소년 학생 의기에서 나오는 마음이라.

구씨와 옥련이가 그 목적대로 되든지 못 되든지 그것은 후의 일이거니와 그날은 두 사람의 마음에는 혼인 언약의 좋은 마음은 오히려 둘째가 되니, 옥련 낙지(落地)120) 이후에는 이러한 즐거운 마음이 처음이라.

김관일은 옥련이를 만나 보고 구완서를 사위감으로 정하고, 구씨와 옥련의 목적이 그렇듯 기이한 말을 들으니, 김씨의 좋은 마음도 측량할 수 없는지라.

미국 화성돈의 어떠한 호텔에서는 옥련의 부녀와 구씨가 솔밭

---

120) 세상에 태어남.

같이 늘어앉아서 그렇듯 희희낙락한데, 세상이 고르지 못하여 조선 평양성 북문 안에 게딱지같이 낮은 집에서 삼십 전부터 남편 없고 자녀간에 혈육 없고 재물 없이 지내는 부인이 있으되, 십 년 풍상에 남보다 많은 것 한 가지가 있으니, 그 많은 것은 근심이라.

그 부인이 남편이 죽고 없느냐 할 지경이면 죽지도 아니한 터이라. 죽고 없는 터이면 단념하고 생각이나 아니하련마는, 육만 리를 이별하여 망부석(望夫石)이 될 듯한 정경이요, 자녀간에 혈육이 없는 것은 생산을 못하였느냐 물을진대 딸 하나를 두고 아들 겸 딸 겸하여 금옥같이 귀애하다가 일곱 살 되던 해에 잃었더라.

눈앞에 참척(慘慽)[121]을 보았느냐 물을진대 그 부인은 말없이 눈물만 흘리더라. 눈앞에 보이는 데서나 죽었으면 한이나 없으련마는, 어디서 죽었는지 알지도 못하니 그것이 한이더라.

마침 까마귀 한 마리가 지붕 위에 내려앉더니 까막까막 깍깍 짖는 소리가 흉측하게 들리거늘, 부인이 감았던 눈을 떠서 장팔어미를 보며 하는 말이,

"여보게, 저 까마귀 소리 좀 들어 보게. 또 무슨 흉한 일이 생기려나베. 까마귀는 영물이라는데 무슨 일이 또 있을는지 모르겠네. 팔자 기박한 여편네가 오래 살았다가 험한 일을 더 보지 말고 오늘이라도 죽었으면 좋겠네. 요사이는 미국서 편지도 아니 오니 웬일인고."

기운 없는 목소리로 설움 없이 탄식하는 모양은 아무가 보든지 좋은 마음은 아니 날 터인데, 늙고 청승스러운 장팔어미가 부인의 그 모양을 보고 부인이 죽으면 따라 죽을 듯한 마음도 있고

---

121) 아들 딸이나 손자 손녀가 앞서 죽음.

까마귀를 쳐죽이고 싶은 마음도 생겨서 마당으로 펄펄 뛰어내려가서 지붕 위를 쳐다보면서 까마귀에게 헛팔매질을 하며 욕을 한다.

“수여― 이 경칠 놈의 까마귀, 포수들은 다 어디로 갔노. 소금 장수― 네 어미.”

조선 풍속에 까마귀 보고 하는 욕은 장팔어미가 모르는 것 없이 주워섬기며 소리를 버럭버럭 지르니, 그 까마귀가 펄쩍 날아 공중에 높이 뜨더니 깍깍 지르며 모란봉으로 향하거늘, 부인의 눈은 까마귀를 따라서 모란봉으로 가고, 노파의 욕하는 소리는 까마귀 소리를 따라간다.

우자(字) 쓴 벙거지[122] 쓰고 검정 홀태바지 저고리 입고 가죽 주머니 메고 문 밖에 와서 안중문을 기웃기웃하며 ‘편지 받아 들여가요, 편지 받아 들여가요.’ 두세 번 소리하는 것은 우편군사[123]라. 장팔의 어미가 까마귀에게 열이 잔뜩 났던 차에 어떠한 사람인지 자세히 듣지도 아니하고 질부등가리[124] 깨어지는 소리 같은 목소리로 우편 군사에게 까닭 없는 화풀이를 낸다.

“웬 사람이 남의 집 안마당을 함부로 들여다보아. 이 댁에는 사랑 양반도 아니 계신 댁인데, 웬 젊은 녀석이 양반의 댁 안마당을 들여다보아.”

“여보, 누구더러 이 녀석 저 녀석 하오. 체전부는 그리 만만한 줄로 아오. 어디 말 좀 하여 봅시다. 이리 좀 나오시오. 나는 편지 전하러 온 것 외에는 아무것도 잘못한 것 없소.”

“여보게 할멈, 자네가 누구와 그렇게 싸우나. 우체 사령이 편지를 가지고 왔다 하니 미국서 서방님이 편지를 부치셨나베. 어서

---

122) 우편 배달부의 모자.
123) 우편배달부.
124) 질그릇으로 된 아궁이. 불을 담아 내는 것.

받아 들여오게."

"옳지, 우체 사령이로구. 늙은 사람이 눈이 어두워서…… 어서 편지나 이리 주오. 아씨께 갖다 드리게."

우체 사령이 처음에 노파가 소리를 지를 때에는 늙은 사람 망령으로 알고 말을 예사로 하더니 노파가 잘못한 줄을 깨닫고 말하는 눈치를 보더니 그때는 우체 사령이 산목[125]을 쓰고 대어든다.

"이런 제어미…… 내가 체전부 다니다가 이런 꼴은 처음 보았네. 남더러 무슨 턱으로 욕을 하오. 내가 아무리 바빠도 말 좀 물어 보고 갈 터이오."
하면서 소리를 버럭버럭 지르고 대어들며, 편지 달라 하는 말은 대답도 아니하니, 평양 사람의 싸움하러 대드는 서슬은 금방 죽어도 몸을 아끼지 아니하는 성정이라.

노파가 까마귀에게 화풀이할 때 같으면 우체 사령에게 몸부림을 하고 죽어도 그 화가 풀어지지 아니할 터이나, 미국서 편지 왔다 하는 소리에 그 화가 다 풀어졌더라. 그 화만 풀어질 뿐이 아니라, 우체 사령의 떼거리[126]까지 받고 있는데, 부인은 어서 바삐 편지 볼 마음이 있어서 내외하기도 잊었던지 중문간에로 뛰어 나가서 노파를 꾸짖고 우체 사령을 달래고, 옥련의 묘에 가지고 가려 하던 술과 실과를 내어다 먹인다.

우체 사령이 금방 살인할 듯하던 위인이 노파더러 '할머니 할머니' 하며 풀어지는데, 그 집에서 부리던 하인과 같이 친숙하더라.

노파가 편지를 받아서 부인에게 드리니, 부인이 그 편지를 들

---

125) 목을 찌를 적에 내는 고함소리.
126) 부당한 일을 억지로 요구하거나 고집하는 짓.

고 겉봉 쓴 것을 보더니 깜짝 놀라서 의심을 한다.

"아씨, 무엇을 그리하십니까?"

"응, 가만히 있게."

"서방님께서 부치신 편지오니까?"

"아닐세."

"그러면 부산서 주사나리께서 하신 편지오니까?"

"아니."

"에그, 어서 말씀 좀 시원히 하여 주십시오."

"글씨는 처음 보는 글씨일세."

본래 옥련이가 일곱 살에 부모를 떠났는데, 그때는 언문 한 자 모를 때라. 그 후에 일본 가서 심상소학교 졸업까지 하였으니 조선 언문은 구경도 못 하였더니, 그 후에 구완서와 같이 미국 갈 때에 태평양을 건너가는 동안에 구완서가 가르친 언문이라 옥련의 모친이 어찌 옥련의 글씨를 알아보리요. 부인이 이 편지를 받아 보니 겉면에는,

조선 평안남도 평양부 북문내 김관일 실내(室內)127) 친전128)

한편에는,

미국 화성돈　○ ○ ○호텔
옥련 상사리129)

---

127) 남의 아내를 이르는 말.
128) 편지에서, 받는 사람이 직접 펴보아 주기를 바란다는 뜻으로, 겉봉의 받는 사람의 이름 옆이나 아래에 쓰는 말.
129) 사뢰어 올린다는 뜻.

진서(眞書)130) 글자는 부인이 한 자도 알아 보지 못하고 다만 '옥련 상사리'라 한 글자만 알아 보았으나, 글씨도 모르는 글씨요, 옥련이라 한 것은 볼수록 의심만 난다.

"여보게 할멈, 이 편지 가지고 왔던 우체 사령이 벌써 갔나. 이 편지가 정녕 우리집에 오는 것인지 자세히 물어 보았다면 좋을 뻔하였네."

"왜 거기 쓰이지 아니하였습니까?"

"한 편은 진서요 한 편에는 진서도 있고 언문도 있는데, 진서는 무엇인지 모르겠고, 언문에는 '옥련 상사리'라 썼으니, 이상한 일도 있네. 세상에 옥련이라 하는 이름이 또 있는지, 옥련이라 하는 이름이 또 있더라도 내게 편지할 만한 사람도 없는데……"

"그러면 작은아씨의 편지인가 보이다."

"에그, 꿈 같은 소리도 하네. 죽은 옥련이가 내게 편지를 어찌 하여……"

하면서 또 한숨을 쉬더니 얼굴에 처량한 빛이 다시 난다.

"아씨 아씨, 두 말씀 말고 그 편지를 뜯어 보십시오."

부인이 홧김에 편지를 박박 뜯어 보니 옥련의 편지라.

모란봉에서 지낸 일부터 미국 화성돈 호텔에서 옥련의 부녀가 상봉하여 그 모친의 편지 보던 모양까지 그린 듯이 자세히 한 편지라.

그 편지 부쳤던 날은 광무 육년(음력) 칠월 십일일인데, 부인이 그 편지 받아 보던 날은 임인년 음력 팔월 십오일이러라.

부산 절영도 밖에 하늘 밑까지 툭 터진 듯한 망망대해에 시커먼 연기를 무럭무럭 일으키며 부산항을 향하고 살같이131) 들어닫

---

130) 한자(漢字).

는 것은 화륜선이다.

오륙도, 절영도 두 틈으로 두 좁은 어구로 들어오는데 반속력 배질을 하며 화통에는, 소리가 하늘 당나귀가 내려와 우는지, 웅장한 그 소리 한마디에 부산 초령이 들썩들썩한다. 물건을 들이고 내는 운수회사도 그 화통 소리에 귀를 기울이고 사람을 보내고 맞아들이는 여인숙에서도 그 화통 소리에 귀를 기울이는데, 화륜선 닻이 뚝 떨어져서 삼판배132)가 벌떼같이 드나든다. 부산 객주에 첫째나 둘째 집에는 최주사 집 서기 보는 소년이 큰사랑 미닫이를 열며,

"여보시오, 주사장. 진남포에서 배 들어왔습니다. 우리 짐도 이 배편에 왔을 터이니 사람을 보내 보아야 하겠습니다."

최주사는 낮잠을 자다가 화륜선 화통 소리에 잠이 깨어 일어나 앉아서 무슨 생각을 하고 있던 터이라. 서기의 말을 들은 체 만체하고 앉았다가 긴치 않은133) 말대답하듯,

"날더러 물을 것 무엇 있나. 자네가 알아서 할 일이지."

소년은 서기 방으로 가고 최주사는 큰사랑에 혼자 앉았더라.

최주사는 몇 해 동안에 재물이 불 일어나는 듯 느는데 그 재물이 늘수록 최수사의 심회134)가 산란하다. 재물을 모을 때는 욕심에 취하여 두 눈이 빨개서 날뛰더니 재물을 많이 모아 놓고 보니 재물이 그리 귀할 것이 없는 줄로 생각이라. 빈 담뱃대 딱딱 떨어 물고 물부리를 두어 번 확확 내불어 보더니 지네발 같은 평양 엽초 한 대를 담아 붙여 물고 담배연기를 훅훅 내불면서 무슨 생각을 하다가 혼잣말로 탄식이라.

---

131) 화살같이.
132) 항구 안에서 사람·물건을 실어 나르는 중국식의 작은 배.
133) 긴요하지 않은.
134) 마음 속의 회포.

"재물. 재물. 재물이 좋기는 좋지만은 제 생전에 먹고 입고 지닐 만하면 그만이지. 그것이 그리 많아 쓸데 있나. 몸 괴로운 줄 모르고 마음 괴로운 줄 모르고 재물만 모으려고 기를 버럭 쓰는 것은 어리석은 일이었다. 흥, 어리석은 것도 아니냐. 환장한 사람이지. 풀 끝에 이슬같은 이 몸이 죽은 후에 그 재물이 어찌 될지 누가 알 바 있나. 적막한 북망산135)에 돈이 와서 일곡(一哭)이나 하고 갈까. 흥. 가소로운 일이로고.

내 나이 육십여 세라. 인생 칠십 고래희라 하였으니 내가 칠십을 살더라도 이 앞에 칠팔 년 동안뿐이로구나.

아들은 양자. 딸은 저 모양. 어 — 내 팔자도 기박하고. 옥련이나 살았더면 짐짓이 마음을 붙였을 터인데, 그런 불쌍한 일이 있나. 오냐, 그만두어라. 집안일은 잘 되나 못 되나 서기에게 맡겨 두고 평양 가서 딸도 만나 보고 미국 가서 사위나 만나 보고 오겠다."

마침 문간이 들석들석하더니 무슨 별일이나 있는 듯이 계집종들이 참새떼 재잘거리듯 지껄이며 사랑 마당으로 올라 들어오는데 최주사는 혼자 중얼거리고 앉아서 귀에 달은 소리는 아니 들어오던지 내다보지도 아니한다.

마루 위에서 신 벗는 소리가 나더니 사랑 지게문을 펄쩍 열며,

"아버지, 나 왔소."

하며 들어오는데 최주사가 정신이 번쩍 나서 쳐다보니 딸이라.

"이애, 이것이 꿈이냐. 네가 어찌 여기를 왔느냐."

"내가 날개 돋쳐 내려왔소."

하며 어린아이 응석하듯, 웃으며 나오는 모습이 얼굴에 화기가 돈

---

135) ① 중국 허난 성〔河南省〕 뤄양〔洛陽〕 땅 북쪽의 작은 산.
　　② 사람이 죽어서 가는 곳. 북망산천.

다.

최주사는 꿈에라도 그 딸을 만나 보면 근심하는 얼굴만 보이더니 상시[136]에 저러한 얼굴빛을 보고 최주사 얼굴에도 화기가 돈다.

"이애, 참 별일이다. 네가 오기는 뜻밖이로구나. 여편네가 십 리 길이 어려운 처지인데 일천오백 리 길에 네가 어찌 혼자 왔단 말이냐."

"옥련이 같은 어린 계집아이도 육만 리나 되는 미국을 갔는데 내가 이까짓 데를 못 와요. 진남포로 내려와서 화륜선 타고 왔소. 아버지, 나는 개화하였소. 이 길로 미국에나 들어가서 옥련이나 만나 보고 옥련의 남편 될 사람도 내 눈으로 좀 자세히 보고 오겠소. 아버지, 나를 돈이나 좀 많이 주시오. 옥련이가 좋아하는 것이 있거든 사서 주겠소."

최주사가 옥련이 살았단 말을 듣더니 딸을 만나 보고 반가운 마음은 잊었던지 몇 해 만에 보는 딸에게 그 동안 잘 있었느냐, 못 있었느냐, 말은 한마디 없고 옥련이 말만 묻고 앉았다가 그날 저녁에는 홍김에 밥을 아니 먹고 술만 먹으며 횡설수설하다가 주정이 나서 그 후 최부인더러 짐짓 자랄 때에 잘 굴었느니 못 굴었느니 하며 삼십 년 전 일을 말하고 앉았다가 내외 싸움이 일어나서 마누라는 자식도 없는 늙은 년이 서러워서 죽고 싶으니 살고 싶으니 하며 울고 청승을 떨고 있고. 딸은 내가 아니 왔더면 이런 일이 없었을 테인데, 하면서 이 밤으로 도로 가느니 마느니 하는 서슬에 온 집안이 붙들고 만류하여 야단났네.

최주사가 그 딸이 가느니 마느니 하는 것을 보고 취중에 화가 나서 혀꼬부라진 소리로 마누라에게 화풀이를 한다.

---

136) 임시가 아니고 관례대로의 보통 때. 항시. 평상시.

"응, 마누라가 낳은 딸 같으면 저럴 리가 만무하리. 모처럼 온 계집을 들어앉기도 전에 도로 쫓으려 드니."

마누라는 애매한 책망을 듣고 청승을 점점 더 떨고 딸은 점점 더 불리한 마음이 나서 친정에 왔던 후회만 하고 최주사의 주정은 점점 더 하는데, 온 집안이 잠을 못 자고 안마루에 그득 모였으나 최주사의 주정을 감히 말릴 사람은 없는지라.

최주사는 아들이 섣부른 소리로 최주사더러 좀 참으시면 좋겠습니다, 하였더니 최주사가 취중에 진정 말이 나오던지,

"이애, 주제넘게 네가 내 집 일에 참견이 무엇이야."
하며 핀잔을 탁 주더니 최주사의 아들은 양자 들어온 사람의 마음이라, 야속한 생각이 들어서 캄캄한 바깥마당에 나가서 혼자 우두커니 섰다가 담배 한 대를 붙여 물고 나올 작정으로 서기 방으로 들어간다.

서기 방에서는 문서를 닦느라고 두 사람이 마주앉아서 부르고 놓고 하다가 최주사의 아들이 담뱃대 찾는 수선에 주 한 개를 달깍 더 놓았더라. 주 놓던 사람이 아차 하며 쳐다보더니 젊은 주인이라. 다른 사람이 서기 방에 들어가서 수선을 그렇게 피웠으면 생핀잔137)을 보았을 터인데 주인의 아들인 고로 핀잔은 고사하고 담배 한 대 더 꺼내 주느라고 쌈지 끈 끄르는 사람이 둘이나 된다. 문서책 한 권이 보기에는 대단치 아니한 백지 몇 장이로되 그 속에 있는 것만 하여도 어디를 가든지 부자 득명138)할 재물 덩어리라.

최주사의 아들이 최주사를 야속하게 여기던 마음이 쑥 들어가고 조심하는 마음이 생겨서 다시 안으로 들어가더니 웃는 낯으로

---

137) 아무 까닭 없는 핀잔.
138) 명성이 높아짐.

어머니, 그리 마시오, 누님 그리 마시오 하며 애를 쓰고 돌아다니
는데 최주사가 곤드레만드레하며,
　"그만 내버려두어라. 그것들 방정 실컷 떨게……"
하더니 사랑으로 비틀비틀 나가서 쓰러지더니 콧구멍에서 맷돌
질하는 소리가 나도록 코를 곤다.
　그 이튿날 아침에 최주사가 일어나 안으로 들어가더니 마누라
와 딸과 아들까지 불러 앉히고 재미있는 모양으로 말을 떠드는데
마누라는 어젯밤에 있던 성이 조금도 아니 풀린 모양으로 아무
소리 없이 돌아앉았더라.
　"아버지, 어젯밤에 웬 술을 그렇게 많이 잡수셨습니까?"
　최주사는 그 전날 밤에 사랑으로 나가던 생각은 나나, 처음에
주정하던 일은 멀쩡하게 생각하면서 생시치미를 뗀다.
　"응, 과히 취하였더냐. 주정이나 아니하더냐. 오냐, 살아 생전에
일배주라니 내가 주정을 하면 몇 해나 하겠느냐, 허허허."
　웃음 한마디에 온 집안이 화기가 돈다. 최주사가 그날은 술 한
잔 아니 먹고 아들과 서기에게 집안일 분별하더니 딸을 데리고
미국 들어갈 치행(治行)139)을 차리더라.

　물 속에 산이 솟고 산 아래는 물함 있는 해협을 끼고 달아나는
화륜선은 어찌 그리 빠르던지. 눈앞에 보이던 산이어늘 하면 뒤
에 가 있다. 부산항에서 떠나서 일본 대마도 마관140), 신호, 대판
을 지내 놓고 횡빈141)으로 들어가는데 옥련 어머니 마음에는 그
만하면 미국 산천이 거의 보이거니 생각하고 하루에도 몇 번인지
화륜선 갑판 위에 올라서서 배가는 곳만 바라보고 섰다.

---

139) 길 떠날 행장을 차림.
140) 시모노세끼의 예스러운 딴이름.
141) 요꼬하마를 한국식 한자음으로 읽은 이름.

이 배같이 크고 빠른 것은 다시없으려니 하였더니 그 배는 횡빈에서 닻을 주고 태평양 내왕하는 배를 갈아타니 그 배는 먼저 탔던 배보다 더 크고 빠른 배라. 그러한 배를 타고 더디 간다 한탄하는 사람은 옥련의 부녀를 만나 보러 가는 최주사의 부녀뿐이더라. 앉았으나 섰으나, 잠이 들었으나 깨었으나, 타고 앉은 배는 밤낮 쉴새없이 달아나는데, 지낸 곳에 보이던 일본 산천은 자라목 움츠러드는 듯 점점 작아지더니 태평양을 들어서면서 산 명색이라고는 오뚝이 만한 것 하나도 보이지 않고 보이는 것은 물과 하늘 뿐이라.

푸르고 푸른 하늘을 턱턱 치른 듯한 바닷물은 하늘을 씻어서 물이 푸르러졌는지, 푸른 물결이 하늘에 들이쳐서 하늘에 물이 들었는지, 물빛이나 하늘빛이나 그 빛이 그 빛이라.

배는 가는지 아니 가는지, 밤낮 가도 그 자리에 그대로 선 것 같은데, 그 크던 배가 만리창해에 마름 하나 떠다니는 것 같다.

최주사 부녀가 갑판 위로 돌아다니며 구경을 하다가 최주사의 딸이 응석을 한다.

"아버지, 아버지께서는 딸의 덕에 이런 좋은 구경을 하시는구려. 내가 없었다면 아버지께서 여기 오실 까닭이 있소?"

"허허허, 효성은 딸이 하나 보다. 나도 딸의 덕에 이 구경을 하고 너도 옥련이 덕에 이 구경을 하는구나. 네가 네 남편이 미국 있다는 말을 들은 지가 팔구 년이 되었으나 미국 간다는 말도 없더니, 옥련이가 미국 있다는 말을 듣고 대문 밖에도 못 나가던 위인이 미국을 가니 자식에게 향하는 마음이 그러한 것이로구나."

하면서 딸을 물끄러미 보는데 최주사의 딸이 그 부친의 말을 듣다가 무슨 마음인지 눈물이 돌며 눈자위에 붉은 빛을 띠었더라.

최주사가 그 딸의 눈물 나는 모양을 보더니 또한 무슨 마음인지 눈에 눈물이 돈다. 딸의 눈물은 아버지가 양자한 아들을 데리고 뜻에 맞지 못하여 아비는 아들의 눈치를 보고 아들은 아비의 눈치를 보던 그 모양이 생각이 나서 딸자식 된 마음에 그 아버지 신세를 생각하고 나오는 눈물이요. 최주사의 눈물은 그 딸이 일청전쟁 난리 겪은 후에 내외간 이별하고 모녀간에 소식을 모르고 장팔 어미만 데리고 근심하고 고생하던 일이 불쌍한 생각이 나서 나오는 눈물이라. 서로 눈물을 감추고 서로 위로하다가 다시 옥련이 이야기가 시작되면 웃음소리가 난다.

"아버지, 우리 오던 곳이 어디며, 우리가 향하여 가던 곳은 어디요. 해를 쳐다보아도 동서남북을 모르겠소 그려. 이편을 바라보아도 물뿐이요, 저편을 바라보아도 물뿐인데 물 밖에는 하늘 외에 또 무엇이 있소. 아버지 아버지, 우리가 일본 횡빈에서 떠난 후에 이 물이 넘쳐서 세상 사람 사는 곳은 다 덮여 싸여서 물 속으로 들어갔나 보오. 처음부터 아니 보이던 산은 어찌하여 많이 보이는지 모르겠소마는 우리 눈으로 보던 산까지 아니 보이니 그 산이 어디로 갔단 말이오."

"글쎄, 나도 모르겠다. 완고[142]로 자라서 완고로 늙은 사람이 무엇을 알겠느냐. 부산 소학교 아이들이 모여 앉으면 별소리가 다 많더라 마는 무심히 들었더니 지금 생각하니 좀 자세히 들었으면 좋을 뻔하였다. 어 그 무엇이라던가. 수박같이 둥그런 땅덩이에서 사람이 산다 하니 수박같이 둥글 지경이면 이편에서 저편이 보이겠느냐. 그런 것을 물으려거든 아무 것도 모르는 완고의 애비더러 묻지 말고 신학문 배운 네 딸 옥련이더러 물어 보아라."

하며 최주사의 얼굴에 줄거운 빛을 띠었는데 옥련이 같은 딸 둔

---

142) 융통성이 없이 올곧고 고집이 셈.

최주사의 딸은 얼굴에 웃음 빛을 띠고 그 부친을 쳐다본다.

최주사의 부녀가 구경을 하다가도 옥련의 이야기요, 음식을 먹다가도 옥련의 이야기가 시작되는데, 천지간에 자식 사랑하는 정은 옥련의 모친 같은 사람은 다시없을 것 같다.

태평양에서 미국 화성돈이 멀기는 한량없이 멀건마는 지구상 공기는 한 공기라. 태평양에서 불던 바람이 북아메리카로 들이치면서 화성돈 어느 공원에서 단풍 구경을 하던 여학생 옥련이가 재채기를 한다.

"누가 내 말을 하나 보다. 웬 재채기가 이렇게 나누. 에그 내 말 할 사람이 우리 어머니밖에 누가 있나."
하면서 호텔로 들어가다 만리타국에서 부녀가 각각 헤어져 있기는 서로 섭섭한 일이나, 김관일이 다니는 학교와 옥련이가 다니는 학교가 다른 고로 학교 가까운 곳을 취하여 옥련이가 있는 호텔과 김관일이 있는 호텔이 각각이라.

옥련이가 저 있는 호텔로 가다가 돌아서서 그 부친 김관일의 호텔로 가더라. 호텔 문안으로 들어서는데 우체 군사가 김관일에게 오는 전보를 들이대니 보이가 손에는 전보를 받아 들고 한편으로 옥련이를 인도하여 김관일의 방으로 들어간다.

옥련이가 그 부친에게 인사하기를 잊었던지, 들어서며 하는 말이,

"아버지, 전보가 어디서 왔습니까?"

김관일도 옥련이더러 말할 새도 없던지,

"글쎄, 보아야 알겠다."
하면서 전보를 뚝 떼어 보더니 발신소는 미국 상항 우편국이요, 발신인은 최항래라. 전문에 하였으되,

'딸을 데리고 간다. 상항에서 배 내렸다. 내일 오전 첫차를 타고 가겠다.'

　기쁜 마음에 뜨이면 분명한 사람도 병신 같은 일이 혹 있는지, 김관일이가 전보를 들고,

　"응, 무엇이냐, 최항래. 최항래. 최항래가 네 외조부의 이름인데. 이애, 옥련아, 이 전보 좀 보아라."

　옥련이가 선뜻 받아 들고 자세히 보니 그 어머니가 온다는 전보라. 부녀가 돌려 가며 전보를 보는데 옥련의 기뻐하는 모양은 죽었던 어머니가 살아와도 그 외에 더 기뻐할 수는 없겠더라.

　그날 그때부터 옥련이는 그 어머니가 타고 오는 기차를 기다리는데 일각이 여삼추라[143]. 생각으로 해를 보내고 생각으로 밤을 보내다가 잠이 들어 꿈을 꾸었더라. 옥련이가 혼자 기차를 타고 그 어머니 마중을 나간다. 상항에서 화성돈으로 오는 기차는 옥련의 모친이 타고 오는 기차요, 화성돈에서 상항으로 가는 기차는 옥련이가 타고 가는 기차이라.

　원래 그 기차가 쌍선이 아니던지, 단선의 철도에서 오고 가는 기차가 시간을 어기었던지, 두 기차가 서로 충돌이 되었더라. 기차가 상하고 사람이 무수히 상하였는데 그 중에 조선 복색한 여편네 송장이 있는 것을 보고 옥련이가 그 어머니 죽은 송장이라고 붙들고 운다. 흑흑 느껴 울다가 제풀에 잠을 깨니 남가일몽이라.

　전깃등은 눈이 부시도록 밝고, 자명종은 열두시를 땅땅 친다. 옥련이가 그 어머니를 과히 생각하는 중에서 그런 꿈이 된 줄 알고 마음을 진정하였더라.

　옥련이의 모친이 옥련이를 생각하는 마음과 옥련이가 그 어머니를 생각하는 마음을 비교할 지경이면 누가 우등생이 될는지.

---

143) 애타게 기다릴 때는 짧은 시간도 3년 같다는 뜻으로, 몹시 지루하게 느껴진다는 말.

인간에 그런 사정은 하느님이나 자세히 알으실까.

그렇게 서로 간절하던 옥련의 모녀가 화성돈에서 만나 보는데 그 모녀가 좋아하는 모양을 볼진대 옥련이가 미칠지 옥련이 어머니가 미칠지, 둘이 다 미칠지 염려할 만도 하더라.

최주사의 부녀가 화성돈에서 삼 주일을 묵고 고국으로 돌아온다.

떠나던 전날은 일요일이라. 최주사와 김관일과 구완서와 옥련의 모녀까지 다섯 사람이 모여 앉았는데 그날은 다른 말은 별로 없고 옥련의 혼인 공론이 부산하다.

최주사 부녀는 조선 풍속이 골수에 꼭 박힌 사람이라. 내 사정만 주장하고 옥련이와 구완서를 데리고 조선으로 가서 혼인을 지낸 후에 즉시 미국으로 돌려보내겠다 하고, 김관일이는 싱긋싱긋 웃으면서 구완서만 힐끔힐끔 보고 앉았고, 옥련이는 아무 말 없이 술병을 들고 외조부 앞에 술을 따르며 앉았고, 구완서는 최주사 부녀의 말 끝나기를 기다리고 앉았는데, 최주사의 부녀는 말대답하는 사람이 다 될 것같이 옥련이와 구완서를 데리고 갈 생각으로 말한다.

구완서가 옥련의 얼굴을 물끄러미 보다가 다시 옥련의 모친을 보며 자기의 질정[144]하였던 마음을 설명한다.

"옥련같이 학문자질이 있는 따님을 두시고 날같이 용렬한 사람으로 사위를 삼으려 하시는 것은 감사하기 측량 없습니다. 그렇게 감사한 일을 생각하면 오늘이라고 말씀하시는 대로 좇을 일이오나 아직 어린 서생들이 혼인이 무엇이오니까."
하면서 다시 옥련이를 돌아다보며 허허 웃더니,

---

144) 갈피를 잡고 헤아려서 작정함.

"여보게 옥련, 지금은 우리가 동무이지, 귀국하면 내외가 될 터이지. 우리가 자유로 결혼하자 언약을 맺은 사람이라. 언약을 맺어도 자유, 언약을 피하여도 자유, 어느 때로 행례[145]할 기약을 정하는 것도 자유로 할 일이라. 나도 부모 구존한 사람이요, 그대도 부모 구존한 터이라. 부모가 미성년한 자식에게 명령할 일은 공부 잘하여라, 나라를 위하여라 하는 것이 부모 된 이들의 도리요 직분이라. 지금 우리가 고국에 돌아가면 공부에 방해도 적지 아니할 터이오. 혈기 미성한 사람들이 일찍 시집가고 장가드는 것은 제 신상에 그렇게 해로운 것은 없는지라. 그러나 우리가 제일신의 이해를 교계[146] 하는 것은 오히려 둘째로다. 여보게 옥련, 우리가 공부를 하여도 나라를 위하여 하고 살아도 나라를 위하여 살고 죽어도 나라를 위하여 죽는 것이 옳은 일이라. 여보게 옥련, 자네 마음 어떠한가. 어서 시집이나 가서 세간이나 재미있게 하면 그것이 소원인가. 자네 소원이 만일 그러할진대 우리 기왕 언약이 아무리 중하더라도 나는 그 언약보다는 더 중요한 국가를 위한다는 생각이 있으니 자네는 바삐 귀국하여 어진 남편을 구하여 하루바삐 시집가서 자네 부모의 소원대로 하게."

그 말 한마디에 옥련의 모친은 눈이 휘둥그래졌다.

"에그, 천만의 말도 하네. 내 말끝에 옥련이더러 그렇게 말할 것 무엇 있나. 말은 내가 하였지, 옥련이가 무슨 입이나 떼었나. 나는 지금부터 구완서를 내 사위로 알고 있어. 에그, 사위라 하면서 이름을 불렀네. 아무러면 허물 있나. 여보게 이 사람, 자네 옥련이더러 너의 부모 소원대로 하라 하니 우리 소원이야 하루바삐 구완서를 내 사위 삼고픈 소원 외에 또 무슨 소원이 있나. 지금

---

145) 예식을 행함.
146) 계교(計較). 비교하여 서로 대어 봄.

혼인을 하면 공부에 해로울 터이면 두었다가 아무 때나 하지.”
하며 횡설수설하는 것은 옥련의 모친이 구완서가 혼인 언약을 깨
뜨릴까 염려하는 말이더라.

최주사는 완고의 늙은이라. 구완서의 하는 말을 들은즉 버릇없
는 후레자식147)도 같고, 너무 주제넘은 것도 같은지라. 최주사의
마음에는 옥련이 같은 외손녀를 두고 어디를 가기로 구완서 만한
외손섯감을 못 고르랴 싶은 생각뿐이라. 또 최주사가 일평생을
돈 많은 기 펴고 지내던 사람이라. 자기 마음대로 하면 옥련이를
곧 데리고 나가서 극진한 신랑감을 골라서 기구 있게 혼인을 잘
지내고 싶으나 한 치 건너 두 치라, 외손의 혼인부터는 내 마음
대로 하기가 어려운 생각이 있어서 딸의 눈치도 보다가 사위의
눈치도 보며 헛기침만 하고 앉았다.

김관일은 본디 구완서의 기재를 아는 사람이라. 말없이 앉았다
가 그 부인더러 간단한 말로 옥련의 혼인은 아는 체 말자 하면서
옥련의 얼굴을 거들떠보니 옥련이는 머리 위에 꽃을 꽂고, 눈썹
은 나비를 그린 듯한데 눈은 내리깔고 앉았으니 무슨 생각이 있
는지 없는지, 옥련이를 낳은 옥련의 부모라도 뜻은 알 수 없겠더
라.

옥련이와 구완서는 몇 해 동안이든지 공부 성취하도록 고국에
돌아가지 않기로 작정하였고 혼인은 본래 작정대로 귀국하는 이
후에 성례하기로 옥련의 모친까지 그 작정을 좇아 허락하고 그
이튿날 부산으로 떠나간다.

사람이 구름같이 모여드는 정거장에서 오후 기차 시간을 기다
려서 상항 가는 기차표 사는 사람은 최주사 부녀요, 입장권 사서
들고 최주사의 부녀더러 이리 가오, 저리 가오, 시간이 되었소,

---

147) 후레아들. 배운 데 없이 멋대로 자라서 버릇이 없는 놈.

기차가 떠나겠소, 하며 가르치는 사람은 최주사의 부녀를 석별하러 온 김관일 부녀요. 정거장에 잠깐 나왔다가 학교에 동창회가 있다 하면서 기차 떠나는 것을 못 보고 먼저 들어가는 사람은 구완서요, 철도 회사 복색을 입고 이리저리 다니면서 기차를 살펴보는 사람은 장거수라. 시계를 내어 보더니 손을 번쩍 들며 호각을 부는데 호르륵 소리 한마디에 기차가 꿈쩍거린다.

　기차 속에서 눈물을 머금고,

　"옥련아, 아버지 모시고 잘 있거라."

하는 사람은 옥련의 모친. 기차 밖에서 목메인 소리로,

　"어머니, 할아버지 모시고 안녕히 가시오."

하며 눈물을 씻는 사람은 옥련. 삿보148)를 벗어 들고 손을 높다랗게 쳐들고 기차 속에 있는 최주사를 바라보며,

　"만리고국에 태평히 가시오. 대한민국 만세."

소리를 지르는 사람은 김관일. 싱긋 웃으며 턱만 끄덕 하고 김관일의 부녀 선 것을 바라보는 사람은 최주사이라.

　기차의 연기 뿜는 고동 소리가 점점 잦으며 기차는 구루마같이 달아난다. 기차는 점점 멀어지고 연기만이 남아서 공중에 서렸는데 눈물이 가득한 옥련의 눈이 기차 연기만 바라보고 섰다.

　"이애 옥련아, 울지 말고 들어가자. 오래 섰으면 철도회사 사람에게 핀잔보고 쫓겨난다. 몇 해만 지내면 나도 귀국하고 너도 귀국할 터인데 그렇게 섭섭하게 여길 게 무엇이냐. 네가 일본과 미국으로 유리149) 표박150)하여 부모의 사생을 모르고 있을 때를 생각하여 보아라. 지금은 부모를 만나 보았으니 좀 좋은 일이냐. 이애 옥련아, 우리 이 길로 공원에 나가서 바람이나 쏘이고 구경이

---

148) 모자.

149) 다른 것과 떨어져 존재함.

150) 홀로 떠돎. 표류.

나 하자.”

하면서 옥련이를 데리고 공원으로 들어가니 석양은 만리요, 상황은 보이지 아니하더라.

옥련이가 어머니를 이별하고 섭섭하여 하는 모양이 실성을 할 것 같은지라, 그 부친이 증언부언하여 옥련이를 위로하고 각기 호텔에 돌아가더라.

옥련이가 난리중에 그 부모를 잃고 타국으로 유리할 때에 그 부모가 다 죽은 줄로 알고 있던 터이라.

일본 대판 정상 군의 집에 있을 때 지내던 일을 말할지라도 학교에 가면 공부에만 정신이 쓰이고 집에 돌아오면 정상 부인에게 정도 들었고 조심도 극진히 하였고 동무를 대하면 재미있게 놀아도 보았는데 그럭저럭 부모 생각도 다 잊었으니, 미국에 온 지 사오 년 만에 천만의외에 그 부친을 만나 보고 그 어머니 생존한 줄을 알았는데 하루바삐 그 어머니 얼굴을 보고 싶으나 일변으로 생각하면 그 어머니가 살아 있는 것만 기뻐하여 얼굴에 희색이 만면하던 옥련이가 그 어머니를 만나 보고 작별하더니 얼굴에 근심빛 뿐이라.

귀에는 어머니 소리가 들리는 듯하고 눈에는 어머니 모양이 보이는 듯하다. 평양성 난리 후에 그 어머니가 고생한 이야기하던 것과 화성돈 정거장에서 그 어머니 떠나던 일은 옥련의 마음속에 사진같이 다 박혀 있다. 옥련이가 지향없이 혼잣말로,

“우리 어머니는 어디쯤이나 가셨누. 아버지도 여기에 계시고 나도 여기 있는데 어머니 혼자 우리나라로 가시는구나. 내 몸 둘이 되었으면 하나는 아버지 뫼시고 있고 하나는 어머니 뫼시고 있고지고. 우리 어머니가 평양성 중에서 십 년 동안을 근심증으로 지내시고 또 혼자 평양으로 가시는구나. 나를 생각하시느라고 병환이나 아니 날까.”

옥련이가 그렇게 어머니를 생각하고 있는데 그 어머니 마음은 어떠할꼬. 옥련의 어머니는 남편도 이별하고 그 딸 옥련이도 이별하였으니 그 이별은 겹이별이라. 그 근심이 오직 대단할 것 아니언마는 옥련의 모친 마음이 그렇지 아니하고 도리어 기쁜 마음뿐이라.

귀(鬼)의 성(聲)

귀(鬼)의 성(聲)

제 1 장

깊은 밤 지는 달이, 춘천 삼학산(春川 三鶴山) 그림자를 끌어다가 남내면(南內面) 솔개[松峴] 동네 강동지(姜同知) 집 건넌방 서창에 들었더라.

창호지 한 겹만 가린 홑창 밑에서, 긴 베개 한 머리 베고 넓은 요 한편에 혼자 누워 있는 부인은, 나이 이십이 될락말락하고 얼굴은 돋아 오는 반달같이 탐스럽더라.

그 부인이 베개 한 머리가 비어서 적적한 마음이 있는 중에, 뱃속에서 팔딱팔딱 노는 것은 내월만 되면 아들이나 딸이나 낳을 터이라고 혼자 마음에 위로가 된다. 서창에 비치는 달빛으로 벗을 삼고, 뱃속에서 꼼지락거리고 노는 아이로 낙을 삼아 누웠으나, 이런 생각 저런 생각 잠 못 들어 애를 쓰다가 삼학산 그림자가 창을 점점 가리면서 방 안이 우중충하여지는데, 부인도 생각을 잊으며 잠이 들었더라.

잠든 동안에, 게으른 놈은 눈도 몇 번 못 꿈적거릴 터이나, 부인의 꿈은 빨랫줄같이 길게 꾸었더라.

꿈을 꾸다가 가위를 눌렸던지 소리를 버럭 질러서 그 집 안방에서 잠자던 동지의 내외가 깜짝 놀라 깨었는데, 강동지의 마누라가 웃통 벗고 넓은 속곳 바람으로 한걸음에 뛰어왔다.

"이애 길순아, 문 열어라, 문 열어라, 이애 길순아."

길순이를 두세 번 부르다가 길순이가 대답이 없으니, 다시 안방으로 향하고 강동지를 부른다.

"여보 영감, 이리 좀 건너오시오. 길순의 방에서 무슨 이상한 소리가 들렸는데 아무리 불러도 대답이 없으니 웬일이오?"

벌거벗고 자던 강동지가 바지만 꿰고 뛰어나와 건넌방 문을 흔든다.

"이애 길순아, 길순아, 길순아."

길순이를 부르느라고 온 집안이 법석을 하는데, 그 방 속에 있는 길순이가 잠이 깨었으나, 숨소리도 없이 누웠다가 마지못하여 대답하는 모양이라.

"아버지 어머니는 그 대단한 길순이가 무슨 염려가 되어 저렇게 애를 쓰시오. 길순이는 죽든지 살든지 내버려 두고 들어가서 주무시오."

하더니 다시는 아무 소리 없는데, 길순이 가슴은 녹는 듯하여 베개에 드러누웠고, 강동지 내외는 죄나 지은 듯이 헛웃음을 웃으면서,

"오냐, 잠이나 잘 자거라. 무슨 소리가 들리기로 염려가 되어서 그리하였다."

하면서 안방으로 건너가더니, 강동지 마누라는 웃통을 벗은 채로 방 한가운데 앉았는데, 무슨 생각을 하는지 얼빠진 사람같이 우두커니 앉았더라.

그때는 달 그림자가 지구를 안고 깊이 들어간 후이라 강동지

집 안방이 굴속같이 어두웠는데, 강동지는 그렇게 어두운 방에서 담뱃대를 찾으려고 방 안을 더듬더듬 더듬다가 담뱃대는 아니 잡히고 마누라의 몸뚱이에 손이 닿더라.

판수[1]가 계집을 만지듯이, 마누라의 머리에서부터 더듬어 내려오더니, 중늙은이도 젊은 마음이 났던지 담뱃대는 아니 찾고 마누라를 드러누이려 하니, 마누라가 팔을 뿌리치며 하는 말이,

"여보 좀 가만히 있소, 남은 경황이 없는데 왜 이리하오."

"왜, 무슨 걱정 있나?"

"여보, 자식에게 저 몹쓸 노릇을 하고 걱정이 아니 된단 말이오? 나는 우리 길순이 생각을 하면 뼈가 녹는 듯하오. 자식이라고는 그것 하나뿐인데, 금옥같이 길렀다가 지금 와서 저러한 신세가 되니, 그것이 뉘 탓이오? 초록은 제 빛이 좋다고, 사위를 보거든 같은 상사람끼리 혼인하는 것이 좋지, 양반 사위 좋다고 할 빌어먹을 년이 있나. 내 마음대로 할 것 같으면 가난한 집 지차 자식(之次子息)[2]이든지, 그렇지 아니하면 부모도 없고 사람만 착실한 아이를 골라서 데릴사위를 삼아서 평생 데리고 있으려 하였더니, 그 소원이 쓸데없고, 사위 없는 딸 하나만 데리고 있게 되었소. 여보 영감, 양반 사위를 보려고 남을 입도 못 벌리게 하고 풍을 칠 때에는, 그 혼인만 하면 하늘에서 은이나 금이 쏟아지는 것 같고 길순이는 신선이나 되는 듯하더니, 사위 덕을 얼마나 보았소?"

"말 좀 나직나직 하게. 길순이 들으이. 덕은 적게 본 줄로 아나? 김승지 영감이 춘천 군수로 있을 때에, 최덜퍽에게 빚 받은 것은 생억지의 돈을 받았지, 어데 그러한 것이 당연히 받을 것인

---

1) 점치는 일로 업을 삼는 소경.
2) 맏아들이 아닌 자식.

가? 그나 그뿐인가, 청(請)질3)은 적게 하여 먹었나?"

"에그 끔찍하여라. 큰 수 났군. 그러나 그 수 나서 생긴 돈은 다 어디 두었소?"

"아따, 그런 답답한 말도 있나? 빚 갚은 것은 무엇이며, 그 동안 먹고 쓴 것은 무엇인가. 우리가 백척간두(百尺竿頭)4)에 꼭 죽을 지경에, 김승지 영감이 춘천 군수로 내려와서 우리 길순이를 첩으로 달라 하니, 참 용꿈 꾸었지. 내가 전에는 풍언 하나만 보아도 설설 기었더니, 춘천 군수 사위 본 후에는 내가 읍내를 들어가면, 동지님 동지님 하고, 어디를 가든지 육회 접시 술잔이 떠날 때가 없었네. 그 영감이 비서승(秘書丞)5)으로 갈려 들어가지 말고 춘천 군수로 몇 해만 더 있었다면, 우리가 수 날 뻔하였네. 여편네들은 아무것도 모르면서, 집안에서 방정을 떨고 있으니 될 것도 아니 되어. 잠자코 가만히만 있게. 그 양반 덕에 우리가 또 수 날 때 있으니."

하는 소리에 마누라가 골이 잔뜩 났더라.

무식한 상사람은 내외 다툼이 나면 맹세지거리6), 욕지거리가 아니면 말을 못 한다.

"그 빌어먹을 소리 좀 마오. 집안이 잘 될 것을 여편네가 방정을 떨어서 아니 되었소그려. 내일부터 내가 벙어리 되면 하늘에서 멍석 같은 복이 내려와서 강동지의 머리에서부터 내려 덮어 씌울 터이지, 어디 좀 두고 보아야. 양반 사위 보고 그 덕에 청질이나 해먹고, 읍내 가면 육회 접시, 술잔 얻어먹었다고 그까짓 것

---

3) 어떤 일을 하는데 남한테 부탁하여 그 힘을 비는 것.
4) 매우 위태롭고 어려운 지경에 빠짐.
5) 구한국 때 비서감(秘書監)·비서원(秘書院)의 한 벼슬.
6) 매우 잡스러운 말로써 맹세하는 모양으로 하는 말. '약속을 어기면 개자식이다' 같은 것.

을 덕본 줄 알고, 길순에게는 저러한 적악[7]한 줄은 모르니, 참 답답한 일이오. 길순이는 정절 부인이 되려나, 왜 다른 데로 시집을 아니 가고, 김춘천인지 김승지인지 그 망할 놈만 바라고 있어. 김승지 김승지가 다 무엇이오. 그런 김승지 같은 놈이 어디 있단 말이오. 저의 마누라가 무서워서, 첩을 데려가지 못하고, 저렇게 둔단 말이오? 아내가 그렇게 겁이 날 것 같으면 당초에 첩을 얻지 말 일이지, 얻어 놓고 남에게 저런 못 할 노릇을 해? 그 망할 놈, 편지나 말면 좋으련만 편지는 왜 하는지. 내일은 길순이더러 다른 서방을 얻으라고 일러서, 만일 아니 듣거든 쳐죽여야. 호강하려고 남의 첩 되었다가 어떠한 빌어먹을 년이 고생하고 근심하려고 있어?"

하는 소리에 강동지는 골이 나서, 제 계집을 박살이라도 내고 싶으나 꿀꺽꿀꺽 참고 잠자코 있는 것은 계집을 아껴서 참는 것이 아니요, 돈을 아껴서 참는 것이라.

돈은 무슨 돈인가. 강동지의 마음에는 길순이를 돈덩어리로 보고 있는 터이라, 그 돈덩어리를 덧냈다가 중병이 나면 탈이라고 생각하면서, 어느 틈에 담뱃대를 찾아서 담배를 붙였던지, 방바닥에서 담뱃불만 반짝반짝한다. 단풍머리 찬바람에 이슬이 어려 서리 되는 새벽 기운이라, 열이 잔뜩 났던 마누라가 몸이 써느렇게 식었는데 옷을 찾아 입느라고 부스럭부스럭하더니 윗목에 가서 혼자 옹그리고 등걸잠[8]을 잔다.

"여보게 마누라, 마누라, 감기 들려고 윗목에서 등걸잠을 자나?"

마누라는 숨소리도 없이 쥐죽은 듯이 누웠는데, 강동지는 그

---

7) 못된 짓을 하여 많은 죄악을 쌓음.
8) 아무 것도 덮지 아니하고 옷을 입은 채 아무데서나 쓰러져 자는 잠.

마누라의 잠 아니 든 줄을 알면서 모르는 체하고 혼잣말로,

"계집이란 것은 하릴없는 것이야. 고런 방정이 있나? 김승지 영감이 날더러 길순이 데리고 서울로 올라오라고 기별까지 하였는데, 집안에서 그런 말을 하면 그날 그시로 아니 떠난다고 방정들을 떨 듯하여서 내가 잠자코 있었지. 내가 영웅이지, 조 방정에 그 소리를 듣고 한시를 참아. 윗목에서 등걸잠을 자다가 감기나 들어서 뒈어졌으면."

하더니 담뱃대를 탁탁 떨고 이불 속으로 쑥 들어가니, 마누라는 점점 추운 생각이 나서 이불 속에로 들어 가고 싶으나 강동지가 부를 때에 들어가지 아니하고, 지금 제풀에 들어가기도 열적은 일이라, 다시 부르기를 기다려도 부르지는 아니하고 제풀에 골이 나서 새로이 일어나더니 혼잣말로,

"이 원수 같은 밤은 왜 밝지 아니하누. 내가 감기나 들어서 거꾸러지기만 기다리는 그까짓 영감을 바라고 살 빌어먹을 년이 있나. 날이 밝거든 내 속으로 낳은 길순이까지 쳐죽여 버리고, 내가 영감 앞에서 간수9)나 마시고 눈깔을 뒤어쓰고 죽는 것을 뵈일 터이야."

"죽거나 말거나 누가 죽으랬나. 공연히 제풀에 방정을 떨어. 죽거든 혼자나 죽지. 애꿎은 길순이는 왜 쳐죽인다 하는지, 김승지가 날마다 기다리고 있는 길순이를……."

그렇게 싱거운 싸움하는 소리가 단칸마루 건넌방에 혼자 누운 길순의 귀에는 낱낱이 유심히 들린다. 강동지의 엉터리도 없는 거짓말에 길순이 귀에는 낱낱이 참말로 들렸더라.

---

9) 소금이 습기를 만나 저절로 녹아 흐르는 물. 고염(苦鹽).

제 2 장

길순이는 강동지의 딸이라. 그 애비에게 속기도 많이 속았는데, 만일 남에게 그렇게 속았으면 다시는 참말을 들어도 거짓말로 들을 터이나, 자식이 부모를 믿는 마음에 의심도 없이 또 속는다.

그 안방에서는 강동지의 솜씨 있는 거짓말 한마디에 마누라의 포달[10]은 제풀에 줄어져서 크던 목소리 작아지고 작던 목소리 없어지더니, 그대로 잠이 들었던지 아무 소리도 아니 들리더라.

길순이의 베개가 다시 조용하여졌더라.

창 밖에 오동나무 가지에서 새벽 까치가 두세 마디 짖는데, 그 까치의 소리가 길순의 베개 위에 똑똑 떨어진다.

길순이가 잠 못 든 눈을 감고 누웠다가 눈을 번쩍 떠서 보니 창 밖에는 다 밝은 날이라.

"까치야 까치야, 반기어라. 김승지 댁에서 날 데리러 교군 오는 소식을 전하느냐. 에그, 그 집 인품은 어떠한고, 어서 좀 가서 보았으면……."

하더니 한 번 뒤쳐 누우면서 발로 이불을 툭 차서 이불이 허리 아래만 걸쳤더라.

일평생에 서울을 못 가보고 죽으려니 생각하고 있을 때는 그 근심뿐이더니, 서울로 올라가려니 생각하고 있으니 남모르는 걱정이 무수히 생기더라.

기품 좋고 부지런한 강동지는 벌써 일어나서 앞뒤로 돌아다니면서 잔소리를 하더니 동네 막걸리집으로 나가더라.

---

10) 남을 미워하고 샘을 잘 내서 악을 쓰고 함부로 주워 대는 말.

강동지의 마누라가 무슨 경사나 난 듯이 길순의 방에로 건너오더니 입이 헤벌어져서 길순이를 부른다.

"이애 길순아, 네가 저렇게 탐스럽게 잘생긴 얼굴을 가지고 팔자가 사나울 리가 있느냐."

"무슨 팔자 좋을 일이 생겼소?"

"오냐, 걱정 마라. 우리가 그 동안에 헛근심을 그렇게 하고 있었다. 내가 오늘이야 처음으로 너의 아버지에게서 자세한 말을 들었다. 김승지가 너의 아버지더러 너를 데리고 서울로 오라고 노자까지 보냈다는데, 너의 아버지가 돈을 썼는지, 우리더러 그 말을 아니하고 있었다가, 오늘 새벽에 처음으로 그 말을 하시더라. 어떻게 하던지 내일은 너를 데리고 서울로 간다 하니, 오늘부터라도 행장을 차려라. 네가 올라간 뒤에는 우리도 차차 네게로 올라가겠다. 우리 내외가 늙게 와서 너밖에 의지할 데 있느냐."
하면서 눈물이 뚝뚝 떨어지니, 길순이가 마주보며 눈물을 흘리는데, 그날 그시로 모녀 상별하는 것 같은지라.

그때 강동지가 식전 술을 얼근하도록 먹고 제 집에 들어오는데, 새벽녘에 거짓말하던 일은 언제 무엇이라 하였던지 생각도 아니 나는데, 그 마누라가 모녀 마주보며 우는 것을 보더니 서슬 있게 소리를 지르더라.

"요 방정맞은 것들, 계집년들이 식전참에 울기는 왜 우느냐?"

길순의 모녀가 평생에 그런 일을 처음으로 당하는 것 같으면 여편네 마음에 경풍(驚風)11)을 하였을 터이나, 강동지의 그따위 소리는 그 집안에서 예사로 듣는 터이라, 강동지가 빚만 졸려도 화풀이는 집안에 들어와서 만만한 계집 자식에게 하고, 술만 취하여도 주정은 계집 자식에게 하고, 무슨 경영하던 일이 아니 되

____

11) 경련을 일으키는 병의 총칭.

어도 심중은 집 안에 들어와서 부리는 고로, 그 마누라는 강동지의 주먹이나 무서워할까, 여간 잔소리는 으레 들을 것으로 알고 있다.

"아따, 답답한 소리도 하시구려. 길순이가 내일 떠나면 언제 다시 볼는지, 우리가 추후로 올라간다 하기로 말이 그러하지 쉬운 일이오. 여보, 오늘 하루만 걱정을 좀 마시고 잠자코 계시구려. 길순이를 집에 두고 보면 며칠이나 볼라구 그리하시오."
하면서 눈물이 쏟아지니,

"어머니, 울지 말으시오. 내가 아버지 걱정을 들으면 며칠이나 듣겠소. 서울로 올라가면 아버지 걱정을 듣고 싶으기로 얻어들을 수가 있겠소. 걱정을 하시든지 귀애하시든지 믿을 곳은 부모밖에 또 있소. 내가 서울로 가기는 가나, 웬일인지 마음이 고약하오. 어젯밤에 꿈자리가 하도 사나우니 꿈땜이나 아니할는지."
하면서 꿈 생각이 나더니 소름이 족족 끼치고, 눈물이 뚝 그쳤다.

"글쎄, 그 이야기 좀 하여라. 어젯밤에 네가 자다가 무슨 소리를 그렇게 질렀는지 좀 물어 보려 하다가 딴말 하느라고 못 물어 보았다. 꿈을 꾸고 가위를 눌렸더냐?"

길순이는 대답 없이 가만히 앉았고, 강동지는 마누라와 길순의 얼굴만 흘끔흘끔 보며 담배를 부스럭부스럭 담는다.

길순이는 꿈 생각만 하고 있고, 강동지는 거짓말할 경륜12)을 하고 있다. 길순이는 꿈 생각은 잊어서 생각하는 것이 아니라, 무섭고 끔찍하여 앞일 조심되는 그 생각을 하고 있고, 강동지의 거짓말할 생각은 차일피일하고 딸을 아니 데리고 가자는 일이 아니라, 이번에는 무슨 귀정13)이 날 일을 생각한다.

---

12) 일을 조직적으로 계획함.
13) 잘못되어 가던 일이 바른 길로 돌아옴.

　못된 의사라도 의사는 방통이 같은 사람이라, 아무 소리도 없이 고개를 끄덕끄덕 하며 빙긋빙긋 웃는다.

　무슨 경륜을 하였는지, 아비의 얼굴에는 기쁜 빛이요, 어미의 눈에는 눈물 방울이요, 딸의 가슴에는 근심덩어리라. 세 식구가 서로 보며 한참 동안을 아무 소리가 없더니, 말은 기쁜 마음 있는 사람이 먼저 냅뜬다.

　"오냐 두말 마라. 솔개 동네서 서울이 일백구십 리다. 내일 새벽 떠나면 아무리 단패교군(單牌轎軍)14)이라도 모레 저녁때는 일찍 들어간다. 마누라, 아침밥 좀 일찍이 하여 주게. 어디 가서 교군 잘하는 놈 둘만 얻어야 하겠네. 아니 그럴 것도 없네. 나는 아직 밥 생각도 없으니 지금으로 어디 가서 교군 먼저 얻어놓고."

하면서 뒤도 아니 돌아보고 문 밖으로 나가니, 길순이 모녀는 눈앞에 이별을 두고 아침밥 지어 먹기도 잊었던지 둘이 마주보고만 앉았더라.

　"어머니, 내 꿈 이야기 좀 들어 보시오. 꿈에는 내가 아들을 낳아서 두 살이 되었는데, 함박꽃같이 탐스럽게 생긴 것이 나를 보고 엄마 엄마 하면서 내 앞에서 허덕허덕 노는데, 우리 큰마누라라 하는 사람이 상긋상긋 웃으며 어린아이를 보고 두 손바닥을 톡톡 치면서 이리 오너라, 이리 오너라 하니, 천진한 어린아이가 벙긋벙긋 웃으며 고사리 같은 작은 손을 내미니, 큰마누라가 와락 달려들어서 어린아이의 두 어깨를 담싹 움켜쥐고 반짝 들더니 어린아이 대강이서부터 몽창몽창 깨물어 먹으니, 내가 놀랍고 끔찍하여 어린아이를 뺏으려 하였더니, 큰마누라가 반 토막쯤 남은 아이를 집어던지고 피가 빨갛게 묻은 주둥이를 딱 벌리고 앙상한 이빨을 흔들며 왈칵 달려드는 서슬에 질겁을 하여 소리를 지르며

---

14) 가마를 메고 가는데, 교대할 사람이 없이 단 두 사람이 한 패로 메고 가는 교군.

잠이 깨었으니, 무슨 꿈이 그렇게도 고약하오?"

"이애, 그 꿈 이야기를 들으니 소름이 끼치는구나. 그러면 서울로 가지 말고 집에 있거라. 네가 지금 열아홉 살에 전정(前程)15)이 만리 같은 사람이 김승지가 아니면 서방이 없겠느냐. 우리 같은 상사람이 수절이니 기절이니, 그따위 소리는 하여 무엇 하느냐? 어디든지 고생이나 아니할 곳으로 보내 주마. 나는 사위 덕도 바라지 아니한다. 사람만 착실하면 돈 한푼 없는 걸인(乞人)이라도 관계없다."

"어머니, 그 말 마오. 좋은 일도 팔자에 타고나고 흉한 일도 팔자에 타고나는 것이니, 내 팔자가 좋을 것 같으면 김승지 집에 가서도 좋을 것이요, 흉할 것 같으면 어디를 가기로 그 팔자 면할 수 있소? 또 사람의 행실은 반상(班常)16)으로 의논할 것이 아니요, 사족17)의 부녀라도 제 마음 부정한 사람도 있을 것이요, 불상년이라도 제 마음 정렬한 사람도 많을 터이니, 나는 아무리 시골 구석에 사는 상년이라도 두 번 세 번 시집 가기는 싫소. 시집에 가서 좋은 일이 있든지 흉한 일이 있든지 갈 길은 하루바삐 가고 싶소."

해가 낮이 되도록 모녀의 공론은 그치지 아니하였는데, 강동지는 벌써 제 집으로 돌아왔더라. 조그마한 일을 보아도 볼멘소리를 하던 강동지가 그날은 별다른 날인지, 낮이 되도록 아침밥을 아직 아니하였단 말을 들어도 야단을 아니 치고 길순이가 배고프겠다 어서 밥 지어 먹여라 하는 말뿐인데, 내일 새벽에 길 떠날 준비를 다 하고 들어온 모양이라.

길순이는 행장을 차린다 하면서 경대의 먼지 하나 털지 못하고

---

15) 앞길.
16) 양반과 상사람.
17) 문벌이 좋은 집안.

그 날 해가 졌더라.

강동지의 마누라는 허둥거리느라고 길순의 행장 차리는 것도 거들어 주지 못하고 있다가 길 떠나는 날 새벽이 된 후에 문 밖에서 말 워낭[18] 소리 나는 것을 듣고, 한편으로 밥 짓고 한편으로 말죽 쑤고 한편으로 행장을 차리는데, 어찌 그리 급하던지 된장을 거르다가 말죽 솥에도 들어붓고, 행장을 차리다가 옷 틈에 걸레까지 집어넣더라. 그렇게 새벽부터 법석을 하나, 필경 떠날 때는 해가 낮이 된지라, 강동지의 수선에 길순이는 밥 먹을 동안도 없이 교군을 타는데, 모녀가 다시 만나 보리 못 보리 하면서 울며불며 이별이라. 솔개 동네는 여편네 천지런지, 늙은 여편네, 젊은 여편네가 안마당 바깥마당에 그득 모여서, 언제 길순이와 정이 그렇게 들었던지 길순의 모녀 우는 대로 덩달아서 눈물을 흘린다. 이 눈에도 눈물 저 눈에도 눈물.

약한 마음 여린 눈에 남 우는 것 보고 감동되어 눈물 나기도 예사라 하련마는, 흑흑 느끼며 우는 것은 이상한 일이라. 이웃집 노파는 길순이를 길러 내서 정이 그렇게 들었다 하더라도 곧이들을 만하거니와, 아랫마을 박첨지의 며느리는 길순이와 초면인데, 그 시어머니 따라서 길순이 떠나는 것 보러 온 사람이라. 처음에는 비죽비죽 울기를 시작하더니, 나중에는 남부끄러운 줄도 모르고 목을 놓아서 엉엉 우니, 그것은 울음판에 와서 제 친정 생각하고 우는 사람이라.

"어, 이리하다가 오늘 길 못 떠나겠구나. 이애 길순아, 어서 교군 타거라. 여보게 교군, 어서 교군채 메고 일어나게. 자아, 동네 아지만네 여러분들 편안히 계시오. 서울 다녀 와서 또 뵈옵겠습니다. 이애 검둥아, 말 이리 끌어 오너라."

---

18) 마소의 턱 아래에 늘어뜨린 쇠고리 또는 마소의 귀에서 턱 밑으로 늘여 단 방울.

하더니 부담말에 치켜 타니 교군 한 채 말 한 필은 신연강(新延
江)으로 향하여 가고, 솔개 동네 여편네들은 하나씩 둘씩 제 집
에 돌아가고, 강동지 마누라는 혼자 빈집에 들어와서 목을 놓고
운다.

제 3 장

　본래 김승지가 서울로 올라갈 때에 강동지더러 하는 말이, 춘
천집은 데리고 가지 못할 사기(事機)가 있으니, 아직 자네 집에
두고 기다리다가 언제든지 내가 치행(治行)19)할 돈을 보내며 서
울로 오라 하기 전에는 부디 오지 말라는 당부가 있은지라.
　그러한 사정이 있는데, 길순이가 잠꼬대하던 날 새벽에, 강동지
의 마누라가 포달부리는 서슬에 강동지가 거짓말로 서울 김승지
집에서 길순이를 오라 하였다 하고, 또 하는 말이 내일은 길순이
를 데리고 서울로 올라가겠다 하였는데, 밝은 후에 일어나서 술
집에 가서 식전 술을 얼근하게 먹고 집에 들어와 본즉, 길순이
모녀가 당장 이별하는 사람같이 다시 만나 보느니 못 보느니 하
며 우는 것을 보고, 강동지가 기가 막혔더라. 강동지가 성품은 강
하고 힘은 장사이라, 하늘에서 떨어지는 벼락도 무섭지 아니하고
삼학산에서 내려오는 범도 무섭지 아니하나, 겁나는 것은 양반과
돈이라.
　양반과 돈을 무서워하면 피하여 달아나는 것이 아니라, 어린아
이 젖꼭지 따르듯 따른다. 따르는 모양은 한 가지나, 따르는 마음
은 두 가지다. 양반을 보면 대포를 놓아서 무찔러 죽여 씨를 없애

---

19) 길 떠날 행장을 차림.

고 싶은 마음이 있으면서 거죽으로 따르고, 돈을 보면 어미 아비보다 반갑고 계집 자식보다 귀애하는 마음이 있어서 속으로 따른다.

그렇게 따르는 돈을 이전 시절에 남부럽지 아니하게 가졌더니, 춘천 부사인지 군수인지, 쉽게 말하면 인피 벗기는 불한당들이 번갈아 내려오는데, 이놈이 가면 살겠다 싶으나, 오는 놈마다 그놈이 그놈이라, 강동지의 돈은 양반의 창자 속으로 다 들어가고 강동지는 피천[20] 대푼 없이 외자[21]술이나 먹고 집에 돌아와서 화풀이로 세월을 보내더니 서울 양반 김승지가 춘천 군수로 내려와서, 지방 정치에는 눈이 컴컴하나 어여쁜 계집 있다는 소문에는 귀가 썩 밝은 사람이라, 솔개 동네 강동지의 딸이 어여쁘단 말을 듣고, 강동지를 불러서 고소대같이 치켜세우더니, 알깍쟁이가 다 된 책방(冊房)[22]을 시켜서 강동지를 어떻게 삶았던지 김승지가 죽어라 하면 죽고 싶을 만하게 된 터에, 김승지가 길순이를 첩으로 달라 하니, 강동지의 마음에는 이제 큰수 났다 하고 그 딸을 바쳤는데, 일 년이 못 되어 군수가 갈린지라. 세력이 없어서 갈린 것도 아니요, 싫어서 내놓은 것도 아니라.

김승지의 실내(室內)[23]는 서울 있다가 그 남편이 춘천 가서 첩을 두었다는 소문을 듣고, 열 길 스무 길을 뛰며 당장에 교군을 차려서 춘천으로 내려가려 하는데, 온 집안이 난리를 당한 것같이 창황[24]한 중에, 김승지의 아우가 급히 통신국에 가서 춘천으로 전보하더니, 춘천 군수가 관찰부 수유(受由)도 못 얻고 서울로

---

20) 아주 적은 액수의 돈.
21) 외상.
22) 조선 왕조 때 고을 원의 비서 사무를 맡아 보던 사람.
23) 남의 아내의 일컬음.
24) 어찌할 겨를이 없이 매우 급함.

올라가서 비서승으로 옮긴 터이라.

길순이 모녀는 그렇게 자세한 사정은 다 모르나 강동지는 자세히 아는지라. 그런 괴상야릇한 사기가 있는데, 만일 내일 떠난다 하고 또 떠나지 아니하고 있다가, 그 마누라가 그 사기를 알고 길순이를 충동하여 마음이나 변하게 할까 의심하여, 새 의사가 나서 불고 전후하고 길순이를 데리고 가서 김승지에게 맡기면 무슨 도리가 있으리라 하는 경영이리라.

제 4 장

시작이 반이라 떠난 지 사흘 만에 서울로 들어갔는데, 아무 통기도 없이 김승지 집으로 들어가더라. 김승지가 그리 서슬 있는 세도 재상은 아니나, 일년에 천 석 추수를 하느니 이천 석 추수를 하느니, 그러한 부자 득명하는 터이라.

솟을대문 줄행랑이 강동지 눈에 썩 들며, 그 재물이 반은 제 것이 되는 듯하여 입이 떡 벌어지며 흥이 났더라. 하마석(下馬石)25) 앞에서 말께 내리면서 하게 하던 교군더러 서슴지 아니하고 해라를 한다.

"이애 교군아, 어서 안중문으로 교군 뫼셔라."
하면서 강동지는 큰사랑으로 들어가더라.

하인청에서 꼭두가 세 뼘씩이나 되는 하인들이 나서면서,
"여보, 어디 행차요."
"네에, 춘천 솔개 동네 행차 뫼시고 왔소."
"어디를 그리 함부로 들어가오. 그 중문간에 모셔 놓고 기다리

---

25) 노둣돌.

오. 내 들어가서 하님[26] 부르리다."

하더니 하인은 안으로 들어가고 교군은 중문간에 내려놓았더라.
길순이는 교군 속에 앉아서 별 생각이 다 난다.

'내가 왔단 말을 들으면 영감이 오죽 반가워하랴. 춘천 군수로
있을 때에 하루 한 시만 나를 못 보면 실성한 사람 같더니, 그동
안에 날 보고 싶어 어찌 살았누. 영감은 날더러 올라오라고 노자
보낸 지가 오랬을 터이지마는, 필경 우리 아버지가 돈을 다 쓰시
고 나를 속인 것이야. 영감이 글도 잘한다는데, 왜 언문은 그렇게
서투르던지. 편지를 하면 아버지에게만 하고, 내게는 아니하니 내
가 우리 아버지에게 속은 것이야. 어찌 되었던지 이제는 서울로
올라왔으니 아무 걱정 없지. 집도 크고 좋아라. 나 있을 방은 어
덴구.'

그렇게 생각하며 교군 속에 앉았는데, 안대청에서 웬 여편네
목소리가 나기 시작하더니, 아이 종, 어른 종, 행랑것들이 안마당
으로 모여드는데 춘천 읍내 장꾼 모여들 듯한다.

여편네 목소리지마는 무당년의 소리같이 씩씩하고 시원한데,
폭포수 쏟아 놓듯 거침새 없이 나오는 말이라.

마루청이 쪼개지도록 발을 구르더니, 명창 광대가 화룡도 상성
(上聲)[27] 지르듯이,

"금단아, 사랑에 가서 영감 여쭈어라. 영감이 밤낮으로 기다리
시던 춘천집이 왔습니다고 여쭈어라. 요 박살을 하여 놓을 년, 왜
나가지 아니하고 알진알진하느냐. 요년, 이리 오너라. 내가 저년
부터 쳐죽여야 속이 시원하겠다. 옥례야, 점순아."

하며 소리소리 지르는데, 그 집이 큼직한 집이라 안대청에서 목

---

26) 계집 종들이 서로 존대하여 부르는 말.
27) 높은 소리.

청 좋게 지르는 소리라도, 사랑에는 잘 들리지 아니하는지라, 강동지는 영문도 모르고 김승지 앞에 와서 길순이를 데리고 온 공치사만 한다.

김승지는 앉은 키보다 긴 담뱃대를 물고 거드름이 뚝뚝 듣게 앉았던 사람이 깜짝 놀라는 모양으로, 물었던 담뱃대를 쑥 빼들고, 강동지 앞으로 고개를 쑥 두르면서,

"응, 춘천집이 올라왔어, 그래 어데 있나."

"……."

"아, 교군이 이 밖에 왔나. 미리 통기나 있고 들어왔더면 좋았을 것을…… 그것 참 아니 되었네. 기왕 그렇게 되었으니, 자네나 이 길로 그 교군을 데리고 계동 박참봉 집을 찾아가서, 내 말로 춘천집을 좀 맡아 두라 하게."

"……."

"아따, 아무 염려 말고 가서 내 말대로 하게. 나도 곧 그리로 갈 터이니 어서 가게. 박참봉에게 부탁하여, 오늘로 곧 집주름28) 불러서 조그마한 집이나 사게 하고, 세간 배치하여 줄 터이니 어서 그리로 데리고 가게. 어, 이 사람 지체 말고 어서 가게. 그러나 먼 길에 삐쳐29) 와서 곤하겠네. 시골서 그 동안에 굶지나 아니하였나. 응, 걱정 말게. 자네 내외 두 식구쯤이야 어떻게 못 살겠나?"

그 소리 한마디에 강동지가 일변 대답을 하며 밖으로 나가더라.

김승지가 춘천집이 왔다하는 말을 들을 때에, 겁을 띤 마음에 제말만 하느라고 강동지에게 자세한 말은 묻지도 아니하였는데, 춘천집의 교군은 대문 밖에 있는 줄만 알았던지 강동지를 보내면서, 그 눈치를 그 부인에게 보이지 아니할 작정으로 시치미를 뚝

---

28) 집 홍정 붙이는 일로 업(業)을 삼는 사람.
29) 느른하여 기운이 없어져.

떼고 안으로 들어가다가 사랑 중문 밖에 강동지가 선 것을 보고,

"왜 안 가고 거기 섰나?"

그러한 정신없는 소리 하는 중에 안중문간으로 사람이 들락날락하면서 수군수군하는 것을 보고 강동지에게 눈짓을 쓱 하면서 안중문으로 들어가다가 보니, 교군은 안중문간에 놓였는데, 안대청에서는 그 부인이 넋두리하는 소리가 들리고, 교군 속에서는 춘천집이 모기 소리같이 우는 소리가 들리는데, 김승지의 두루마기 자락이 울음 소리나는 교군을 스치고 지나간다.

가만히나 지나갔으면 좋으련만, 그 못생긴 김승지가 춘천집 교군 옆으로 지나면서, 웬 헛기침은 그리 하던지, 내가 여기 지나간다 하는 통기 하듯 헛기침 두세 번을 하고 지나가니, 춘천집은 기가 막혀서 소리를 삼키고 울다가 김승지의 기침 소리를 듣더니 반갑고도 미운 마음이 별안간에 생기면서 울음 소리가 커지더라.

춘천집이 만일 산전수전 다 겪고 거침새 없는 계집 망나니 같으면, 김승지가 그 당장에 두 군데 정장을 만나고, 대번에 세상 물정을 알았을 터이나, 춘천 솔개 구석에서 양반 무서운 줄만 알던 백성의 딸이라, 또 춘천집은 비록 상사람이나 사족 부녀가 따르지 못할 행실이 있던 계집이라, 춘천집이 기가 막혀서 우는 목소리가 점점 커지다가, 무슨 조심이 나던지 울음 소리가 다시 가늘어진다.

김승지는 중문간 울음 소리를 들을 때는 애처로운 마음에 뼈가 녹는 듯하더니, 안마당이 가득 차도록 들어선 사람을 보니, 수치한 마음에 얼굴에 모닥불을 담아 부은 듯하더라.

"이것들 무슨 구경 났느냐? 웬 계집년들이 이렇게 들어왔느냐. 작은돌아, 네 이년들 냉큼 다 내쫓아라. 저 조무래기까지 다 내쫓아라."

하면서 안마루 끝 섬돌에 우뚝 올라서니, 그 부인이 김승지가 마

당에 들어오는 것을 보고, 무슨 마음인지 아무 소리 없이 안방으로 튀어들어가서 앉았는데, 눈에서 모닥불이 똑똑 떨어진다.

김승지가 마당에 있는 사람들을 다 내쫓았으나, 마루 위아래에 선 사람들은 침모, 유모, 아이종들이라, 그것들까지 멀찍이 있었으면 좋으련만, 필경 마누라에게 우박 맞는 것을 저것들은 다 보리라 싶은 마음에 아무쪼록 집안이 조용하도록 할 작정으로 서투른 생시치미를 떼느라고 침모를 보며,

"지 중문간에 교군이 웬 교군인가. 자네가 어디를 가려고 교군을 갖다 놓았나? 젊은 여편네가 어디를 자주 가면 탈이니."
하는 소리에 안방에서 미닫이를 드윽 열어 젖히며,

"여보, 침모까지 탐이 나나 보구려. 하나를 데려오더니 또 하나 더 두고 싶은가 보구려. 이애, 춘천집 어서 들어오라 하여라. 춘천집은 이 안방에 두고, 침모는 저 건넌방에 두고, 나는 부엌에 내려서 밥이나 지으마. 영감이 그 교군을 모르시고 물으신다더냐?"
하면서 소리를 지르는데, 침모는 생강짜를 만나더니 김승지 앞을 피하여 유모 뒤에 가 섰다.

김승지는 마누라에게 봉변을 하면서 남부끄러운 마음은 없던지, 솜씨 있게 거짓말한 것이 쓸데없이 된 것만 우스운 마음이 나서, 웃음을 참느라고 콧방울이 벌쭉벌쭉하며,

"어데 내가 춘천집이 왔는지 무엇이 왔는지 알 수가 있나. 날더러 누가 말을 하여야 알지. 이애, 그것이 참 춘천집이냐? 내가 오란 말 없이 왜 왔단 말이냐. 내가 데려올 것 같으면 내가 춘천서 올라올 때에 데리고 왔지, 두고 올 리가 있나. 춘천 있을 때에 내가 싫어서 내어버린 계집인데 왜 내 집에를 왔단 말이냐. 작은 돌아, 네가 나가서 어서 교군을 쫓아 보내고 들어오너라. 여보, 마누라도 딱한 사람이오. 자세히 알지도 못하고 헛푸념을 그리

하는구려."

　그 부인은 열이 꼭뒤까지 오른 사람이라, 김승지의 말은 귀에 들어가지도 아니한다. 마누라가 와락 뛰어나오는 서슬에 침모는 까닭 없이 질기(窒氣)[30]를 하여 모가지를 움츠리고 유모의 등뒤에 꼭 붙어 선다.

　김승지는 눈이 동그래지며 그 부인을 보고 섰더라.

　"작은돌아, 쫓아 보내기는 누구를 쫓아 보낸단 말이냐. 네 그 춘천집인지 마마님인지 이리 모셔다가 안방에 들어앉으시게 하여라. 그 교군 타고 내가 쫓겨 가겠다. 어서 들어옵시사고 여쭈어라. 내가 그년의 입무락 좀 보고 싶다. 왜 아니 들어오고 무슨 거드름을 그리 피운다더냐? 그렇게 거드름스러운 년은 내가 그년의 대강이를 깨뜨려 놓겠다."

하더니 육간 대청을 뼁뼁 헤매며,

　"이 방맹이 어디 갔누, 이 방맹이 어디 갔누."

하면서 방망이를 찾으니, 김승지가 마당에 선 작은돌이를 보며 중문간을 향하여 눈짓을 하여 내보내고 분합 마루로 들어오면서 부인을 달랜다.

　"여보, 웬 해거[31]를 그리하오. 남부끄러운 줄도 모르오. 춘천집을 쫓아 보냈으면 그만이지. 저 안방으로 들어갑시다. 소원대로 하여 줄 터이니……."

하며 비는 김승지의 모양을 보고 눈치 있는 작은돌이가 중문간으로 나가다가 도로 돌쳐서서 안마당으로 들어오며 하는 말이,

　"아까 여기 웬 교군이 있더니 지금은 없습니다."

하거늘 중문간에서 아이들 한 떼가 따라 들어오면서 하는 말이,

---

30) 숨이 통하지 못하여 기운이 막힘.
31) 해괴한 짓.

“아까 웬 옥관자(玉貫子) 붙인 늙은이가 교군꾼더러 어서 교군
메고 계동으로 가자, 어서어서 하며 재촉을 하니, 교군꾼이 교군
을 메는데, 교군속에서 울음 소리가 납디다.”
하면서 세상이나 만난 듯한 아이들이 물밀듯 들어오니, 작은돌이
가 장창굽창32)에 징을 잔뜩 박은 메투리 신은 발로 마당을 딱 구
르면서,

“요 배라먹을 애녀석들, 아까 내쫓았더니 왜 또 들어오느냐.”
하며 쫓아가니 아이들이 편쌈꾼 몰리듯이 몰려 나가면서,

“자아, 우리들 나가자. 이따가 구경나거든 또 들어오세.”
부인이 그 아이들 하는 말을 듣더니 한층 야단을 더 친다.

“옳지, 내가 인제야 자세히 알겠다. 춘천집이 계동으로 가, 응,
침모집이 계동이지. 아까 영감이 침모더러 하시던 말이 까닭이
있는 말이로구나. 그래 춘천집이 올라온 것이 다 침모의 주선이
로구나. 침모는 내 집에 있어서 내 못 할 일을 그렇게 한단 말이
냐. 여보게 침모. 자네는 왜 유모의 등뒤에 가서 숨었나? 도적이
발이 저리다고, 허다한 사람에 자네 혼자 저렇게 겁날 것이 무엇
인가. 여보게, 얼굴 좀 들어서 날 좀 치어다보게. 본래 자네 눈웃
음만 하여도 사람 여럿 궂힐33) 줄 알았네. 춘천집을 침모의 집에
두고, 오늘부터 영감께서 밤낮으로 거기 가서 파묻혀 계실 터이
지. 침모는 영감께 그렇게 긴하게 보이고 무슨 덕을 보려고 그러
한 짓을 하나?”
하면서 침모를 집어삼킬 듯이 날뛰는데, 침모는 아무 영문도 모
르고 자다가 벼락 맞듯 횡액34)을 당하고 운다.

“여편네가 남의 집에서 쪽쪽 울기는 왜 울어. 자네 때문에 무

---

32) 신 따위의 바닥 전체에 대는 창.
33) 죽게 하다. 일을 그르치게 하다.
34) 횡래지액(橫來之厄). 뜻밖에 닥쳐오는 재액.

엇이 될 것도 아니 되겠네. 울려거든 자네 집에 가서 울게. 춘천집도 계동 가서 있고, 침모도 계동 가서 있으면 영감은 계동만 가 계실 터이지 여기 계실 줄 아나? 이 집에는 나 혼자 사당이나 모시고 있지. 그래 속이나 좀 자세히 알세. 어찌하려는 작정인가? 춘천집을 자네 집에 두고 영감이 자네 집에 가시거든 뚜쟁이 노릇을 하여 먹잔 작정인가. 춘천집과 베개 동서가 되어 셋붙이 개피떡같이 밤낮으로 셋이 한데 들러붙어 있으려는 작정인가?"
하면서 애매한 침모더러 푸념을 하다가 다시 김승지에게 한다.

"영감, 어서 침모 데리고 계동으로 가시오. 한 무릎에는 춘천집을 앉히고, 한 무릎에는 침모를 앉히고 마음대로 호강하고 있어 보오. 누가 계집 좋아하기로, 영감처럼 좋아하는 사람이 어디 있겠소. 내가 다 알아. 어찌하면 그렇게 안타깝게 좋아하는지."

그렇게 광패한[35] 소리를 계집종들만 들으면 오히려 수치가 작다 하겠으나, 작은돌이 듣는 것을 민망하게 여기는 사람도 많이 있더라. 일로전쟁(日露戰爭) 강화담판(講和談判)을 붙이던 미국 대통령이나 왔으면 김승지의 내외 싸움을 중재할는지 아무도 말릴 사람 없는 싸움이라, 그 싸움은 끝날 수가 없더라.

항복이 나면 싸움이 끝이 나는 법이라, 김승지는 자초지종으로 설설 기며 항복을 하건만 부인이 듣지 아니한다.

"아따, 마누라 소원대로 하만밖에 또 어찌하란 말이오. 춘천집이 침모의 집에 있나 없나 마누라가 누구를 보내 보구려. 정 못 믿겠거든, 마누라가 교군을 타고 가서 보든지. 춘천집은 춘천으로 내려쫓긴 춘천집이 어디 가 있다고 그리하는지. 침모는, 공연한 사람을 의심하여서 애매한 소리를 하니 우스운 일이로구."
하면서 정신없이 빈 담뱃대를 두어 번 빨아 보다가,

---

35) 미친 사람처럼 도의에 벗어난 언행을 가짐.

"어어, 이것 불 없구."

하더니 담뱃대를 든 채로 마루에서 갔다왔다 한다.

그때 작은돌이가 안 부엌문 옆에 섰다가, 주먹으로 부엌 문설주를 딱 치고 부엌으로 들어가면서,

"이런 경칠, 나 같은 생……."

작은돌의 입에서 무슨 말이 나올 듯 나올 듯하고 말을 못하는 모양인데, 상전의 일에 눈꼴이 잔뜩 틀려서 제 계집을 노려보는데, 참 생벼락이 내릴 듯하더라.

부엌 앞에 기러기 늘어서듯 한 계집종 중에서 이마는 숙붙고[36], 얼굴빛은 파르족족하고, 눈은 게슴츠레한 계집이, 나인 스물이 되었거나 말거나 하였는데, 부엌에로 뛰어들어오며 작은돌이를 향하여 손을 내뿌리면서,

"여보, 마루에 들리면 어찌하려고, 그것은 다 무슨 소리요?"

하는 것은 작은돌의 계집 점순이라.

"남은 열나는데, 웬 방정을 그리 떨어. 나는 나 하고 싶은 대로 하지, 너 하라는 대로 할 병신 같은 놈 없다. 남의 비위 건드리지 말고 가만히 있거라. 한 주먹에 맞아 뒤질라. 계집이 사흘을 매를 아니 맞으면 여우 되느니라."

하면서 행랑으로 나가더니, 그 길로 막걸리집으로 가서 술을 잔뜩 먹고 제 방에 들어오더니 계집 치고 싶어서 생트집을 하니, 점순이가 그 눈치를 알고 안으로 뛰어들어가서 나가지 아니한다.

안에서는 부인의 등쌀이요, 행랑방에서는 작은돌의 주정이라. 상전의 싸움에는 여장군이 승전고를 울리고, 종의 싸움에는 주먹 세상이라.

김승지는 그 부인 앞을 떠나지 못할 사정이요, 점순이는 서방

---

36) 도숙붙고. 머리털이 아래로 나서 이마 앞이 좁게 되고.

의 앞을 갈 수 없는 사정이라.

김승지는 그 부인 앞에를 떠났다가는 무슨 별야단이 날지 모를 사정이요, 점순이는 그 서방 앞에로 갔다가는 무슨 생벼락을 맞을는지 모를 사정이라.

그날 해가 지도록 밤이 되도록, 김승지가 부인을 따라 저녁밥도 안 먹고 부인을 달래는데, 방 안에서 상직 자던 사람들은 건넌방으로 다 건너가고 내외 단둘이만 있어 다투다가 소나기 비에 매미 소리 그치듯이 부인의 목소리와 김승지의 목소리가 뚝 그치더니 다시는 아무 소리도 없는데, 그때는 초저녁이라.

점순이는 캄캄한 안마루 끝에서 팔짱을 끼고 기둥에 기대고 앉았다가, 혼자 씩 웃으면서 건넌방으로 건너가더라.

제 5 장

장수가 항복하고 싸움이 끝이 났더라도 총 맞고 칼 맞은 병상병(病傷兵)은 싸움 파한 뒤에 아픈 생각이 더 나는 법이라.

그와 같이, 침모는 건넌방에 앉아서 여러 사람을 대하여 애매한 말을 들었다고 죽고 싶으니 살고 싶으니 하며 구슬 같은 눈물을 떨어뜨리더니 치마를 쓰고 나가니, 온 집안이 낙루를 하며 작별하는데, 젊고 인물이나 반반하게 생긴 계집종들은 서로 보며 하는 말이,

"우리가 만일 저러한 의심을 받을 지경이면 우리들은 상전에게 매인 몸이라 침모 마누라님같이 어디로 가지도 못하고 어찌 될꼬."

"마님 솜씨에 살려 두실라구. 방맹이로 쳐죽이실걸."

그렇게 생각하는 김승지 집 종들은, 침모의 팔자가 좋은 양으로 알건마는 침모의 마음에는, 인간에 나같이 팔자 사납고 근심 많은 사람은 다시 없거니 생각하며, 그 친정으로 가는데 걸음이

걸리지 아니한다.

그 친정에는 앞 못 보는 늙은 어머니 하나뿐이라. 삼순구식(三旬九食)[37]하는 것일지라도 바라는 곳은 딸 하나뿐이라, 그 어머니를 보러 가는데 돈 한 푼 없이 옷 보퉁이 들린 아이 하나만 데리고 들어가려 하니, 그 어머니가 딸을 보면 무엇이나 가지고 올까 바라고 있을 일을 생각하니 기가 막히더라.

그러하나 아니 갈 수는 없는지라, 계동 막바지 오막살이 초가집으로 들어가니, 그 집은 배부장 집인데 배부장은 침모의 부친이라. 삼 년 전에 죽고 배부장의 마누라만 있는데, 몹쓸 병으로 수년 전부터 앞을 못 보는 사람이 되었더라.

그날 밤에 침모의 모녀는 이야기와 눈물로 밤을 새우다가 다 밝은 후에 잠이 들었는데, 해가 떠서 높이 오도록 모르고 자더라.

만호 천문은 낱낱이 열리고 구매 장안에 사람이 물끓듯 하는데, 그 중에 계동 배부장 집은 대문도 안 열고 적적한 빛이라. 웬 사람이 배부장 집 대문을 두드리며 소리를 지르니 침모가 자다가 급히 일어나서 대문을 열어 보니 김승지 집 종 점순이라.

침모를 따라 들어오더니, 생시치미를 뚝 떼고 하는 말이,

"춘천서 올라오신 마마님은 어느 방에 계십니까. 어서 좀 보고 싶어서 구경 왔소."

하면서 침모의 눈치만 보니, 침모가 김승지 부인에게 애매한 소리를 가지각색으로 들을 때는 속이 아프고 쓰리면서 감히 대답 한마디 못하고 와서 골이 잔뜩 났던 터이라, 점순의 얼굴을 한참을 보고 아무 소리 없이 앉았으니, 소갈머리 없는 점순의 마음에는 춘천집을 감추어 두고 있다가, 저를 보고 당황하여 그리하는 줄로만 알고, 가장 약은 체하고,

---

37) 서른 날에 아홉 끼니를 먹지 못한다는 뜻으로 몹시 가난함을 이르는 말.

　"왜 사람을 그리 몹시 보시오. 나는 벌써 다 알아요. 우리 같은 사람은 암만 알더라도 관계치 아니하오. 춘천 마마님은 여기서 뵈어도, 우리 댁 마님께 그런 말씀은 안 할 터이오. 우리는 평생에 말전주라고는 아니하여 보았소. 내가 여기 온 줄은 우리 댁 마님이 알기나 알으시나. 알으셨다가는 큰일나게……."

　"무엇이 어찌하고 어찌하여. 참 잘 만났네. 김승지 댁 마님 같으신 이가 자네 같은 하인이 있어야지, 내가 춘천 마마를 감추어 두고 김승지 영감이 오시거든 뚜쟁이 노릇이나 하여 먹겠네…… 어떤 병신같은 년이 자네 댁 영감 같은 털집 두둑한 양반 만나서 단 뚜쟁이 노릇만 하여 먹겠나. 그 영감이 오시거든, 영감의 한편 무릎은 내가 차지하고 올라앉고, 한 무릎은 춘천 마마가 차지하고 올라앉아서 셋붙이 개피떡같이 붙어 있을 터일세. 내가 자네 목소리를 듣고 춘천 마마를 숨겼네. 숨겼다 하니 자네를 겁을 내서 숨긴 줄 아나? 일부러 오는 것이 미워서 숨겼네. 어서 가서 그대로 마님께 여쭙게. 김승지의 부인쯤 되면 우리 같은 상년은 생으로 회를 쳐서 먹어도 관계치 아니할 줄 안다던가. 자네 댁 마님이 이런 소리 들으시면 교군 타고 내 집에 와서 별야단칠 줄 아네. 요새같이 법률 밝은 세상에 내가 잘못한 일만 없으면, 아무것도 겁나는 것 없네. 김승지 댁 숙부인도 말고 하늘에서 내려온 천상부인이라도 남의 집에 와서 야단만 쳐보라게. 나는 순포막[38] 에 가서 우리집에 미친 여편네 왔으니 끌어내어 달라고 망신 좀 시켜 보겠네. 미닫이 살 하나만 분질러 보라 하게. 재판하야 손해를 받겠네."

　침모는 점순이 온 것을 다행히 여겨서 참았던 말을 낱낱이 하고 있는데, 나이 많고 고생 많이 하고 속이 썩을 대로 썩은 침모

---

[38] 지금의 파출소와 같음.

의 어머니는 폐맹(廢盲)된 눈을 멀뚱멀뚱하고 딸의 목소리 나는 곳으로 고개를 들고 가만히 앉았다가 하는 말이,

"이애, 그만두어라. 다 제 팔자니라. 네가 김승지 댁에 가서 침모 노릇 하지 아니하였으면 그런 소리 저런 소리 다 듣지 아니하였을 것이다. 굶어 죽더라도 다시는 남의 집 침모 노릇은 말아라. 요새 같은 개화 세상에는 사족 부녀라도 과부되면 간다더라. 우리 같은 상사람이 수절이 다 무엇이냐. 어디를 가던지 어여쁘다 얌전하다 그렇게 칭찬듣는 네 인물을 가지고, 서방감 없을까 염려하겠느냐. 이애, 대신의 첩일지라도 너만한 사람이 몇이나 되겠느냐. 요새는 첩 두려고 첩감 구하는 사람이 많다더라. 어디 고생이나 아니할 곳으로 남의 첩이나 되어 가거라."

"나는 쪽박을 들고 빌어먹을지언정 남의 첩 노릇은 하고 싶지 아니하오. 남의 첩이 되었다가, 춘천집 신세 같을 지경이면 죽는 것이 편하지…… 그러나 춘천집은 어디 가서 있누. 불쌍한 사람이지……."

하면서 돌아다보니, 점순이는 간단 말도 없이 살짝 나가고 없는데, 침모의 모녀가 춘천집 이야기를 하고 있더라.

제 6 장

가까운 이웃집에서 불쌍하다 하는 이야기 소리는 지척이 천리라 계동 박참봉 집에 있는 춘천집의 귀에 들리지 아니하나, 멀찍한 전동 김승지 집에서 풍파가 일어나서 소요하던 모양은 춘천집의 눈에 선하게 보이는 듯이 생각이 난다.

춘천집이 박참봉 집에 오던 날 저녁부터 김승지 오기만 기다리는데, 박참봉 집 문 밖에서 사람의 목소리만 나도 김승지가 오거

니 반겨하고 개가 짖어도 김승지가 오거니 기다리다가, 종로에서 밤 열두시 종치는 소리가 땡땡 나더니 장안이 적적하고 김승지는 소식이 없다.

박참봉 집 건넌방에는 춘천집이 혼자 있어서 근심중에 잠 못 들어 있고, 사랑방에는 주인 박참봉이 남의 내외 싸움에 팔자 없는 시빗덩이를 맡았나 보다 생각하다가 잠이 들지 아니하였는데, 그 윗목에는 강동지가 어디 가서 술을 그렇게 먹었던지, 아무 격정 없는 사람같이 잠이 들어서 반자39)가 울리도록 코를 고는데, 건넌방과 사랑방이 지척이라 춘천집 귀에 강동지 코고는 소리만 들리니, 춘천집이 한숨을 쉬며 혼잣말로,

"우리 아버지는 잘도 주무신다. 내 설움이 이런 줄 알으시면 오늘밤에 저렇게 시름없이 잠들으실 수 없으렷다. 서울 와서 이런 줄 알았으면 신연강 깊은 물에 풍덩 빠져 죽었을걸, 원수의 목숨이 붙어 있어서 이 밤에 이 근심을 하는구나. 시앗 싸움이니 강샘40)이니 귀로 듣기는 들었으나, 내 몸이 그런 일 당할 줄이야 꿈이나 꾸었을까. 세상에 시앗 싸움이 다 그러한가. 우리 안마누라만 그러한가. 남의 첩 되는 사람은 사람마다 이 광경을 당하나. 이 광경을 당하는 사람은 세상에 나 하나뿐인가. 춘천 솔개 동네서 동구 밖으로 나가 보지 못하고 자라나던 이내 몸이 오늘 서울 와서 이것을 당하니, 자다가 벼락을 맞아도 분수가 있지, 에그 기막혀라. 내가 오늘 교군 타고, 김승지 집에 들어갈 때에 철없고 미련한 이내 마음에는 김승지 집 개만 보아도 반가운 마음뿐이라. 그 마음 가진 이내 몸이 그 중문간에 교군을 내려놓고 앉았다가, 안대청이 떠나가도록 야단치는 안마누라 목소리에 가슴이

---

39) 방이나 마루의 천장을 평평하게 만드는 시설.
40) 강새암의 준말. 상대되는 이성이 다른 이성을 좋아함을 미워하는 새암. 질투(嫉妬). 투기(妬忌).

덜컥 내려앉고, 정신이 아득하여지면서 이 몸이 죽지도 말고 살지도 말고, 아무 형체 없이 살짝 녹아져서 빈 교군만 남았으면 좋을 듯한 생각뿐이라. 내 생각 그러한 줄을 어느 사람이 알았으랴. 그 광경을 다 보고 다 들은 우리 아버지가 내 설움을 조금도 모르시고서 저렇게 잠들어 주무시니 하느님이나 알으실까. 아버지 말씀을 들으면 일생 좋은 일만 있을 것 같더니, 이렇게 좋은 일을 지어주셨구나. 오늘 저녁에는 김승지 영감이 정녕 오신다더니, 소식도 없으니, 영감이 아버지를 속였는지 아버지가 나를 속였는지…… 오냐 그만두어라. 오거나 말거나…… 나같이 팔자 사나운 년이, 영감이 오기로 무슨 시원한 일이 있겠느냐. 하늘같이 믿고 있던 우리 아버지도 나를 속이거든, 남남끼리 만난 남편을 믿을소냐. 부모도 믿을 수 없고, 남편도 쓸데없는 이 세상에, 누구를 바라고 있으리오. 차라리 죽어져서 이 설움을 잊었으면, 내 신상에 편하리라. 보고지고, 우리 어머니를 보고지고. 어머니가 나를 보내면서 울며 하는 말이, 어미 생각하지 말고 잘 가거라 하시더니, 그 말한 지가 며칠이 못 되어서 길순이 죽었단 말을 들으시면 오죽 설워하실까. 어머니를 생각하면 죽기도 어려우나, 내 신세를 생각하면 살아 있을수록 고생이라. 무정하다, 김승지는 전생에 무슨 원수를 짓고 만났던고. 산같이 중한 언약을 맺고, 물같이 깊은 정이 들었다가, 이별한 지 반 년 만에 내가 그 집 중문까지 갔다가, 영감이 교군을 스치고 지나가는 소리와 신 소리와 헛기침 하는 소리만 내 귀에 들렸으니, 그 소리 한마디가 영결이 되었단 말인가…… 오냐, 그럴 것 없다. 영감을 미워하고 원망을 하였더니, 이 몸이 죽기로 결심하니, 밉던 마음도 없어지고 원망하던 마음도 풀어진다. 영감이 내게 무정하여 그러한 것도 아니요, 마누라 투기에 겁내서 그러한 것이라. 나는 안마누라가 어떠한지 겪어 보지 못한 사람이라 이럴 줄을 모르고 영감에게 허신

(許身)41)을 하였으려니와 영감도 본마누라의 성품을 모르고 첩을 얻었던가? 어찌 만났던지 만난 것은 연분이요, 이별은 팔자이라. 연분이 부족하고 팔자가 기박하여 이 지경이 되었으니, 하릴없는 일이로다. 차라리 영감이 내게 무정하였더면 나도 잊었을는지, 서로 생각하며 만나지 못하는 그 마음은 일반이라. 이 몸은 황천으로 가더라도 영감의 정표는 내 몸에 가지고 가노라."

하면서 만삭한 배를 어루만지더니, 복중(服中)에 있는 아이가 무슨 말이나 알아듣는 듯이 배를 굽어보며 하는 말이,

"너는 형체가 생겼다가 세상 구경도 못 하고 북망산으로 가는구나. 오냐, 잘 간다. 인간에 와서 보면 근심이 많고 좋은 일은 드무니라. 내가 너를 낳아 놓고 나 혼자 죽으면, 어미 없는 어린 것이 무슨 고생을 할는지 알 수 있느냐. 우리 아버지는 나 죽는 것을 모르시고 코골고 주무신다. 너의 아버지는 너 죽는 것을 모르시고 본마누라 주먹에서 사지를 꼼짝 못 하고 계신가 보다. 나도 믿을 곳이 없는 사람이요, 너도 믿을 곳이 없는 아이라. 믿을 곳 없는 인생들이 뭣 하려고 살아 있겠느냐. 가자 가자. 우리는 우리 갈 곳으로 어서 가자……."

하면서 눈물이 가득한 눈으로 정신없이 등잔불을 보는데, 눈앞에 오색 무지개가 선다. 본래 약한 마음이라, 칼로 목 찔러 죽지 못하고 아픈 줄 모르게 죽을 작정으로 물에나 빠져 죽으려고 우물을 찾아 나가더라.

그 집이 기어들고 기어나는 오막살이 초가집이라. 안방, 건넌방, 아랫방이 솥발같이 나란히 있는데, 그 아랫방을 박참봉이 사랑으로 쓰고, 그 외에는 중문도 없고 대문만 있는 집이라, 아무리 발씨42)가 선 사람이라도 문 찾아 나가기는 어려울 것이 없는지

---

41) 여자가 남자에게 몸을 허락하여 내맡기는 것.

라, 춘천집이 대문간에 가서 빗장을 여느라고 신고(辛苦)43)를 한
다.

사람이 쫓아오는 듯하여 가슴이 두근두근하며 겁이 나서, 빗장
을 붙들고 숨도 크게 못 쉬고 대문에 붙어 섰다.

한참씩 있다가 조금씩 빼어 보는데, 제풀에 놀라서 그치다가
빗장이 덜컥 열리는데, 전신이 벌벌 떨려서 가만히 섰다.

사랑방에서 박참봉이 기침을 하면서 소리를 지른다.

"거— 누구냐……."

춘천집이 깜짝 놀라서 문을 왈칵 열고 문 밖으로 나가는데, 원
래 박참봉은 벌거벗고 잠자던 사람이라, 옷 입고 불 켜고 거래하
고 나오는 동안에 춘천집은 문 밖으로 살짝 나서서 계동 큰길로
나가려는데, 길가 왼손편에 벌 우물 있는 것을 못 봤던지 단숨에
계동 병문까지 내려가서 잿골 네거리로 향하여 가다가 계동 궁담
밑에 있는 우물을 보았더라. 새벽 달은 넘어가고 행길이 적적한
데, 춘천집이 우물가에 서서 하늘을 쳐다보며 하는 말이,

"하느님, 하느님, 인간에 길순이 있는 줄을 알으십니까? 알으시
면 길순의 죽는 것도 알으실 터이지…… 전생에 무슨 죄를 짓고
생겨나서 이생에 이 설움을 지니고 저승으로 가는지…… 미련한
인간이라, 제가 제 죄를 모를 터이나, 길순의 마음에는 길순이가
아무 죄도 없습니다. 어지신 하느님이 인간 만사를 굽어보시고
짐작이 계시련마는, 어찌하여 길순이를 이 지경에 이르게 하시는
지…… 이 몸이 죽은 후에 송장이 우물에서 썩을는지, 누가 끌어
내서 무주공산(無主空山)44)에 버릴는지 모르거니와, 혼은 춘천
솔개로 훌훌 날아가서 이 밤으로 우리 어머니 베개 옆에 가서 어

---

42) 발걸음이 길에 익은 정도.
43) 어려운 일을 당하여 몹시 애씀.
44) 인가도 인기척도 전혀 없는 쓸쓸한 산. 임자 없는 산.

머니 꿈에나 보이고저…… 어머니 생전에는 꿈에 가서 보일 것이요, 어머니 사후에는 혼을 만나 뵈오리라. 그러나 사람이 죽어지면 그만이라. 혼이 있는 것인지, 없는 것인지, 혼이 있어서 만나 보기로, 반가운 줄을 알는지 모를는지, 살아서 다시 못 보는 것만 한이로다. 오냐, 한이 있어 죽는 년이 또 무슨 한탄 하겠느냐. 이 설움 저 설움 이 생각 저 생각 다 잊어버리고, 갈 곳으로 가는 것이 제일이라.”

하더니, 치마를 걷어 쥐고 우물 돌 위로 올라가는데, 본래 춘천집이 계집아이로 있을 때에는 조그만 물방구리 이고 다니면서 물도 길어 보았는데, 솔개 동네 우물가에는 사면으로 뗏장을 놓아서 짚신 신은 발로 디디기 좋게 만든 우물이라, 그러한 우물에서 발씨가 익은 사람이라, 그날 밤에는 신을 신고 판자쪽 같은 돌 위로 올라가다가 입동(立冬)머리 새벽 기운에 이슬이 어려 서리가 되었는데, 촌놈이 장판 방에서 미끄러지듯 춘천집이 돌 위에서 미끄러져 가로 떨어지며,

“에그머니…….”

소리를 지르고 꼼짝 못 한다.

아홉 달 된 태중이라, 동태(動胎)가 되었던지 뱃속에는 홍두깨를 버티어 놓은 듯하고 사지를 꿈적거릴 수 없는데, 큰길에서 신 소리가 저벅저벅 나더니, 시꺼먼 옷 입은 사람이 앞에 와서 우뚝 서면서, 한두 마디 말을 묻다가 대답이 없거늘 검은 옷 입은 사람이 호각을 부니, 그 사람은 잿골 네거리 순포막의 순검이라.

제 7 장

사람은 쇠전 한푼짜리가 못 되더라도 조선서 지체 좋고 벼슬하

고 세도 출입이나 하고 대문만 큼직하면 그 집에 사람이 들락날락하는지라. 전동 김승지 집 큰사랑방에 식전 출입으로 온 사람도 사오 인 있었는데, 주인 영감이 아낙에서 주무시고 아직 안 나오셨단 말을 듣고, 주인 못 보고 가는 사람뿐이라, 그 중에 탕건 쓰고 키 자그마하고 얼굴에 손티[45] 조금 있고 나이 사십여 세쯤 된 사람은 큰사랑방으로 들어가더니, 해가 열시 반이나 되도록 안 가고 있더라.

주인 김승지는 어젯밤에 그 부인에게 손이 발이 되도록 빌고 생전에 다시 첩을 두면 개자식이니 쇠아들이니 맹세를 짖고, 그 마누라의 눈에 어찌 그리 잘 보였던지, 그 부인과 김승지가 언제 싸웠더냐 싶게 정이 새로이 드는 듯하니, 김승지 맹세가 거짓말 맹세가 아니라 중무소주(中無所主)[46]한 마음에 참말로 한 맹세일러라.

밤이 새는 줄을 모르고 둘이 주책없는 이야기만 하다가 새벽녘에 잠이 들었는데, 부인은 본래 부지런한 사람이라, 식전에 일어나서 계집종에게 지휘할 일을 지휘하는데, 김승지가 잠이 깨어서 일어나려 하니,

"여보, 어느새 일어나서 무엇 하시오. 어제는 잠도 잘 못 주무셨으니 더 주무시오. 감기 들으시리다. 몸조심 하시오."

하면서 김승지의 새옷을 내서 뜨뜻한 아랫목 요 밑에 묻어 놓는데, 김승지는 잠은 깨었으나 일어나지 아니하고 드러누워서 담배를 먹으면서 마누라를 보고 싱긋 웃으니, 부인은 까닭 없이 따라 웃더라.

그때 김승지 마음에는 마누라 없이는 참 못 견디겠다 하는 생

---

45) 약간 곱게 얽은 얼굴의 마마 자국.
46) 줏대가 없음.

각뿐이라.

해가 낮이 되어서 사랑에 나가니, 계동 박참봉이 와서 앉았더라.

김승지가 어젯밤에 그 부인을 대하여 다시는 첩 두지 아니한다고 맹세할 때는 춘천집을 내려보낼 작정으로 한 맹세인데, 사랑에 나와서 박참봉을 보더니 별안간 춘천집 생각이 다시 난다.

"어이, 식전에 일찍이 나셨소그려. 내가 어젯밤에 댁으로 좀 가려하였더니 몸이 아파서 못 갔소."

"허허 영감, 정신이 없으시구려. 지금이 식전이오니까. 내가 오기는 식전에 왔습니다만 지금은 낮이올시다. 허허허……."

"오늘이 그렇게 늦었나. 나는 밤에 대단히 앓았어. 오늘 못 일어날 듯싶더니, 억지로 행기(行氣)47)를 하니 좀 낫군."

하면서 얼굴이 불그레하여지더니 목소리를 나지막하게 하여 하는 말이,

"여보, 어제 댁에 사람 하나 보냈지요. 좀 잘 맡아 주시오. 그리하고 무엇이든지 강동지와 상의하여 돈 드는 것만 내게 말하시오."

박참봉이 김승지의 얼굴만 물끄러미 보며 말을 듣고 앉았더니, 창밖에 남산을 건너다보며 허희탄식48)하며,

"나는 영감을 뵈올 낯이 없소. 나를 믿고 영감 별실을 내 집으로 보내셨는데, 부탁 들은 본의가 없이 되었으니, 어떻다 말씀할 길이 없습니다."

김승지가 박참봉의 말을 귀로 들었는지 코로 맡았는지 딴소리만 한다.

---

47) 몸을 움직임.
48) 한숨짓고 탄식함. 매우 탄식함.

"아니, 그렇게 말할 것 무엇 있소. 내 첩이 댁에 가 있어서 무엇이든지 박참봉에게 폐를 끼쳐서야 쓰겠소? 그러나 박참봉은 한집안 같으니 말이지, 춘천집이 댁에 가서 있는 것을 우리 마누라가 알면 좀 좋지 아니하기도 쉬우니, 하인들 귀에도 들리는 것이 부질없소. 우리 마누라가 듣기로 내야 어떠할 것 무엇 있소? 박참봉이 우리 마누라에게 미움을 받을까 염려하여 하는 말이오."

"그런 말씀은 바쁘지 아니한 말씀이오. 큰일난 일이 있습니다. 영감 별실이 지금 한성병원에 가서 있습니다."

"왜, 졸지에 무슨 병이 났소?"

박참봉이 본래 찬찬한 사람이라 춘천집이 우물에 빠져 죽으려다가, 우물 돌 위에서 미끄러져 넘어져서 동태 되어 꼼짝을 못하는데, 잿골 네거리 지서 순검이 구하여 자기 집에 기별하던 말과, 자기가 한성병원으로 데리고 가던 말을 낱낱이 하니, 김승지는 그 말을 듣고 어찌하면 좋을지 모르는 모양이라.

"여보, 춘천집에서 당한 일에, 돈 드는 것만 내게 말하고, 어떻게 하든지 박참봉이 잘 조처만 하여 주시오."

"네, 그러면 아무 염려 말고 계시오. 내가 다 조처하오리다."

박참봉이 그 길로 다시 한성병원으로 가서 춘천집을 보니 베개는 눈물에 젖었는데, 춘천집이 눈을 감고 누웠더라. 머리에서부터 발끝까지 백로같이 흰 복색한 일본 간호부가, 서투른 조선말로 춘천집을 부른다.

"여보, 손님이 오셨소."

춘천집이 눈을 떠서 보니 어제 계동서 처음으로 보던 박참봉이라. 생소한 박참봉을 보고 김승지 생각이 나서 눈물이 새로이 비 오듯 하며 아무 말도 없는지라.

"지금은 좀 어떠시오?"

“세상에 살아 있다가, 고생 더 하란 팔자이라, 죽으려 하다가 죽지도 못하고 몸에 아무 탈도 없는 모양인가 보이다.”

“새벽에는 동태가 된 모양이더니 지금은 어떠하시오?”

“무슨 약인지 먹고 지금은 진정이 됩니다.”

“며칠이든지 병원에서 조리를 잘하고 계시면, 그 동안에 집을 구하여 편히 계실 배치를 하여 드릴 터이니 아무 염려 말고 계시오. 내가 오늘 아침에 전동 가서 김승지 영감을 만나 뵈었소. 그 영감이 하도 애를 쓰시니 보기에 민망합니다.”

“영감이 내 생각을 그렇게 하시는 것 같으면 내가 이 지경에 갈 리가 있습니까.”

하면서 눈물이 가득한 눈에 기쁜 빛을 띠는 것 같더라.

박참봉이 어젯밤까지는 춘천집이 내 집으로 온 것을 두통으로 여기던 마음이, 오늘 한성병원에 와서 춘천집의 모양을 보더니 측은한 마음이 한량없이 생겨서 김승지의 부탁대로 춘천집을 위하여 매사를 힘써 주선할 마음이라.

“아무 심려 말고 계시면, 범사가 다 잘 될 터이니, 어서 조리만 잘하시오.”

박참봉이 춘천집을 위로시킬 말이 무궁무진하나, 사면이 다 겸연쩍은 마음이 있어서, 간단한 말로 위로를 시키고 일어서 나가니, 그때 춘천집 마음에는 강동지가 왔다 가더라도 그렇듯 섭섭한 마음이 있었을는지. 박참봉이 애쓰는 것이 고맙고 불안한 생각뿐이더라.

제 8 장

춘천집이 어제는 죽을 마음뿐이더니, 오늘은 박참봉의 말을 듣

고 철천지한이 되는 마음이 풀어지며 혼잣말로,

"나도 살았다가 무슨 좋은 일이 있으려나. 죽기 싫은 마음은 사람마다 있는 것이다. 낸들 죽기가 좋아서 죽으려 한 것은 아니라, 김승지 영감에게 정을 두고 먹은 마음대로 될 수가 없는 고로 한을 이기지 못하여 죽으려 한 것이라. 오냐, 죽지 말고 참아 보자. 천리가 있으면 죄 없는 길순이가 만삭한 배를 끌고 우물귀신 되려는 것을, 하느님이 굽어보고 도와 주지 아니할 이치가 없을 것이라. 우리 영감이 나를 딴 집 배치를 하여 주고, 사흘에 한 번씩만 와서 볼 것 같으면 나는 더 바랄 것도 없고, 한될 일도 없을 터이야. 박참봉은 나를 언제 보았다고 그렇게 고맙게 구누. 말 한마디를 하여도 내 속이 시원하도록 하니, 어찌하면 남의 사정을 그렇게 자세히 아누. 처음 보아도 반갑고 정숙한 마음이 나서 내 속에 있는 말을 다 하고 싶으나, 박참봉이 나를 이상히 여길까 염려되어, 속에 있는 말을 다 못 하였으나 우리 영감의 일이나 좀 자세히 물어 보았더면 좋았을걸…… 박참봉이 왜 남자가 되었던고, 누구든지 여편네가 내게 그렇게 정답게 구는 사람이 있어서 평생을 한집안에서 좀 지내 보았으면……."

그렇게 생각하는 춘천집은 아직 박참봉 집에 있어도 비편한 마음이 별로 없을 듯하나 박참봉은 하루바삐 집을 구하여 춘천집을 보내려 하는 것이 곡절이 있더라.

박씨가 김승지의 부탁을 허술히 여기는 것도 아니요, 춘천집이 싫어서 하루바삐 배송을 내려는 것이 아니라, 이 소문이 김승지 부인의 귀에 들어가면, 박참봉이 다시는 김승지 집 문안에 발 그림자도 들여놓을 수가 없는 사정이요, 또 김승지의 부인에게 무슨 망신을 당할는지, 무슨 욕을 먹을는지, 조심되는 마음이 적지 아니한지라. 남녀가 유별하니 재상의 집 부녀가 남의 집 남자에게 욕할 수 없고, 망신시킬 수도 없을 듯하건만 남의 일에 경계

되는 일이 있더라.

김승지를 따라서 춘천 책방(冊房) 갔던 최감찰이라 하는 사람은 춘천 있을 때에 춘천집 혼인 중매 들었다고, 김승지의 부인이 만만한 최감찰만 욕을 하던 차에 최감찰이 사랑에 왔단 말을 듣고, 열이 나서 야단을 치며 하는 말이, 그 못된 뚜쟁이놈이 왜 내 집에 왔단 말이냐. 영감이 돈냥이나 있고 남에게 잘 속는 양반이라, 최감찰이 남의 재물이나 다 속여 뺏어 먹고 남을 망하여 놓고 싶다더냐. 그 망할 놈 내 집에 다시는 오지 말라 하여라, 하는 서슬에 집안이 발끈 뒤집히며, 안팎이 수군수군하는 소리를 최감찰이 듣고, 다시는 김승지 집에 발길을 들여놓지 아니한 일도 있는데, 박참봉이 만일 그 지경을 당하고 김승지 집에를 못 가면, 박참봉에게는 아쉰 일도 많이 있을 터이라.

박참봉은 어디든지 인심도 얻고 사면이 다 좋도록 하자는 마음으로, 아무쪼록 소문 없이 일 주선을 하자는 작정이라. 한성병원에서 나서서 계동으로 가는 동안에 그 생각만 하며 자기 집으로 들어가는데, 강동지가 대문 밖에 혼자 나섰다가 박참봉을 보고 반겨서 하는 말이,

"나리는 혼자 다니며 애를 쓰시는구려. 그러나 내 딸은 어떻게 되었습니까?"

"애쓴다 할 것은 무엇 있나. 자네 따님은 한성병원에 가서 있는데 아무 탈 없는 모양이니 염려 말고, 보고 싶거든 가서 보고 오게."

"아무 탈 없을 것 같으면 가서 볼 것도 없습니다."

강동지는 그 딸을 가서 보고 싶으나 그 딸이 자수(自水)[49]하려는 마음이 다 강동지를 원망하는 마음에서 생긴 줄 아는 고로,

---

[49] 자기가 스스로 물에 빠져 죽는 일.

춘천집이 쾌히 안심되기 전에는 가서 보지 아니할 작정이라. 박참봉이 그 눈치를 알고,

"그렇지, 아무 탈 없는데 가볼 것 무엇 있나. 내가 어떻게 주선하든지 집 구처50)를 속히 할 터이니, 자네 따님은 이 집으로 다시 올 것 없이 며칠간 병원에 있다가 바로 집에 들게 할 것이니 그리 알고 있게."

하면서 옆을 돌아보니, 김승지 집 종 점순이가 와서 옆에 섰는지라. 박참봉이 하던 말을 뚝 그치고 강동지를 데리고 사랑방으로 들어가는데, 점순이가 안마당으로 들어가니 박참봉이 그 마누라가 점순에게 속을 뽑힐까 염려하여, 점순이 뒤를 따라 들어가며 실없는 말을 시작한다.

"너 어찌하여 여기 왔느냐?"

"댁에는 못 올 데이오니까."

"너 언제 내 집에 와보았느냐?"

"전에는 못 왔습니다만 이제는 자주자주 오겠습니다."

"오냐, 기특하다. 이 담에는 낮에 오지 말고 밤에 오너라. 기다리고 있으마."

"에그 망측하여라. 누가 나리 뵈러 옵니까, 마마님 뵈러 오지요."

"나는 마마님커녕 별상님도 없다. 이렇게 늙은 놈에게 또 마마님이니 별상님이니, 그런 것이 있어서 어찌하게."

"누가 나리 댁 마마님 뵈러 왔습니까. 우리 댁 마마님 뵈러 왔지."

"이에, 너의 댁 영감께서 첩 두셨단 소문이 있으니 참말이냐."

"영감마님 심부름하러 온 점순이를 병신으로 알으시네. 어서

___

50) 변통함.

마마님 뵙고 가겠습니다. 어느 방에 계십니까?”

박참봉의 부인은 눈치꾸러기라, 그 남편의 말하는 눈치를 보고 점순이를 대하여 솜씨 있게 생시치미를 떼니, 여우 같은 점순이는 집구경한다 하며, 염치없이 이 방 저 방을 들여보다가, 주인마님 외에 여편네라고는 아무도 없는 것을 보고 하릴없이 돌아가더라.

박참봉이 그날로 각처 집주름을 불러서 어떻게 집을 급히 구하였던지, 불과 사오 일이 못 되어 집을 구하였더라.

욕심덩어리로 생긴 강동지는 경기 까투리 같은 박참봉의 꾐에 넘어서, 그 욕심을 조금도 못 채우고, 겨우 서울 오던 부비(浮費)만 얻어 가지고 춘천으로 내려갔으나, 춘천집이 김승지와 의좋게 산다 하는 소문만 들을 지경이면 그날로 다시 서울 와서 김승지에게 등을 댈 작정인데, 강동지가 춘천으로 내려가면서 그 딸더러 간다는 말도 안 하고 내려갔더라. 춘천집이 그 부친이 서울 있을 때는 야속하니 마니 하였더니, 그 부친이 떠났다 하는 말을 듣고 마음이 더욱 산란하고 꿈자리만 사납더라.

제 9 장

남대문 밖 도동 남관왕묘 동편에 강소사 가라 문패 붙은 집이 있는데, 안방에는 젊은 여편네 하나뿐이요, 행랑방에는 더부살이 내외뿐이라. 아무도 오는 사람도 없이 쓸쓸한 기운만 있더라.

동짓달 초하룻날 강소사가 해산을 한 후에 한 식구가 늘더니, 어린아이 우는 소리에 사람이 사는 듯싶더라.

산모가 아들을 낳고 기뻐하나, 그 기쁜 마음 날 때마다 아이 아버지를 생각한다.

그 아이 아버지가 죽고 없느냐 할 지경이면 죽어 영 이별을 한 것도 아니요, 천리 타향에 생이별을 하였느냐 할 지경이면 그러한 이별도 아니요, 지척에 있으면서 그리고 못 보는 터이라. 그러면 그 산모가 남편에게 소박을 맞은 사람인가…….

아니, 소박데기도 아니라, 물같이 깊은 정이 서로 깊이 들어서, 이 몸이 죽어 썩더라도 정은 천만년이 되도록 썩지도 않고 변치도 아니할 듯한 마음이 있다. 그렇게 서로 생각하면서, 서로 보지 못하는 그 사람은 누구런가. 그 동네 사람들은 강소사 집으로 알 뿐이요 전동 김승지의 첩 춘천집인 줄은 아직 모르더라.

춘천집이 그 집 든 후에 김승지가 청천에 구름 지나듯이 이삼 차 다녀갔으나, 춘천집 마음에는 차라리 춘천 있어서 그리고 못 보던 때만 못하게 여기더라.

동지섣달 긴긴 밤에 우는 아이를 가로 안고 젖이 아니 나는 젖꼭지를 물리고 어르고 달래더라.

"아가 아가, 울지 말고 젖 먹어라. 세월이 어서 가고, 네가 얼른 자라 어미 손을 떠나서 네 손으로 밥 떠먹고, 네 발로 걸어다닐 만하면, 나는 죽어도 눈을 감고 죽겠다마는 핏덩어리 너를 두고 죽으면 네게는 적악51)이라. 이 밤이 이렇게 기니 너 자라나는 것을 기다리자 하면, 내 근심 내 고생이 한량이 있겠느냐. 젖이나 넉넉하면 네 주럽52)이 덜 할 터이나, 젖조차 주저로우니53) 이 고생을 어찌하잔 말이냐. 나는 먹기 싫은 미역국 흰 밥을 억지로 먹는 것은, 내 배를 채우고 내가 살려고 먹는 것이 아니라, 국밥이나 잘 먹으면 젖이나 흔할 줄 알았더니, 흔하라는 젖은 흔치 못하고, 흔한 것은 눈물뿐이로구나. 아가 아가, 울지 말고 잠이나

---

51) 못된 짓만 하여 많은 죄악을 쌓음.
52) 피곤하여 고단한 증세.
53) 넉넉하지 못하여 퍽 곤란하니.

자려무나.”

이리 고쳐 안고 이 젖꼭지도 물려 보고, 저리 고쳐 안고 저 젖꼭지도 물려 본다.

어린아이는 달랠수록 보채고 우는데, 춘천집은 점점 몸이 고단한 생각이 나더니 어린 자식도 귀치 아니하고, 성가신 마음이 생기더라.

“에그, 이 애물의 것, 왜 생겨나서 내 고생을 이렇게 시키느냐. 안아도 울고, 뉘어도 울고, 젖을 물려도 우니 어찌하란 말이냐. 울거나 말거나 나는 모르겠다.”

하면서 어린아이를 아랫목 요 위에 뉘어 놓으니, 어린아이는 자지러지게 우는데, 춘천집은 그 어린아이를 다시 안 볼 것같이 돌아다보지도 아니하고 윗목에 놓인 등잔불을 정신없이 보고 앉았더라.

창 밖에 불던 바람이 머리맡 쌍창을 후려치면서, 문풍지 떠는 소리에 귀가 소요하더니, 방 안에 찬기운이 도는데, 춘천집이 고슴도치같이 옹그리고 앉았다가 하는 말이,

“에그, 이런 방에서도 겨울에 사람이 사나. 오냐, 겁나는 것 없다. 살 년의 팔자가 이러하겠느냐. 내가 김승지의 첩 되던 날이 죽을 날 받아 놓은 것이요, 서울로 오던 날이 죽으러 오던 날이다. 하늘이 정하여 주신 팔자요, 귀신이 인도한 길이라. 하루 한시라도 갈 길을 안 가고 이 세상에 있는 고로, 하늘이 미워하고 귀신이 시기하여 죽기보다 더한 고생을 지어 주는 것이라. 고생도 진저리가 나거니와 하늘이 명하신 팔자를 어기려 하면 되겠느냐.”

하면서 우는 아이를 물끄러미 보다가 가슴이 칼로 에이는 듯하고 눈물이 비 오듯 하더니, 어린아이를 살살 만지며,

“아가 아가, 네 어미는 죽으러 간다. 나는 적마누라 투기에 이 지경 되거니와 너의 적모가 너조차 미워할 것이야 무엇 있겠느

냐. 내가 죽고 없으면, 너의 아버지가 너를 데려다가 유모 두고 기를 것이라. 젖 없고 돈 없고, 돌아보는 사람 없는 내 손에 있을 때보다 나을 것이다. 오냐, 잘 있거라. 나는 간다.”

춘천집이 모진 마음을 먹고 전기 철도에 가서 치여 죽을 작정으로 경성 창고 회사 앞에 나가서 전기 철도에 가만히 엎드려서 전차 오기만 기다리는데, 용산에서 오는 큰길로 돌돌 굴리오는 바퀴 소리에 춘천집이 눈을 딱 감고 이를 악물고 폭 엎드렸는데, 천둥 같은 소리가 점점 가까워지더니 무엇인지 춘천집 몸에 부딪쳤더라.

춘천집 치마에 웬 사람이 발을 걸고 넘어지면서 별안간에 에그머니 소리가 나더니, 어떠한 젊은 여편네를 공중에서 집어던지는 듯이 길 가운데에 떨어진다.

죽으려 하던 춘천집은 과히 다치지도 아니하였는데 뜻밖에 사람이 둘이나 다쳤더라.

용산서 서울로 들어오는 인력거꾼이 길에서 초롱을 태우고 깜깜한 밤에 가장 발씨 익은 체하고 어두운 길에서 달음박질하다가, 발에 무엇인지 툭 걸리면서 인력거꾼이 넘어지는 서슬에, 인력거 탔던 여편네가 어떻게 몹시 떨어졌던지 꼼짝을 못 하고 길에 엎드렸더라. 춘천집이 죽으려 하던 마음은 어디로 가고 인력거에서 떨어진 여편네에게, 불안하고 가이없는 마음이 생겨서, 그 여편네를 일으키며 위로하나, 원래 몹시 다친 사람이라 운신을 못 하는 모양이더라.

인력거꾼이 툭툭 털고 일어나서, 절뚝절뚝하면서 중얼중얼하는 소리는 길가에 드러누웠던 춘천집을 욕하는 소리라. 춘천집이 꾀꼬리 같은 목소리로, 인력거꾼에게 미안하다 말을 하는데, 그 인력거꾼이 처음에는 길가에 누웠던 사람에게 싸움을 하러 대들 듯 하더니, 춘천집의 모양과 목소리를 듣고 아픈 것도 잊었던지, 차차 말이 곱게 나오더라.

"여보 인력거꾼, 인력거 타고 가시던 아씨는 어디 계신 아씨요."

"……."

"내 집은 여기서 지척이니 그 아씨를 내 집으로 모시고 갑시다. 용산서 여기까지 온 삯은 내가 후히 주리다."

인력거에서 떨어지던 여편네가 그때 정신이 나서 하는 말이, 나를 일으켜서 인력거 위에 태워만 주면 내 집까지 가겠다 하나, 인력거꾼이 발을 삐어 걸음을 걸을 수가 없다 하면서 멀리는 아니 가려 하는고로, 그 여편네가 춘천집을 따라갔더라. 춘천집이 그 여편네를 데려다가 아랫목에 누이고, 더부살이를 깨워서 불을 덥게 때라 하면서 애를 쓰는데, 그 여편네가 춘천집의 애쓰는 모양을 보고, 어찌 불안하던지 몸을 다쳐서 아프던 생각도 없는 것 같더라.

온양 온천에 옴쟁이 모이듯이, 춘천집 안방에는 두 설움이 같이 만났으나, 서로 제 설움은 감추고 말을 하지 아니하고, 서로 남의 사정을 알고자 하는 눈치더라.

그 이튿날 식전에 무슨 바람이 불었던지, 김승지가 작은돌이를 데리고 춘천집을 보러 나왔는데, 춘천집이 김승지를 못 볼 때는 눈이 빠지도록 기다리더니 김승지 들어오는 것을 보고 성이 잔뜩 나서 고개를 외로 두르고 앉았더라.

"이애 춘천집아, 왜 돌아앉았느냐? 산후에 별 탈이나 없었느냐. 벌써 삼칠일이 되었나. 에그, 삼칠일도 더 되었네. 오늘이 그믐날이지, 어디 어린아이 좀 보자."

춘천집은 아무 소리도 없이 아랫목 벽을 향하고 앉았는데, 김승지는 어릿광대같이 혼자 엉너리54)만 치다가 아랫목에 사람이 드러누운 것을 보고 또 하는 말이,

“이애, 저기 드러누운 사람은 누구냐, 손님 오셨느냐? 내가 못 들어올 것을 들어왔나 보구나.”

“네, 손님 오셨소. 핑계 좋은 김에 어서 돌아가시오. 그렇게 오시기 어려운 길은 차라리 오시지 말고 서로 잊고 지내는 것이 좋겠소.”

김승지가 춘천집의 마음이 좋도록 말을 좀 잘 할 작정이나, 말이 얼른 안 나와서 우두커니 섰는데, 아랫목에서 이불자락으로 눈썹 밑까지 가리고 이마만 내놓고 누웠던 여편네가 얼굴을 내놓더니 김승지를 쳐다본다. 김승지가 언뜻 보더니 입을 딱 벌리면서,

“아아, 이것 누군가. 침모가 여기를 어찌 알고 왔나. 이것 참 별일일세그려.”

“나는 이 집이 뉘 집인 줄도 모르고 왔더니, 지금 영감을 뵙고, 영감댁인 줄 알았습니다.”

“으응, 그럴 터이지, 내가 여기 집 장만한 줄을 누가 안다구. 집안에서도 아무도 모르네. 저 작은돌이만 알지. 자네지라도 누구더러 내가 여기 집 장만하였단 말 말게.”

“그러하겠습니다. 이런 말이 나서 마님 귀에 들어가면 영감은 큰일나실 일이올시다. 영감께서 벼슬을 다니면서, 정부를 그렇게 두려워 하시고 대황제 폐하께 그렇게 조심을 하시면…….”

말끝을 맺지 아니하고 김승지의 얼굴을 물끄러미 보는데, 춘천집이 홱 돌아앉으며,

“여보 영감, 영감을 다시 못 뵈올 줄 알았더니 또 뵈옵소그려. 오늘 참 잘 나오셨소. 오신 김에 부탁할 일이 있소. 오늘 영감 들어가실 때에, 저 어린아이를 데리고 가시오. 여기 두었다가는 오

---

54) 남의 환심을 사기 위하여 어벌쩡하게 서두르는 짓.

늘이든지 내일이든지 나만 없으면……."

하던 말끝을 마치지 못하고 머리를 돌이켜 어린아이를 보면서 구슬 같은 눈물이 치마 앞에 떨어진다.

"영감……, 영감께서 어련히 생각하시고 계시겠습니까마는 어떻게 하실 작정이오니까? 내가 그처럼 말할 것은 아니올시다마는, 남의 일 같지 않소그려. 어젯밤 일을 알고 나오셨는지요."

"왜, 어젯밤에 무슨 일 있었나?"

"글쎄올시다. 나도 자세히는 모르겠습니다마는, 어젯밤에 내가 용산갔다가 오는 길에, 인력거를 탔더니 인력거꾼이 등불 없는 인력거를 끌고 어둔 밤에 달음박질을 하다가 무엇에 걸려 넘어지는 서슬에 내가 인력거 위에서 낙상하여 이 모양이요."

"응, 낙상을 하여 과히 다치지 아니하였나?"

"내가 낙상한 것이 끔찍한 일로 말씀하는 것이 아니오. 어떠한 사람이 허리를 전기 철도에 걸치고 엎드려서 전차 오기를 기다리던 모양이니, 그렇게 불쌍한 사람이 있는 줄을 알으시오?"

"응, 그것이 누구란 말인가?"

침모는 다시 말이 없이 있고, 춘천집은 모기 소리같이 운다. 침모가 춘천집 우는 것을 보더니 소리 없이 따라 운다.

김승지가 춘천집 울음 소리를 듣다가 가슴이 뻑적지근하여지면서 눈물이 떨어진다.

잠들었던 철없는 어린아이가 어찌하여 깨었던지 아이까지 운다. 강소사집 안방에는 아이 어른 없이 눈물로 서로 대하였는데, 의논은 그치지 아니하고 해는 낮이 되었더라.

제 10 장

장안 한복판 종로 종각에서 오정 열두시 치는 소리가 땡땡 나면서 장안 성중에 쇠푼이나 있고, 자명종깨나 걸어놓은 큼직한 집에 들어있는 사람들은 오정 소리를 듣고, 일시에 눈이 자명종으로 간다.

"이것이 웬일인구. 벌써 오정이 되었는데, 영감이 왜 이때까지 안 오시누."

하면서 점순이를 부르는 사람은 전동 김승지 집 부인이라.

"이애 점순아, 영감께서 작은돌이를 데리고 어디로 가신지 아느냐?"

"쇤네가 알 수 있습니까."

"그것 참 이상한 일이로구나. 오늘 식전 일곱시 사십분에 떠나는 기차에 임공사가 일본 간다고, 영감께서 작별 인사인지 무엇인지 하러 가신다더니, 벌써 열두시가 되도록 아니 오시니, 나를 속이고 다른 데로 가셨나 보다. 이애 점순아, 네가 침모의 집에 갔을 때에 정녕 춘천집이 없더냐. 그년이 계동으로 갔다는데 침모 집에도 없고, 또 박참봉 집에도 없으면 어디로 갔단 말이냐. 요년, 너도 아마 나를 속이지……."

"에그, 별말씀을 다 하십니다. 아무렇기로 쇤네가 마님을 속이겠습니까."

"오오, 그렇지. 네가 만일 나를 속였다가는 너를 쳐죽여 없앨 터이다. 내가 다른 년을 심부름시키지 아니하고 너를 시키는 것은 믿고 시키는데, 너조차 거짓말을 하면 쓰겠느냐."

"마님께 말씀이지. 작은돌이는 마마님 계신 곳을 아는 모양 같으나 말을 안 하니 쉰네도 그 뒤만 살피고 있습니다.”

 “이애, 그렇단 말이냐. 그러면 네가 어떻게 하든지 작은돌이의 속만 뽑아서 내게 말만 하여라. 그것만 알아 주면 네 치마도 하여 주고 저고리도 하여 주마. 치마 저고리뿐이겠느냐. 내 옷가지를 다라도 너를 주마.”

 요악한 점순이가 옷 하여 준다 하는 말에 욕심이 불같이 나서 거짓말일지라도 안다 하고 싶으나 터무니없는 거짓말을 할 수는 없고, 일심 전력이 작은돌이의 속 뽑을 경영뿐이라.

 점순이가 마님을 부르면서 무슨 말을 하려 하는데, 안 중문간에서 김승지의 기침 소리가 나더니 안방에로 들어오는데, 점순이는 하던 말을 뚝 그치더니 방문 밖으로 나가 버린다. 부인이 김승지의 얼굴을 어찌 몹시 쳐다보던지 김승지가 제풀에 당황한 기색이 있어서, 누가 묻지도 아니하는 말을 횡설수설한다.

 “오늘은 불의출행(不宜出行)55)이야. 공연히 남에게 끌려서 이리저리 한참을 쏘다녔거든…… 여럿이 모인 곳에 가면 그런 일 성가셔서…… 여보 마누라, 나는 이때까지 아침도 안 먹었소. 이애 점순아, 네 어디 가지 말고 내 밥상 이리 가져오너라. 어이 추워…… 이 방 뜨뜻한가.”
하더니 어깨를 으쓱으쓱하면서 아랫목으로 들어오는데, 썩 몹시 추운 모양이라.

 “왜 그렇게 추우시단 말이오. 그런고로 첩이 아내만 못하다는 것이지요. 춘천집 방에 가서 몸을 얼려 가지고 오시더니, 내 방에 와서 몸을 녹이시는구려. 어서 이 아랫목으로 들어오시오.”
하면서 성도 안 내고 기색이 천연한지라.

 김승지가 그 첩의 집에 간 것을 그 부인이 소문을 듣고 그렇게

---

55) 그날의 운기가 먼 길을 떠나기에 적당하지 않음.

말하는 줄로 알고, 역적 모의하다가 발각된 놈의 마음과 같이, 깜짝 놀라던 차에, 그 부인이 천연히 말하는 것을 듣고 일변 안심도 되고 의심도 난다.

벙긋벙긋 웃으면서 마누라의 얼굴을 물끄러미 보며 무슨 말이 나올 듯 나올 듯하고 아니 나온다.

"여보 영감, 내가 영감 소원을 풀어드릴 터이니, 내 말대로 하시겠소?"

"응, 무슨 말…… 내가 무엇을 마누라 말대로 안 하는 것이 있소."

"그러하실 터이면 춘천집을 불러들여다가 저 건넌방에 둡시다. 두집 배치를 하면 돈만 더 들고 영감이 다니시기도 비편하니 오늘부터 한집에 있게 합시다. 기왕 둔 첩을 어찌할 수 있소. 제가 마다고 가면 붙들 것은 없지만 안 가고 있으면 억지로 내쫓을 수야 있소? 그러나 춘천집을 불러오더라도 영감께서 너무 혹하셔서 몸을 과히 상하시면 딱한 일이야…… 설마 영감도 생각이 있으실 터이지…… 그러실 리는 없겠지요."

김승지가 솔깃한 마음에 가장 말솜씨나 있는 듯이 도리어 그 부인의 속을 뽑으려 든다.

"좀 어려울걸…… 한집안에서 견딜 사람이 따로 있지, 마누라 성품에 될 수가 있나?"

"춘천집이 춘천서 올라오던 날 내가 야단을 좀 쳤더니, 그것을 보고 하시는 말씀인가 보구려. 첩을 두시려거든, 나더러 둔다는 말씀을 하고 두셨으면, 내가 무슨 말을 할 리가 있소. 남자가 첩 두기가 예사이지. 영감은 내게 의논도 없이 첩을 두시고, 춘천집을 불러올 때도 날더러 그런 말이나 하셨소. 부지불각(不知不覺)56)에 그런 일을 보면 누가 좋다 할 사람이 있겠소."

"그것은 그러하여. 그것은 내가 잘못하였지. 마누라가 열이 날 만

한걸…… 여보, 지나간 일이야 말하여 쓸데 있소. 앞일이나 의논합시다. 춘천집을 불러들이면 한집안에서 아무 소리 없이 살겠소?"

부인이 생시치미 떼고 말을 하다가 원래 화산에 불 일어나듯 하는 성품이라 기가 버쩍 나서 낯이 벌개지며 왜가리 소리 같은 목소리를 버럭 지르면서,

"여보, 다시 첩 두면 무엇이라고 맹세하셨소. 남부끄럽지 아니하시오. 이애 점순아, 저 건넌방 치우고 불 덥게 때어라. 오늘부터 마마님이 오신단다. 에그, 망측하여라. 계집이 다 무엇인고. 계집을 감추어 두고 맹세를 그렇게 해…… 병문에 있는 막벌이꾼도 할 만한 맹세를 하지, 영절스럽게57) 그런 맹세를 지어…… 내가 잠자코 있으니 아무것도 모르는 줄 알고…… 벌써부터 다 알고 있어. 작은돌이란 놈 그놈 쳐 죽여 놓을 놈. 그놈이 내 눈앞에 다시 보였다가는……."

하면서 분명한 토죄(討罪)58)도 아니하고 작은돌이를 벼르니, 김승지가 어찌 당황하던지 그 부인을 쳐다보며,

"아니야…… 무엇을…… 남의 말을 자세히 듣지도 아니하고 그리해서 쓰나. 아아, 글쎄 내 말 좀 자세히 듣고 말을 하여야지. 춘천집을 누가 참 불러온다나. 또 춘천집이 어디 가 있는지 내가 알기나 아나."

하면서 얼었던 몸에 땀이 나도록 애를 쓰고 손이 발이 되도록 빌더라.

---

56) 미처 깨닫지 못하는 결.
57) 아주 그럴듯하게.
58) 죄목을 들추어 다부지게 나무람.

제 11 장

　점순이가 행랑으로 나가더니 방문을 펄쩍 열며,

　"여보 순돌 아버지, 이를 어찌한단 말이오. 큰일났소그려. 마님께서 순돌 아버지를 죽일 놈 살릴 놈 하며 벼르시니 웬일이오."

　"춥다, 문 닫아라. 들어오려거든 들어오고 나가려거든 나가지, 왜 문을 열고 서서 말을 하여."

　"에그, 남의 말은 안 듣고 딴소리만 하네."

　"듣기 싫어, 말은 무슨 말……."

　"나는 모르겠소, 마님께서는 순돌 아버지를 쳐죽인다 내쫓는다 하시는데 어찌하면 저렇게 겁이 없누."

　"영감은 마님을 겁을 내서 벌벌 떨으셔도, 작은돌이는 겁커녕 눈도 끔쩍거리지 아니한다. 누가 김승지 댁 종노릇 안 하면 죽는다더냐."

　점순이가 문을 툭 닫고 아랫목으로 들어오더니 아랫목 불목[59]에 잠들어 누운 어린 자식 포대기 밑으로 두 손을 쏙 집어넣더니 생긋생긋 웃으면서,

　"여보 여보, 순돌 아버지."

　"보기 싫다. 여우같이, 요것이 다 무엇이야."

　"남더러 공연히 욕만 하네."

　"욕이 주먹보다 낫지 아니한가."

　"걸핏하면 주먹만 내세네. 아무 죄도 없는 사람을 설마 쳐죽일라구."

---

59) 구들장의 아랫목의 가장 더운 자리.

"설마가 다 무엇이야. 너도 마님같이 강짜만 하여 보아라. 한 주먹에 쳐죽일 터이다."

"강짜는 빌어먹을 년의 강짜를 하고 있어. 나는 순돌 아버지가 다른 계집에게 미쳐서 날뛰는 것을 보면, 나는 다른 서방 얻어 가지, 밤낮 게걸게걸[60]하고 있을 망할 년 있나."

"이애, 그것 참 속시원한 소리를 하는구나. 하느님이 사람 내실 때에 사람은 다 마찬가지지, 남녀가 다를 것이 무엇 있단 말이냐. 네가 행실이 그러면 내가 너를 버리고, 내가 두 계집을 두거든 네가 나를 버리는 일이 옳은 일이다. 두 서방이니 두 계집이니 그까짓 소리도 할 것 없지. 두 내외가 의만 좋으면 평생을 같이 살려니와, 의가 좋지 못하면 하루바삐 갈라서는 것이 제일 편한 일이라. 계집 둘 두는 놈도 망할 놈이요, 시앗 보고 강짜하고 있는 년도 망할 년이라. 요새 개화 세상인 줄 몰랐느냐."

"여보 요란스럽소. 말 함부로 하지 마오. 그러나 춘천마마댁이 어디요? 나도 가서 구경 좀 하겠소."

하더니 눈웃음치며 작은돌이의 어깨 밑으로 머리를 바싹 들이민다. 계집에게 속지 아니한다고 큰소리를 탕탕 하던 작은돌이가, 점순에게 속을 뽑혀서 정신 보퉁이를 송두리째 내어 놓았더라.

점순이가 경사나 난 듯이 아낙[61]으로 살짝 들어가다가, 안마루에 김승지의 신이 놓인 것을 보고 안 들어가고 도로 돌아나간다. 마침 대문간에 박참봉이 들어오다가 점순이를 보고, 박참봉은 점순이가 춘천집의 뒤를 밟으러 와서 이 방문 열어 보고 저 방문 열어 보고, 요리 기웃 조리 기웃 하던 모양이 생각이 난다.

점순이는 작은돌이에게 당장 들은 말이 있는 고로, 박참봉의

---

60) 천한 말로 자꾸 불평스럽게 떠드는 모양.
61) 부녀(婦女)가 거처하는 곳을 점잖게 이르는 말. 내간(內間). 내정(內庭).

주선으로 춘천집이 남대문 밖에 집을 사서 들었던 말을 낱낱이
알았는지라. 박참봉도 점순이를 유심히 보고, 점순이도 박참봉을
유심히 본다.
　"영감 계시냐?"
하면서 사랑으로 들어가는데, 점순이가 안으로 돌쳐 들어가더니
안방 미닫이 밖에 서서,
　"사랑에 손님 오셨습니다."
　"오냐, 게 있거라."
하더니 나갈 생각도 안 하니,
　"계동 박참봉 나리 오셨습니다."
　김승지가 박참봉 왔다는 말을 듣더니 벌떡 일어나 나가더라.
점순이가 안방으로 톡 튀어 들어오더니 부인의 앞으로 살짝 와
앉으며,
　"마님…… 마님께서 암만 그리하시면 쓸데 있습니까. 사람마다
마님만 속이려 드니, 아무리 하면 안 속을 수 있습니까."
　"무엇을…… 점순아 점순아, 무엇을 그리하느냐. 어서 말 좀 하
여라. 춘천집이 어디 있는지 알았느냐?"
　"계동 박참봉 나리가 남대문 밖에 집 사 주었답니다. 오늘도
영감께서 마마댁에 가셨는데, 침모도 거기 있답니다."
　부인이 눈이 뚱그래지더니 점순의 앞으로 버썩버썩 다가앉으
면서,
　"이애, 내 말이 맞았구나. 저것을 어찌한단 말이냐. 영감께서
침모와 춘천집을 한집에 두고 호강을 하신단 말이냐. 에그, 어떻
게 하면 그 년들을 쳐죽여서 한 구덩이에 집어넣을꾸……."
　점순이가 그 말을 듣고 싱긋 웃으면서,
　"마님……."
부르더니 다시 말이 없이 또 눈웃음을 친다.

“응, 무엇을 그러느냐. 무슨 할 말이 있느냐?”

“말씀하면 쓸데 있습니까. 마님께서는 마음이 착하시기만 하셨지, 모진 마음이야 어디 조금인들 있습니까.”

“에그, 네가 내 마음을 아는구나. 내가 말뿐이지 실상 먹은 마음은 없는 사람이다. 그러나 그 소리는 다 그만두고, 아까 하던 말이나 하자. 글쎄 저년들을 어찌하면 좋단 말이냐?”

“무엇을 그렇게 걱정하실 일이 있습니까.”

“에그, 요 방정맞은 년, 그것이 다 무슨 소리냐. 그래 그년들이 내게 걱정이 되지 아니한단 말이냐. 요년, 너도 그따위 소리를 하려거든 내 눈앞에 보이지 말아라.”

“에그, 마님께서는 말씀을 어떻게 들으시고 하시는 말씀인지 모르겠네. 쇤네가 설마 마님께 해로운 말씀이야 하겠습니까. 마님께서 쇤네 말을 자세히 들으시지 아니하니, 어디 말씀을 할 수가 있습니까.”

“오냐, 네가 횡설수설하는 소리 없이, 춘천집과 침모를 어떻게 조처할 말만 하려무나. 내 자세히 듣지 아니할 리가 있겠느냐. 그래 무슨 말이냐. 어서 좀 하여라.”

점순이가 가장 제가 젠 체하고 말을 얼른 하지 아니하더니, 본래 잘 웃는 눈웃음을 한 번 다시 웃으면서,

“마님, 마님께서 쇤네 말을 들으시겠습니까?”

“요년아, 무슨 말이든지 얼른 하려무나. 내게 유익한 말이면, 무슨 말을 안 듣겠느냐.”

“마님께서 저렇게 심려하실 것 무엇 있습니까. 마마님이든지 침모이든지 다 죽고 없으면 마님께서 걱정이 없으실 터이지요.”

“이애, 그를 다 이를 말이냐. 그러나 그년들이 새파랗게 젊은 년들인데 죽기는 언제 죽는단 말이냐? 그년들이 도리어 내 약과62)를 먹으려드는 년들이다. 약과뿐이라더냐. 내 눈만 꺼지면, 그년들이

이 집 기둥뿌리를 빼놓을 년들이다."

"그렇기로 첩을 두면 집이 망하느니 흥하느니 하는 것이, 다 그 까닭이 아니오니까."

"아무렴, 그렇기를 다 이르겠느냐. 화가 나는 일이 있을 때도 네 말을 들으면 속이 좀 시원하다. 그러나 저년들을 어찌하면 좋단 말이냐. 지금으로 내가 교군을 타고 그년의 집에 가서 방맹이로 춘천집과 침모년의 대강이를 깨뜨려 놓고 싶다. 박참봉인가 무엇인가 그 망할 놈은, 왜 남의 집에 다니면서 남의 집을 망하여 놓으려 한다더냐. 그 망할 놈 다시 내 집에 오지 말라 하여라. 이애, 점순아……."

하면서 하던 말을 다시 하고 묻던 말을 또 묻는데, 속에서 열이 길길이 오르는 마음에 벌써 큰 야단이 났을 터이나, 점순이 입에서 부인의 마음에 드는 소리만 나오는 고로 그 말 들을 동안은 괴괴하였거니와[63], 그 말만 뚝 그칠 지경이면 부인의 야단이 시작될 모양이라.

서창에 지는 해가 눈이 부시도록 비추었는데, 창 밖에 지나가는 그림자는 날아드는 저녁 까치라. 서창을 마주앉아 꼬리를 들었다 놓았다 하며 주둥이를 딱딱 벌리면서, 깟깟, 깟깟깟, 짖거늘 구기(拘忌)[64] 잘하기로는 장안 여편네 중 제일 가는, 전동 김승지의 부인이 시앗이니 무엇이니 하고 지향을 못하는 중에, 저녁 까치 소리를 듣고 근심이 버썩 늘었더라.

"에그, 조 방정맞은 저녁 까치는 왜 남의 창 밖에 와서 짖누. 조년의 저녁 까치가 짖으면, 기어이 고약한 일이 생기더라. 내가 처음에 시앗 보았다는 소문을 듣던 날도 똑 요맘때에 까치 한 마

---

62) 약과는 제물용(祭物用)이니 너와 나와의 명(命)의 길고 짧음을 알 수 없다는 말.
63) 시끄러운 것이 없어지고 고요하였거니와. 잠잠하였거니와.
64) 꺼리는 것.

리가 저기 앉아서 짖더니, 춘천집인가 무엇인가 그 못된 년이 생겼지. 이애 점순아, 어서 나가서 조 까치 좀 쫓아다구. 에그 요년아, 무엇을 그리 꿈적거리고 있느냐. 너는 한 번 앉았다가 일어나려면 왜 몸이 그리 무거우냐. 또 자식 배었느냐. 에그 고년, 뒷문으로 나갔으면 쉬울 터인데 왜 앞문으로 돌아 나가누. 조 까치 자꾸 짖는데 그만두어라. 내가 쫓으마. 수어 —."

소리를 지르면서 서창 미닫이를 드윽 열어 젖히니, 까치가 펄쩍 날아 공중에 높이 떠서 남산을 향하고 살같이 날아가더니 연소정 산비탈로 내려간다.

부인은 까치만 보고 섰다가 까치는 안 보이는데 정신없이 먼산을 보고 섰다. 안방 지게문으로 나가던 점순이는 안마당 안부엌으로 휘돌아서 안뒤꼍으로 나가다가 나는 까치 지난 곳을 보더니,

"에그, 고 까치는 이상도 하지. 이 댁을 다녀서 춘천마마 댁으로 가나베…… 마님 마님, 저 까치 날아가는 곳이 마마님 있는 도동이올시다."

"아따, 그년 사는 동네 근처만 바라보아도 사람이 열이 나서 못살겠구나. 어찌하면 그 동네가 오늘 밤 내로 땅이 쑥 두루 빠져서 없어질꼬."

"에그, 마님께서 허구한 세월에 저렇게 속을 썩이시고 어떻게 견디시나."

하면서 고개를 살짝 숙이더니 치마끈을 물어다가 눈물도 아니 나는 눈을 이리 씻고 저리 씻고, 이 눈도 비비고 저 눈도 비벼서 두 눈이 발개지도록 비비더니, 가장 눈물이나 났던 체하고 고개를 반짝 들어 부인을 쳐다보며 앞으로 바싹 들어오더니,

"마님, 쇤네는 오늘 밤일지라도 물에나 빠져 죽든지 달아나든지 하지, 하루라도 이 댁에 있고 싶지 아니합니다."

"요 쳐죽여 놓을 년, 고것은 다 무슨 소리냐. 내가 네게 심하게

굴어서 살 수가 없단 말이냐. 요년, 네가 어디로 달아나…… 오냐, 네 재주껏 달아나 보아라. 하늘로 올라가지는 못할 터이니, 어디로 가면 못 붙들겠느냐. 붙들려만 보아라. 대매에 쳐죽일 터이다.”
　“누가 마님이 싫어서 죽고 싶다 하는 말씀이오니까. 아낙에 들어왔다가 마님께서 저렇게 근심하시는 것을 보면, 쇤네는 아무 경황이 없습니다. 오늘 밤일지라도 춘천마마님이 죽고 없으면, 쇤네는 냉수만 먹고 살아도 살이 찌겠습니다. 마님께서 쇤네 말씀대로 하시면 아무 걱정 없으실 터이지마는…….”
하면서 먼 산으로 고개를 돌이키니,
　“이애, 무슨 말이냐. 어디 좀 들어 보자. 춥다, 거기 서서 그러하지 말고 방으로 들어와서 말 좀 자세히 하여라.”
　점순이가 팔짱을 끼고 흔들거리고 안방으로 들어오더니, 안방 아랫간 윗목에 쪼그리고 앉아서 부인의 얼굴을 말끄름 쳐다본다.
　“이애, 점순아, 나는 그만 죽고 싶은 마음만 나니, 어찌하면 좋단 말이냐.”
　“마님께서 그런 말씀을 하시면, 쇤네는 아무 경황 없습니다. 에그머니, 그 원수의 춘천마마님 하나 때문에 온 집안이 이렇게 난리 필 줄 누가 알았을까.”
　“아니꼽다. 그까짓 년을 마마님이니 별상님이니 내 앞에서는 그런 소리 말아라. 네나 그년이나 상년은 마찬가지지. 이후에는 마마님이라고 말고, 춘천집이라고 하든지 강동지 딸년이라고 하든지 그렇게 말하여라.”
　“영감마님을 뵈온들 쇤네 도리에 그렇게 말씀할 수야 있습니까…… 마님…… 마님 소원을 풀어드릴 터이니 마님께서 춘천마마의 일을 쇤네에게 맡기시겠습니까.”
　“오냐, 좋은 도리가 있으면 맡기다뿐이겠느냐. 나는 쪽박을 차더라도 시앗만 없이 살았으면 좋겠다.”

“그런들 재물 없이야 어찌 삽니까.”

“재물이 다 무엇이란 말이냐. 나는 재물도 성가시다. 영감께서 돈만 없어 보아라. 어떤 빌어먹을 년이 영감께 오겠느냐. 영감이 인물이 남보다 잘나셨느냐, 말을 남보다 잘하시느냐. 어떤 년이 무엇을 보고 영감께 와…… 돈 하나 바라고 오지…… 선대감 살으셨을 때는 재물도 많더니라만, 선대감 돌아가신 후에 영감께서 계집에게 죄 디밀고 무엇 있는 줄 아느냐. 내포서 올라오는 추수 섬하고, 황해도 연산서 오는 추수 외에 무엇 있다더냐. 내가 잠자코만 있으면 며칠 못 되어서 춘천집에게로 죄 디밀고 무엇 남을 줄 아느냐. 그 원수의 침모년도 영감의 돈 냄새를 맡고 달라붙은 것이다. 영감은 그 나머지 재물을 죄 까불어야 다시는 계집에게 눈을 뜨지 아니하실 터이다. 세상 사람이 다 재물이 좋다 하더라도, 나는 좋은 줄 모르겠다.”

“마님께서는 이때까지 고생을 모르고 지내신 고로 그런 말씀을 하시지, 사람이 재물 없이 어떻게 삽니까.”

“그런 말 마라. 세상에 고생치고 시앗 두고 근심하는 고생 같은 고생이 또 어디 있겠느냐. 나는 시앗만 없으면 돈 한 푼 없더라도 아무 근심 없겠다. 내 손으로 바느질 품을 팔아 먹더라도, 영감과 나와 단 두 식구야 어떻게 못 살겠느냐. 내가 자식이 있느냐, 어디 마음 붙일데가 있느냐, 영감 한 분뿐이지…….”

“그럴 터이면 마님께서 돈을 많이 쓰시면, 춘천마마님과 침모를 죽일 도리가 있습니다.”

하면서 부인의 귀에 소곤소곤하는 대로 부인이 고개를 끄덕거리며 입이 떡 벌어졌더라.

제 12 장

　지혜 많은 제갈공명을 얻고 물을 얻은 고기같이 좋아하던 한 소열도 있었으나 그것은 사기상에 지나간 옛일이라.

　지금 우리나라 장안 돌구멍 안에 전동 김승지의 부인은 꾀 많은 점순의 말을 듣고 좋아서 미칠 듯한 모양이 고기가 물 얻은 것보다 더하더라. 점순이는 상전에게 긴할수록 더욱 긴한 체하고 하던 말을 두세 번 거푸 한다.

　"오냐 오냐, 돈은 얼마나 들든지, 너 하라는 대로만 할 터이니, 부디 낭패 없이 잘만 하여라. 에그 고년, 신통한 년이지, 키는 조그마한 년이 의사는 방통이 같구나. 춥다. 내 덧저고리 입고 다녀오너라. 나는 오늘부터 영감을 뵙더라도 아무 소리 말고 가만히 있으마."

　점순이가 부인의 명을 듣고 황금사만을 출입하던 진평의 수단 같은 경영을 품고 남대문 밖으로 나가더라.

　해는 져서 점점 어스름 밤이 되어 가는데, 도동 춘천집 행랑에 든 더부살이 계집이 대문을 걸러 나왔다가 어떤 젊은 계집이 문 밖에 와서 알던 집 들어오듯이 쑥 들어오는 것을 보고 문을 안 닫고 섰으니, 그 계집이 살짝 돌아다보며,

　"여보, 이 댁이 전동 김승지 영감의 별실 되시는 춘천마마님 댁이지요."

하더니 안으로 들어가다가 어린아이 우는 소리를 듣고 깜짝 놀라는 모양으로 행랑 사람을 다시 돌아보며,

　"여보, 이 댁에 어린아기 소리가 나니 아기는 뉘 아기요."

　"이 댁 마마님이 이달 초승에 아들 아기 낳았소."

　그 계집이 다시 묻는 말 없이 안으로 들어가니,

"어디서 오셨소?"

"영감 댁에서 심부름 온 사람이오."

하면서 안방으로 들어가는데, 그때 침모가 춘천집을 대하여 김승지 부인의 흉을 보던 끝인데 그 말 끝에 점순이 말이 나서 고년이 여우 같으니 무엇 같으니 하며 정신없이 말을 하다가 점순이 목소리를 듣고 침모가 깜짝 놀라면서,

"에그머니, 조년이 여기를 어찌 알고 오나. 내가 공교롭게 여기 왔다가 고년의 눈에 띄면 또 무슨 몹쓸 소리를 들을지……."

"그것이 누구란 말이오?"

"지금 말하던 점순이오."

하던 차에 점순이는 벌써 마루 위에 올라와서 방문을 여니, 침모는 망단한 기색이 있고 춘천집은 어린아이를 안고 거들떠보지도 아니하고 가만히 앉았더라.

"저는 큰댁 하인 점순이올시다. 벌써부터 마마님께 와서 뵈옵자 하면서도 바빠서 못 와 뵈었습니다. 에그, 침모 마누라님도 여기 와서 계시군……."

"내가 여기 있는 줄을 몰랐던가?"

"알 수가 있습니까."

하면서 춘천집 앞으로 바싹 다가앉더니,

"에그, 아기도 탐스럽게 생겼지…… 마마님 닮았군…… 그러나 방이 이렇게 추워서 마마님도 추우시려니와 아기가 오죽 춥겠습니까. 아마 나무가 귀한 모양인가 보이다. 부리시는 하인도 없습니까. 제가 나가서 불이나 좀 때고 들어오겠습니다."

하면서 벌떡 일어서는데, 침모는 다친 몸을 억지로 일어앉힌 터이라 드러눕고 싶으나 점순이가 가기만 기다리며 담배만 먹고 앉았고, 춘천집은 젖꼭지 문 어린아이 얼굴만 내려다보고 입을 봉

한 듯이 앉았더라.

안마당에서 사람의 소리가 나더니, 뒤이어 더부살이 계집과 작은돌이가 들어오면서 떠드는데,

"이 짐은 안마루 끝에 부려 놓아라. 저 나무 바리는 밖 옆마당에 부려 놓아라."

하는 소리를 듣고 점순이가 마루로 나가면서,

"왜 인제 왔소?"

"인제가 다 무엇이야. 좀 빨리 왔나. 짐꾼 데리고 오다가 나무 사느라고 지체되고……."

하면서 짐을 끄르는데, 점순이가 다시 방으로 돌쳐 들어오더니 팔짱을 끼고 윗목에 서서 춘천집을 건너다보며,

"마마님, 저것을 어디 들여놓으면 좋겠습니까."

"저것은 무엇이란 말인가?"

하면서 거들떠보지도 아니한다.

"물목(物目)을 적은 것은 없습니다만 쇤네가 말씀으로 여쭙겠습니다."

하더니 무엇무엇을 주워섬기는데, 처음에는 점순이가 제 말을 하려면 제라고 하더니 새로이 말공대가 늘어서 쇤네라고 하니, 춘천집은 불감한 생각이 드는 중에 뜻밖에 큰집에서 보냈다는 물종(物種)[65]이 값을 칠 지경이면 엽전으로 여러 백 냥 어치가 될지라.

천하를 다 내 것을 삼고 독재전제(獨裁專制)하던 만승 천자도 무엇을 주면 좋아하는 그러한 세상에 동지 섣달 추운 방 속에서 발발 떨고 두 무릎이 어깨까지 올라가도록 쪼그리고 앉았던 춘천집이 먹을 것, 입을 것, 쓸 것, 땔 것을 하품이 나도록 받아 가지

---

65) 물건의 종류.

고 숫보기[66] 여편네 마음이라 흡족한 생각이 들어간다.

"그것은 누가 보내셨단 말인가?"

하면서 얼굴에 좋아하는 빛을 띠었더라.

"자네 댁 마님이 보내시던가?"

"……."

"그것 참 이상한 일일세그려. 자네 댁 마님이 돌아가시려고 환장하셨나베."

"글쎄 말이지요. 마음이 변하기로 우리 댁 마님같이 변할 사람이 누가 있겠소. 침모 마누라님 가신 후에도 장 후회를 하시고, 댁 마마님이 춘천서 올라오시던 날도 그렇게 몹시 야단을 치시더니, 지금까지 후회를 하시니, 어찌하면 그렇게 변하시는지……."

침모가 그 소리를 듣더니 반신반의하여 이상한 마음이 들어서 아무 말 없이 점순의 얼굴을 쳐다보고 있다.

"그러나 마님께서 지금도 영감 앞에서는 후회하시는 기색도 아니 보이시니 그것은 웬일인지…… 마님 말씀에는 영감께서 무슨 일이든지 마님을 속이신다고 거기 화를 내시는 모양인데, 마마님이 시골서 올라오시기 전에 영감께서 마마님 오신다고 마님께 말씀 한마디만 하여 두셨더면 마님께서 그렇게 대단히 하실 리가 없어요. 부지불각에 교군이 들어오는 것을 보시고 그렇게 하셨지요. 그 마님이 성품이 날 때는 오죽 대단하십니까. 침모 마누라님도 알으시니 말씀이지요. 지금도 영감께서 무슨 일이든지 마님께 먼저 의논만 하시면 마님이 그렇게 박절히 아니 하셔요. 마님이 마음 내키실 때는 활수[67]하고 좀 좋으신 마음이오니까. 침모 마누라님은 겪어 보셨지요."

---

66) 순진하기만 하여 물정을 잘 모르고 어수룩한 사람.
67) 물건을 아끼지 않고 쓰는 배포가 시원스럽다.

하면서 요악68)을 부리는데, 춘천집과 침모의 마음은 봄바람에 눈 녹듯이 풀어지는데, 점순이는 벌써 눈치를 알고 다시 침모를 보며,

"침모 마누라님은 언제부터 이리 오셨습니까. 노마누라님은 계동댁에 혼자 계십니까."

그 말 끝에 침모는 대답을 아니 하고 있는데, 점순이가 지게문을 열고 짐 풀어 들여놓은 작은돌이를 내다보며,

"여보 순돌 아버지, 내일 일찍이 종로 가서 나무 한 바리 크고 좋은 것으로 사서 계동 침모 마누라님 댁에 갖다드리시오. 아까 우리댁 마님께서 말씀하십디다."

하더니 다시 문을 닫고 쪼그리고 앉으면서 혼잣말로,

"에그 참, 마누라님이야 아드님 없고 재물 없고 나인 많으시고 아무도 없으시니 말이지, 앞도 못 보시는 터에…… 침모 마누라님같이 효성 있는 따님이 없었던들…… 에그 참……."

하면서 말끝을 마치지 아니하고 눈물을 씻는데 수건으로 눈을 흠착흠착 씻는 모양이라, 춘천집은 의구히 젖 먹는 어린아이를 들여다보며 앉았고, 침모는 머리맡 미닫이 창살만 정신없이 보고 앉았다가 점순의 말에 오장이 저는 듯하며 눈물이 떨어진다.

사람이 제 설움이 과하면 조그마한 일이 있어도 남을 원망하는 일도 있지마는, 제 설움이 과할 때에 원망하던 곳도 원망할 마음이 풀어지는 일도 있는지라.

침모가 김승지 집을 원망하던 마음이 풀어지고 제 팔자와 저의 어머니 신세가 가련한 생각만 나서 눈물을 씻고 점순이를 건너다보며,

"세상에 누가 우리 어머니 신세 같은 사람이 또 있겠나. 김승지 댁에서 나무를 왜 사서 보내신단 말인가. 마음 쓰시는 것만

---

68) 요사스럽고 간악함.

하여도 받은 거나 진배 없네. 내일 나무 사거든 그 나무를 마마님께 갖다드리게."

하면서 점순이를 보고 신세타령이 나오는데 언제부터 점순이와 그렇게 정이 들었던지 친동생이나 본 듯이 평일에 지낸 일과 평생 먹었던 마음까지 낱낱이 말하는데, 쓰러져 죽어 가는 듯한 목소리로 하는 말이 굽이굽이 처량한 일이 많은지라 그 말을 다 마치지 못하고 소리없이 눈물만 떨어지는데 옆에 사람이 차마 볼 수가 없더라.

춘천집은 제 설움은 생각지 아니하고 침모를 불쌍히 여겨서 어떻게 하면 저러한 사람을 잘 도와 줄꼬 하는 마음이 생기면서 또한 눈물이 떨어진다.

점순이는 눈물은 아니 나나 같이 슬퍼하는 입내를 내느라고 고깃고깃하게 도리뭉친 서양 손수건을 손에 쥐고 팔꿈치는 쪼그리고 앉은 무릎 위에 올려놓고 손수건 든 손이 밤벌레같이 살찐 볼때기를 버티고 얼굴은 사람 없는 벽을 향하여 앉았는데, 방 안이 다시 적적하였더라.

침모의 치마 앞에는 소상반죽(瀟相斑竹)69)에 가을비 떨어지듯 눈물이 떨어지는데, 그 눈물을 화답하는 춘천집의 눈에서 눈물이 마주 떨어지다가 어데가 못 떨어져서 잠든 어린아이 눈 위에 떨어지니, 춘천집이 치맛자락으로 어린아이 눈을 씻기는데 그 아이가 잠을 깨어 젖꼭지를 물었던 고개를 내두르며 우니, 점순이가 홱 돌아앉으며 춘천집 앞으로 다가앉더니,

"아기를 이리 줍시오. 쇤네가 젖을 좀 먹여 보겠습니다. 쇤네 자식은 암죽으로 키우더라도, 내일부터는 쇤네가 댁에 와서 마마님 아기를 젖 먹이고 있겠습니다. 마마님 댁 행랑에 든 사람은

---

69) 중국 소상 지방에서 생산되는 아롱진 무늬가 있는 대.

우리 댁 행랑으로 보내고 쉰네는 이 행랑으로 오겠습니다. 작은
돌이는 영감 뫼시고 다니는 터이니 올 수가 없으나 쉰네 혼자 와
서 조석진지나 지어드리고 아기 젖이나 먹이고 있겠습니다.”

“……”

“그러한 걱정은 마십시오. 쉰네의 자식은 마님께서 재미로 거
두어 주신답니다. 마님께서 자녀간에 아무것도 없으신 고로 어린
아이를 보면 귀애하신답니다.”

하면서 어린아이를 받아 안고 젖을 먹이는데 춘천집이 잠시 동안
에 점순이와 어찌 그리 정답게 되었던지 점순이가 그 행랑으로
아니 올까 염려하고 있더라.

제 13 장

열 길 물 속은 알아도 한 길 사람의 속은 모르는 것이라. 점순
이가 입에는 꿀을 발랐으나 가슴에는 칼을 품은 사람이라. 나이
어리고 세상도 겪지 못하여 본 춘천집은 점순에게 어떻게 홀렸던
지 점순의 말이면 팥으로 메주를 만든다 하여도 곧이듣게 되었더
라.

그날 밤에 점순이가 전동 김승지 집에 돌아가니 부인이 혼자
앉아서 점순이 오기만 기다리고 있더라.

“마님, 쉰네는 도동 갔다 왔습니다.”

“오오, 어서 이야기 좀 하여라. 대체 그년의 인물딱지가 어떠하
더냐?”

“인물은 어찌 그리 어여쁜지요. 사람도 매우 얌전해요. 성품도
대단히 순한 모양입디다.”

“요 배라먹을 년, 주제넘기도 분수가 있지. 네가 춘천집의 얼굴

은 보았으니 알려니와, 잠깐 보고 성품이 어떠한지 어찌 그리 자세 아니? 그만두어라 듣기 싫다. 누가 너더러 그런 소리 하라더냐. 너도 벌써 영감처럼 춘천집에게 홀렸나 보구나. 무엇 먹을 것이나 주며 살살 꾀더냐.”

하면서 얼굴이 벌개지고 열이 버썩 난 모양이라. 점순이가 그 부인 앞에서 자라날 때에, 대강이는 자로 얻어맞느라고 마치 돌같이 굳었고 마음은 하루 열두 번씩 핀잔과 꾸지람 듣기에 졸업을 해서 여간 꾸지람을 들어도 들은 듯싶으지 아니한 점순이라. 점순이가 눈을 깜짝깜짝하고 앉았다가 부인의 골을 좀 돋우려고,

“마님, 춘천마마님은 아들 아기를 낳았는데 어찌 탐스러운지요.”

부인이 기를 버럭 내더니 소리를 지르면서,

“요년, 네 눈에는 그년의 집에 있는 것은 무엇이든지 좋게만 보이더냐. 꼴 보기 싫다. 내 눈앞에 보이지 말고 네 방으로 나가거라. 나가라 하면 얼른 나갈 일이지. 왜 거기 앉았느냐.”

점순이가 문을 열고 나가더니 마루 끝에 가서 팔짱을 끼고 쪼그리고 앉았거늘, 부인이 한 손으로 촛불을 가리며 미닫이 유리로 내다보다가 미닫이를 열어 젖히면서,

“요년, 보기 싫다. 왜 똑 마주 보이는 고기 가서 앉았느냐.”

점순이가 행랑으로 나가는데, 마침 김승지가 안중문으로 들어오거늘, 점순이가 다시 돌쳐서서 안뒤꼍으로 살짝 들어가더니 무슨 말을 엿들으려고 안방 뒷문 밖에 숨어 섰더라.

김승지는 안방으로 들어가다가 그 부인이 좋지 못한 기색으로 외면하고 앉은 것을 보고 또 무슨 성가신 소리나 할까 염려하여, 김승지가 주책없는 말을 횡설수설한다.

“여보 마누라, 내가 무슨 의논을 좀 할 일이 있소. 이런 일은 나 혼자 처결70)할 수 없는 일이야. 아마 마누라가 이제 생산은

못 하지…… 불가불 양자를 하여야 할 터인데 마땅한 곳이 없거든."

하면서 혼잣말로 엉벙하고 앉았는데, 부인은 아무 대답이 없더라.

"여보 마누라, 경필이 둘째아들을 데려다가 키우면 어떠하겠소. 그애가 마누라의 마음에 아니 들지……."

부인은 고개를 획 두르면서,

"언제 내 눈에 드는 것을 고르느라고 이때까지 양자를 아니 하였소. 영감이 딴 욕심이 있어서 양자를 아니 하였지."

"내가 딴 욕심은 무슨 딴 욕심……."

"인제는 영감의 욕심쟁이 되었으니 양자는 하여 무엇 하시려오. 그렇게 탐스럽게 잘생긴 춘천집의 속에서 낳은 자식을 두고 양자가 다 무엇이야. 자식 없는 나 같은 년만 팔자가 사나웠지. 열 살이 되도록 콧물을 줄줄 흘리고 다니는 경필의 둘째아들은 데려다가 무엇 하게. 나는 자식 없이 이대로 있을 터이야."

하면서 눈물이 비죽비죽 나니, 김승지는 또 부인을 불쌍하게 여기는 마음이 있더라.

춘천집을 보면 춘천집이 불쌍하고, 부인을 보면 부인이 불쌍하다. 하루 이틀, 한 달 두 달이나 지내고 마음이 변하면 여사이나 김승지는 그날 낮후까지 도동 첩의 집에 갔을 때에 춘천집의 고생하는 모양과 춘천집의 설운 사정하는 소리를 들을 때는 오장이 슬슬 녹는 듯이 춘천집 불쌍한 마음이 들면서 작정한 일이 있었더라.

무슨 작정인고? 춘천집의 고생하는 모양이 어찌 그리 불쌍하던지 이후에는 마누라와 야단은 고사하고 옥황상제의 벼락이 내리더라도 춘천집 하나는 고생도 아니 하고 지기를 펴고 지내도록

---

70) 결정하여 조처함.

하여 주자 하는 마음이 있었는데, 하루가 지나지 못한 그날 밤에 그 부인이 자식없는 신세를 말하면서 눈물이 나는 것을 보고, 또 어찌 그리 불쌍하던지 첩인지 무엇인지 다 귀치 아니한 생각이 든다. 그러나 두 가지 일이 마음에 걸리는 것이 있더라.

아까 박참봉이 왔을 때에 세간 궤를 열고 백 석 추수 논문서를 내어 주면서 하는 말이, 이것을 가지고 도동으로 가서 춘천집을 주고 아무쪼록 춘천집이 마음 붙이도록 안심을 시키고 오라 하였는데, 아차 좀 천천히 했더면 좋을 뻔하였다 하는 마음도 있고, 또 춘천집이 자식까지 낳은 터이라 버리기도 난처한 마음이 들어간다.

"여보 마누라, 그런 말은 뉘게 들었소?"

다른 날 같으면 부인의 성품에 소리를 버럭버럭 지르며 말을 하였을 터인데, 그날은 무슨 까닭으로 그리 조용하던지 비죽비죽 울면서 목소리도 크게 아니하고 김승지를 돌아다보며,

"여보, 사람을 그렇게도 속이기요. 참 야속하오."

"할 말 없소. 내가 생각이 잘 못 들어서 그렇게 되었소."

"영감께서는 꽃 같은 젊은 계집을 두고 옥동자 같은 아들을 낳고 혼자 호강을 하고 재미를 보실 터이로구려. 나는 나이 사십이나 되어 쪼그라진 것을 영감이 돌아다보시기나 할 터이오. 내가 자식이나 있으면 자식에게나 마음을 붙여 살 터이나, 자식 없는 이년의 팔자는 어찌 될 것인고. 죽어 후생에는 나도 남자나 되었으면…… 말으시오, 말으시오, 그리를 말으시오. 영감은 열세 살, 나는 열네 살에 결발 부부(結髮夫婦)71) 되었으니, 머리가 파뿌리가 되도록 마음이 변치 않고 살다가 죽은 후에 송장은 한 구덩이로 들어가고 혼은 합독(合櫝)72) 사당(祠堂)에 의지하야 아들 손

---

71) 총각과 처녀끼리 혼인한 부부.

자 증손 고손의 대까지 받아 먹어도 같이 앉아 받아 먹을 줄 알았더니, 이 몸이 죽기 전에 영감은 춘천집에게 뺏겼소그려. 영감은 돌아가신 후에 춘천집이 낳은 자식에게 따뜻한 제사를 받아 잡수시겠소그려. 에그 설운지고, 이년의 신세는 어찌 될 것인고. 죽어서는 무자귀(無子鬼)73) 될 것이요, 살아서는 소박데기 되겠구나. 무자귀 되는 것은 누구를 한하리까마는 소박데기 되는 것은 영감이 무정하여 그러하지. 영감이 춘천 군수 도임길 떠나시던 날 내가 세수하고 거울을 보고 앉았는데, 영감이 담뱃대를 거꾸로 잡고 연기가 모락모락 나는 담배 물부리를 내 앞 이마로 쑥 들이밀면서 하는 말이, 이것 보게, 벌써 센 털이 났네 하시기로, 내 말이, 영감이 걱정이 되실 것 무엇 있소, 젊은 첩이나 두시구려, 하는 내 말은 진정으로 나온 말은 아니오마는, 그때 영감이 무엇이라 말씀하셨소. 영감의 말씀이 늙으면 마누라 혼자 늙소, 젊을 때는 같이 젊고, 늙을 때는 같이 늙고, 고생을 하여도 같이 하고, 호강을 하여도 같이 하지, 내가 설마 마누라가 늙었다고 젊은 계집을 두고 마누라를 고생이야 시키겠소, 하시던 말이 어제 같고 지금 같소. 지금 영감의 몸은 여기 앉았으나 영감의 마음은 도동 춘천집에 가서 계시겠소그려. 속 빈 쇠부처같이 등신만 여기 계시면 쓸데 있소. 가고 싶고 가고 싶은 도동을 못 가시고, 보고 싶고 보고 싶은 춘천집을 못 보시면, 투기하는 아내만 미운 생각이 들 터이오그려. 원수가 되기 전에 나는 나 혼자 살다가 죽을 터이니, 영감께서는 춘천집이나 데리고 잘 살으시오. 여보, 복 받으리다…… 에그, 내 팔자 이리 될 줄 꿈이나 꾸었을까."
하면서 앉은 채로 폭 고꾸라지더니 엉엉 울다가 흑흑 흐느끼다가

---

72) 부부의 신주를 한 독 안에 넣는 일. 또, 그 독.
73) 자식이 없는 사람의 죽은 귀신.

나중에는 아무 소리가 없더라.

김승지가 그 부인이 설운 사정 말할 때에 무안하고 불쌍도 하고 후회도 나던 차에, 그 부인이 엎드려 울다가 아무 소리 없는 것을 보니 눈이 휘둥그래지며 겁이 펄쩍 나서, 불러도 보고 손으로 흔들어도 보고 두 손으로 어깨를 안고 일으켜도 보는데, 심술에 잔뜩 질린 부인은 정신이 멀쩡하면서 눈을 감고 이를 꽉 악물고 사지를 쭉 뻗어 놀리지 아니하고 있으니, 김승지가 픽픽 울면서,

"마누라 마누라, 여보, 정신 좀 차리오. 글쎄, 왜 이리하오. 내가 마누라에게 적악(積惡)을 하여 마누라가 그로 인병치사(因病致死)74)할 지경이면, 내가 혼자 살아 있어서 무슨 복을 받겠소. 여보, 눈 좀 떠보오."

한참 그러할 즈음에 점순이가 뛰어 들어오더니, 에그, 이것이 웬일인가 하면서 온 집안 사람을 다 불러서, 계집 하인들은 방으로 들어오고 사내 하인들은 안마당에 들어와 섰는데, 그날 밤은 그 모양으로 온 집안에서 잠 한잠 못 자고, 앉아 새는 사람, 서서 새는 사람, 갈팡질팡 다니다가 새는 사람, 그렇게 소요한 중에 부인은 여러 사람에게 불안한 마음이 조금도 없이 흉증(凶證)75)을 부리고 그 모양으로 밤을 지냈더라.

그 이튿날 식전에 김승지는 사랑에 나가서 잠이 들었는데, 동자아치76)는 밥을 짓고 반빗아치77)는 반찬을 만들고, 그 외의 사람들도 다 각기 저 할 일 하느라고 나갔는데, 안방에 앉았는 사람은 유모와 점순이뿐이라.

---

74) 병이 원인이 되어 죽음.
75) 음흉한 짓.
76) 밥짓는 일을 하는 여자 하인.
77) 반찬 만드는 일을 하는 여자 하인.

그 집 대문 안에 그 중 지각 있는 사람이 누구냐 할 지경이면 유모이라. 본래 김승지의 부인이 삼십이 넘은 후 아들 하나를 낳아서 유모를 두었더니 그 애가 세 살에 죽고, 그 후에는 부인이 자녀간 낳지를 못한지라. 유모는 그 아이 죽던 날부터 제 집으로 가려 하나 김승지의 내외가 붙드는 고로 그때까지 있었더니, 그날 김승지 부인이 하는 경상을 보고 그 집안이 어찌 될지 대강 짐작이 있었더라. 유모가 점순이를 보며,

"여보게, 내가 이 댁에 신세도 많이 지고 몇 해를 있어서 바라는 것은 마님께서 아기나 하나 더 낳으실까 하였더니, 마님께서 연세도 많으시고 자녀간에 낳으실지 못 낳으실지 모르는 터에, 내가 이 댁에 있어 쓸데 있나, 나는 오늘일지라도 마님께 하직하고 가겠네."

점순이가 이 말을 들으면서 눈을 깜짝거리고 앉았다가 생각한즉, 유모가 그 집에 있으면 저 하는 일을 눈치채일 염려가 있는지라.

"잘 생각하였소. 이 댁에 있어 무엇 하시겠소. 영감께서는 춘천 마마님께만 마음이 있으시고 마님께서는 저렇게 심병이 되어 지내시니, 이 집안이 어찌 되는지 알 수가 있소?"
하는 소리에 부인이 눈을 번쩍 뜨며,

"이 집이 아니 망할 줄 아나. 내 눈으로 이 기둥뿌리도 아니 남는 것을 보아야 내 속이 시원하겠네."
하더니 다시 눈을 감고 누웠더라, 그날 그 집안에는 다 밤새운 사람뿐이라. 너나없이 졸음을 참지 못하여 동자와 찬비 외에는 이 구석 저 구석에 가서 잠들어 자는 사람들뿐인데, 그 중에 지성으로 부인의 앞에 앉았는 것은 점순이라. 부인이 다시 눈을 번쩍 뜨더니,

"이애 점순아, 이 방에 아무도 없니?"

"……."

"그 원수의 년을 어떻게 하면 좋단 말이냐. 암만하여도 분하여 못살겠구나."

"마님께서 왜 그리하십니까. 다 된 일에 무슨 걱정이 되어서 그리하십니까. 마님께서 이렇게 하시면 어제 하던 일은 헛일이 됩니다."

"글쎄 어제 일이 어찌 되었느냐? 어제는 춘천집이 자식 낳았다 하는 소리를 듣고 내가 어찌 열이 나던지 너더러 물어 볼 말도 못 물어 보았다."

"마님께서 쉰네에게 그런 일을 아니 맡기시면 모르거니와 쉰네에게 맡기신 후에야 범연히 하겠습니까."

하면서 고개를 푹 숙이고 연지를 문 듯한 입술을 부인의 귀에 대고 소곤소곤하는 소리에 부인이 벌떡 일어나며,

"오냐, 정녕 그렇게만 될 터이면 내가 며칠이든지 참고 잠자코 있으마."

"에그, 며칠이 무엇이오니까. 그러한 일을 그렇게 급히 서두르면 못씁니다. 며칠 동안이라도 일만 하려 들면 못 할 것이야 무엇 있겠습니까마는, 그렇게 급히 하면 남이 그런 눈치 챌 것이올시다. 만일 그러한 일이 단서가 나고 보면 마님께서야 어떠하시겠습니까마는 쉰네같이 만만한 년만 몹쓸 죽음을 할 터이올시다."

"이애, 그러면 그 일이 언제쯤 된단 말이냐."

"그렇게 날 작정, 달 작정을 하실 것이 아니올시다. 하루 이틀 동안이라도 기회만 좋으면 할 것이요, 일년 이태 동안에도 기회가 좋지 못하면 못 하는 것이올시다."

"오냐, 걱정 마라. 내 아무리 참기 어려워도 눈 끔쩍 몇 달이든지 몇 해든지 참을 터이니, 네가 감쪽같이 일만 잘하여라."

하면서 부인은 점순이를 당부하고, 점순이는 부인을 당부한다. 이

방 저 방 이 구석 저 구석에는 사람 사람이 잠들어 코고는 소리요, 마루에서는 찬비가 양념 다지는 도마 소리요, 부인은 점순이를 데리고 수군거리는 소리뿐이라. 해가 낮이나 되더니 그 소리 저 소리가 다 그치고 부인은 일어나고 점순이는 행랑으로 나가더라.

제 14 장

인간에 새벽 되는 소식을 전하려고 부상(扶桑)78) 삼백 척(尺)에 꼬끼오 우는 것은 듣기 좋은 수탉 우는 소리라.

그 소리 한 마디에 인간에 있는 닭이 낱낱이 따라 운다.

아시아 큰 육지에 쑥 내민 반도국이 동편으로 머리를 들고 부상을 바라보고 세상 밝은 기운을 기다리고 있는 백두산이 이리 굼틀 저리 굼틀 삼천 리를 내려가다가 중심에 머리를 다시 들어 삼각산 문필봉이 생겼는데, 그 밑에는 황궁 국도(皇宮國都)에 만호 장안(萬戶長安)79)이 되었으니 종명 정식(鐘鳴鼎食)80)하는 부귀가가 즐비하게 있는 곳이라. 흥망성쇠가 속하기는 일국(一國)에 그 산 밑이 제일이라. 전동 사는 김승지는 조상을 잘 떠메고 운수 좋게 잘 지내던 사람이라. 김승지 집 안뜰 아래 구앙문 위에 닭의 홰가 매였는데, 만호 장안에서 꼬끼요 소리가 나면, 김승지 집에서는 암탉이 홰를 톡톡 치며 깩깩 소리가 나니 온 집안에서 암탉 운다고 수군거린다.

세상에 구기 잘하기로는 남에게 둘째 가지 않던 집이라, 사흘

---

78) 옛날 중국에서 해가 뜨는 동쪽 바다 속에 있다고 한 상상의 신성한 나무. 또 그 나무가 있는 곳.
79) 인가(人家)가 많은 서울.
80) 부귀한 집을 가리키는 말.

밤을 암탉 우는 소리를 듣고 이 집이 망하느니 흥하느니 하는 공론이 부산하다.

부인이 작은돌이를 불러서 우는 암탉을 잡아 없애라 하였는데, 본래 김승지가 재미본다고 묵은 닭 한 쌍을 두었더니, 며칠 전에 시골 마름의 집에서 씨암탉으로 앙바틈[81]하고 맵시 좋은 암탉 한 마리를 가져왔는데, 저녁마다 닭이 오를 때면 묵은 암탉이 햇닭을 어찌 몹시 쪼던지 묵은 닭 한 쌍은 나란히 있고 햇닭은 홰 한 구석에 가서 따로 떨어져 자더라.

하룻밤에는 부인의 영을 듣고 남종 여비가 초롱불을 들고 우는 닭을 찾으려고 닭의 홰 밑에 가서 기다리고 있는데, 밤중이 다 못 되어 묵은 암탉이 깩깩 운다.

부인이 미닫이를 열며,

"이애, 어느 닭이 우느냐."

계집종들이 일제히 하는 말이,

"고 못된 묵은 닭이 웁니다. 여보 순돌 아버지. 어서 고 닭을 잡아 없애 버리시오."

"이애, 그것이 무슨 소리냐. 아무리 날짐승일지라도, 본래 한 쌍으로 있던 묵은 암탉을 왜 없앤단 말이냐. 고 못된 햇암탉 한 마리가 들어오더니 묵은 암탉이 설워서 우나 보다. 네 그 햇암탉을 지금으로 잡아 내려서 모가지를 비틀어 죽여 버려라."

작은돌이가 햇닭을 잡아 죽이는데 짐승의 소릴지라도 밤중에 닭잡는 소리같이 쓸쓸한 소리는 없다.

그 소리 한마디에 온 집안 사람이 소름이 쭉쭉 끼치더니 그 소름이 영험이 있던지 날마다 그 집안 모양이 변하는데 뜻밖의 일이 많이 생기더라.

---

81) 짤막하고 딱 바라지고.

유모도 내보내고, 작은돌이는 아무 죄 없이 내쫓고, 전동 집을 팔아서 오막살이 조그마한 집으로 옮기고, 세간 살림은 바싹 졸이는데, 그 획책은 다 점순에게서 나오는 것이라.

먹을 것이 없어서 군식구를 다 내보내는 것도 아니요, 돈이 귀하여 집을 팔아 줄인 것도 아니라.

집안에 사람이 많으면 부인과 점순이가 갖은 흉계를 꾸미는 데 눈치채일 사람이 있을까 염려하여 그리하는 것이다.

가령 사람이 법석법석하는 일국 정부(一國政府)에서는 손가락 하나를 꼼짝 하여도 그 소문이 전봇줄을 타고 삽시간에 천하 각국으로 건너가고, 두세 식구 사는 오막살이 가난뱅이 집에서는 그 속에서 무슨 일이 있는지 밤쥐와 낮새가 말 전주하기 전에는 알 수 없는 일이 많은 법이라.

점순이가 서방을 떼어 버리고 자식은 남 맡겨 기르고 제 몸은 춘천집에 가서 있는데, 물쓰듯하는 돈은 부인이 길어 댄다.

김승지는 점순이 같은 충비[82]는 천지개벽 이후에 처음 난 줄 알고, 춘천집은 점순이가 없으면 하루라도 못 견딜 줄로 안다.

김승지의 부인은 흉계가 생기더니 투기하던 마음을 주리[83] 참듯 참고 있는데, 김승지는 그 부인이 마음이나 변하여 투기를 아니하는 줄로 알고 있으나 원래 그 부인에게 쥐어 지낸 사람이라. 도동을 가려면 죄수의 특사 내리듯이 그 부인에게 허락받기 전에 감히 제 마음대로 가지는 못하는 모양이더라.

침모는 본래 바느질 품으로 앞 못 보는 늙은 어머니를 벌어 먹이더니, 전동서 나온 후에 남의 옷가지나 맡아 짓는다 하여도 추운 겨울에 식량을 이을 수가 없어서 대단히 어렵던 차에 춘천집

---

82) 충성스러운 계집종.
83) 죄인의 두 다리를 한데 묶고 다리 사이에 두 개의 주릿대를 끼워 비트는 형벌.

이 산후에 몸도 성치 못한 중에, 또 춘천집이 침모에게 어찌 친절히 굴던지 그럭저럭하다가 춘천집에서 바느질가지나 하고 그 집에 눌러 있으니, 주머니 세간이 쌈지로 들어간 것같이 전동 김승지 집에 있던 침모가 도동 춘천집 침모가 되었더라.

침모가 전동 있을 때는 부인의 생강짜 서슬에 어찌 조심이 되던지 부인 보는 때는 김승지 앞에 바로 서지도 못하였더니, 춘천집은 부인의 성품과 어찌 그리 소양지판[84]으로 다르던지 김승지가 침모를 보고 무슨 실없는 소리를 하든지 춘천집은 들은 체도 아니한다.

침모가 본래 고정한 여편네 마음이러니 김승지의 부인이 남더러 백판 애매한 말을 지어내서 김승지가 침모와 상관이나 있는 듯이 야단을 친 후에, 침모가 도동서 김승지를 보고 어찌 분하던지 김승지더러 푸념을 하느라고 말문이 열리더니, 그 후에는 무슨 말이든지 허물없이 함부로 나오는 모양이라.

아무 죄 없이 애매한 말 듣던 일이 분한 생각이 들었더니 그 애매한 말이 중매가 되었던지 김승지가 그 말을 들썩거리며 실없는 말 시작하더니 연분이 참 잘 생겼더라. 못나고 빙충맞은 위인이 계집이라면 사족을 못 쓰는 김승지라.

춘천집이 홀연히 병이 들어 여러 날 정신없는 중으로 지내는데, 그때는 김승지가 그 부인에게 수유나 얻었던지 춘천집의 병을 보러 밤낮없이 오더니 침모와 새 정이 생겼더라.

온 집이 다 몰라도 눈치 빠른 점순이는 벌써 알고 침모에게 긴하게 보이려고 눈치는 아는 체하고 일은 쓸어덮는 체하고 별 요악을 다 부리니, 침모가 본래 고약한 사람은 아니나 제 신세에

---

84) 하늘과 땅의 차. 곧, 사물이 서로 엄청나게 다름을 일컫는 말. 소양지간(霄壤
之間). 천양지판(天壤之判).

관계되는 일이 있는 고로 자연히 점순이와 창자를 맞대이고 지내는데, 춘천집은 점점 고단한 사람이 되었더라.

제 15 장

걱정 없고 근심 없고 자지도 아니하고 쉬지도 아니하고 밤낮 가는 것으로만 일삼는 것은 세월이라.

김승지의 부인과 점순이는, 좋은 기회를 기다리느라고 하루가 삼추같이 기다리고 있으나, 아직 좋은 기회를 못 얻어서 조증(躁症)85)이 나서 못견디는데 경륜한 지가 일 년이 되었더라.

춘천집의 어린아이는 돌 잡힌 지 한 달 만에 어찌 그리 숙성하던지, 아장아장 걸으면서 '엄마, 엄마' 부르는 것을 보면 부얼부얼86)하고 탐스럽게 생긴 모양은 아무가 보든지 귀애할 만하고, 원수의 자식이 그러하더라도 밉게 볼 수는 없겠더라.

그때는 김승지 집에서 삼청동으로 이사한 후이라 점순이가 그 아이를 업고 김승지 집에 왔는데, 부인이 그 어린아이를 보더니 소스라쳐 놀라면서,

"이애 점순아, 네 등에 업힌 아이가 누구냐? 그것이 춘천집의 자식이냐? 에그, 그년의 자식을 생으로 부등부등 뜯어먹었으면 좋겠다. 네 그년의 자식을 이리 데리고 오너라. 모가지나 비틀어 죽여 버리자."

"에그머니, 큰일날 말씀을 하십니다. 그렇게 쉽게 죽이려면 쇤네가 벌써 죽였게요. 조금만 더 참으십시오. 오래지 아니하여 좋

---

85) 조급하게 구는 성질.
86) 탐스럽고 복스러운 모양.

은 도리가 있습니다.”

“이애, 날마다 조금조금 하면 조금이 언제란 말이냐. 내가 늙어 죽은 후를 기다리느냐?”

“마님께서 답답하실 만한 일이올시다마는 참으시는 김에 눈 꿈쩍 며칠만 더 참으시오.”

부인이 이를 악물고 모질음87)을 쓰며 어린아이를 부른다.

“이 원수 년의 자식 이리 오너라.”

하며 손을 탁탁 치니, 어린아이는 벙글벙글 웃으며 두 팔을 쑥 내미니, 부인이 어린아이의 팔을 와락 잡아당기거늘, 점순이가 깜짝 놀라서,

“에그 마님, 그리 맙시오.”

하면서 어린아이를 두루쳐 업고 횐들횐들 흔들면서,

“이애, 오늘은 네가 내 덕에 살았지. 이후에 내 손에 죽더라도 원통할 것 없느니라. 너는 죽을 때에 너의 어머니와 한날 한시에 죽어라. 해해해…….”

웃으면서 뾰족한 턱이 어깨에 닿도록 고개를 둘러서 어린아이를 보는 눈동자가 한편으로 어찌 몰렸던지 본래 앙상스러운 눈이 더욱 사람을 굿힐 듯하다.

천진이 뚝뚝 돋는 어린아이는 점순의 등에 업혀서 허덕허덕하면서 고사리 같은 손으로 점순의 얼굴을 하비는데, 점순이가 소리를 바락 지르면서,

“아프다, 요것 누구를 할퀴느냐. 하루바삐 뒈지고 싶으냐.”

하면서 철없는 아이더러 포달스럽고 악독한 말을 하는데, 김승지가 안마당에 들어서도록 모르고 부인이 듣고 좋아할 소리만 한다. 김승지는 징 아니 박은 발막88) 신은 발이라 발자취가 그리

---

87) 어떤 고통을 견뎌 내려고 모질게 쓰는 힘.

대단할 것도 없고, 그 중에 점순이가 부인의 앞에서 양양자득(揚揚自得)[89]하여 하는 제 말소리에 김승지가 옆에 와 서도록 모르고 있더라. 부인이 민망하여 점순이에게 눈짓을 하면서,

"에그 요 방정맞은 년, 어린아이더러 그것은 다 무슨 소리냐."

아무도 없으면 부인의 입에서 그러한 소리가 나올 리가 만무할 터이라, 영리하고 민첩한 점순이는 벌써 눈치를 채고 선뜻 하는 말이,

"어린아이는 험한 소리를 들어야 잘 자란답니다. 저의 어머니가 듣지 아니하는 때는 쇤네는 날마다 업고 그러한 소리만 한답니다. 외밭 가지밭에도 더러운 거름을 주어야 잘 자라고 잘 열립니다. 아가, 네가 내게 그러한 험한 소리를 들었기에 이렇게 숙성하게 잘 자랐지, 둥둥둥, 둥둥개라."

하면서 애 업은 뒷짐진 손으로 애를 들까불며 부라질[90]을 하고서서 김승지 선 것을 곁눈으로는 보아도 바로 쳐다보지 아니하고 천연하더라. 잔꾀 많은 점순이가 말 휘갑[91]을 어떻게 잘 쳤던지 김승지는 아무 의심없이 들을 뿐이라.

점순이가 어린아이를 업고 도동으로 나가니 춘천집이 안방 지게문을 열고 나오며,

"거북아, 어디를 갔더냐. 어미도 보고 싶지 아니하더냐. 나는 오늘 웬일인지 가슴이 울렁울렁하고 마음이 좋지 못하여 네가 어디 가서 무슨 탈이 났는가 염려하였다. 이리 오너라. 좀 안아 보자."

---

88) 흔히 상류층의 노인들이 신는 마른 신의 하나로 뒤축과 코에 꿰맨 솔기가 없고 코끝이 뾰족하지 아니하고 넓적하며 가죽 조각을 대고 하얀 분을 칠한 신발.
89) 뜻을 이루어 뽐내고 꺼드럭거림.
90) 젖먹이의 두 겨드랑이를 껴서 붙잡고 좌우로 흔들며 두 다리를 번갈아 오르내리게 하는 짓.
91) 더는 말 못하게 말막음하는 것. 어려운 일을 임시 변통으로 꾸며 피하는 것.

하며 손을 툭툭 치니, 어린아이가 벙글벙글 웃으면서 점순의 등에 업힌 채로 용솟음을 하여 뛰며 좋아한다.

점순이가 성이 나서 얼굴이 빨개지면서,

"탈이 무슨 탈이오니까. 누가 아기를 어찌합니까?"

"아닐세, 자네가 업고 나간 것을 염려하는 것이 아니라 행길에 사람은 물끓듯 하는데 전차도 다니고 말타고 달리는 사람도 있으니 어른도 위태하네."

"쉰네가 혼자 다닐 때는 아무 걱정 없이 다녀도 아기를 업고 나가면 어찌 조심을 하던지, 개미 한 마리만 보아도 피하여 다닌답니다. 서방 떼어 버리고 제 자식은 남에게 맡기고 댁에 와서 이렇게 있는 것이 무슨 까닭이오니까. 댁 아기 하나를 위하여 그러하지요."

하는 말이 공치사하는 눈치가 있으니, 춘천집이 점순에게 불안한 마음이 있어서 안으려고 손쳐 부르던 어린아이를 다시 부르지도 아니하고,

"에그, 나는 무심히 한 말인데 그렇게 이상하게 들을 일이 아닌걸……."

하면서 우두커니 섰는 모양은 누가 보든지 성품 곱고 안존한[92] 태도가 보이더라.

제 16 장

그날 밤 점순이가 어린아이를 안고 건넌방에로 건너가니 침모가 김승지의 버선을 짓고 앉았더라.

---

92) 성질이 안온하고 얌전한.

“마누라님, 하시는 일은 무엇이오니까?”

“영감 버선일세.”

“우리 댁 영감께서는 다니실 곳이 많으니 버선을 많이 깁지요.”

“어디를 그리 다니시나?”

“마님께 가시지요. 마마님께 가시지요. 침모 마누라님께 오시지요. 남은 버선 한 켤레 떨어질 동안에 우리 댁 영감께서는 세 켤레 떨어질 것이 아니오니까.”

침모가 손짓을 하며,

“요란스러워, 마마님 들으시리.”

“마누라님이 마마님을 그리 무서워하실 것이 무엇 있습니까. 마마님이나 마누라님이나 무엇 다를 것 있습니까. 춘천마마가 좀 먼저 들어왔다고, 마누라님이 그리 겁을 내십니까?”

“겁은 아니 나도 내가 큰소리할 것이야 무엇 있나. 영감이 아무리 나를 귀애하시더라도 나를 첩이라 이름지어 둔 터는 아니요, 마마님은 처음부터 영감이 첩으로 정하야 주신 터이 아닌가. 에그, 춘천마마는 지정 닿네, 저러한 아들까지 낳고…….”
하면서 기색이 좋지 못한 모양인데, 본래 고생 많이 하고 설움 많은 사람이라 춘천집을 부러워하는 모양이더라.

점순이가 그 기색을 알고 침모를 쳐다보며 상긋이 웃으니, 침모는 말을 하다가 부끄러운 기색이 있더라.

“여보 침모 마누라님…… 저렇게 얌전하신 터에 어째 바늘귀만 꿰고 세월을 보내시오.”

“나같이 팔자 사나운 년이 이것도 아니하면 굶어 죽지 아니하나.”

“그 말씀 말으시오. 지금이라도 침모 마누라님 하실 것이 있지요.”

“무슨 좋은 도리가 있나.”

"좋을 도리가 있으면 그대로 하시겠소?"

"내가 이제는 고생이라면 진저리가 나네. 고생을 면할 도리가 있으면 아무것이라도 하겠네."

점순이가 귀가 번쩍 띄어서 바싹 다가앉으면서 나직나직하던 목소리를 가장 엿듣는 사람이나 있는 듯이 침모 귀에 대고 가만히 하는 말이,

"나도 침모님 덕 좀 봅시다그려."

하면서 생긋이 웃으니,

"내가 자네에게 덕을 보여 줄 힘이 있는 사람인가? 만일 덕을 보여줄 수만 있으면 하다뿐이겠나."

"아니오, 내가 침모님 잘 될 도리를 바라는 말이지, 내가 잘 될 도리를 바라는 말은 아니오. 지금이라도 내 말만 들으시면 침모 마누라님이 아무 걱정 없이 일평생을 잘 살으실 것이오."

침모가 바느질하던 것을 놓고 담배를 담으면서,

"저 잘 될 것 마다는 사람이 누가 있나. 나도 긴긴 밤에 바늘을 들고 앉았으면 별생각이 다 나는 때가 많이 있네."

"지금 춘천마마님만 없으면 침모 마누라님이 호강을 하실 것이올시다."

"춘천마마가 없을 까닭이 있나……."

"죽으면 없어지는 것 아니오니까."

"맑은 사람이 죽기는 언제 죽는단 말인가."

"죽이면 죽는 것이지요."

침모가 그 소리를 듣고 가슴이 덜컥 내려앉으며 몸이 벌벌 떨리는데 한참을 아무 소리 없이 앉았더라.

점순이가 내친 걸음이라 말을 냈다가 만일 침모가 듣지 아니하면 큰일이 날 듯하여 첩첩한 말로 이리 꾀고 저리 꾀고 어떻게 꾀었던지, 침모의 마음이 솔깃하게 들어간다.

흉계를 꾸미느라고 둘이 대강이를 맞대고 수군거리는데, 점순이의 무릎 위에 안겨 잠들었던 어린아이가 깨어 우니 점순이가 우는 아이를 말끄러미 들여다보며,

"이애, 네가 내 무릎 위에서 잠도 많이 잤느니라. 일 년을 잤으면 무던하지, 오냐 실컷 울어라. 오늘뿐이다."

하면서 젖꼭지를 물리니, 침모가 그 소리를 듣고 다시 소름이 끼친다.

"여보게 밤들었네, 그만 가서 자게. 이 방에 너무 오래 있으면 마마님이 수상하게 알리."

점순이가 상그레 웃으면서,

"저렇게 무서워하던 마마님이 없으면 오죽 시원하실라구. 나를 상줄 만하지마는…… 침모 마누라님, 그렇지요…… 에그, 침모 마누라님이 무엇이야. 내일부터는 마마님이라 하지…… 버릇없다고 꾸중 말으시오."

하면서 양양자득한 기색으로 일어나더니 다시 돌쳐서서 침모를 보며,

"여보 부디 내일 밤 열한시로……."

침모는 딴생각을 하다가 점순이 말에 고개만 끄덕거리고, 점순이가 행랑으로 나간 후에 침모는 혼자 누워 이 생각 저 생각 각색 생각이 나기 시작하더니, 눈이 반반하고 몸에 번열증(煩熱症)[93]이 나서 이리 둥굿 저리 둥굿 하다가 정신이 혼혼하여 잠이 들락말락하는 중에, 건너편 남관왕묘에서 천둥 같은 호령 소리가 나더니 별안간에 꼭뒤가 세 뼘씩이나 되는 사람이 춘천집 마당으로 그득 들어서서 일변으로 침모를 잡아내리더니, 솔개가 병아리 차고 가듯 집어다가 관왕묘 마당 한가운데에 엎질러 놓고 대궐

---

93) 몸에 열이 몹시 나고 가슴이 답답하며 괴로운 증세.

같은 높은 집에서 웬 장수 하나가 내려다보며 호령이 서리 같다.

"요년, 너같이 요악한 년은 세상에 살려 둘 수가 없다."

하더니 긴 칼을 쑥 빼어 들고 한 걸음에 내려와서 소리를 버럭 지르면서 침모의 목을 뎅겅 베는 서슬에 침모가 소리를 지르고 잠을 깨니 꿈이라.

어찌 무서운 생각이 들던지 이불 속으로 고개를 움츠리고 누웠다가, 무서운 마음을 진정하여 일어나서 불을 켜고 앉았다가, 창살이 밝아 오는 것을 보고 아끼던 옷가지만 보에 간단하게 싸서 들고 아무 소리 없이 나가다가 다시 생각한즉, 새벽녘에 보퉁이 들고 길에 나가기도 남 보기에 수상한 일이요, 춘천집이 깨어 보더라도 이상하게 알 것이요, 점순이는 내가 김승지 영감에게 무슨 말이나 하러 간 줄로 의심을 할 듯하여 다시 방에 들어가 앉았다가, 안방에서 춘천집이 깨어 기침하는 소리를 듣고 불을 툭 끄더니 보퉁이를 감추고 옷 입은 채로 이불을 쓰고 드러누웠더라.

해가 무럭무럭 올라오는 대로 이불 속에서 꿈적거리던 사람들이 툭툭 털고 일어나는데, 아무 생각 없이 잠만 자던 춘천집도 일어나고, 늦게 누워 곤하게 자던 점순이도 단잠을 억지로 깨어 일어나고, 잠자는 시늉을 하고 누웠던 침모도 일어났다.

침모가 제 집으로 가서 그 어머니와 의논을 하고 싶으나 점순이가 의심할 듯하여 어찌하면 좋을지 생각을 정치 못한다.

미닫이를 열고 앉았다가 점순이를 보고 눈짓을 하니 점순이가 고갯짓만 살짝 하더니 먼저 안방으로 들어가서 춘천집을 보고 아침 반찬 걱정을 부산히 하다가 돌쳐나오는 길에, 건넌방으로 들어가면서 짐짓 목소리를 크게 하여 말을 하다가 고개를 살짝 숙이며 가만히 하는 말이,

"무슨 할 말 있소?"

"여보게, 나는 꿈도 하 몹시 꾸어서 심병이 되네."

하면서 꿈 이야기를 하니, 점순이가 상긋 웃으며,

"마누라님 마음이 약하신 고로 그런 꿈을 꾸셨소. 어젯밤에 하던 말이 마음에 겁이 나셨던가 보구려. 걱정 말으시오. 사람을 죽이고 버력94)을 입으려면 낙동 장신(駱洞將臣) 이경하(李景夏)95)는 날마다 버력만 입다 말았게요…… 마누라님 마음에는 우리가 그런 일을 하면 무슨 버력이나 입을 듯하지요. 흉즉대길(凶則大吉)96)이랍디다. 그런 꿈은 좋은 꿈이오."

"자네 말을 들으니 내 마음이 좀 진정이 되네. 그러면 오늘 밤 되기 전에 내 짐이나 좀 치우겠네."

"그까짓 짐은 치워 무엇 하시려오? 짐을 치우면 수상하니 치우지 말으시오. 무엇이든지 다 장만하여 드릴 터이니 염려 말으시오."

침모가 일변 안심도 되고 일변 조심도 되나, 점순에게 매인 것 같이 점순이 하는 대로만 듣고 있다가 해가 낮이 된 후에 점순이가 어디로 가는 것을 보고 혼자 지향없이 대문간에 나섰다가, 관왕묘 집을 보고 무서운 마음이 생겨서 다시 제 방으로 들어가더니, 치마를 쓰고 나가면서 춘천집더러 어디 간다는 말도 아니하고 계동으로 향하여 가더라.

---

94) 하늘이나 신령이 사람의 죄악을 징계하느라고 내린다는 벌.
95) 조선 고종 때의 무신. 대원군이 천주교를 박해할 때 포도대장으로 죄수들을 낙동(駱洞)에 있는 자기집에서 취조하였다 함.
96) 점쾌·사주풀이·토종비결 따위에 나타난 신수가 아주 나쁘면 오히려 정반대로 아주 좋다는 말.

제 17 장

"어머니."

부르면서 머리에 썼던 치마를 벗어 들고 마루 위로 선뜻 올라서서 방문을 펄쩍 여는 것은 침모이라.

"네 목소리 반갑구나. 까치가 영물이라 오늘 아침에 반기더니……."

하면서 먼 눈을 말똥말똥하며 턱을 번쩍 들어 문 소리 나는 곳으로 귀를 두르는데, 얼굴은 사람 없는 윗목 벽을 향하는 것은 앞 못 보는 노파이라. 침모가 그 어머니 모양을 물끄러미 보다가,

"어머니, 내가 그 동안에 벙어리가 되었던들 어머니가 나를 만나더라도 딸이 왔는지 누가 왔는지 모르실 일이오그려."

하면서 어미 모르는 눈물을 씻더라.

"이애, 그 말 마라. 판수된 어미는 살았으니 만나 본다마는 눈 밝던 너의 아버지는 눈을 아주 감고 북망산에 누웠으니, 네가 벙어리도 되지 말고 앵무새가 되어서 너의 아버지 묘에 가서 지저귀더라도, 빈 산 쇠한 풀에 적막한 혼이 들을는지 못 들을는지…… 그를 생각하여 보아라. 그러나 낸들 늙고 병든 사람이 네 목소리를 며칠이나 듣겠느냐."

침모가 그 어머니 말을 듣고 가슴이 저리는 듯하여 아무 소리 없이 가만히 앉았다가, 옥 같은 침모의 손으로 솜채[97]같이 엉성한 뼈만 남은 노파의 손을 만져 보더니,

"에그, 방에 앉으신 어머니 손이 한데 있던 내 손보다 더 차구려."

---

97) 펴놓은 솜을 잠자도록 치는 대나무 채.

176 ▪ 이인직

하면서 방바닥을 만져 보다가 깜짝 놀라며,

"에그, 이 방 보게, 아랫목 불목이라고 냉김도 아니 가시었소그려."

"네가 바늘 끝으로 벌어서 나무를 사 보낸 것을 나 혼자 어찌 방을 덥게 하고 있겠느냐."

"어머니가 고생하시는 생각을 하면 내가 사람을 쳐죽이고 도적질이라도 하여다가 어머니 고생을 면하게 할 도리가 있으면 하고 싶소."

"이애, 그러한 생각 말아라. 제가 잘되려고 사람을 어찌 죽인단 말이냐. 그런 생각만 하여도 버력을 입을 것이다."

"낙동장신 이경하는 어진 도 닦으려는 천주교인을 십이만 명이나 죽였다는데, 어찌하여 그런 악독한 사람에게 버력이 없었으니 웬일이오."

"이애, 네 말이 이상한 말이로구나. 제가 잘 될 경륜으로 사람 죽이고 당장에 버력을 입어서 만리 타국 감옥에서 열두 해 징역하고 있는 고영근의 말은 못 듣고, 사십 년 전에 지나간 일을 말하는 것이 이상하구나. 이경하는 제가 사람을 죽였다더냐? 나라 법이 사람을 죽였지. 나라에서 무죄하고 착한 사람을 많이 죽이면 그 나라가 망하는 법이요, 사람이 간악한 꾀로 사람을 죽이면 그 사람이 버력을 입나니라. 왜 무슨 일 있느냐? 누가 너를 꾀더냐?"

하며 고개를 번쩍 들어 딸의 앞으로 두르고 눈을 멀뚱멀뚱하며 딸의 대답을 기다리는 것은 나이 많고 지각 있는 노파이라. 침모가 한참 동안을 대답 없이 가만히 앉았으니,

"이애 참 벙어리 되었나 보구나. 무슨 생각을 하고 앉았느냐? 오냐, 내가 너를 믿는다. 너같이 곱고 약한 마음에 무슨 큰일 내지 아니할 줄은 짐작한다마는, 부처님 말씀에 백 세가 된 어미가

팔십이나 된 자식을 항상 염려한다 하였으니, 부모 된 마음이 본래 그러한 것이니라. 네가 앞 못 보는 늙은 어미의 고생하는 것을 민망히 여겨서 사람이라도 쳐죽이고 도적질이라도 하고 싶다 하니, 그런 효성은 없느니만 못하느니라. 옛 이야기도 못 들었느냐. 정인홍(鄭仁弘)[98]이라 하는 사람이 팔십이 되도록 명망이 대단하더니, 그 부인이 굶어 까무러친 것을 보고 가난에 마음 상하여 그날로 이이첨에게 붙었다가, 필경에는 국모를 폐하던 모주(謀主)[99]가 되어 흉악한 죄명을 쓰고 죽을 때에 탄식하는 말이, '배고픈 것을 좀 참았더라면(鄭仁弘將士曰小忍餓)……' 하던 그런 일도 있었으니, 가난에 적상(積傷)[100]하면 사람의 마음이 변하기 쉬우니라."

노파가 하던 말을 그치고 눈을 멀뚱멀뚱하며 무슨 생각을 하는 모양 같더니 다시 침모 앞으로 고개를 두르며,

"이애, 그것 참 웬일이냐. 네가 도동 가서 있은 후로 내게 무엇을 더럭더럭 보내니, 네가 그 집 것을 몰래 훔쳐 내나 보구나."

"에그, 망측하여라. 나는 죽으면 죽었지 남의 집에 있어서 쌀 퍼내고 장 퍼내고 반찬거리 도적질하여 내지는 못 하겠소. 팔자가 사나워서 남의 집에 가서 바느질품은 팔지언정, 팃검불 하나일지라도 남의 눈은 못 속여 보았소. 에그, 나는 언제나 어머니를 모시고, 집에 있어서 조석(朝夕) 걱정이나 아니하여 볼까."

하면서 고개를 수그리더니 노파의 무릎 위에 폭 엎드려서 울며,

"어머니, 내가 하마터면 큰일을 저지를 뻔하였소."

"응, 큰일이라니. 들어앉은 여편네가 큰일이 무슨 일이란 말이냐?"

---

98) 조선조 광해군 때의 재상.
99) 일을 주장하여 꾀하는 사람.
100) 오랜 근심으로 마음이 몹시 상함.

　침모가 다시 머리를 들더니 점순이가 꼬이던 말을 낱낱이 한다. 노파는 본래 진중한 사람이라 별로 놀라는 기색도 없이 가만히 앉았다가 천연히 하는 말이,

　"이애, 그것 참 이상한 일 아니냐. 점순이가 돈은 어디서 나서 그리 잘 쓴단 말이냐. 춘천집을 죽이면 제게 무슨 좋은 일이 있어서 죽이려고 한단 말이냐. 춘천집을 죽이고 제가 김승지의 첩이 될 것 같으면 죽일 마음이 생기기도 괴이치 않은 일이나, 춘천집을 죽인 후에 너더러 김승지의 첩이 되라고 그 흉악한 꾀를 내는 것은 대단히 의심나는 말이다. 네 생각하여 보아라, 그렇지 아니하냐?"

　"에그, 나는 무심히 지냈더니 어머니 말을 듣고 생각하니 이상한 일이오."

　"네가 고년에게 속았다. 전년 겨울에 춘천집이 처음 서울 왔을 때에 김승지의 부인이 야단치고 애매한 너까지 걸어서 못 할 소리 없이 하며 기를 버럭버럭 쓰던 사람이 홀지(忽地)에 변하여 투기 없이 잠자코 있다 하는 일도 이상한 일이 아니냐. 점순이가 우리집에 와서 춘천집을 누가 감춘 듯이 우리 속을 뽑으려 하던 일도 제 마음으로 온 것은 아닐 듯하다. 그 후에 춘천집이 도동에 집을 장만하여 있는 것을 보고 점순이가 도동 가서 있는 것도 이상치 아니하냐. 남의 애매한 말을 하면 죄가 된다더라마는 네가 당한 일이야 말 아니할 수 있느냐. 네가 김승지와 아무 까닭 없을 때도 김승지의 부인이 너를 잡아 삼키려고 날뛰던 여편네가, 지금은 네가 김승지와 상관까지 있는 줄 절실히 안 후에야 오죽 미워하겠느냐. 춘천집을 미워하는 마음이나 너를 미워하는 마음이나 다를 것 무엇 있겠느냐. 네 생각에는 네가 김승지와 상관 있는 것을 부인이 모를 듯하나, 점순이가 아는 일을 부인이 모를 리가 없느니라. 점순이가 돈을 물 쓰듯 한다 하니, 그 돈이

사람 죽일 돈이라. 만일 오늘 밤에 네가 점순이 꾀에 빠져서 춘천집 모자를 죽였던들 고 요악한 점순이가 그 죄를 네게 밀고 저만 살짝 빠졌을 것이다. 누가 듣든지 김승지와 상관 있는 네가 강샘으로 춘천집을 죽였다 할 것 아니냐. 점순이가 돈을 물쓰듯 하는 년이 저는 배포가 다 있을 것이다.”

　“나는 입 없다구 나 혼자만 몹쓸 년 되고 말아. 살인한 죄로 내가 죽으면 점순이도 죽지.”

　“이애, 그 말 마라. 사람의 꾀는 한량이 없는 것이니라. 네가 만일 춘천집 죽인 죄로 법사(法司)에 잡혀 가서 앞뒤로 땅땅 맞고 공초할 지경이면, 너는 점순의 꼬임에 빠졌다고 점순이를 업고 들어가는 말뿐일 것이요, 점순이는 백판 모르는 것같이 잡아뗄 터이니, 점순이는 꾀 많고 말 잘하는 중에 또 돈 많고 세력 있는 김승지 부인이 뒤로 주선하여 주면 점순이는 벗어나고, 너같이 말도 잘 못 하고 꾀도 없고 아무도 도와 줄 사람 없는 너만 죽을 것이 아니냐. 그렇지 아니하고, 김승지의 부인과 점순이와 너와 세 손뼉이 맞아서 못생긴 김승지를 휘둘러서 집안에서 쉬쉬하고 춘천집 죽은 것을 감쪽같이 수쇄(收刷)[101]하고 아무 탈 없게 되더라도, 춘천집 죽은 후에는 네 한 몸이야 또 어느 때 무슨 죽음을 할지 알 것이냐. 별소리 말고 가만히 있거라. 그런 것이 다 부인과 점순이가 정녕 손맞은 일인가 보다. 이애, 네 말을 좀 자세 들어보자. 점순이가 그렇게 너를 꼬일 때에, 네 마음에 솔깃하게 들어가더냐. 그래 날더러 묻지도 아니하고 점순이 하라는 대로 하려 들었더냐. 네 마음이 그렇게 들었을 것 같으면 마른 하늘에 벼락을 맞아 죽어도 싸니라. 오냐, 이 길로 돌아가서 오늘 밤 내로 춘천집 모자를 죽이고 김승지의 첩 노릇을 하여 보아라. 네가

---

101) 수습.

얼마나 잘되나 보자.”

침모가 그 소리를 듣고 다시 머리를 그 어머니 무릎 위에 폭 엎드리며,

“에그머니, 이를 어찌하나. 내가 어머니 뵈올 낯이 없소. 마른 하늘에 벼락을 맞아 죽어 싼 일이오. 어머니 말을 못 들었더면 점순의 꼬임에 빠졌을 것이오. 어젯밤에 단단상약(斷斷相約)102)을 하고 꿈자리가 하도 사납기로 겁이 나서 어머니께 물어보러 왔소. 그러나 서산에 떨어지는 해와 같은 늙은 어머니가 이런 고생을 하는 것을 보니 생각이 졸시에 변하는구려. 흉한 꿈도 잊어버리고 겁나던 마음도 없어지고 불 같은 욕심이 새로 생겨서, 어머니더러 그런 이야기도 하지 말고 이 길로 돌아가서 점순이 하라는 대로 하려 들었소. 에그, 내가 죄를 받겠네. 어머니, 나는 이 길로 삼청동 가서 김승지 영감더러 그런 말을 하겠소.”

“아서라, 그리도 마라. 김승지가 그런 말을 듣고 일 조처를 잘할 사람 같으면 말을 하다뿐이겠느냐마는, 정녕 그렇지 못할 것 같다. 그 말을 내고 보면, 흉악한 부인과 고 악독한 점순의 솜씨에 네게만 밀고 별일이 많이 생길 것이다. 세상에 허다한 사람에 남의 잘잘못이야 다 말할 것 없이 네 말이나 하자. 네가 시집을 가고 싶으면 막벌이꾼이라도 사람만 착실한 홀아비를 구하여 시집을 가는 것이 편하다 하던 사람이, 어떻게 마음이 변하여 계집이 둘씩이나 되는 김승지와 상관이 있는 것은 네 행실이 그르니라. 만일 네 입으로 무슨 말이 나고 보면 네 추졸(醜拙)103)만 드러나고 그런 몹쓸 일은 네가 뒤집어쓸 만도 하니라.”

“그러면 내가 다시는 아무 데도 가지 말고 집에 있겠소.”

---

102) 서로 굳게 약속하는 것.
103) 지저분하고도 졸망함.

"그러하더라도 탈은 났다. 춘천집에는 아무도 없고 너와 점순이만 있던 집인데, 오늘 밤에 점순이가 혼자 춘천집을 죽이고 네게로 밀면, 남이 듣더라도 네가 춘천집을 죽이고 도망한 것 같지 아니하냐."

침모가 기가 막혀서 울며 하는 말이,

"그러면 나는 이리 하여도 탈이요, 저리 하여도 탈이구려. 나는 불측한 마음을 먹었던 사람이니 죽어도 한가할 것이 없소마는, 나 죽은 후에 어머니 신세가 어찌 되나."

"오냐, 내 걱정은 마라. 내가 호강을 한들 며칠 하며 고생을 한들 며칠 하겠느냐마는, 너는 전정이 아직 먼 사람이 그렇게 지각 없는 것을 보니 내가 죽더라도 마음을 못 놓겠다. 네가 마음을 고쳐서 다시는 그러한 불량한 마음을 먹지 아니할 것 같으면 이번 일을 잘 조처할 도리를 일러줄 터이니 울지 말고 일어나서 자세히 들어라."

침모가 모기 소리 같은 울음을 뚝 그치고 머리를 들더니 응석하는 어린아이같이 눈물에 젖은 뺨으로 그 어머니 어깨에 기대면서,

"이후에는 내가 말 한 번을 떼어 놓더라도 어머니더러 물어 보고 떼어 놓을 터이니 염려 말으시오."

"물어 본다는 말은 좋은 일이다마는 어미 죽은 후에는 누구더러 물어 볼 터이냐. 평생에 마음만 옳게 가지면 죽어도 옳은 죽음을 하느니라. 오냐, 애쓰지 말고 네 이 길로 김승지 집에 가서 김승지 내외더러 내가 가르치는 대로 말하고, 그 길로 도동 가서 내가 이르는 대로 하고 어둡기 전에 집에 돌아오너라."

"그러면 춘천집도 살겠소?"

"춘천집을 살리려 하면 네가 음해를 받을 터이니 어찌할 수 없다."

침모가 일시에 점순의 꼬임에 빠져서 춘천집을 죽이자 하는 말에 솔깃한 마음이 들었으나, 본래 악심이 없는 계집이라 춘천집까지 살리고 싶은 마음이 간절하여 가만히 앉아서 무슨 생각을 하는 모양이라.

"이애, 해 다 간다. 네가 삼청동 갔다가 도동까지 가자면 저물겠다. 인력거꾼 둘만 얻어서 앞에서 끌고 뒤에서 밀어서 빨리만 가면 값을 많이 주마 하고 속히 다녀오너라."

침모가 당황한 마음이 나서 선뜻 일어나서 그 길로 삼청동 김승지집에로 향하여 가는데, 인력거를 타고 앉아서 서쪽으로 기운 해를 쳐다보며 인력거꾼의 다리를 바지랑대같이 길게 이어서 속히 가고 싶은 마음뿐이라.

돈을 많이 준다 하면 사람의 없던 기운이 절로 나는 법이라. 인력거꾼이 두세 시간 동안이나 앞선 사람을 보더라도 어어— 소리를 지르면서 얼굴을 에는 듯한 찬바람에 등골에 땀이 나도록 달음박질을 하더니 삽시간에 김승지 집 대문 앞에 가서 내려놓더라.

침모가 안마당으로 들어가며 혼잣말로,

"이 댁에서 이사하셨다는 말만 들었더니 이렇게 구석진 데 와서 살으시나."

하면서 마루 위로 올라서니, 그때 마침 김승지의 내외가 안방에 있다가 침모의 목소리를 듣더니, 김승지는 눈이 휘둥그래지고 부인은 얼굴빛이 변하도록 놀란다.

놀라기는 같이 놀랐으나 놀라는 기색을 서로 감추더라.

처시하(妻侍下)104) 되는 김승지는 상관 있는 침모 오는 목소리를 듣고 눈이 휘둥그래지기도 고이치 않지마는 전반 볼기를 때려

---

104) 아내에게 눌려 지내는 사람을 조롱(嘲弄)하는 말. 공처가(恐妻家).

보지는 아니하였으나, 전반 볼기를 능히 때릴 만한 기를 가지고 있는 부인은 무엇이 겁이 나서 얼굴빛이 변하도록 놀랐던가.

낮 전에 점순이가 와서 하는 말이, 오늘은 침모를 꾀어서 춘천집을 죽이겠다 하는 소리를 듣고 흥에 띄어서, 각골 수령이 이방을 부르듯이 반빗아치 계월이더러 사랑에 가서 영감 여쭈어라 하여 김승지를 불러들여서 투기 않던 자랑을 하고 있던 차에, 침모의 목소리를 듣고 부인의 생각에 침모가 정녕 김승지에게 고자질을 하러 온 줄로 알았더라.

그렇지 아니하였더면 개꼬리 황모 되려고 암만 투기를 참았던 터이라도 침모를 면대하여 보면 열이 나서 어떻게 날뛰었을지 모를 일이라.

침모가 문을 버썩 열다가 김승지를 보고 숫기좋게 하는 말이,

"에그, 영감하고 나하고는 연분도 좋습니다. 나 올 줄을 어찌 알고 안방에서 기다리고 앉으셨습니까."

겁이 펼쩍 나던 김승지의 마음에는 침모의 하는 말이 민망하기가 측량 없으나, 못생긴 사람도 떡국이 농간을 하면 남의 말대답을 넙죽넙죽 하는 법이라.

"글쎄 말일세. 자네가 나를 저렇게 탐을 냈을 줄 알았더면 벌써 집어셋을105)걸…… 절통할 일일세."
하면서 지향없이 무릎을 탁 치면서 마누라의 얼굴을 한 번 치어다보고 다시 침모의 얼굴을 치어다보더라.

부인이 다른 때 같으면 그 남편이 침모와 그런 농담을 하는 것을 눈꽁댕이로도 보고 싶지 아니하였을 터이나, 도적이 발이 저리다고, 그때 발이 저린 일이 있어서 도리어 침모의 마음을 좋게 할 작정으로 웃으며,

---

105) 주책없이 함부로 막 먹다. 남의 것을 마음대로 가지다.

"자네 참 오래간만에 만나 보겠네그려. 사람이 어찌하면 그렇게 무정하단 말인가. 내가 좀 잘못하였기로 그렇게 끊는단 말인가. 어서 이리 들어오게."

하면서 뜻밖에 엉너릿손[106]이 어찌 대단하던지, 겁에 띠어서 둥그래졌던 김승지의 눈이 실눈이 되며 간경에 바람 든 놈같이 건으로[107] 싱긋싱긋 웃는다.

"여보게, 자네가 참 무정한 사람일세. 영감께서는 자네를 보고 저렇게 좋아하시는데, 자네는 영감을 뵈오러 한 번도 아니 온단 말인가."

"내가 영감을 뵈오러 아니 오더라도 영감께서는 나 보러 도동으로 잘 오신답니다."

"어어, 여편네들이란 것은 큰일날 것이로군. 어떻게들 말을 하던지 생사람을 병신 만드네. 누가 들으면 내가 똑 침모와 참 상관이나 있는 줄로 알겠네. 허허허."

"그렇게 감추실 것도 없습니다. 나도 오늘까지 감추고 지냈습니다마는, 연분도 한정이 있는지 나는 영감과 연분이 오늘뿐이올시다."

그 말 한마디에 김승지의 눈이 다시 둥그래지고 부인의 얼굴빛이 다시 변하면서 가슴이 두근두근하여 지향을 못 하는 모양이라.

부인이 그날 밤에는 춘천집이 정녕 죽을 줄만 알고 대망을 잔뜩 하고 있던 차에 침모가 오는 것을 보고 의심을 잔뜩 하고 있는 중인데, 침모의 말에 영감과 연분이 오늘뿐이라 하는 소리를 듣고 이 다음에 무슨 말이 나올지 몰라서 침모의 얼굴 한 번 치

---

106) 남의 환심을 사기 위하여 어벌쩡하게 서두르는 솜씨.
107) 터무니없이.

어다보고 김승지의 얼굴 한 번 치어다보는 부인의 눈이 갔다왔다 한다.

침모는 그 눈치를 알고 부인을 미워하던 마음에 부인이 애를 쓰는 모양이 재미가 있어서 의심이 더욱 나도록 말을 할 듯하면서 말을 아니하고 김승지의 앞으로 살짝 다가앉는다.

부인의 가슴은 더욱 두 방망이질을 한다.

김승지는 침모가 자기 턱밑으로 얌체없이 다가앉는 것을 보니 침모 간 뒤에는 그 부인에게 무슨 곤경을 당할는지 민망한 마음에 배기지를 못하여 왼편으로 기대고 있던 안석을 바른편으로 옮겨 놓고 기대니, 탕건108)이 부인의 어깨에 닿을락말락하더라.

"이애 계월아, 침모가 오죽 춥겠느냐. 네 국수 좀 사다가 장국 한 그릇만 따뜻하게 말아 오너라."

"오늘은 댁에서 국수를 아니 먹더라도 국수 먹을 복이 터졌습니다."

"다른 데서 먹는 것이 쓸데 있나. 내게서 먹어야지."

"잠깐 말씀하고 가려 하였더니 너무 오래 앉았습니다. 오늘은 내가 시집을 가는 날이올시다."

하더니 김승지를 돌아다보며,

"영감, 그렇게 감추실 것 무엇 있습니까. 나는 지금 보면 다시는 못 볼 사람이올시다. 내가 오늘 우리집에 갔더니 웬 손님이 와 앉았는데, 언제부터 말이 되었던지 우리 어머니가 사윗감으로 정하였다고 나를 권하는데, 낸들 영감을 잊을 길이 있겠습니까마는 영감께서는 마님도 계시고 춘천마마도 있는데, 내가 또 있고 보면 영감께서 걱정이 아니됩니까? 나도 새파랗게 젊은 년이 혼자 살 수도 없는 터이요, 우리 어머니는 앞 못 보는 육십 노인이

---

108) 옛날에 벼슬아치가 갓 아래에 받쳐 쓰던 관.

나 하나만을 믿고 있는 터에, 내가 하루바삐 서방이나 얻어서 우리 어머니를 데려다가 삼순구식(三旬九食)을 하더라도 한집에서 지내는 것이 내 도리가 아니오니까. 오늘이 혼인인지라 집에서들 기다리고 있을 터이니, 오래 앉았을 수가 없습니다. 마님, 안녕히 계시오. 영감……."

하면서 눈물이 흐르는 것은 인정 있는 계집의 마음이라. 선뜻 일어서서 뒤도 돌아보지 않고 나가더라.

대문 밖에 나서면서,

"인력거꾼, 어디 갔나?"

하는 소리에 건너편 막걸리집에서 툭 튀어나오는 인력거꾼이 청전요[109]를 펴들고 침모의 무릎 위에 턱 둘러 휩싸면서,

"댁에로 모시오리까?"

"남대문 밖에 좀 다녀가겠네."

인력거꾼이 어느 동네냐 묻지도 아니하고 서산에 떨어지는 해를 쫓아가서 붙들듯이 살같이 달아나더라.

제 18 장

침모가 계동서 김승지 집에로 향하여 갈 때는 조심도 되고 겁도 나고 아무 기운 없이 심려 중에 싸여 갔더니, 김승지 집을 다녀 나올 때는 마음이 쾌하고 기운이 난다. 높직하게 올라앉아서 서슬 있게 가는 바람에 여편네 마음일지라도 소진(蘇秦)[110]이가 육국을 합

---

109) 짐승의 털로 짠 푸른 빛깔의 요.

110) 중국 전국 시대의 모사(謀事). 낙양사람. 연(燕)의 문후(文侯)에 대하여 6국 합종(合從)의 이익을 설명하여 채용되었고, 또, 조(趙)·한(韓)·위(魏)·제(齊)·초(楚)를 설복하여 기원 전 333년 6국 합종에 드디어 성공하였음.

종(合從)이나 하러 가는 듯이 호기로운 마음이 생기더라.

입으로 옮기지는 아니하나 마음으로 혼잣말이라.

'김승지의 마누라인가 무엇인가 그 흉한 년이 어디서 생겼누. 그런 흉악한 년이 있을 줄 누가 알아. 투기한다 투기한다 하기로 그런 년의 투기가 어디 있어. 춘천집 모자를 죽이고 나까지 죽이려고 그년이 그런 흉계를 꾸며…… 양반은 말고 태상노군(太上老君)111)의 부인일지라도 그따위 짓을 하고, 제가 제 명에 죽기를 바라…… 점순이란 년은 어디서 그 따위 년이 생겨서 그 흉악한 년의 종이 되었누. 에그, 아슬아슬하여라. 내가 고년에게 속던 생각을 하면 소름이 끼치지. 어찌하면 고렇게 앙큼하고 담대한고. 우리 어머니가 아니더면 그 몹쓸 년의 꼬임에 빠져서 무슨 지경에 갔을꼬.'

한참 그런 생각을 할 때에, 인력거가 남대문 밖 정거장을 썩 지나면서 창고 회사 벽돌집이 눈에 선뜻 보이는데, 그 앞으로 올라오는 전차 하나가 천둥 같은 소리가 나며 남문을 향하고 번개같이 지나가는 것을 보고 다시 혼잣말로,

'에그, 그 회사집 앞으로 전차 지나가는 것을 보니 생각나는 일이 있구나. 춘천집이 죽으려고 엎드렸던 곳이 저 회사 집 앞 철도로구나. 저러한 전차에 치었다면 두 토막 세 토막 났을 뻔하였지. 그날 내가 용산 가기도 이상한 일이요, 밤중에 오기도 이상한 일이요, 인력거꾼이 걸려 넘어진 것도 이상한 일이요, 내가 인력거에서 떨어져서 사지를 꼼짝 못 하게 되어 떠실려서 춘천집으로 들어가기도 이상한 일이지. 춘천집이 오죽 설워서 어린 자식 두고 자수를 하려 들었을까. 그렇게 불쌍한 사람을 김승지의 마누라와 점순이가 기어이 죽이려 드니, 그런 몹쓸 년들이 또 어디

---

111) 노자(老子)의 존칭.

있어. 나도 몹쓸 년이지, 아무리 점순이가 꼬이기로 그 소리를 솔
깃하게 들어. 나는 우리 어머니 심덕으로 내가 몹쓸 곳에 빠지게
된 것을 면할 터이나, 춘천집은 어찌 될 것인고.'
하면서 정신없이 앉았는데, 인력거꾼은 어디로 가는지 묻지도 아
니하고 도동으로 들어가는 길을 지내 놓고 창고 회사 집 앞으로
정신없이 돌아가다가 앞에서 마주 오는 인력거와 어찌 몹시 부딪
쳤던지, 인력거 탔던 사람들은 박랑사(博浪沙)112) 철퇴 소리에 놀
란 진시황같이 혼이 나서 서로 내다보더라.

　좌우 길가에는 걸어가는 행인들이요, 길 가운데는 말바리 쇠바
리 인력거들이다. 사람을 피하여 가는 인력거의 바퀴 끼운 도래
쇠가 마주 부딪치니, 사람은 다치지 아니하였으나 인력거꾼들은
인력거나 상하였을까 염려하여 인력거를 멈추고 앞뒤로 돌아다
니면서 인력거를 살펴본다.

　침모가 놀란 마음을 진정하여 살펴보니, 전년 겨울에 인력거에
서 떨어지던 곳이요, 춘천집이 죽으려고 엎드렸던 철도 가이라.
침모가 지난 일이 생각이 나서 고개를 냅들고 정신없이 길바닥을
보고 있는데, 마주치던 인력거 위에서 내다보는 사람은 나이 삼
십이 될락말락한 남자이라. 의관이 깨끗하고 외모도 영특하게 생
겼으나 언뜻 보아도 상티가 뚝뚝 떨어지는 천격113)의 사람이라.

　점잖은 사람 같으면 사람이 다쳤느냐 묻든지, 인력거가 상하였
느냐 묻든지 그러한 말뿐일 터인데, 침모의 얼굴을 보고 춘향의
옥중에 점치러 들어가는 장님의 마음같이 춘심이 탕양(蕩漾)114)
하여 구레나룻을 썩썩 쓰다듬으며, 내 목소리를 들어 보아라, 내

---

112) 장량(張良)이 역사(力士)들로 하여금 철퇴로 시황제(始皇帝)를 저격케 한 곳.
　　　중국 허난 성 무양현(武陽顯)의 고적.
113) 낮고 천한 품격.
114) 물결이 출렁거리며 움직이는 모양.

얼굴을 쳐다보아라 하는 듯이 헛기침을 연해 하며 막걸리집에서 먹어난115) 오입쟁이 말투로 되지 않게 지껄인다.

말똥구리가 말똥을 굴려 가도 구경이라고 서서 보는 조선 사람의 성질이라. 오고 가는 행인들이 앞뒤로 모여들어 구경하고 섰는데, 침모가 창피한 마음이 있어서 인력거꾼을 재촉한다.

"인력거꾼, 해 다 가는구나. 어서 가지. 그러나 길 잘못 들었어."

"……."

"나 갈 데는 남관왕묘 옆이야. 관왕묘 옆에 강소사 집이라고 문패 붙은 집이 있지. 그리로 가세."

옆에 인력거 탔던 남자가 그 소리를 듣더니 마주 인력거꾼을 재촉한다.

"여보게 인력거꾼, 나도 그리로 가네. 어서 가세."

침모가 그 소리를 듣고 민망하기가 측량 없으나 나 따라오지 말라 할 수 없는 터이라 두 인력거가 도동으로 돌쳐 들어가는데, 큰길에서는 급히 갔거니와 도동 들어가는 길은 언덕이라 올라가는 동안이 한참이 되는데, 남은 무심히 보건마는 침모는 제풀에 수통116)한 마음뿐이라.

침모의 인력거꾼은 춘천집 대문 앞에서 내리고 뒤에 오던 인력거는 관왕묘 앞에서 내리는데, 침모는 뒤도 돌아보지 아니하고 춘천집에로 들어가더라.

춘천집이 침모의 목소리를 듣고 상그레 웃으면서 안방문을 열고 나오는데, 돌아 오는 달같이 탐스럽게 생긴 얼굴에 인정이 뚝뚝 돋는 듯하다.

---

115) 먹어 버릇한. 자꾸 먹어서 습관이 된.
116) 근심하고 가슴 아파함.

"여보, 어디 갔습더니까. 내가 박대를 하였더니, 노해서 간단 말도 아니하고 댁에로 가신 줄로 알았소그려. 응, 이제 알겠군. 어디 반가운 사람이 있어서 찾아다니시나 보구려. 내가 용케 알지, 하하하."

하며 반겨 나오는 모양 보고 침모가 삽시간에 별생각이 다 들어간다.

'나도 몹쓸 년이지. 아무리 점순이가 꼬이기로 저렇게 인정 있는 사람을 해칠 마음을 두었던가.'

싶은 마음이 생기면서 불쌍한 생각이 어찌 몹시 들던지 점순의 흉계를 일러주고 싶은 마음이 버썩 들어가나, 그 어머니에게 들은 말이 있는 고로 차마 말 못하고, 김승지 집에서 하던 말과 같이 꾸미는 말로 대답한다.

"참 반가운 사람을 보러 갔다 오는 길인데…… 누구에게 들으셨나 보구려. 그러나 나는 올라갈 겨를이 없소. 오늘은 내가 참 시집 가는 날이오."

"에그머니, 나는 농담으로 한 말이 맞혔나베. 에그, 섭섭하여라. 그래 오늘부터 우리집에는 아니 계실 터이오그려. 영감 얻어 가시는 것도 좋지마는 좀 올라오시지도 못한단 말이오."

"내가 인제 가면 언제 또 올지 말지 한 사람이니, 일 년이나 이웃에서 보던 사람들을 작별이나 좀 하고 오겠소."

하면서 밖으로 나가더니 젖은 담배 한 대 피울 동안이 다 못 되어 침모가 도로 들어오는데, 앞뒷집 늙은 노파가 두서넛이나 따라 들어오며,

"저 마누라님이 오늘부터 이 댁에 아니 계실 터이라지요?"

하며 춘천집을 보고 말하는 사람도 있고,

"인제 가시면 이 댁에는 다시 아니 오시오?"

하며 침모를 보고 말하는 사람도 있고,

“저 마누라님이 오늘부터 영감 얻어 가신다는데 순돌 어머니는 영감도 아니 얻고 일생 혼자만 있소?”

하며 점순이를 보고 말하는 사람도 있더라.

애들은 무엇을 보러 들어오는지 하나 둘이 들어오기 시작하더니 손바닥만한 안마당이 툭 터지도록 들어오는데, 점순이는 벙어리 냉가슴 앓듯 하고 있다가 만만한 애들에게 독살(毒殺)풀이[117]를 한다.

“무슨 구경 났느냐. 무엇 하러 남의 집에 이렇게 들어오느냐. 누가 시집을 가느니 기급을 하느니 하는 소리를 듣고, 국수 갈고랑이나 있을 줄 알고 이렇게들 들어오느냐. 보기 싫다. 다 가거라.”

하며 포달을 부리는데, 다른 사람들은 무심히 보나 침모는 점순의 오장을 들여다보는 듯이 알면서 또한 남더러 말 못 할 일이라, 물끄러미 보고 서서 심중으로 혼잣말이라.

'조년이 나를 미워서 부리는 포달이로구나. 인물이 조만치 얌전히 생긴 년이 마음은 어찌 그리 영독[118]한고. 아마 조년의 악심은 조 눈깔과 목소리에 다 들었는 것이야. 누가 시집을 가느니 기급을 하느니 하며 빗대 놓고 나더러 욕을 하나 보다마는, 오냐 욕은 깨소금으로 안다. 너 같은 몹쓸 년의 꼬임에 빠지지 아니한 것만 다행하다. 내가 오늘부터 이 집에 아니 있는 줄은 온 동네가 다 알 터이다. 네가 아무리 흉계를 꾸미더라도 춘천집을 죽이고 그 죄를 내게 뒤집어씌울 수는 없을걸…… 요 몹쓸 년, 네가 나는 어떻게 죽이려 들었더냐. 춘천집을 죽이고 내게 밀려 들었더냐, 춘천집을 죽이는 김에 나까지 죽이려 들었더냐, 하나씩 차

---

117) 품었던 악독한 살기를 목적한 대상에게 풀어 버림.
118) 모질고 독살스러움.

례로 치워 버리려 들었더냐.'

그러한 생각을 하며 점순이를 정신없이 건너다보다가 점순이가 할끗 돌아다보는 서슬에 침모가 깜짝 놀라며 고개를 푹 수그리더니, 다시 고개를 들어 춘천집을 돌아다보며,

"나는 어서 가야 하겠소."

하더니 건넌방에로 들어가서 제 옷보퉁이를 들고 나오며 춘천집과 점순에게 좋은 말로 작별하고 대문 밖에로 나가서 인력거를 타는데, 춘천집이 따라 나오며 눈물을 씻으니 침모가 마주 눈물을 씻고 작별을 하면서 옆을 돌아다보니, 애들은 참 구경이나 난 듯이 인력거 앞뒤로 늘어서서 보는데, 남관왕묘 대문 앞에서 팔짱을 끼고 슬슬 돌아다니는 사람 하나 있는데, 그 사람은 창고회사 앞에서 인력거를 타고 침모의 인력거를 따라오던 사람이라.

침모의 마음에는 그 남자가 침모에게 뜻이 있어서 그 근처에 와서 침모가 어떠한 사람인가 알려고 빙빙 도는 듯하야 밉고 싫은 생각이 들어서 작별하는 사람들에게 말을 간단히 대답하고 인력거꾼을 재촉하여 떠나가니 침모의 마음은 시원하기가 한량없으나, 춘천집의 마음에는 전년 겨울에 철도에 엎드렸다가 침모의 인력거꾼이 걸려 넘어져서 만났던 생각부터, 일 년을 같이 정답게 지내던 생각이 낱낱이 나면서 새로이 슬픈 마음을 진정치 못하여 방 안에 들어가서 침침하게 어두워 가는 방에 불도 아니 켜고 혼자 앉아 눈물만 흘리더라.

제 19 장

관왕묘 앞마당에 모였던 사람들이 일시에 헤어지고 그 마당이 다시 적적한데, 그 적적한 틈을 타서 관왕묘 홍문 앞에서 빙빙

돌던 남자는 점순의 행랑방으로 서슴지 아니하고 쑥 들어간다.

점순이가 그 남자의 신을 얼른 집어 방 안에로 들여놓고 방문을 톡 닫으며,

"여보, 거기 좀 앉아 기다리시오. 내가 아낙에 들어가서 저녁 진지 치르고 나오리다."

하더니 안으로 들어가서 저녁 밥상을 차리는데, 춘천집이 심기가 좋지 못하여 저녁밥을 아니 먹겠다 하는 소리를 듣고 다행히 여겨서 차리던 밥상을 치워 놓고 행랑으로 나가서 방문을 펄쩍 열고 들어가며,

"여보 최서방, 내 재주 좋지. 벌써 저녁 치르고 설거지 다 하였소. 에그 참 설거지하기 싫은데, 우리는 이따가 장국밥이나 먹으러 나갑시다. 그러나 이 일을 어떻게 하면 좋단 말이오?"

"벌써 정한 일을 인제 와서 어떻게라니……."

"아니오, 오늘 아침에 우리가 의논한 일이 다 틀렸기에 말이오."

"응, 틀리다니?"

"침모가 오늘 별안간에 저의 집으로 갔소그려."

"침모가 없으면 무슨 일 못 하나?"

"못 할 것이야 무엇 있소."

"그러면……."

"요새같이 밝은 세상에 사람을 죽이고 흔적 없이 감추려 하면 쉬울 수가 있소? 침모는 우리 댁 영감께 귀염을 받는 사람인 고로 침모를 꾀어서 춘천마마님을 죽이면 영감 하나는 감쪽같이 속이기가 쉬울 터인데……."

"아따, 순돌 어머니 말은 알 수가 없는 말이구려. 김승지 댁 마님은 침모까지 죽여 달라 하는데 침모를 꾀어서 춘천집을 죽이고 침모는 살려 두면 그것은 언제 또 죽인단 말이오. 나 하라는 대

로만 하였으면 그까짓 것들을 하룻밤 내로 다 없애 버렸을 것을, 순돌 어머니가 무엇을 한단 말이오. 그러할 것 없이 지금일지라도 춘천집 모자를 죽여 버립시다.”

“글쎄 침모가 그 일을 알고 있는 터에 말이나 아니 낼는지 그것이 조심도 되고, 또 오늘 침모가 저의 집으로 가는데 별안간 그런 일이 있으면 이 동네 사람이 의심이나 아니 할는지…….”

“무슨 일을 하면 하고 말면 말지, 벌써 일 년이나 두고 경영만 하다가 이제 와서 그것이 다 무슨 소리요. 그렇게 일을 하여서 무엇이 되겠소. 나는 순돌 어머니만 바라고 있다가 큰 낭패 하겠소. 여보, 그만두오. 나는 다시 순돌 어머니 믿고 오지 아니할 터이오.”

하면서 벌떡 일어서서 나가려 하니,

“응, 잘 가는구. 다시 아니 올 것같이. 어디 반한 곳이 있어서 핑게 좋게 나를 떼어 버리려고 그리하는 것이로구.”

하면서 상긋상긋 웃고 앉았더라. 최가가 일어설 때에 참 가려는 마음으로 일어난 것이 아니라 점순이가 붙들고 만류할 줄 알았더니 만류를 아니하는 것을 보고, 도로 앉기도 열적고 갈 마음도 없는 터이라 주저주저하다가 딱 서서 하는 말이,

“글쎄 우리가 김승지 댁 마님 돈을 여간 없앴소. 그러나 지나간 일은 어쩌하든지 이 앞일은 헐후히[119) 하여서는 못씁니다. 우리가 마님 소원대로 하면 마님이 우리 소원대로 어떻게 하여 준다 합더니까?”

“장 들으면서 무엇을 새삼스럽게 또 물어.”

“아니, 내가 자세히 물어 볼 일이 있소.”

“말을 하려거든 앉아서 하구려. 온 동네가 다 들리라고 왜 서

---

119) 대수롭지 않게.

서 그리하오."

최가가 핑계 좋게 다시 주저앉으며 가슴 앞을 훔척하더니 지궐련 한 개를 집어내서 붙여 물고 점순의 앞으로 버썩 다가앉으며,

"자, 이만하면 옆에 쥐도 못 알아듣게 말할 터이니 말좀 자세하오."

점순이가 본래 눈웃음을 웃으면 사람의 오장이 녹을 만치 웃는 눈웃음이라. 그 솜씨 있는 눈웃음을 상그레 웃으면서 얼굴이 복숭아꽃같이 붉어진다.

"이애, 요새 얼굴 좋았구나. 연지분을 발랐니?"

"남더러 해라는 왜 하여. 염체없이……."

"요 얌체없는 것. 네가 남이냐?"

"그럼, 남이지 무엇인가? 이편 계집될 사람으로 알 것 같으면 걸핏하면 가느니 오느니 할라구. 본마누라 떼버리고 나하고 산다는 말도 다 거짓말인 줄 알아."

"이애, 그것은 염려 마라. 내가 간다 하니 우리 마누라에게 간다는 줄 알았더냐. 없다. 내가 여기 아니 오면 술잔 먹고 친구의 사랑에서 잘지언정, 요새는 우리 집에서 자본 적이 없다. 어제도 우리 장모를 보고 내가 그 말 다 하였다. 딸을 데려다가 보낼 곳 있거든 보내라구…… 아따, 우리 장모가 그 말을 듣더니 죽겠다고 넋두리를 하는데 썩 대단하데…… 그러한데 순돌 어머니는 남의 속은 모르고 생으로 남의 애매한 말만 하니 딱한 일이야. 우리가 내외될 언약이 있은 후에야 범연[120]할 리가 있나. 순돌 어머니가 일 결말을 벌써 냈으면 우리 마음대로 될 터인데, 일 년이나 되도록 일을 끌어 가니 웬일이지."

"내 마음은 더 바쁜데."

---

120) 차근차근한 맛이 없이 데면데면함.

“그래, 대관절 김승지 댁 마님이 우리 일은 어떻게 하여 준다던가?”

점순이가 상긋 웃으며 최가의 얼굴을 말끄러미 보다가,

“우리 일은 걱정 없어. 우리 댁 마님이 영감을 꾀어서 할 일은 다 하였다오.”

“꼬이기를 어떻게 하였으며, 할 일은 어떻게 하였단 말이냐?”

“내가 거북 애기를 젖 먹였다고 그 공로로 속량121) 하여 주고, 최서방의 이름으로 황해도 연안 있는 전장 마름122) 차접123)까지 내어 놓았다오. 그 전장은 내 손에 한번 들어오면 내 것 되고 말걸……”

“우리 둘의 일을 마님만 아시는 줄 알았더니 그 영감도 알으시나. 이애, 무슨 일을 서슴다가는124) 아무것도 아니 될 터이니, 지금 내로 춘천마마를 죽여 없애세.”

“그러나 어떻게 죽이면 좋겠소?”

“오늘 아침에 순돌 어머니 말이, 춘천집을 아편이나 많이 먹여 놓고 방 안에 석유나 많이 들이붓고 불이나 지르고, 어린아이는 그 속에 집어던지고, 순돌 어머니는 마당에 서서 불이야 불이야 소리만 지른다더니, 왜 또 딴소리를 하여.”

최가가 점순이더러 하오도 하다가 해라도 하다가 반말도 하는데, 어찌 보면 점순이를 잡것 놀리듯 하는 것 같으나, 그런 것이 아니라 점순이를 집어삼킬 것같이 귀애하는 마음에서 나오는 것이라. 점순이는 무슨 생각을 하느라고 아무 소리 없이 앉았는데, 최가는 갑갑증이 나서 점순의 앞으로 한 번 더 다가앉으며 재촉

---

121) 종을 풀어 주어서 양민(良民)이 되게 함.
122) 지주의 위임을 받아 소작권을 관리하는 사람.
123) 촌락의 하급관리(마을 아전) 임명의 사령서.
124) 언행을 자꾸 머뭇거리며 망설이다가는.

한다.

"이애, 아편은 다 무엇이냐. 내가 안방에 들어가서 춘천집을 끽소리도 못 하게 죽일 터이니, 너는 석유 한 통만 가져다가 안방에 들이부어라. 그리하고 불을 지르면, 누구든지 이 집에 불이 나서 춘천집이 타 죽은 줄로 알지 누가 죽인 줄로 알겠나."

점순이는 의구히 무슨 생각을 하는지 가만히 앉았고, 최가는 시각을 참지 못할 것같이 재촉을 한다.

최가가 춘천집을 그렇게 급히 죽이려는 것은 춘천집을 미워서 그리하는 것이 아니라 춘천집 모자를 죽이면 수가 날 일이 있는 곡절이요, 점순이가 대답도 얼른 아니하고 앉았는 것은 춘천집을 죽이기가 싫어서 그리하는 것이 아니라 오늘 밤 내로 춘천집 모자를 죽이고 집에 불지른다는 꾀를 침모가 다 아는 고로 침모의 입에서 말이 날까 염려하여 그리하는 것이다.

밤은 점점 깊어 가고 최가는 재촉을 버썩 하고 있는데, 꾀많은 점순이도 어찌하면 좋을지 생각을 정치 못하다가 무슨 좋은 도리가 있던지 최가를 쳐다보며,

"여보, 최서방도 퍽 급한 성품이오. 무슨 재촉을 그렇게 하오."

"급하지 아니하면…… 무슨 일이 일 년을 끌다가 오늘은 무슨 결말이 날 줄 알았더니, 오늘도 또 결말이 아니 난단 말인가?"

"가만 있소. 이왕 참는 김에 내년 봄에 날 따뜻할 때까지만 기다리시오. 그러면 좋은 도리가 있소. 그러나 그때는 최서방이 그 일을 전담하여 맡지 아니하면 일이 아니 될 터이오."

제 20 장

기다리는 것이 있으면 세월이 더딘 듯하나 무심중에 지내면 꿈

결같은 세월이라. 철환(鐵丸)125)보다 빨리 가는 속력으로 도르래 돌아가듯이 빙빙 도는 지구는 백여 도(度) 자전(自轉)하는 동안에, 적설이 길길이 쌓였던 산과 들에 비단을 깔아 놓은 듯이 푸른 풀이 우거지고, 남산 밑 도동 근처는 복사꽃 천지더라. 춘천집이 어린아이를 안고 마당에로 내려오며 점순이를 부른다.

"여보게 순돌 어멈, 이렇게 따뜻한 날 방에 들어앉아 무엇 하나. 이리 나와서 저 남산 밑에 복숭아꽃이나 좀 내다보게."

그때 점순이는 행랑방에서 최가와 같이 대강이를 마주 대고 무슨 흉계를 꾸미느라고 정신없이 수군거리다가 춘천집의 목소리를 듣고 깜짝 놀라 벌떡 일어서다가, 다시 고개를 푹 수그리며 최가의 귀에 대고 가만히 하는 말이,

"이 방에 가만히 들어앉았다가 두말 말고 나 하라는 대로만 하오."

하더니 살짝 돌아서며 문구멍으로 눈을 대고 잠깐 내다보다가, 문을 열고 나가더니 그 방문을 밖으로 걸고 허리춤 속에서 자물쇠를 꺼내서 빈방을 잠그듯이 덜컥 잠그더니, 안마당에로 들어가며 춘천집 가슴에 안긴 어린아이를 보고 두 손바닥을 딱딱 치며,

"아가, 이리 오너라."

하면서 춘천집 젖가슴 앞으로 두 손을 들이미니, 어린아이가 점순이를 보더니 벙글벙글 웃고 두 손을 내밀어 점순에게 턱 안긴다.

"이애는 어미보다 자네를 더 따르니, 이것은 어미 없이도 걱정 없을걸."

점순이가 어린아이를 공기 놀리듯 추스르며 어린아이의 입을 쪽쪽 맞추며,

"어머니 아니 계시면 내 젖 먹고 살자. 아가, 그렇지, 그렇지."

---

125) 엽총 등에 재어서 쓰는 잔 탄알. 잔 탄알같이 쇠붙이로 만든 물건의 총칭.

하며 어린아이를 들까분다.

개도 제 새끼를 귀애하는 시늉을 보이면 좋아하는 법이라, 점순이가 춘천집 앞에서 어린아이를 그렇게 귀애하고, 어린아이는 점순에게 그렇게 따르는 것을 보고, 춘천집의 마음에는 내가 지금 죽어도 우리 거북이는 걱정 없이 잘 자랄 줄만 알고 있더라.

오고 가는 공기가 마주쳐서 빙빙 도는 회오리바람이 도동 과목밭에서 일어나더니, 그 아까운 복사꽃 가지를 사정 없이 흔들어서 꽃이 문청 떨어지면서 바람에 싸여 공중으로 올라간다.

그 바람 기운이 없어지며 그 꽃이 도로 내려오는데, 허다한 너른 땅에 춘천집 안마당에로 꽃비가 내려온다. 춘천집이 공중을 쳐다보며, 말 못하는 어린아이를 부르면서 알아듣지 못할 말을 한다.

"이애 거북아, 오늘은 우리 집에 무슨 경사가 있으려나 보다. 꽃비가 오는구나."

점순이는 저더러 하는 말도 아니언마는 춘천집의 말이 떨어지며 대답을 한다.

"아직 아니 떨어질 꽃도 몹쓸 바람을 만나더니 떨어집니다그려."

하면서 춘천집을 흘끗 돌아보는데, 춘천집은 무심히 들을 뿐이라.

"여보게 순돌 어멈, 세월같이 덧없는 것은 없을 것일세. 엊그저께 저 꽃 피기를 기다리더니 오늘 벌써 저 꽃이 낙화가 된단 말인가. 그러나 사람인들 저 꽃과 다를 것 무엇 있나. 우리가 세상에 나던 날부터 오늘까지 지낸 일을 생각하면 꿈같은 일이 아닌가. 우리는 저 남산에 떨어지는 꽃을 보고 아쉽다 하거니와, 저 남산은 우리를 보고 무엇이라고 할는지."

하면서 처량한 기색이 있더라. 점순이가 춘천집의 말을 듣고 춘천집의 기색을 보더니 상긋상긋 웃으며,

"마마님, 오늘은 남산에 꽃 구경이나 가십시다."

"동무도 없이 혼자 무슨 꽃 구경을 간단 말인가."

"여럿이 가면 꽃을 더 잘 봅니까. 마마님이 가시면 쇤네는 애기 업고 갈 터이니, 셋이 가면 꽃 구경 못 하겠습니까."

"그두 그러하지. 그러나 문 밖이라고 나가 본 일이 없다가 별안간에 나가기도 서먹서먹하여 못 나가겠네."

"그런 말씀 말으시오. 요새는 대신의 부인도 내외 없이 아무데라도 다니신답니다."

"글쎄 말일세. 그 부인은 내외를 아니하면 세상에서 문명한 부인이라고 칭찬을 듣지마는, 우리같이 남의 첩 노릇이나 하고 있는 사람은 일없이 뻘뻘 나다니면 남의 말 하기 좋아하는 사람들이 별명만 지을 터이니 남에게 별명 들어 무엇 하게."

"구더기 무서워서 장 못 담글라구. 내 마음만 옳고 내 행실만 그르지 아니하면 그만이지요. 남의 말을 어찌 다 가려요."

"그는 그리하여…… 낸들 언제 내외를 하여 보았겠나. 춘천 솔개사는 상사람의 딸로 온 동네를 뻘뻘 나다니며 자라던 사람으로 양반의 첩이 되었다고 용이나 되어 하늘에나 올라간 듯하여 하는 말이 아닐세. 불가불 나갈 일만 있으면 어디를 못 가겠나."

봄날이 길다 하나 일없는 여편네의 받고 차는 잔말이란 한없는 것이라. 말하는 동안에 지구가 참 돌아가는지 태양이 달아나는지, 길마재[126] 위에 석양이 비꼈더라.

점순이가 해를 쳐다보더니 어린아이를 춘천집에게 안기며,

"에그, 해 다 갔습니다. 아기 좀 보아 줍시오. 쇤네는 저녁 진지를 하여야 하겠습니다."

춘천집은 어린아이를 받아 안고 안방으로 들어가고, 점순이는

---

126) 무악재의 본이름.

바구니를 끼고 반찬 가게로 나가더라.

엉성한 바구니 속에 빨간 고기, 하얀 두부, 파란 파를 요리조리 곁들여서 옥색 저고리에 빨간 팔배태127) 받아 입은 팔꿈치에 훔쳐 끼고 흔들거리고 들어오던 점순이가, 대문간에서 뒤를 할끗할끗 돌아다보더니 허리춤 속에서 열쇠를 꺼내서 겉으로 잠갔던 행랑방 문을 덜컥 열고 쑥 들여다보며,

"최서방, 갑갑하였지요. 인심 좋은 옥사쟁이는 돈 한푼 아니 받고 옥문만 잘 열어 주지요, 하히하."

"그래, 어떻게 되었소?"

"어떻게 되기는 무엇이 어떻게 되어. 내가 들어가서 저녁밥 지어 놓을 만하거든, 아까 하던 말대로 하오."

하더니 문을 톡 닫고 안중문으로 들어간다.

춘천집은 안방에 앉았다가, 별안간에 가슴이 두근두근하며 마음이 좋지 못하더니 별생각이 다 난다.

울며불며 이별하던 어머니도 보고 싶고, 야속하던 아버지도 보고 싶고, 가뭄에 콩 나듯이 드문드문 와서 보는 김승지도 보고 싶더라.

"이애 거북아, 너의 아버지가 요새는 왜 한 번도 아니 오시는지 모르겠다. 거북아, 아버지 보고 싶은 눈 좀 보자."

거북이가 눈을 짜긋하게 감는 시늉을 하며 재롱한다.

"에그, 고 눈 어여쁘다. 또 너의 아버지 언제 오실까 머리 좀 긁어라."

거북이가 고개를 살살 흔들며 머리를 아니 긁는다.

춘천집이 거북이 대강이를 똑 때리면서,

"요것, 왜 너의 아버지 언제 오실까 머리 좀 긁어라 하여도 아

---

127) 저고리의 소매 밑 솔기를 따서 겨드랑이 끝까지 두 편으로 따로 좁게 댄 헝겊.

니 굶느냐.”

거북이가 저의 어머니를 쳐다보며 입이 비죽비죽하더니 ‘응아’ 운다.

대문간에서 ‘이리 오너라, 이리 오너라’ 부르는 소리가 나니, 안방 부엌에 있던 점순이가 안중문간에로 나가다가 더 나가지 아니하고 안방에까지 목소리 들리도록 하는 말이라.

“에그, 죽산 서방님이 올라오셨네.”

대문간에서 부르던 손이 목소리를 크게 하여 하는 말로,

“점순이가 어찌하여 여기 와서 있느냐. 아낙에 못 볼 손님 아니 계시냐. 그대로 들어가도 관계치 아니하겠느냐?”

“들어오십시오.”

하는 소리가 나더니 밖에 있던 손이 서슴지 아니하고 안마당으로 쑥 들어오니 점순이가 앞서서 들어오는데, 그 손은 마당에서 지체를 하고 섰고, 점순이는 안방에로 들어오면서,

“마마님, 저 죽산 서방님이 오셨습니다.”

“죽산 서방님이 누구신가?”

“에그, 죽산 서방님을 모르십니까?”

하더니 춘천집 앞으로 바싹 다가서서 가만히 하는 말이,

“강동 나리 서자 되시는 서방님이에요.”

“강동 나리는 누구신가?”

“에그 딱하여라, 강동 나리를 모르시네. 우리 댁 영감 사촌 되시는 나리를 모르셔요. 강동 나리는 돌아가신 지 오래지요…… 저 서방님은 돌아가신 강동 나리 서자랍니다. 저 서방님 어머니 되시는 마마님은 그저 살아 계시지요.”

“들어오십시사 하게.”

점순이가 안방 문을 열고 나서면서,

“서방님 이리 들어옵시오”

하는 소리 한마디에, 그 남자가 거드름스러운 헛기침 두 번을 하며 안방으로 들어오는데, 나이 삼십이 넘을락말락하고 구레나룻은 뺨을 쳐도 아프지 아니할 만하고 둥그런 눈은 심술이 뚝뚝 떨어지는 듯하고 콧날 우뚝 서고 몸집 떡 벌어진 모양이 영특한 남자이라.

서슴지 아니하고 춘천집 앞으로 썩 들어앉으며 '아주머니, 아주머니' 하며 인사를 하는데, 춘천집은 김승지의 일가라고 별로 상면을 못 하여 본 터이라 무엇이라고 말하면 좋을지 몰라서 그 남자의 말하는 대로 대답만 하고 있더라.

점순이는 죽산 서방님을 보고 반가워하는 모양으로 무슨 말을 할 듯 할 듯하면서, 버릇없이 먼저 말하기가 어려운 것같이 말없이 윗목에 섰더라.

그 남자가 점순이를 돌아다보며 말을 묻는데, 본래 무식한 천격의 사람이라 말이 천보로만 나오더라.

"점순이는 요새 더 어여쁘구나. 네 자식 잘 자라느냐? 아까 내가 큰댁에 갔을 때에 네가 눈에 보이지 아니하고 마님 교군 뒤에 계월이가 모시고 가기에, 네가 어데 갔누 하였더니, 네가 작은댁에 와서 드난[128]을 하는구나. 전에는 큰댁 마님께서 어디를 가시든지 네가 모시고 다녔지……."

"서방님께서 큰댁에 다녀오십니까. 마님께서 계월이를 데리고 어디를 가셔요?"

"마님께서 죽산 내려가셨단다."

하더니 다시 춘천집을 돌아다보며,

"참 내가 미처 말을 못 하였소. 아저씨께서 일전에 급한 일이 있어서 우리집에 오시다가 길에서 병환이 들어서, 우리집에 들어

---

128) 흔히 여자가 자유로이 드나들며 고용살이를 하는 일.

오실 때부터 떠실려 들어오시더니 불과 수일에 시각대변(時刻待
變)129)이오그려. 내 참 그런 급한 병은 처음 보았소. 어제 아침에
는 유언을 다 하시는데, 별말씀을 다 하십디다. 그렇기로 꼭 돌아
가실 것은 아니지요마는, 사람의 일을 알 수가 있소. 아저씨 말씀
에, 두 분 아주머니나 한 번 다시 보고 죽으면 좋겠다 하시니, 두
분 아주머니께서는 가서 뵈옵든지 아니 가서 뵈옵든지 내 도리는
내가 아니할 수가 없어서 밤을 도와 올라왔소. 삼청동 아주머니
는 본래 급하신 성정이라 그 말을 들으시더니 당장에 두 패 교군
을 질러서 떠나셨지요. 내가 배행(陪行)130)을 하여 가는 길인데,
춘천 아주머니께 이 말씀 아니하고 갈 수 있소. 교군더러 과천
말죽거리 가서 숙소하시게 이르고 나는 이리로 들어왔소. 그래
아주머니는 어찌하실 터이오? 아저씨를 가서 뵈올 터이면, 지금
으로 가실 길을 차려 드릴 터이고, 아니 가실 터이면 나는 곧 가
야 하겠소.”

춘천집이 그 말을 듣고 천진131)으로 솟아나는 눈물이 쏟아지며
어찌하면 좋을지 몰라서 아무 소리 없이 앉았는데, 점순이가 세
상에서 가장 충비(忠婢)는 저 하나뿐인 듯이 안타깝게 애를 쓰고
섰더라.

“에그, 이를 어찌하나. 마마님께서 못 가 뵈올 터이시면 쇤네가
가서 뵈옵겠습니다.”

“자네가 가서 뵈옵기로 내게 쓸데 있나. 영감께서 보고 싶단
말씀이 없더라도 내 마음에 가서 뵈고 싶을 터인데, 영감께서 그
처럼 말씀하시는 것을 아니 가서 뵈올 수 있나. 그러나 어떻게
가나.”

---

129) 병세가 자꾸 변하여 아주 위급하게 됨.
130) 윗사람을 모시고 따라감.
131) 세파(世波)에 젖지 아니한 자연 그대로의 참됨.

"아주머니가 가실 터이면 어서 교군을 타시오. 내가 교군까지 데리고 왔소. 이애 점순아, 밖에 나가서 교군꾼더러 교군 갖다가 안마당에 들여놓으라 하여라."

"들여놓을 것 무엇 있소. 내가 나가서 타지요. 그러나 거북이를 집에 두고 가야 좋을는지요."

"데리고 가시지요. 아저씨께서 제일 거북이를 보고 싶어하십디다."

춘천집이 창황중에 저녁밥도 아니 먹고 어린아이를 데리고 교군을 타고 나가는데, 그 교군이 남관왕묘 앞 길가 남향 반찬 가게 앞을 막 지날 때에 구레나룻 난 남자가 미투리 신고 지팡이를 끌고 교군 뒤에 따라가다가 급한 소리로,

"이애 교군아, 교군을 거기 좀 모셔라. 잠깐 잊은 일 있다." 하더니 교군을 길가에 내려놓고 구레나룻 난 남자가 교군꾼더러 저리 좀 가거라 하더니 교군 앞발을 들고 들여다보며 길가 사람에게 들리지 아니하도록 가만히,

"여보 아주머니, 거북이 감기 들리다. 폭 잘 싸서 안으시오." 하면서 어린아이를 싸주는 시늉을 하는데, 춘천집은 경황없는 중이라 거북이를 위하여 주는 것만 고맙게 여기고 있더라. 점순이가 팔짱을 끼고 반찬 가게 앞에서 교군을 보고 우두커니 섰다가 돌아서서 반찬 가게로 아슬랑아슬랑 들어오면서 한숨을 쉬고 혀를 똑똑 찬다.

반찬 가게는 제일 바쁜 때가 식전, 저녁이라 사람이 들락날락하는데, 가게 주인이 몸뚱이가 둘 되지 못하고 눈이 넷이 되지 못한 것만 한을 하도록 바쁜 중에 점순의 혀 차는 소리를 듣고 흘끗 쳐다보면서,

"혀는 왜 그리 차오. 무엇 못마땅한 일 있소?"

"사람이 오래 사니까 별꼬락서니를 다 보겠지, 무엇이 나빠서

저까짓 짓을 하여.”

“무엇을 그리하오.”

“무엇은 무엇이야. 저것 좀 보오.”

“저것이 무엇이란 말이오?”

“저울눈을 세고 서서 한길을 내다보지도 아니하고 그리하네.”

주인이 한길을 흘끗 보더니 다시 점순이를 건너다보며,

“한길에 무엇 있소. 교군 하나 놓인 것을 보라고 바쁜 사람을 조롱을 하고 있담…… 아차, 이 고기를 일껏 달아 놓았더니 몇 냥인지 또 잊었군. 여보 순돌 어머니, 혀 차고 속 답답한 일 있거든 얼른 이야기 좀 하오. 명 짧은 놈도 좀 듣고 죽게…….”

길가에 있던 교군은 도동 앞을 돌아나가는데, 구레나룻 난 남자는 활개짓을 하며 교군 뒤를 따라가고, 점순이는 반찬 가게 기둥 옆에 기대서서 가는 교군만 바라본다.

눈에 돈만 보이는 가게 주인은 정신이 딴 데가 팔려서 갈팡질팡할 뿐이나, 반찬거리 사러 왔던 이웃 사람들은 점순의 말을 일삼아 듣고 섰더라.

“저 교군 타고 가는 사람이 우리 댁 마마님이라오.”

“…….”

“모르겠소, 어디로 가는지? 저 교군 뒤에 따라가는 저놈은 웬 놈인지 밤낮 없이 와서 파묻혀 있더니 필경 저런 일이 생겼지. 내가 벌써부터 우리 댁 영감께 여쭙고 싶어도 어린아이가 불쌍하여 말을 아니하고 있었지.”

“…….”

“모르겠소. 아주 내빼는지, 어디 가서 행창(行娼)132)질이나 실컷 하다가 또 들어올런지.”

---

132) 공공연하게 창기 노릇을 함.

하면서 아슬랑아슬랑 나가더라.

춘천집이 달아났다 하는 소문은 어찌 그리 빨리 났던지 그날 밤 내로 도동 바닥에 짝짜그르하는데, 본래 남에게 칭찬 듣던 사람이 크게 잘못한 일이 있으면 그것을 변으로 알고 말하는 법이라.

춘천집은 도동 바닥에서 어여쁘다 칭찬하고, 인정 있다 칭찬하고, 사족 부녀라도 그보다 더 얌전할 수 없다 칭찬하고, 남의 첩 노릇 하기는 아까운 사람이라고까지 칭찬하던 사람의 입이 딱 벌어지고 혀가 홰홰 내둘리도록 변으로 듣고, 그날 밤에는 구석구석이 춘천집 공론뿐이다.

어느 집 사랑에는 젊은 소년이 한 방이 툭 터지도록 모였는데 하느니 그 소리다.

"아무의 첩이 달아났다지?"

"그것 있기도 오래 있었네. 젊은 계집을 거기다 내버려두고 별로 들여다보지도 아니한다니 아니 달아나겠나."
하는 말은 사람 많이 모인 사랑 공론이요, 삼월 동풍에 집집이 날아들며 지저귀는 제비같이 재미있게 지껄이는 젊은 여편네 모인 곳에는 춘천집의 공론이 여러 가지로 난다.

"춘천집이 달아났다니, 남의 첩이란 것이 다 그렇지. 그런 년들이 서방의 등골이나 빼어먹고 달아나지."
하는 말은 시앗 보고 적상(積傷)한 여편네가 남의 시앗까지 미워하는 입에서 나오는 소리요,

"춘천집이 갔다지, 잘 갔지. 김승지는 안마누라에게 판관 사령(判官使令)이라는데, 무슨 재미로 김승지를 바라고 있어."
하는 말은 남의 별실된 사람의 입에서 나오는 소리요,

"춘천집이 갔다지. 집도 내버리고 세간 그릇 하나도 아니 가지고 빈 몸만 나갔다지. 에그, 어수룩한 사람도 많지. 서방이 싫으

면 표차롭게133) 갈라서서 제 것 다 찾아 가지고 저는 저대로 살 것이지, 왜 제 몸뚱이만 나가……"

하는 말은 산전수전 다 겪고 장삼이사(張三李四)134)에게로 거침새 없이 돌아다니던 여편네의 입에서 나오는 소리요,

"춘천마마가 달아났다지. 에그, 사람이라는 것은 믿을 수가 없는 것이지. 그 마마님이 달아날 줄 누가 알아."

하는 말은 춘천집 이웃에 사는 노파가 춘천집을 숙부인 정부인같이 높이 보았던 사람의 입에서 나오는 소리다.

그러한 공론 중에 춘천집을 헐어서 하는 말도 있고 춘천집을 위하여 하는 말도 있으나, 어떻게 하는 말이든지 춘천집이 분명히 달아난 줄로만 알고 하는 말뿐이라.

그날은 김승지의 부인이 점순이 오기를 눈이 빠지도록 기다리고 있는 터이라. 낮 전부터 기다리는 점순이가 장장 춘일에 해가 떨어지고 밤이 되도록 소식이 없으니 혼자 속이 타고 혼자 애가 씌어서 앉았다가 일어났다가 지향없이 마당에로 나갔다가 대문간을 기웃기웃 내다보다가, 다시 방에로 들어와 앉으니 혼자 통통 징이 나서 미친 사람같이 혼자 중얼거린다.

"점순이가 오려면 벌써 왔을 터인데 왜 아니 오누. 오늘은 춘천집을 어떻게 처치하든지 처치한다더니, 소식이 없으니 웬일인구? 내가 일 년을 두고 점순이 하자는 대로만 하였는데, 고년이 내 소원 풀어준 것이 무엇인고. 아마 고년이 나를 속여서 돈만 뺏어 간 것이야. 춘천집 하나를 죽여 없애기가 무엇이 그렇게 어려워. 내가 벌써부터 고년을 의심은 하였으나, 고년이 나를 볼 때마다 조금만 더 참아라 하는데 번번이 속았지. 접때는 고년이 들

---

133) 드러내 놓기에 면세(面勢)가 번듯하게. 남만 못지 않고 두드러지게.
134) 성명이나 신분이 특별하지 않은 평범한 사람들.

어와서 날더러 영절스럽게 하는 말이, 마님께서 재주껏 영감마님을 꾀어서 열흘 동안만 도동을 아니 나오시도록 하여 주시면, 그 동안에 춘천집을 없앨 도리를 한다 하기로, 내 말이 그것은 걱정 마라, 열흘 동안은 고사하고 보름 동안이라도 영감께서 도동을 못 가시게 할 터이니 감쪽같이 일만 잘 하여라 하였더니, 오늘 식전에는 고년이 또 들어와서 날더러 돈을 달라하면서 오늘은 정녕 춘천집을 없애 버린다 하던 년이 돈만 가져가고 또 소식이 없지. 만일 오늘도 춘천집을 없애지 못하고 또 딴소리를 하거든, 점순이란 년은 내 손으로 쳐죽여 없애 버려야."

하면서 지향없이 또 마당에로 나가다가 안중문 소리가 찌걱 나면서 어두운 밤에 사람이 들어오는 발자국 소리를 듣고 열이 버쩍 났던 김에 소리를 버럭 질러서,

"점순이냐?"

하는 소리에 김승지가 들어오다가 깜짝 놀라서 하는 말이,

"웬 소리를 그렇게 몹시 지르오. 점순이가 오면 낮에 오지 이 밤에 올 리가 있소."

부인이 점순이를 기다리던 눈치를 그 남편에게 보였을까 염려하여 능청스럽게 하는 말이,

"내가 영감 들어오시는 것을 모르고 그리하오. 영감이 출입 아니하신다고 날더러 장담하시더니 또 출입을 하시니, 영감이 거짓 말하시는 것이 분해서 영감을 보고 부러 그리하였소."

"내가 가기는 어디를 가…… 내가 지금 사랑에서 들어오는데…… 못 미덥거든 천복이를 불러 물어 보아…… 나는 어디를 가면 마누라는 내가 계집에게 가는 줄로만 알고 의심을 하기에, 어디든지 불가불 가볼 일 외에는 내가 무슨 출입을 한다고 그리하오."

그렇게 발명을 부산히 하며 들어오는데, 김승지의 뒤에 새까만 것이 아슬랑아슬랑 들어오는 것은 점순이라.

　부인이 그렇게 몹시 벼르던 점순이를 보더니, 이제는 내 마음대로 일이 잘 되었나 보다 싶은 생각이 나서 점순이를 벼르던 마음은 어디로 가고 반가운 마음이 와락 나서 입이 헤벌어졌다.

　"범도 제 말 하면 온다더니, 점순이가 참 들어왔구나. 네 무엇 하러 이 밤중에 들어왔느냐?"

하면서 방에 들어가는데, 김승지와 점순이가 부인의 뒤를 따라 들어가더니, 김승지 내외는 아랫목에 나란히 앉고 점순이는 아무 말 없이 윗목에 섰더라.

　"점순이 네 왜 왔느냐?"

　"그저 들어왔습니다."

　"그저라니, 이 밤중에 왔다가 도로 나가려면 무섭지 않겠느냐?"

　"또 나가 무엇 하게요?"

　"또 나가 무엇 하다니, 나가서 애기 젖 먹이지."

　"쇤네가 애기 젖도 못 먹이게 되었답니다."

　"애기 젖을 못 먹이다니, 왜 네가 무슨 작죄[135]를 하고 내쫓겼나 보구나."

　점순이가 무슨 말을 할 듯 할 듯하면서도 말이 없이 섰으니,

　"에그, 고년 갑갑도 하다. 왜 말을 좀 시원히 못 하고 그리하느냐. 무슨 작죄를 하였거든 바루 말하여라."

　점순이가 부인 앞으로 바싹 들어오더니 가장 김승지의 귀에 들리지 아니하도록 말하는 체하고 가만히 말하는데, 부인이 번연히 알아들었으나 두 번 세 번 재우쳐[136] 묻는다.

　"응, 무엇이야. 말 좀 똑똑히 하려무나. 마마가 달라다니, 무엇

---

135) 죄를 지음.
136) 빨리 몰아치거나 재촉하여.

을 달란단 말이냐. 무엇이든지 집에 있는 것을 달라거든 갖다가 주려무나."

"달라기는 무엇을 달래요. 달아났답니다."

"응, 달아나. 그래 언제 달아났단 말이냐. 말 좀 자세 하여라."
하더니 혀를 툭툭 차며 춘천집 욕을 한다.

"저런 망할 년 보았나. 무엇이 못마땅하여 달아난단 말이냐. 가면 표차롭게 갈 일이지, 왜 달아난단 말이야."

"……."

"그래 춘천집에게 다니던 놈은 누구란 말이냐?"

"……."

"모르다니, 네가 모르면 누가 아느냐. 그래 그놈이 요새는 밤낮 없이 춘천집에게 파묻혀 있었단 말이냐. 에그, 그년이 달아난 것이 다행하다. 만일 아니 달아나고 있었던들 영감께 무슨 해가 돌아왔을런지 알 수 있느냐."
하더니 김승지를 돌아보면서 호들갑스럽게 무슨 공치사를 한다.

"여보, 내가 무엇이라 합디니까. 내 말 들어서 해로운 일 무엇 있었소. 나는 벌써부터 춘천집이 서방질만 하고 있다는 소문을 들었소. 영감께서는 그런 못된 년에게 빠져서 정신을 모르시고 춘천집이라 하면 세상에 다시 없이 얌전하고 착한 계집으로 알으셨지요. 나만 아니더면 영감께서 큰일날 뻔하였소. 만일 춘천집이 어떤 놈을 끼고 있을 때에 영감이 그년의 방에 들어가셨더면, 그 흉악한 연놈의 손에 영감께서 어떻게 되었을는지 알 수 있소. 나는 들은 말도 있고 의심나는 일이 있어서 며칠 전부터 영감이 춘천집에 가실까 밤낮 그 염려만 하고 있었고. 영감이 내 소리가 듣기 싫어서 요새는 출입도 아니 하셨지요. 내 소리를 그리 듣기 싫어하시더니 내 말 들어 낭패 본 것 무엇 있소. 이후에는 영감께서 아무리 듣기 싫어하시더라도 내가 하고 싶은 말은 다 할 터이오. 왜 아무 말씀도 없이 앉으셨소. 무안하신가 보구려.”
하면서 홍김에 김승지를 다그치니, 김승지는 제깐에 떡국이 농간
하여 나오는 말이라.

“마누라 혼자만 춘천집의 행실 그른 줄을 안 듯이…… 나는 먼
저 알았어…….”
하면서 얼굴이 빨개지니, 부인은 그 남편이 다시는 첩 둘 생각도
못 하도록 말을 하느라고 애꿎은 춘천집의 험언만 하는데, 밤이
깊어서 닭이 울도록 부인의 말이 줄기차게 나오더라.

불쌍한 춘천집은 그날 밤 귀가 가려워도 여간 가려울 터이 아
니나, 오장이 슬슬 녹는 듯이 애를 쓰느라고 귀가 가려운 줄도
모르고 지낸다.

춘천집의 교군이 서빙고강을 막 건너면서 날이 저물었으나 그
날은 음력 사월 보름날이라 초저녁부터 달이 초롱같이 밝았는데,
서빙고강 모래톱을 지날 때부터는 달빛을 의지하여 가는 터이라.

서빙고 주막에 다다르매 교군꾼이 주막으로 들어가면서,

“여보, 사처(私處)방 있소.”
물으니 죽산 서방님이란 자가 뒤에 따라오다가 소리를 버럭 지른
다.

“이놈들, 너는 돈 받아 먹고 교군 하는 놈이 날더러 묻지도 아
니하고 너희들 마음대로 주막으로 들어간단 말이냐. 이런 급한
일에 밤길 아니 가고 어떠한 일에 밤길 가겠느냐. 쉬지 말고 어
서들 가자.”

“급한 길을 가시는지 무슨 길을 가시는지, 교군꾼더러 말씀이
나 하셨습니까. 돈 아니라 은을 받더라도 단패 교군으로 밤길은
못 가겠습니다.”
하면서 교군을 내려놓으니, 죽산 서방님이란 자가 호령이 서리같
이 교군꾼을 벼르나, 본래 말을 하면 상소리가 많은지라. 교군꾼

들이 호령은 들으나 호령하는 자를 처음부터 넘겨다본 터이라 대답이 시쁘게137) 나온다.

"아따, 처음 보겠네. 어디 가서 밤길 잘 가는 교군꾼 얻어 데리고 가시오. 우리는 여기까지 나온 삯이나 받아 가지고 서울로 도로 가겠소."

구레나룻 난 자가 소리를 버럭버럭 지르면서 그런 법이 있느니 없느니 하다가, 도동서 서빙고까지 나온 교군 삯을 교군꾼 앞으로 탁 던지고 교군 속에 앉은 춘천집을 들여다보면서,

"아주머니, 이리 나오시오."
하더니 어린아이를 받아 춘천집을 재촉하니, 춘천집은 절에 간 색시같이 하라는 대로만 하는 터이라, 교군 밖으로 나서면서,

"어떻게 하실 터이야요?"

"아니 가려는 교군꾼놈들을 어떻게 할 수 있소. 여기서 내 처가가 멀지 아니하니 아주머니가 걸어서 내 처가에까지만 가십시다. 거기까지만 가면, 당장에 동네 백성을 풀어서라도 교군 두 패는 내셀 터이오. 자아, 두말 말고 거북이를 내 등에 업혀 주시오."
하더니 거북이를 두르쳐 업고 서서 춘천집을 또 재촉하니 춘천집이 마지못하여 걸어서 따라가는데, 한참 가다가 큰길로 아니 가고 소로로 들어서더니 점점 무인지경으로만 들어간다.

깊은 밤 밝은 달에 산비탈 험한 길로 이리저리 끌려다니는 춘천집이 의심이 나기 시작하더니 겁이 더럭 나서 다리가 덜덜 떨리며 걸음이 아니 걸린다. 그러나 밤도 깊고 산도 깊은 무인지경에서 날고 뛰는 재주가 없는 터이라, 의심나는 체도 못 하고 내친 걸음에 죽으나 사나 따라가다가 다리도 아프고 기운이 탈진하여 산비탈에 털썩 주저앉으며 말을 묻는다.

---

137) 마음에 차지 않게. 시틋하게.

"여보 조카님, 나를 끌고 어디로 가오. 일 마정이 못 되느니, 이 마정이 못 되느니 하던 조카님 처갓집이 왜 그리 머오. 내가 걸음 걸은 것을 생각하여도 이십 리나 삼십 리는 되겠소."

"오냐, 더 갈 것 없다. 이만하여도 깊숙하게 잘 끌고 왔다."

하면서 홱 돌아서는 서슬에, 춘천집이 기가 막혀 하는 말이,

"여보, 이것이 웬일이오?"

"죽을 년이 웬일은 알아 무엇 하려느냐!"

하더니 달빛에 서리같이 번쩍이는 단도를 빼어 들고 춘천집 앞으로 달려드니, 춘천집이 애걸복걸한다.

"내 몸 하나는 능지처참을 당하더라도 우리 거북이나 살려 주오."

하는 목소리가 끊어지기 전에 그 목에 칼이 푹 들어가면서 춘천집이 뻐드러졌다. 칼 끝은 춘천집의 목에 꽂히고 칼자루는 구레나룻 난 놈의 손에 있는데, 그놈이 그 칼을 도로 빼어 들더니 잠들어 자는 아이를 내려놓고 머리 위에서부터 내려치니, 살도 연하고 뼈도 연한 세 살 먹은 어린아이라 결 좋은 장작 쪼개지듯이 머리에서부터 허리까지 칼이 내려갔더라. 구레나룻 난 자가, 춘천집이 설 찔렸을까 염려하여 숨 떨어진 춘천집을 두세 번 거푸 찌르더니 두 송장을 끌어다가 사태난 깊은 골에 집어 떨어뜨리는데, 춘천집 모자의 송장이 사태밭에서 내리 굴러 들어가매, 적적한 산 가운데 은 같은 달빛뿐인데 그 밤 그 달빛은 인간에 제일 처량한 빛이더라.

광주 정선릉으로 들어가는 어귀의 사태가 길길이 난 구렁텅이에 귀신도 모르는 송장 둘이 처박혔는데, 꽃같이 젊은 여편네와 옥동자 같은 어린아이라.

그 여편네는 춘천집이요, 그 어린아이는 춘천집의 아들 거북이라. 끔찍하고 악착한 그 죽음을 인간에서는 아무도 본 사람이 없

으나, 구만리 장천 한복판에 높이 뜬 밝은 달은 참혹한 송장에 비치었는데, 그 달의 광선(光線)이 한편으로 춘천 삼학산 아래 솔개 동네 강동지 집 안방 서창에 눈이 부시도록 들이비추었더라.

그 방 안에서 강동지 코고는 소리가 춘천집 살던 도동 앞에서 밤 열두시 전차 지나가는 소리같이 웅장하고, 동지의 마누라는 쥐죽은 듯이 아무 소리 없이 누웠더니, 별안간에 소리를 지르는 서슬에 강동지가 잠결에 어찌 몹시 놀랐던지 마주 소리를 버럭 지르면서 벌떡 일어나더니 목침을 들고 머리맡 서창을 열어 젖히면서 도적을 튀기는데, 도적은 기척도 없고 적적한 밤에 밝은 달빛뿐이라.

강동지는 깔깔 웃고 마누라는 꿍꿍 앓는다.

"마누라, 어디가 아픈가? 아까 잠꼬대하였지."

"에그, 무슨 꿈이 그렇게도 흉악하오. 초저녁부터 꿈자리가 뒤숭숭하더니 그 꿈은 다 잊었소. 나중에 꾸던 꿈은 깬 후에도 눈에 선한 것이 꿈 같지가 아니하구려. 김승지의 마누라인가 무엇인가 그 몹쓸 년이 우리 길순이를 짝짝 찢어서 고추장 항아리에 톡 집어 들어 넣는 것을 내가 달려들어 뺏으려 한즉, 그년이 나까지 잡아서 그 항아리 속에 집어넣었소그려. 내가 우리 길순이를 안고 항아리 속에로 들어가면서, 하느님 맙소사 소리를 지르면서 꿈을 깨었소. 여보 영감, 우리가 자식이라고는 길순이 하나뿐인데, 삼 년이 되도록 얼굴을 못 보고 지내니 우리가 사는 것이 무슨 재미로 사오. 내가 살기로 몇 해나 더 살겠소. 생전에 길순이나 한 번 보고 죽기가 원이니, 내일은 우리 둘이 서울 가서 길순이나 한 번 보고 옵시다."

본래 강동지는 계집과 자식에게 범같이 사납던 사람이라, 그 마누라가 무슨 말을 하든지 강동지가 대답이 없으면 감히 두 번 세 번 다그쳐 말을 못 하던 터이라. 그때 강동지가 아무 소리 없이 담배만 떨고 담으면서 가만히 앉았는데, 노파는 모로 드러누운 채 다시 아무 말없이 훌쩍훌쩍 우는 소리가 난다.

"여보게 마누라, 일어나서 술 한잔 데워 주게. 날만 새거든 내가 서울 가서 길순이나 보고 오겠네."

"영감 가시는 데 나도 좀 같이 갑시다그려."

"아따 그리하게. 마누라를 쌍가마는 못 태워 주더라도 제 발로 걸어가서 딸자식 본다는 것도 못 하게 하겠나."

노파가 그 말을 듣고 신이 나서 벌떡 일어나더니, 일변 막걸리를 거르며 일변 행장을 차리는데, 그 행장은 별것이 아니라 새옷 한 벌 꺼내 입고, 지팡이 하나 짚고, 강동지 꽁무니에 노자 몇 냥 찰 뿐이라.

날이 밝으며 이웃집 늙은 할머니더러 집을 좀 보아 달라 하니, 그 할미는 남의 집에 가서 밥이나 얻어먹고 집이나 보아 줄 일이 있으면 살 수나 난 듯이 알고 다니는 사람이라. 강동지의 내외가 그 할미에게 집을 맡기고 그 딸 길순이를 보러 서울로 올라가더라. 강동지의 마누라가 열 발가락이 낱낱이 부르터서 한 발자국을 떼어 놓으려면 눈물이 쑥쑥 빠지나, 하루바삐 한시바삐 길순이를 볼 욕심으로 아픈 것을 주리 참듯 참으면서 떠난 지 이틀 만에 서울을 대어 들어가니, 우선 남산만 보아도 그 딸을 보는 듯이 기쁘고 반가운 마음이 난다.

해는 길마재에 뉘엿뉘엿 넘어가는데, 강동지의 내외가 남대문에서부터 도동을 묻는다. 강동지의 마누라가 몇 달 전에 받아 본 편지런지 춘천집의 편지 겉봉 한 장을 허리춤에서 집어 내더니 강동지를 주면서 여기 쓰인 대로만 집을 찾으라 하니, 강동지가 편지 겉봉을 받아 들고 도동을 찾아가서 관왕묘 앞에서 오르락내리락하며 춘천집을 찾는데, 관왕묘 동편 담 모퉁이로 지나가는 사람이 웬 집을 가리키며 이 집이 그 집이라 하는 소리를 듣고 강동지 내외의 눈동자가 모들뜨기[138]같이 일시에 흘끗 돌아다본다.

나지막한 기와집에 하얀 막새를 꼭꼭 끼웠는데, 춘천집 모친의 마음에는 길순이가 분을 바르고 내다보는 듯이 반갑더라.

반쯤 지친 평대문으로 강동지의 마누라가 서슴지 아니하고 쑥 들어가면서 강동지를 돌아다보며 하는 말이,

"영감, 왜 거기서 머뭇머뭇하시오. 딸의 집도 처음 오니 서먹서먹하신가 보구려."

"서먹서먹한 것이야 무엇 있나, 마누라가 어서 앞서 들어가게."

강동지는 뒤에 서고 동지의 마누라는 앞서서 들어간다.

강동지는 헛기침을 하며 들어가고 동지의 마누라는 딸의 얼굴을 보기도 전에 입이 떡 벌어져 마당에서부터 딸을 부른다.

전 같으면 길순아 불렀을 터이나, 앞뒤 면을 보아서 별다르게 부르더라.

"아가, 반가운 사람 왔다. 문 좀 열고 내다보아라. 너를 보러 오느라고 열 발가락에 꽈리가 열렸다. 에그 다리야."
하면서 마루 끝에 털썩 걸터앉는다.

안방 지게문이 펄쩍 열리면서 칠팔월 외꽃 부러지듯 꼬부라진 할미가 문고리를 붙들고 언문의 기역자같이 서서 파뿌리같이 하얗게 센 대강이로 체머리[139]를 설설 흔들며, 누가 무엇을 집으러 들어온 듯이 소리를 지른다.

"웬 사람이 남의 집에 들어와서 늘쩡을 붙이고 앉았어. 이 집 주인이 없다 하니, 아주 사람 하나도 없이 비었을 줄 안 것이로구나. 나는 이 집 보러 온 사람이야. 어서들 나가."

---

138) 두 눈동자가 안쪽으로 치우쳐진 사람을 일컬음.
139) 병적으로 저절로 흔들려지는 머리.

하면서 남은 무엇이라 말하든지 들어 볼 생각도 아니하고 제 말만 한다. 강동지가 마누라더러 하는 말이,

"그 늙은이 귀가 절벽일세. 저 송장이 다 된 늙은이더러 집을 보라하고 길순이는 나들이를 갔나 봐."

그렇게 꼬부라지게 늙은 할미가 귀는 어찌 그리 밝던지 강동지의 하던 말을 낱낱이 알아듣고 소리를 지르면서 마루로 나오는데, 기역자로 걸어나온다.

"이 망할 놈, 네가 웬 놈이냐. 그래 너 보기에 내가 송장이냐." 하면서 강동지를 때리려고 지팡이를 찾는다.

강동지의 마누라가 부르튼 발을 제겨 디디고 일어서서 꼬부랑 할미를 붙들고 빌며 말리는데, 별소리를 다 한다.

"여보, 그만 좀 참으시오. 우리 영감이 잘못하였소. 이 집 주인이 어디 갔소. 나는 이 집 주인의 어미 되는 사람이오."

"응, 그저께 저녁에 도망한 춘천마마의 어머니로구. 이 집에는 주인 없소. 나는 순돌 어머니의 부탁 듣고 집 보아 주러 왔소. 그래 춘천마마 같은 딸이나 두었기에 사람을 그렇게 업신여기지. 여기는 이녁 딸 없소. 딸 보러 왔거든 딸 있는 곳으로 가오."

그 소리 한마디에 강동지 마누라가 어떻게 낙심이 되었던지 푹 주저앉으면서 눈물이 쏟아진다.

"여보, 그것이 웬 말이오. 내 딸이 참 달아났단 말이오. 여보 할머니, 노염을 풀고 제발 덕분에 말 좀 하여 주오. 우리 영감이 말 한마디 잘못한 죄로 내가 거적을 깔고 대죄라도 할 것이니, 내 딸의 일만 말 좀 하여 주시오. 에그, 그저께 밤에 그 몹쓸 꿈이 맞지나 아니할까. 내 딸이 어디로 갔단 말인고. 에그 답답하여라. 어서 좀 알았으면……."
하면서 두 다리를 뻗고 앉아서 목소리도 크게 내지 아니하고 흑흑 느끼며 우는데, 꼬부랑 할미가 강동지 마누라의 하는 모양을

보더니 아까 날뛰던 마음이 어데로 갔던지 강동지의 마누라를 마주 붙들고 비죽비죽 울며 방으로 들어가자고 지성으로 권하다가, 또 강동지를 보고 방으로 들어가자고 권한다.

강동지는 아무 소리 없이 마루 끝에 걸터앉아서, 섬돌 위에 담뱃대를 톡톡 떨더니 벌떡 일어나서 꼬부랑 할미 앞으로 오면서 그 마누라더러 하는 말이.

“울면 쓸데 있나. 방에 들어가서 말이나 좀 자세 듣세.”

강동지 내외가 고부랑 할미를 따라서 방으로 들어가니, 방도 춘천집 있던 방이요, 세간 그릇도 춘천집 쓰던 세간이라.

아랫목 횃대 끝에 춘천집 입던 치마와 머리 때 묻은 자리 저고리가 걸렸는데, 그 옆에는 어린아이 쓰던 헌 굴레가 걸렸더라.

강동지는 굳센 마음이라 그것을 보고 태연한 마음이나 동지의 마누라는 그 치마저고리와 굴레를 보다가 눈물이 가려서 보이던 것이 아니 보인다.

강동지의 내외가 말을 묻기도 전에 꼬부랑 할미가 춘천집의 이야기를 하는데, 하던 말을 다시 하고 묻지도 아니하는 일도 가지각색으로 말한다.

할미는 천진의 할미라 제가 듣고 본 대로만 말을 하니 그 할미의 귀에는 제일 점순이의 말이 많이 들어간 귀라, 점순이의 넋이 와서 넋두리를 하더라도 그보다 더할 수가 없더라.

강동지의 마누라가 할미의 말을 들을수록 그 딸이 그른 사람이라. 제 자식일지라도 미운 마음이 생긴다.

입으로 발설은 아니하나 심중으로만 혼잣말이다.

‘새침데기는 골로 빠진다더니 옛말 하나 그른 것 없구나. 제 자식의 흉을 모른다더니 나를 두고 이른 말인가. 내 마음에는 우리 길순이같이 얌전하고 옳은 사람은 없는 줄로 알았더니, 그렇게 고약한 줄 누가 알아. 기생도 아니요 덥추140)도 아닌 것이 웬 행창질을 그리 몹시 하여. 내 속으로 나온 것이 누구를 닮아서 그리 음란한고. 김승지의 발끝만 돌아서면 어떤 놈을 끼고 있었다 하니, 그런 고약한 년이 어디 또 있어. 에그, 그년 달아나기를 잘 하였지. 만일 그렇게 고약한 일이 내 눈에 띄었던들 내 손으로 길순이란 년을 쳐죽여 없앴을 터이야. 그러한 더러운 년을 자식이라고 세상에 살려 두었다가 집이나 망하여 놓게.'

그러한 생각이 나기 시작하더니, 눈물은 간 곳 없고 열이 버썩 나서 어디든지 그 딸의 있는 곳만 알면 쫓아가서 분풀이를 하고 싶은 마음뿐이라.

증자(曾子)141) 성인 아들을 둔 증자 어머니도 그 아들이 살인하였다 하는 말을 곧이듣고 베를 짜던 북을 던지고 나간 일도 있었거든, 춘천집이 서방에 미쳐서 지랄발광이 나서 도망하였다 하는 소문이 도동 바닥에 쩍 벌어졌다 하는 말을 춘천집의 어머니까지 폭 곧이들었더라.

강동지는 꼬부랑 할미의 말을 듣다가 한편으로 딴 생각을 하고 있더라. 이번에 서울 가면 김승지의 덕을 착실히 볼 줄 알았더니 여간 낭패가 아니요, 이 집에서는 잘 염치도 없는 터이라 보행 객주집에로 나가려는데, 노자 쓰던 돈은 백동전 서 푼만 남은 터이라 그것도 걱정이요, 내일은 식전에 일찍 떠나서 빌어먹으면서라도 춘천으로 갈 터인데 마누라가 발병이 나서 걱정이라.

강동지가 제풀에 화가 나서 지성으로 이야기하고 앉았는 꼬부랑 할미가 미워 보인다. 듣기 싫다고 핀잔을 주고 싶으나 감히 핀잔을 못 주고 참고 앉았더라.

강동지가 꼬부랑 할미를 흘끔흘끔 건너다보며 약이 잔뜩 오른

---

140) 더벅머리. 웃음과 몸을 파는 계집. 삼패(三牌 : 노는 계집의 한 종류)도 채 못 되는 계집.
141) 중국 춘추시대 노나라의 사상가.

독한 잎담배를 붙여 물고 연기를 한입 잔뜩 물어서 훅훅 내뿜는데, 그 연기가 꼬부랑 할미의 얼굴을 뒤집어씌우니 할미가 말을 하다가 기침을 칵칵 하는데, 강동지는 모르는 체하고 연기만 뿜는다.

늙은이 기침이라 한번 시작하더니 그칠 줄을 모르고 당장 숨을 모르는 듯한데, 마침 대문 소리가 찌꺽 나더니 안마당에서 웬 젊은 계집의 목소리가 난다.

"황토 묻은 메투리는 웬 메투리며 짚신은 웬 짚신인가. 누가 꾀돌 할머니 찾아왔군. 그러나 꾀돌 할머니, 웬 기침은 그렇게 몹시 하시오?"

하면서 마루 위로 올라오더니 방문을 펄쩍 열고 서서 하는 말이,

"에그, 깜깜하여라. 이때까지 불도 아니 켰네. 에그, 이 연기 보게, 곰 잡겠네."

하면서 방으로 들어오더니 허리춤에서 당성냥을 내어 드윽 그어서 번쩍 들고 강동지 내외의 얼굴을 한참 보다가, 에그 뜨거워 하며 불을 톡 던지더니 다시 성냥을 그어서 석유등에 불을 켜다가, 마침 대문 여는 소리가 나는 것을 듣더니 등피도 끄지 아니하고 살짝 나간다.

마당에는 신 소리가 나는데, 마루 끝에서는 젊은 계집의 소리가 난다.

"최서방이오……."

"응, 방에 누가 왔나?"

"웬 시골 사람이 와서, 꾀돌 할머니 찾아온 사람인가 보오."

"들어가도 관계치 아니하겠나?"

"들어오시오. 관계치 아니하오. 꾀돌 할머니 찾아온 손님은 꾀돌 할머니더러 데리고 가라지…… 그러나 거기 좀 있소. 말 좀 물어 봅시다."

하더니 어찌 몹시 수군거리는지 한 마디도 들리지 아니한다.

그때 꼬부랑 할미는 오장을 토할 듯이 욕지기를 하며 기침을 하느라고 귀에 무슨 소리든지 들리지 아니하는 모양이라.

강동지가 마누라를 꾹 찌르며 가만히 하는 말이,

"의심나는 일이 있네. 마누라는 꽉 다물고 있게."

마누라가 그 말대답을 하려고 강동지를 돌아다보니 강동지가 손짓을 하며 등피를 집어 끄더라.

마당에서 수군거리던 소리가 점점 가늘어지는데, 한참 동안은 사람의 기척도 없는 것 같더니 다시 젊은 계집이 예삿말로 하는 목소리가 들린다.

"그만 방으로 들어갑시다."

하더니 젊은 계집이 앞에 서고 어떠한 남자가 뒤에 서서 들어온다. 키는 크도 작도 아니하고, 몸집 퉁퉁하고, 어깨 떡 벌어지고, 눈이 두리두리하고, 구레나룻 수선스럽게 난 모양이 아무가 보든지 만만히 볼 수는 없게 생긴 자이라.

썩 들어서면서 방에 앉은 사람을 휘휘 둘러보더니 제 방에 들어오는 사람같이 서슴지 아니하고 아랫목으로 떡 뻐기고 들어간다.

그 아랫목에는 강동지가 앉았던 터이라. 강동지가 슬쩍 비켜 앉으며 그 마누라의 옆을 꾹 지르며 쑥 미니 마누라가 동지를 흘끔 돌아다보며 윗목 편으로 다가앉더라.

본래 강동지가 그 젊은 계집의 얼굴을 알아보는 터이라. 그러면, 그 젊은 계집도 강동지를 알아볼 듯하건마는 어찌하여 못 알아보았던지. 강동지가 삼 년 전에 그 딸 춘천집을 데리고 서울로 왔을 때에, 김승지의 마누라가 기를 버럭버럭 쓰며 전동 바닥이 떠나가도록 야단을 치는 서슬에, 강동지가 춘천집을 데리고 계동 박참봉 집에 가서 춘천집을 살인 죄인 숨겨 놓듯 하고 있을 때에, 춘천집을 찾으러 와서 살살 돌아다니면서, 이 방문 저 방문 열어 보던 점순이를 강동지가 무심히 보았을 리가 없는지라.

그러나 점순이는 춘천집을 찾는 데만 정신이 골몰할 뿐이라. 박참봉 집 사랑에 어떠한 손님이 있었던지 몇 해를 두고 잊어버리지 않도록 자세 보았을 까닭이 없었더라. 그때, 꼬부랑 할미는 기침은 겨우 그쳤으나 기운이 탈진하여 내친 걸음에 저승길로 가려는지 금방 죽으려는 사람같이 숨을 모으고 있더라.

점순이가 강동지의 마누라를 보며 말을 묻는데, 강동지가 옆에 앉아서 그 마누라를 꾹꾹 찌르니 그 마누라는 아까 부탁 들은 말이 있는 고로 대답할 수도 없고 아니 할 수도 없어서 강동지만 흘끔흘끔 돌아다보니, 점순이가 하는 말이 그 늙은이 귀먹었군 하더니, 다시 강동지더러 말을 물으니 강동지는 얼빠진 사람같이 앉았다가 숙맥같이 대답을 한다.

강동지가 가평 잣두리 사는 김첨지라 하면서 말 묻던 사람이 화증낼 만치 못생긴 체를 하는데, 강동지의 마누라가 그 눈치를 알고 귀먹은 체하고 입을 다물고 있더라.

방 안에 사람이 다섯이 있는데, 늙은이가 셋이요 젊은 것이 둘이라.

하늘이 무심치 아니하여 춘천집의 귀신이 강동지의 내외를 불러대고 염라대왕이 점순이와 구레나룻 난 자의 넋을 빼고 최판관이 꼬부랑 할미 입을 틀어막고 잡아가는지, 그 방에는 이상한 일이 많이 생겼더라.

꼬부랑 할미는 그 밤을 넘기기가 어려운 모양이요, 강동지는 천연한 숙맥 노릇을 하고, 강동지의 마누라는 열기 없이 귀머거리 행세를 하는데, 젊은 것 둘이 기탄없이 말을 한다.

"에그, 꾀돌 할머니가 죽겠네. 꾀돌네 집에 가서 알려야겠군."

"응 부질없지. 그저께 저녁에 궐녀(厥女) 142)를 데리고 갈 때에,

내 얼굴 본 사람이 많은걸…… 그렇게 죽게 된 노파를 데려가느라고 사람들이 들락날락하면 부질없어…… 이 방에서 늙은이 셋이 자고, 우리는 전과 같이 행랑방에 불이나 조금 때고 자세. 나는 밝기 전에 가겠네.”

“누가 보기로 어떨 것 무엇 있나…… 이제야 무엇을 그렇게 꺼려…….”

“그래도 그렇지 않지. 우리가 황해도 가거든 기를 펴고 사세. 그러나 그 일은 다 잘 되었나?”

“그럼, 범연히 할라구.”

“그때 말하던 대로…….”

“그보다 더 잘 되었으면 어찌할 터이오. 내가 욕심 내는 것은, 우리 마님이 아끼는 것이 없어.”

“그러면 이제는 남의 종 아니로군.”

“그럼. 어제 속량문서[143] 하였는데…… 그러나 최서방, 어젯밤에 왜 아니 왔어, 늦도록 기다렸는데.”

“어젯밤에는 거기 가서 더 잘 덮느라구 못 왔어.”

“에그, 다심도 하지. 그냥 내버려 두면 어때서.”

“그래도 그렇지 않지.”

하면서 조끼에서 무엇을 꺼내더니 점순이 앞에 툭 던지며 이것 잘 집어 두게 하는데, 무엇인지 백지에 싼 것인데 쇠소리가 찌르렁 나는지라. 점순이가 집어서 펴보려 하니, 구레나룻 난 자가 고갯짓하며 펴볼 것 없이 잘 두라 하니, 점순이가 상긋상긋 웃으면서 어디 무엇을 가지고 그리하누 하면서 슬쩍 펴니, 비녀와 가락지라. 점순이가 들고 보다가 톡 집어던지며,

---

142) 그 여자.
143) 종을 풀어 주어서 양민이 되게 하는 문서.

"에그 흉하여라. 그까짓 것은 왜 가져왔어. 나는 그까짓 것 아니라도 비녀 가락지 있어."

"에그 유난스러워라, 그만두게. 내 내일 팔아서 내가 술이나 먹겠네."

하더니 다시 집어서 조끼에 넣더라.

그때 강동지는 꾸벅꾸벅 조는 시늉도 하고 이를 홈적홈적 잡아 죽이는 시늉도 하면서, 저 볼 것은 다 보고 저 들을 것은 다 듣고 앉았는데, 구레나룻 난 자의 성이 최가인 줄도 알고 점순이와 최가가 둘이 부동하여 춘천집을 죽여 없앤 눈치까지 대강 알았으나, 분명한 일은 알지 못하여 답답증이 더욱 심할 지경이라.

졸음을 참지 못하는 모양으로 윗목에 가서 툭 쓰러져 자는 시늉을 하니, 강동지의 마누라는 원숭이 입내 내듯이 강동지 옆에 가서 마주 쓰러져 자는 시늉을 한다. 꼬부랑 할미는 죽었는지 살았는지, 잠이 들었는지 기진을 하였는지 앓는 소리도 없이 꼬부리고 드러누웠더라.

점순이가 마루로 나가더니 술병 하나 주전자 하나 찬합 하나를 가져다 놓고 다 꺼져 가는 화롯불을 요리조리 모으는데, 최가가 술을 보고 찬 술을 두 번 세 번 거푸 따라 먹더니 입맛이 바싹 당기는지 좀 잘 먹을 작정으로 더운 안주를 찾으니, 점순이가 새로이 마루로 나가서 숯불을 피우고 더운 안주를 만들다가 행랑 부엌에 장작을 지피느라고 얼른 들어오지 아니하니, 최가가 그 동안을 못 참아서 점순이를 재촉한다.

"순돌 어머니, 어디 가서 무엇을 하고 있어? 어서 들어와. 내가 빈 방 지키러 왔나. 아니 들어올 터이면 나는 갈 터이야. 무슨 재미로 혼자 앉았어."

"에그, 성품도 급하기도 하지. 행랑방에 불 좀 지피고 곧 들어갈 터이니 잠깐만 참으시오."

“불은 지펴 무엇 하게. 요새 불 아니 때기로 못 잘라구.”

“나무 두고 냉방에서 잘 맛 있나. 잠깐만 참구려.”

“참기도 많이 참았구먼…… 어서 들어와서 술이나 먹세.”

“저렇게 먹고 싶거든, 어젯밤에도 올 일이지. 인제 불 다 때었소.”

하더니 마루에서 또 지체를 한다.

“불을 다 때었으면 들어올 일이지, 마루에서 또 무엇을 하고 있어. 마루에까지 불을 때나.”

“그 동안을 못 참아서 죽겠나베. 자, 인제 들어가오.”

하면서 방문을 열고 김이 무럭무럭 나는 냄비를 소반에 받쳐 들고 들어오더니, 최가의 앞에 바싹 들여놓으면서 최가의 얼굴을 쳐다보며 눈웃음을 어찌 기이하게 웃었던지, 최가의 마음에 인간 행락이 나뿐인 듯싶은가 보더라.

최가가 홍김에 점순에게 술을 권한다.

“한잔 먹게.”

“에그 망측하여라. 내가 언제 술 먹습더니까.”

“아따, 이렇게 얌전한 체를 하나. 두말 말고 한잔 먹게. 먹고 죽으면 내가 송장 쳐주지.”

“송장 치기에 솜씨 났군…….”

하면서 쌍긋 웃고 술잔을 받더라. 점순이가 본래 서너 잔 술은 먹던 터이라 그날은 별다른 날인지 최가의 권김에 칠팔 잔을 받아 먹고 얼굴에 연지를 뒤집어씌운 듯이 새빨개지더니 옹송망송하며 최가의 만수받이144)를 하는데, 홍모란 한 포기가 춘풍에 흩날려서 너울 너푼 노는 것 같더라.

아랫목에는 젊은 것들 세상이라, 팔간용 뗏장 밑에서 전후 점

---

144) 남이 귀찮게 굴어도 싫증내지 아니하고 좋게 받아 주는 일.

박이 비둘기 한 쌍이 노는 듯하고, 윗목에는 늙은이 모듬이라. 어물전 좌판 위에 바싹 마른 새우 세 마리를 늘어놓은 것같이 꼬부리고 누웠더라.

아랫목에는 홍치가 무한하고 윗목에는 정경이 가련하다. 원래 몹시 꼬부라진 꼬부랑 할미는 저승 문턱을 거진 다 넘어가게 된 사람이라 사람 수에 칠 것도 없거니와, 강동지의 내외는 여간 젊은 것들보다 존장 할아비 치게 근력 좋은 사람이라 흉중을 떠느라고 꼬부리고 헛잠을 자는데, 먼 길에 삐쳐 와서 저녁밥도 굶고 음식 냄새만 맡고 누웠으나, 길에 삐쳐 곤한 생각은 조금도 없고 저녁 굶어 배고픈 생각도 전혀 없이 가슴을 에이는 듯하고 오장이 녹는 듯한 그 마음이야 누가 알리요.

점순이와 최가는 이 밤이 짧은 것이 걱정이요, 강동지의 내외는 이 밤이 길어서 걱정이라.

최가가 술을 먹다가 번열증이 나던지 두루마기와 조끼를 벗어붙이고, 술만 부어라 부어라 하며 퍼붓던 차에, 점순이가 어린 속에 점잖은 물건이 들어가더니 개잡년의 소리를 함부로 하다가 별안간 방 안이 팽팽 도는 것 같고 정신이 아뜩하여 최가의 무릎에 얼굴을 푹푹 수그려 엎드리더니 홍몽천지(鴻濛天地)145)가 되었더라.

최가는 혀꼬부라진 말소리로 점순이를 부르며 맥이 풀어진 팔로 점순이를 일으키며 행랑에로 나가자 마자 하더니 그대로 쓰러져서 한데 엉클어지며 호리건곤(壺裏乾坤)146)이 되었더라.

강동지가 고개를 들어서 기웃기웃 보다가 벌떡 일어나더니 마누라를 꾹꾹 찌르니 마누라가 마저 일어앉아서 어찌하라는 말인지 몰라서 강동지만 쳐다보고 있는데, 강동지는 아무 소리 없이

---

145) 천지가 열릴 때 사물이 판연하지 아니한 것.
146) 항상 술에 취하여 있음을 이름.

아랫목으로 슬며시 가더니 최가의 벗어 놓은 조끼를 집어다가 뒤적뒤적하더니 백지에 싸서 끼운 비녀·가락지를 빼서 제 행전노리에 끼우고 슬며시 일어나서 문을 열고 나가면서 마누라에게 손짓을 하니, 마누라가 따라 나가더라. 대문 밖에 썩 나서니 하늘에는 달빛이요, 남산에는 솔그림자요, 인간에는 닭 우는 소리뿐이라.

강동지가 그 마누라를 데리고 남산 소나무 밑에 가서 한참 수군수군하더니, 그 길로 계동 박참봉 집에 가서 대문을 두드리며 소리를 지른다. 박참봉이 자다가 일어나서 맨발에 신을 신고 나오더니 왼손으로 바지 고의춤을 움키어 잡고 오른손으로 대문 빗장을 빼고 문을 열더니, 눈을 비비고 내다보며 웬 사람이야 묻다가, 강동지의 목소리를 듣고 깜짝 놀라 반겨하며 사랑으로 불러들이면서 강동지의 마누라는 안방으로 데리고 들어가려 하니, 강동지의 마누라가 할 말이 있다 하면서 안방으로 아니 들어가고 동지를 따라서 사랑으로 들어간다.

박참봉이 몇 달 전에 춘천집을 가보았던지 근래는 자세한 소문도 못 듣고 있는 터이라, 강동지가 들어앉으며 인사 한마디 한 후에 그 딸의 소식을 묻는다.

"요새 내 딸 잘 있답디까?"

"응, 잘 있지."

"요새 어디 있소?"

"도동 있지, 자네가 그 집 사 든 후에 못 가보았던가?"

"요새는 김승지 댁 마님인가 무엇인가 극성을 얼마나 부리오."

"그것 참 별일이야. 그렇게 대단하던 투기가 다시는 투기한다는 소문도 없고 지금은 자네 따님에게 썩 잘 군다데……."

"어, 그것 참 별일이오그려."

"내가 작년 겨울에 지나는 길에 자네 따님을 잠깐 들어가 보았네. 그때 본즉 썩 잘 지내는 모양일세. 침모도 두고 종도 부리고 세간도 갖고 있는 모양이데.”

“종은 샀답더니까?”

“아니, 김승지 댁 마님이 부리던 종을 주었대. 자네가 이번에는 서울 왔다가 재미 보겠네. 딸도 만나 보려니와 외손자의 얼굴은 처음 보지. 참 잘생겼지. 흡사한 외탁이야.”

입을 꽉 다물고 천연히 앉았던 강동지의 마누라가 그 소리를 듣고 목이 메서 울며 가슴을 쾅쾅 두드리다가 폭 고꾸라지는데, 강동지의 눈이 실쭉하여지며 박참봉을 흘겨보더니 주먹으로 방바닥을 치며 소리를 지른다.

“이 주먹 아래 몇 년 몇 놈이 뒤어질지 모르겠군. 박참봉부터 당장 더운 죽음을 아니하려거든 어름어름하지 말고 바른 대로 말하오.”

그 서슬에 박참봉이 간이 콩만 하여지고 눈은 놀란 토끼 눈같이 동그래지며 웬일인지도 모르고 벌벌 떨며 곡절을 묻는다.

본래 강동지가 목소리는 갈범147) 같고 눈은 봉의 눈 같고 키는 누가 보든지 쳐다보게 큰 키라. 나이 오십이나 되었으나 춘천 바닥에서 씨름판에 판막는 사람은 강동지라. 박참봉이 강동지의 기에 눌려서 아무 죄 없이 생겁이 나서 이마에서 식은땀이 뚝뚝 떨어지며 강동지의 비위를 맞추려 하는 모양이 가관이러라.

“여보게 영감, 이것이 웬일인가. 내야 강동지와 무슨 일 상관 있을 까닭이 있나. 필경 김승지 집과 무슨 상관된 일이나 있으면 있었지. 그러나 말이나 좀 자세 들어 보세 무슨 일 있나?”
하면서 애를 쓰고 있는데, 그 옆에 앉았던 강동지 마누라는 강동지가 방바닥 치는 소리를 듣고 더욱 기가 막혀서 가슴을 쥐어뜯

---

147) 칡범. 범을 표범과 구별하여 일컫는 말.

고 울다가 밤중에 남의 집에서 울음 소리 크게 내기가 불안한 마음이었던지 소리는 크게 내지 아니하나, 부디 저 죽을 듯이 날뛰는 모양은 차마 볼 수가 없더라.

"여보 마누라, 울지 말게, 듣기 싫어. 울어서 무슨 일이 된다고. 내가 사흘 안으로 내 딸의 원수를 다 갚을 터이니, 그 원수 갚은 후에 집에 가서 실컷 울게. 만일 그전에 내 앞에서 쪽쪽 울다가는 홧김에 자네 먼저 맞아 죽으리."

강동지가 본래 말을 무지하고 상스럽게 하나, 말이 뚝 떨어지면 집안 사람이 설설 기는 터이라. 강동지의 마누라가 그 남편의 말이 무섭기도 하고 일변으로 원수를 갚는다 하는 말에 귀가 번쩍 띄어서 벌떡 일어앉으며,

"여보 영감, 내 딸 길순이가 어느 구석에서 원통한 죽음을 하였는지 우리가 그 원수를 갚고 길순의 송장만 찾았으면, 나는 그날 그시에 죽어도 한이 없겠소. 여보 박참봉 나리, 내 말 좀 들어 보시오. 내 딸이 원통한 죽음을 하였소그려. 내 자식이라고 추어 하는 말이 아니라, 춘천 솔개 동네서 자라날 때에 밉게 보는 사람은 하나도 없었더니, 그것이 서울 와서 남의 손에 몹시 죽을 줄 누가 알았소. 내가 열 발가락이 툭툭 터지게 부르튼 발을 제겨 디디어 가며 산을 넘고 물을 건너 한양성에 다다를 때, 누에 대강이 같은 남산 봉우리를 보고 그 산을 끌어안을 듯이 사랑스러운 마음이 나는 것은 내 딸이 그 산 밑에서 산다는 말을 들은 곡절이라. 그 산 밑을 돌아가면 내 딸의 손을 잡고 반겨하며, 내 딸의 속에서 나온 내 손자를 안아 보고 얼러 볼 줄 알았더니, 내 딸의 집을 가서 보니, 내 딸은 간 곳 없고 내 딸 죽인 원수만 앉았소그려. 애고, 이를 어찌하나."

하면서 가슴을 두드리는데, 강동지는 아무 소리 없이 앉아서 눈방울만 갔다왔다하다가 마누라의 그 말 끝에 응 소리를 지르며

주먹으로 방바닥을 또 한 번 어찌 몹시 쳤던지 방고래 한 장이 쑥 빠지며 고래속의 먼지가 방 안에 자욱하도록 올라온다. 박참봉이 소스라쳐 놀라 애매한 두꺼비 돌에 치어 죽나 보다 싶은 마음이 나서 벌벌 떨고 앉았더라.

별안간에 사랑문이 왈칵 열리더니 여편네 하나가 뛰어들어오며, 이것이 웬일이오 소리를 지르는데, 나이 사십이 될락말락하고 얼굴은 벌레 먹은 삼잎같이 앙상하게 생겼는데, 어찌 보면 남에게 인정도 있어 보이고, 어찌 보면 고생 주머니로 생겼다 할 만도 한 사람이라. 넓은 속곳에 치마 하나만 두르고 때가 닥지닥지 앉은 까막발에 버선도 아니 신고 불고염치하고 방 한가운데로 들어온다. 새벽녘 찬바람이 방고래 빠진 곳으로 들이치더니 가난이 똑똑 듣는 등피 없는 석유 등불이 툭 꺼졌더라.

박참봉이 어둔 방에서 성냥을 찾느라고 더듬더듬하다가 얼른 찾지 못하고 윗목으로 성냥을 찾으러 나갔던지 윗목으로 향하여 가다가 창황중에 정신없이 구들장 빠진 곳을 헛디디어 빠지면서 에쿠 소리를 하는데, 문 열고 뛰어들어오는 여편네가 박참봉의 에쿠 소리를 듣고 박참봉을 누가 쳐죽이는 줄로 알았던지 사람 살리오 소리를 지르니, 그 소리 지르는 사람은 박참봉의 부인이라.

그 부인이 사랑에서 웬 계집의 울음 소리 나는 것을 듣고 자다가 뛰어나와서 사랑문 밖에서 가만히 듣다가, 강동지가 방바닥을 쳐서 구들장 빠지는 소리를 듣고, 그 남편이 맞아 죽는 듯싶어 뛰어들어왔던 터이라.

강동지 마음에 방 안이 소요한 것이 도리어 일에 방해가 될 듯하여 몸에 지녔던 성냥을 그어서 불을 켜며,

"박참봉 나리, 놀라지 말으시오. 박참봉 나리는 그 일에 참섭148) 없을 줄 짐작하겠소. 그러나 내 딸이 처음에 서울로 들어오

던 날 댁에 와서 있던 터이요, 도동 집도 박참봉이 주선하여 샀다 하니 박참봉이 내 딸의 일을 전혀 모른다 할 수도 없습니다.” 하는 말 한마디에 박참봉 내외가 일변으로 마음을 놓으나 일변으로 조심이 어찌 되던지 강동지 내외가 하자는 대로 들을 만치 되었더라.

본래 강동지는 궁통한149) 사람이라. 김승지와 박참봉은 춘천집 죽은 일에 참섭 없을 줄 알면서 박참봉을 그렇게 몹시 혼을 떼어 놓은 것은 까닭이 있더라.

강동지가 일변 정신이 그 딸의 원수를 갚으려는 일에 골똘하나 돈 한푼 없이 생소한 서울 와서 어찌할 수 없는 터이라. 그런고로 박참봉에게 짐을 잔뜩 지우려는 계교이라.

박참봉이 진심으로 강동지를 위하여 일을 의논하고 강동지의 내외를 그 집 건넌방에 숨겨 두고 그 이튿날 박참봉이 김승지 집에 가서 춘천집의 말은 내지도 아니하고 김승지를 데리고 오더니, 안 건넌방에서 박참봉과 강동지의 내외가 김승지를 어찌 몹시 을렀던지 김승지가 죽을 지경이라.

그 중에 강동지의 마누라는 춘천집의 비녀, 가락지를 내놓으면서 어젯밤에 점순이와 최가의 하던 말과 하던 모양을 낱낱이 하는데, 목이 턱턱 메여 말도 못 하는 모양을 보고 강동지는 눈이 두리두리하고 얼굴이 시룩시룩하며 주먹에 힘을 보쩍보쩍 쓰고 앉았고, 김승지는 본래 춘천집과 정이 들었던 사람이라 춘천집이 몹시 죽었다 하는 말은 증거가 분명치 못하나, 춘천집의 비녀와 가락지를 보니 춘천집을 보는 듯한 생각이 있는 중에 강동지 마누라의 하는 모양을 보고 김승지가 마주 눈물을 떨어뜨린다.

---

148) 남의 일에 참견하여 아는 체함.
149) 성질이 침착하여 깊이 궁리를 잘하는.

강동지 마누라의 마음에는 설운 사람은 나 하나뿐이어니 생각하나, 운우무산(雲雨巫山)150)에 초양왕(楚襄王)의 꿈을 꾸고 수록산청(水綠山靑)에 당명황(唐明皇)의 근심하듯 마음 어린 김승지가 정들고 그리던 계집이 원통히 죽었다는 말에, 창자가 끊어지는 듯한 그 마음이 그 첩 장모보다 더하다 할 만도 하더라.

김승지가 벼루집을 좀 달라 하여 지폐 이백오십 원 찾을 표 하나를 써가지고 염낭151)에서 성명 도장을 꺼내서 꾹 찍더니 박참봉을 보며 쓰러 죽어 가는 목소리로,

"여보, 박참봉, 어렵소마는 심부름 하나 하여 주실 일 있소. 이 표를 가지고 종로 베전 일방 배의관의 전에 가서 이 돈을 찾아다가 오십 원은 박참봉이 쓰고 이백 원은 강동지가 서울 있을 동안에 일용이나 하게 주시오."

박참봉이 박복하기로는 계동 바닥에 첫째 가던 터이라 집안에 돈이 언제 들어와 보았던지 잊어버리게 되었는데, 그 집안에 백통 돈 두 푼은 몇 달 전부터 있었더라. 그 돈은 무슨 돈인고. 못 쓰는 사건이라, 담뱃가게로 몇 번을 나가고, 반찬 가게로 몇 번을 나갔다가 퇴박을 만나 들어왔는지, 어디로 내보내든지 박참봉 집 떠나기를 못 잊어서 뱅뱅 돌아 들어오던 사전 두 푼뿐이라. 별안간에 지폐 오십 원이 생기는 것을 보니 박참봉의 입이 떡 벌어져서 두 손을 쑥 내밀어 표지를 받으면서,

"심부름이 다 무엇이오니까. 이런 심부름은 날마다 시키셨으면 좋겠습니다. 그러나 강동지는 돈을 주시려니와 나까지 웬 돈을 이렇게 많이 주십니까?"

---

150) 중국 초(楚)의 양왕(襄王)이 낮잠을 자다가 무산의 선녀(仙女)를 만난 고사에서, 남녀의 정교(情交)를 이르는 말.
151) 아가리에 잔주름을 잡고 끈 두 개를 양쪽에 꿰어서 여닫게 된 주머니. 두루주머니.

“박참봉도 어려운 터에 강동지 내외 와서 있으니 오죽 폐가 되겠소. 내 집에로 데리고 갔으면 좋을 터이나…….”
하면서 새로이 감창[152]한 마음이 나던지 눈물을 씻고 일어나며,
　“여보게 강동지, 나는 자네를 보고 할 말이 없네. 내가 지금은 몸도 괴롭고 심회도 좋지 못하니, 집에 가서 좀 드러눕겠네. 무슨 할 말이 있거든 박참봉에게만 말을 하게…… 여보, 박참봉에게 폐는 되지마는 강동지의 내외를 좀 편히 있게 하여 주오.”
하며 나가는데, 처음에는 김승지를 갈아 마실 듯이 폭백[153]을 풀풀 하던 강동지의 마누라가 김승지의 슬퍼하는 기색과 다정한 모양을 보더니 폭백할 생각이 조금도 없고 도리어 눈물을 흘리면서 김승지의 마음을 위로하여 말을 하는데, 강동지는 김승지가 들어와 앉을 때부터 나설 때까지 아무 말 없이 앉았으니, 그 속은 천 길이라 알 수가 없더라. 김승지가 그 길로 자기 집으로 가더니 그런 판관사령 같은 김승지 간에도 그 부인의 하는 모양이 사사가 의심이 나고 이왕의 지난 일도 낱낱이 괴상한 것을 깨달았더라.

　그러나 그 부인에게는 무슨 말 들은 체도 아니하고 의심하는 눈치도 뵈지 아니하고 있는데, 자나깨나 춘천집 모자의 일이 참 어찌 되었는지 알고 싶고 보고 싶고 불쌍하고 처량한 생각뿐이라.

　그날 밤에 사랑방에 혼자 앉아서 밤 열두시 종을 치도록 잠을 아니 자고 담배만 먹다가 혓바늘이 돋고 몸에 번열증이 나서 앉았다가 누웠다가 일어나서 거닐다가 다시 드러눕더니, 잠이 어렴풋하게 들며 꿈을 꾸었더라.

　문 밖에 신 소리가 자박자박 나더니 사랑문을 흔들며 문을 열

----

152) 사모하는 마음이 움직이어 슬픔.
153) 분한 사정을 들어 함부로 성을 내어 말로 변백(辨白)함.

어 달라 하는 것이 분명히 춘천집의 목소리라. 김승지가 반겨 일어나서 문고리를 벗기려고 애를 무수히 쓰나 고리가 벗겨지지 아니하는지라. 춘천집이 문 열기를 기다리지 못하고 도동으로 도로 나간다 하며 마당에로 내려가는데, 비로소 문고리가 덜컥 열리는지라. 김승지가 쫓아 나가며 방으로 들어오라 하니, 춘천집이 어린아이를 안고 사랑방으로 들어오려고 돌쳐서는데, 김승지의 부인이 어디 있다가 튀어나오면서 치맛자락을 질질 끌고 쫓아오더니, 방망이로 춘천집 모자의 대강이를 꽝꽝 때려서 마당에 선지피가 그득 쏟아지는 것을 보고, 김승지가 꿈에도 그리 빙충맞던지154) 그 부인의 방망이 잡은 팔을 붙들고 하는 말이, 마누라가 좀 참우, 이것이 무슨 해거요 하며 석석 비는데, 그 부인이 기를 버럭 내며 하는 말이, 무슨 염치에 춘천집의 역성을 들고 있소 하며 와락 뿌리치는 서슬에 방망이 끝이 김승지의 아래턱을 쳐서 아랫니가 문청 다 빠지며 꿈을 깨었더라. 김승지가 그런 꿈을 꾸고 더욱 심회산란하여 그 밤에 다시 잠을 못 이루었더라.

그 이튿날 김승지가 십전대보탕 한 제를 지어 가지고 상노아이 하나 데리고 문 밖 절로 약이나 먹으러 간다 하고 광주 봉은사로 나가니, 그것은 웬일인고 하니 사랑에 있으면 손이 찾아오고 안에 들어가면 마누라의 넉살 피는 것이 보기 싫어서 며칠 동안에 공기 좋은 절간에 가서 조용히 있으려는 일이라.

남문 밖에 썩 나서서 왼손편 성 밑 좁은 길로 돌아나가는데 그 길은 공교히 도동 동네로 지나가는지라. 저기 보이는 저 집이 춘천집 있던 집이로구나 하는 그 생각이 문득 나며 다리가 무거워서 걸음이 걸리지 아니한다.

따뜻한 봄바람에 풀풀 날아드는 복사꽃은 소리 없이 떨어지는

---

154) 똘똘하지 못하고 어리석으며 수줍기만 하던지.

데, 호랑나비 한 마리는 장주(莊周)의 몽혼155)인지 허허연 날아들어 김승지 앞으로 오락가락한다.

　김승지가 혼잣말로,

　"나비야, 청산 가자, 호랑나비야 나도 가자, 구십춘광(九十春光)156) 다 보내고 낙화 시절 되었으니, 네 세월도 그만이라. 나도 이별을 슬퍼하여 단장천(斷腸天)에 너를 좇아."
하던 말을 뚝 그치고 귀 뒤에 옥관자가 부끄러운 생각이 있었던지 상노아이가 들었을까 염려하여 뒤를 돌아다보니, 아이는 근심 없이 뒤떨어져서 꽃 꺾어 손에 쥐고 수양버들 가지 위에 처음 우는 꾀꼬리를 때리려고 돌팔매질만 하고 섰더라.

　김승지가 그 아이를 물끄러미 보며 혼잣말로, 사람은 저러한 때가 좋은 것이라, 저러한 아이들이야 무슨 걱정이 있을까 하며 탄식하고 섰다가, 다시 아이를 불러 재촉하여 봉은사로 향하여 가니, 그 절은 정선릉 산 속이라 고목은 굼틀어지고 봄풀은 우거졌는데, 김승지가 다리를 쉬려고 고목 밑에 앉았더니 웬 갈가마귀 한 마리가 날아와서 고목나무 휘어진 가지 위에 내려앉으며 깍깍 짖는 소리에 김승지의 귀가 솟는 듯하더라.

　본래 김승지는 그 부인의 치마꼬리 옆에서 구기하는 것만 보고 여편네와 같이 구기하던 사람이라, 까마귀 소리를 듣고 무슨 흉한 일이나 생길 듯이 싫은 마음이 나서 까마귀를 쫓으려고 상노아이를 부르더라.

　"갑쇠야, 네가 아까 꾀꼬리보고 팔매질하였지. 듣기 좋은 꾀꼬리 쫓지 말고 듣기 싫은 까마귀나 좀 쫓으려무나."

---

155) 장자(莊子)가 꿈에 나비가 되었다가 깬 뒤에 장주(莊周)가 나비로 됐는지 또는 나비가 장주가 되었는지 판단하기에 애썼다는 고사. 나와 외물은 본디 하나라는 이치를 설명하는 말.

156) 봄의 90일 동안. 노인(老人)의 마음이 청년같이 젊음을 이름.

장난을 하려면 신이 나서 펄펄 뛰는 갑쇠란 놈이 김승지의 말이 뚝 떨어지면서 세상이나 만난 듯이 돌팔매질을 하는데, 날아가는 까마귀를 쳐다보고 소리를 지르며 펄펄 뛰어 쫓아가다가 두어 길이나 되는 사태골에 뚝 떨어졌더라.

김승지가 깜짝 놀라 한걸음에 뛰어와서 갑쇠 떨어지던 구렁텅이를 들여다보니 사태 내린 깊은 골이라. 갑쇠가 내리굴러 떨어져서 인절미 팥고물 묻히듯이 전신에 황토칠을 벌겋게 하고 툭툭 떨고 일어나는데, 그 밑에는 무엇인지 나뭇가지를 척척 덮어 놓았는데 그 나뭇가지 틈에서 파리떼가 일어난다.

"어! 이 파리떼 보게. 웬 파리가 이리 많아. 그 밑에 무엇이 있게 파리가 이렇게 모여드나. 이 경칠 놈의 것, 내가 좀 헤치고 보리라."

하더니 나뭇가지를 이리저리 치워 놓다가 갑쇠가 그 나뭇가지 하나를 번쩍 들며 에그머니, 저것이 무엇이야, 소리를 지르고 뒤로 물러서는데, 그 위에서 내려다보던 김승지의 눈이 뚱그래지며 가슴이 덜컥 내려앉는다. 그 구렁텅이는 춘천집 모자가 칼을 맞고 죽은 송장을 집어 넣은 구렁텅이라. 춘천집이 죽어도 썩지 못할 원이 맺혀 그러하던지, 죽은 지 나흘이나 되었으나 얼굴을 보면 지금 죽은 송장 같더라. 춘천집이 목에도 칼을 맞고 가슴에도 칼을 맞고 배에도 칼을 맞았는데, 거북이는 세 살 먹은 어린아이라 연한 뼈 연한 살을 비수 같은 칼로 어떻게 몹시 내리쳤던지 머리 위에서부터 가슴까지 대 쪼개듯 쪼개진 어린 송장이 춘천집 가슴 위에 얹혔더라.

그렇게 참혹한 송장은 누가 보든지 소름이 끼치지 아니할 사람이 없을 터이라. 하물며 김승지의 눈으로 그 경상을 보고 그 마음이 어떻다 형용하여 말하리요. 김승지가 그 구렁텅이로 내려가서 춘천집 모자의 송장을 붙들고 울다가 갑쇠를 데리고 다시 나뭇가지를 집어서 그 송장을 덮어 놓고 그 길로 봉은사로 들어가서 편지 한 장을 쓰더니 계동 박참봉 집으로 급주157)를 띄우더라.

행전158) 노리에 편지를 접어 지르고, 저고리 고름에 갓모 차고 철대 부러진 제량갓159)을 등에 짊어진 듯이 젖혀 쓰고 이마에 석양(夕陽)을 이고 곰방 담뱃대 물고 활갯짓하며 한양성 남산 바라보고 한걸음에 뛰어갈 듯이 달아나는 것은, 김승지의 편지 가지고 가는 보행 삯꾼이라. 편지는 무슨 편지인지, 일은 무슨 일에 급주로 가는지 삯꾼은 알지 못하는 터이라. 김승지가 심란한 중에 보행삯은 삯꾼이 달라는 대로 주었는데, 그 삯꾼은 흥에 띠어서, 그날 밤 내로 박참봉의 답장을 맡아서 회환할 작정이라. 계동 박참봉 집으로 들이닥치며 하님을 부르는데, 그날은 마침 박참봉이 출입하고 없는 터이라. 그 하인이 편지를 안으로 들여보내면서 하는 말이, 급한 편지이니 어서 답장하여 주셔야 김승지 영감께 갖다드리겠다 하니, 그 집안에서 누구든지 김승지라 하면 귀가 번쩍 뜨이는 터이라. 그때 강동지는 무슨 경륜을 하느라고 그리하는지 종일 꼼짝을 아니하고 박참봉 집 건너방에 가만히 드러누워서 진도남(陳圖南)의 잠자듯이 헛잠이 들어 있고, 강동지의 마누라는 본래 시골서 일 잘하던 칠칠한 여편네라 주인 박참봉의 마누라가 혼자 저녁밥 짓는 것을 불안하게 여겨서 부엌으로 내려가서 불도 때어주고 그릇도 씻어 주면서 입으로는 딸 기르던 이야기를 하고 있던 터이라. 응문지동(應問之童)160)이 없는 박참봉 집에서 편지 받아들이려 나갈 사람은 강동지의 마누라이라. 대문간에 나가서 편지를 받다가 김승지이니 무엇이니 하는 소리를 듣

---

157) 각 역에 배치된 주졸(走卒).
158) 바지·고의를 입을 때 정강이에 꿰어 무릎 아래에 매는 물건.
159) 제주도에서 만들어 내는 품질이 낮은 갓양태.
160) 문앞에서 손님을 응대하는 아이.

고 그 하인과 만수받이를 하고 섰더라.

"김승지 댁에서 왔소."

"아니오, 나는 봉은사 절에서 심부름 하고 있는 사람이오."

"그러면 편지하던 김승지 영감은 어떤 김승지란 말이오."

"어떤 김승지 영감인지 나도 자세히 모르겠소. 오늘 삼청동 사는 김승지 영감이라고, 얼굴 희고 키 조그마한 양반 하나가 나오더니 이 편지를 써 주시면서, 계동 박참봉 댁에 가서 얼른 답장 맡아 가지고 오라 하십디다. 답장을 얼른 하여 주셔야 어둡기 전에 서빙고강을 건너가겠소."

안부엌에서 박참봉의 부인이 강동지의 마누라를 부른다.

"여보게 춘천 마누라, 그 편지가 김승지 영감의 편지라 하니 우리 일로 편지가 왔을 리가 있나. 자네네 일로 편지가 왔을 터이니, 그 편지를 자네 영감이 뜯어 보고 답장을 하여 보냈으면 좋겠네."

남의 편지 뜯어 보는 권리 없는 줄 아는 사람은 조선에서 남자에도 많지 못할지라. 더구나 부인이 무슨 경계를 아는 사람이 몇이나 되리오. 강동지의 마누라가 박참봉의 부인의 말을 듣고 다행히 여겨서 편지를 들고 건넌방으로 들어가며 강동지를 부르나, 강동지는 아무 대답 없이 눈만 떠서 보거늘 마누라가 그 편지를 북북 뜯어서 들고 강동지를 보이는데, 편지 속에서 엄지 하나가 떨어지는지라.

강동지의 마음은 철석같이 강하나 돈을 보면 숙녹피[161]같이 부드러워지는 사람이라, 김승지가 또 돈이나 보내 주는 줄로 알았던지 부스스 일어나 앉으며 편지를 받아 보더라.

김승지가 처량한 정경을 당하여 가슴이 아프고 쓰린 중에, 붓

---

161) 부드럽게 만든 사슴의 가죽. 유순(柔順)한 사람을 두고 이르는 말.

끝에서 말이 어찌 그리 구슬프게 나왔던지 정선릉 속에서 보던 경상을 말하였는데, 두루마리 한 절쯤 되는 종이쪽이 까뭇한 글자 몇 자가 그리도 조화가 붙었던지 정선릉 고목 위의 까마귀 소리가 들리는 듯하고, 갑쇠가 팔매질하며 쫓아가다가 낭떠러지에 떨어지던 모양이 보이는 듯하고, 그 구렁텅이 위에 춘천집 모자의 송장 있는 모양을 그린 듯이 말하였고, 그 끝에는 박참봉더러 종로에 맡긴 돈이나 좀 찾아가지고 봉은사로 나와서 춘천집 모자의 송장 감장이나 하여 달라 한 편지라. 연월일 밑에 김승지의 이름 쓰고, 딴 줄 잡아 강동지 내외의 말을 하였는데, 아직은 춘천집 송장 찾았단 말을 하지 말고 박참봉이 봉은사로 나온 후에 상의하여 강동지 내외가 마음 붙일 만치 재물이나 주어서 안심시킨 후에, 춘천집 모자의 송장 찾았다는 말을 하는 것이 좋을 줄로 말하였더라. 강동지의 눈은 남다른 눈이라 어려서 젖먹을 때는 울기도 하고 눈물도 났을 터이나, 철난 후에는 눈물이 나본 일이 없던 사람이라, 누가 때리면 아파서나 울는지 슬퍼서는 울지 아니하던 눈이라. 그러한 눈으로 김승지의 편지를 보더니 눈물이 나오는데, 오십 년 참았던 눈물이 한 번에 다 나오는지 쏟아지듯 나오더라.

강동지의 마누라는 무슨 까닭인지도 모르면서 영감 우는 것을 보고 청승 주머니가 툭 터지며 운다.

"여보 영감, 왜 울으시오. 말 좀 하시구려. 우리 길순이가 참 죽었다는 소문이 있소?"

강동지가 한숨을 쉬는데, 그 옆에 앉은 마누라가 불려 달아날 듯이 입김을 내불더니, 김승지 편지 사연의 말을 간단히 이야기할 즈음에 박참봉이 들어왔더라.

박참봉이 김승지의 편지 왔단 말을 듣고 건넌방 문을 펄쩍 열고 들어서는데, 강동지가 박참봉 들어오는 것을 보더니 별안간에 주먹으로 방바닥을 치며 소리를 벼락같이 지른다.

"여보, 이거 웬일이오. 내 딸의 송장을 나 모르게 수쇄(收刷)162)하자는 것이 까닭 있는 일이오구려."

박참봉이 본래 강동지에게 질렸던 사람이라 영문도 모르고 생으로 눈이 동그래지며,

"여보게, 그것이 무슨 말인가. 무슨 까닭이 있는 일이거든 날더러 말을 좀 자세히 하여 주게. 그러나 저것이 내게 온 편지인가?"

하면서 강동지 앞에 놓인 편지를 집어 보다가, 박참봉이 무슨 협의쩍은 일이나 있는 듯이 깜짝 놀라며,

"어! 김승지도 딱한 사람이로군. 이런 일이 있으면 내게 편지하기가 바쁠 것이 아니라 강동지에게 먼저 알게 할 일인데, 무슨 까닭으로 강동지에게는 아직 이런 말을 하지 말라 하였누…… 여보게, 나는 참 자네 따님 돌아간 일을 자네에게 처음 들었네. 김승지 영감인들 설마 자기와 정들어 살던 별실과 귀애하던 외아들을 그 영감이 죽였을 리가 있나. 그러나 이 일이 여간 일이 아니요, 범연히 조처할 일이 아니니, 오늘 밤이라도 봉은사로 나가서 김승지 영감과 상의하여 아무쪼록 자네 따님의 원수 갚을 도리를 하여 보세."

그 끝에 강동지의 마누라가 기가 막혀서 우니 강동지도 울고 박참봉도 낙루163)를 하는데, 문 밖에서 훌쩍훌쩍 우는 소리가 난다.

그 소리는 참척164) 많이 보고 자녀간에 아무것도 없이 사십지년에 이른 박참봉의 부인이 강동지의 마누라가 우는 소리를 듣고

---

162) 수습.
163) 눈물이 떨어짐. 또, 그 눈물.
164) 참혹한 흔적.

제 설움에 우는 것이리라.

울음 끝에는 공론이 부산하더니 필경에 강동지의 말을 좇아서, 박참봉은 내일 종로에 돈 찾아 가지고 봉은사로 가기로 작정하고, 강동지 내외는 그날 밤으로 봉은사로 나가더라.

저문 봄 지는 꽃은 바람에 불려 다 떨어져 가는데, 그 바람이 비를 빚어 구만 리 장천에 구름이 모여든다.

남대문 나설 때에 해가 떨어지고, 서빙고강 건너갈 때에 밤이 되고, 어영급이 주막에 지날 때에 비가 부슬부슬 오기 시작하더니, 그 비가 세우쳐 오지도 아니하고 그치지도 아니한다. 봉은사에서 편지 가지고 오던 삯꾼은 지로승(指路僧)165)으로 앞에 서고, 강동지는 뒤에 서고, 마누라는 가운데 서서 가는데, 삯꾼은 어찌 그리 잘 달아나던지 몇 발자국 아니 가서 돌아다본즉, 강동지의 내외는 뒤에 떨어져서 못 따라온다.

"여보 마누라님, 걸음 좀 빨리 걸으시오. 나는 마누라님 기다리다가 옷 다 젖겠소."

"염려 마오, 빨리 걸으리다."

"여보 마누라님, 빨리 가시는 걸음이 그러하면 천천히 가시는 걸음은 여드레에 팔십 리도 못 가시겠소."

"여보, 웬 재촉을 그리 몹시 하오. 비 아니라 벼락이 오더라도 더 급히 갈 수는 없소."

"아따, 오거나 말거나 하시구려. 나는 김승지 영감께 삯 받고 왔지 마누라님 삯 받은 사람은 아니오."

강동지가 그 소리를 듣더니 홧김에 골이 어찌 몹시 났던지 소리를 지르면서 삯꾼을 쫓아간다.

"이 발겨 죽일 놈, 거기 좀 섰거라. 저러한 놈은 다리를 분질러

---

165) 산 속에서 길을 인도하여 주는 중.

놓아야 그까짓 버르장머리를 아니하지."

삯꾼이 강동지가 쫓아오는 것을 보더니 핑계 좋게 달아나는데, 산에서 발이 익은 놈이라 다람쥐같이 달아나니, 강동지는 제 힘만 믿고 쫓아가다가 삯꾼은 간 곳 없고 강동지는 길을 잃었더라. 강동지의 마누라는 영감을 부르고 강동지는 마누라를 부르고, 길 없는 산비탈로 돌아다니면서 소리소리 지르는데, 세우치는 빗 소리에 사람의 소리는 어디서 나는 듯도 하고 아니 나는 듯도 하다.

애쓰고 고생하기는 강동지나 강동지의 마누라나 마찬가지언마는, 기골 좋은 강동지보다 마음 약한 마누라가 더 기가 막힐 지경이라.

강동지의 마누라가 영감을 부르던 목이 꽉 잠겨서 소리도 못 지르고 도깨비에게 홀린 사람같이 허둥거린다.

올라가면 산봉우리요, 내려가면 산구렁텅이라. 눈에 보이느니 고목나무가 하늘에 닿은 듯하고 목에 걸리느니 가시덤불이 성을 쌓은 듯하다. 하늘에는 먹장을 갈아 부은 듯한 시커먼 구름 속에서 먹물이 쏟아지는지, 산도 검고 나무도 검고 흰 빛은 조금도 없는 깜깜한 칠야라.

솔잎을 스치며 지나가는 바람 소리는 귀신이 우는 듯하고, 매기탄기(煤氣炭氣)166)에 발동되는 인광(燐光)은 무식한 사람의 눈에 도깨비불이라 하는 것이라. 강동지 마누라의 귀에 들리느니 귀신 우는 소리뿐이요, 눈에 보이느니 도깨비불만 보이는데, 이 산골에서도 귀곡성(鬼哭聲)이 획획, 저 산골에서도 귀곡성이 획획, 이 산골에서 도깨비불이 번쩍번쩍, 저 산골에서 도깨비불이 번쩍번쩍.

강동지의 마누라가 처음에는 간이 녹는 듯이 겁이 나더니, 귀

---

166) 그을음이 섞인 석탄 가스의 기운.

신 우는 소리를 들으면 내 딸 길순의 소리를 듣는 듯하고, 귀신의 불을 보면 내 딸 길순의 모양을 보는 듯이 기막히고 반가운 생각이 들어서, 울며 길순이를 부르고 돌아다니다가 낭떠러지 깊은 골에 뚝 떨어져 내리굴렀더라.

몸은 얼쩍지근[167]도 아니하나, 마음에 이제는 죽을 곳에 빠졌다 싶은 생각뿐이라. 섧고 기막힌 중에 악을 쓰며 우는데, 잠겼던 목이 다시 트이며 청청한 울음 소리가 하늘을 뚫고 올라가는 듯하더라.

"하느님 맙소사! 내 딸이 무슨 죄로 칼을 맞고 죽었으며 내가 무슨 죄로 여기서 죽게 하오. 하느님도 야속하오. 우리 내외가 딸의 송장을 찾으려고 밤중에 산을 패어 나오는데, 그것이 그리 미워서 이지러져가는 달빛을 감추어 두고 시커먼 구름장에서 창대 같은 비만 쏟아지는 것은 무슨 심사요. 하느님, 그리를 맙소사. 우리가 살았다가 딸의 원수를 못 갚더라도 죽은 딸의 시체나 붙들고 한 번 울어나 보고 죽었으면 죽어도 한이 없을 터이올시다. 하느님 맙소사! 밝으신 하느님 아래, 이러한 일이 있단 말이오. 우리가 살았다가, 점순이와 최가를 붙들어서 토막을 툭툭 쳐서 죽이고, 김승지의 마누라를 잡아서 가랑이를 죽죽 찢어 죽이고, 그 자리에서 우리도 죽으려 하였더니, 하느님이 죄 많은 연놈들을 위해 주느라고 우리를 죽이시는구나. 나는 여기서 죽거니와 우리 영감은 어디 가서 죽는고. 범에게 물려 죽는지, 곰에게 할퀴어 죽는지, 하느님이 죽이려 하시는 사람이야 어떻게 죽이기로 못 죽일라구…… 이 골 속에는 무엇이 있누? 짐승의 굴이거든 범이든지 곰이든지 얼른 뛰어나와서 날 잡아먹어라. 하느님 맙시사! 하느님이 어지시다 하더니 어지신 것이 무엇이오. 밝으시다

---

167) 살이 얼얼하고 아픔.

하더니 깜깜하기는 왜 이렇게 깜깜하오.”

하며 소리소리 지르고 우는데, 별안간에 천둥 한 번을 하더니 하늘에서 불이 철철 흐르는 듯이 번개를 한다.

번쩍할 때는 일초일목(一草一木)이 낱낱이 보이다가, 깜빡할 때는 두억시니[168]가 덮어 눌러도 알 수 없을 지경이라.

비는 뜨음하고 바람 소리도 잔잔하나 하느님이 호령을 하는 듯이 우르르 소리가 연하여 나며, 구름 속에서 무엇을 굴리는지 뚤뚤 굴러가는 소리가 나더니, 머리 위에 벼락을 내리는 듯이 자끈자끈 내리치는 소리가 나니 강동지의 마누라가 하늘을 원망하다가 천벌을 입는 듯싶은 마음에 정신이 아뜩하여 겁결에 혼잣말로,

“에그, 잘못하였습니다. 하느님이 나를 벼락이나 쳐서 죽여 줍시사.”

하며 푹 엎드리니, 그 밑에는 무엇인지 솔가지를 척척 덮어 놓은 것이 있는지라. 비린내가 코를 칵 찌르는 듯하고 오장이 뒤집힐 듯이 비위가 거슬리거늘, 강동지의 마누라가 의심이 와락 나며 몸이 덜덜 떨린다.

떨리는 것은 제가 죽을까 염려하여 떨리는 것이 아니라 그 밑에 딸의 송장이나 있는가 의심이 나서, 반가운지 설운지 겁이 나는지 모르고 정신없이 떨다가 잠깐 진정이 되며 다시 소리를 질러 운다.

“에그, 이 밑에 있는 것이 무엇인가. 여기가 내 딸 죽은 곳이나 아닌가. 하느님 하느님, 미련한 인생이 제 죄를 모르고 하느님을 원망하였으니, 그런 죄로 벼락을 칠지라도 내 딸의 시체나 만나 보고 죽게 하여 줍시사. 내가 이생에는 개미새끼 하나도 죽인 죄가 없습니다마는, 필경 전생에 죄를 많이 짓고 앙급자손(殃及子

---

168) 모질고 악한 귀신의 하나.

孫)169)하여 내 딸 길순이가 비명에 죽은 것이올시다. 우리 영감이란 사람도 딸자식을 시집 보내려거든 어디로 못 보내서 본마누라가 눈이 둥그렇게 살아 있는 김승지에게 시집을 보내고 덕을 보려 들었으니, 우리 내외는 죄 받아 싼 사람이올시다. 나는 전생에 죄를 짓고 우리 영감은 이생에 죄를 지었으니 눈앞에 악착한 꼴로 보아 싸려니와, 우리 길순이는 부모를 잘못 만난 죄로 저렇게 죽는 것이 불쌍하니 후생에나 잘 되도록 점지하여 주옵소서. 하느님 하느님, 비나이다 비나이다, 또 한 가지 비나이다. 이 세상에서 궁흉극악(窮凶極惡)170)을 모두 부리던 김승지의 마누라란 년과, 고 악독한 점순이란 년과, 그 흉측한 텁석부리 최가놈은 어떻게 죄를 주시렵니까. 그러한 몹쓸 년놈은 죽어 후생에 도산(刀山)171)에 천년 만년 두고 지옥에 만년만 두어줍시사. 우리가 이생에 원수를 못 갚더라도 밝으신 하느님이 낱낱이 굽어봅시사. 하느님 하느님, 이 밑에 무엇이 있어서 비린내가 이렇게 납니까. 아까 하던 번개라도 한참만 더하여 주십시사.”

하며 정신없이 우는데, 산골이 울리도록 욱욱 소리가 나는데, 여기서 욱 저기서 욱 하며 나무 틈으로 불빛이 번쩍번쩍하더니, 강동지 마누라의 울음 소리 나는 곳으로 모여들며 구렁텅이 위에 머리 깎은 젊은 중이 죽 늘어서서 횃불을 들고 구렁텅이를 내려다보며, 여기 있다 소리를 지른다.

그 뒤에는 김승지의 목소리도 나고 강동지의 목소리도 나는데, 김승지가 강동지를 붙들고 구렁텅이로 내려오더니 그 밑에 솔가지 덮은 것을 가리키며 이것이 춘천집 모자의 시체라 하니, 근력 좋은 강동지가 척척 덮인 솔가지를 덥석 집어 치워 놓는데, 춘천

---

169) 죄악의 갚음이 자손에게 미침.
170) 성정이 비길 바 없이 아주 음험하고 흉악함.
171) 지옥에 있다는, 칼을 심어 놓은 산.

집 모자의 시체가 쑥 드러나며, 언덕 위에 섰던 횃불잡이들이 별 살같이 구렁텅이로 내려오더니 횃불의 광선(光線)과 사람의 눈의 광선이 춘천집 모자의 시체에 모여들었는데, 그 광선 모인 곳에 강동지의 마누라가 와락 뛰어 달려들어 춘천집 시체를 얼싸안고,

"이것이 웬일이냐. 이것이 내 딸 길순이란 말이냐. 내 눈으로 보기 전에는 종시 거짓말로만 알았더니 네가 참 이렇게 몹시 죽었단 말이냐."

하며 그 옆에 있는 어린아이 시체를 산 아이 끌어안듯이 끌어당기면서,

"에그, 끔찍하여라. 이것이 내 손자란 말이냐, 이것이 무슨 죄가 있어 이렇게 몹시 죽었단 말이냐, 여보 김승지 영감, 이것이 웬일이오."

소리를 지르다가 기가 칵 막혀서 한참씩 질렸다가 다시 악을 쓰며 우는데, 강동지는 울음을 잔뜩 참았다가 별안간에 용울음이 툭 터지는데 갈범 우는 소리같이 산골이 울리고, 김승지는 강동지 울기 전까지 눈물만 흘리고 섰다가 강동지 우는 서슬에 따라 운다.

자비 많은 부처님의 제자 되는 봉은사 중들이 그 경상을 보고 낙루 아니하는 사람이 없더라.

세상이 괴괴한 밤중의 소리라 산이 울리고 골이 떠나가는 듯하더니, 별안간에 꼭두가 세 뼘씩이나 되는 사람들이 풍우같이 몰려오더니 우는 사람을 낱낱이 붙들어 가려 하는데, 김승지가 창피하여 죽을 지경이라. 불호령을 하자 한즉 내 본색이 드러나고, 마자 한즉 욕을 볼 지경이라. 본색이 드러나도 여간 수치가 아니요, 욕을 보고 잠자코 있는 것은 더구나 말이 아니라.

본래 김승지가 밤중에 봉은사 중들을 데리고 나오기는, 박참봉에게 편지 가지고 갔던 하인이 답장을 아니 맡아 가지고 온 곡절

을 패어 묻는데, 담배씨로 뒤웅박을 팔 듯이 잔소리를 하니, 그 하인이 김승지에게 꾸지람 아니 듣도록만 대답을 하느라고 강동지와 같이 오던 말도 하고, 중로에서 강동지가 하인의 다리를 분질러 놓으리 말리 하며 쫓아오는 서슬에 겁이 나서 도망하였다 하니, 김승지가 그 말을 듣고 깜짝 놀라서 별생각이 다 드는데, 제일 염려되는 것은 박참봉에게 편지할 때에 강동지 내외에게는 춘천집 송장 찾은 것을 아직 알리지 말라 하였더니 박참봉은 아니 오고 강동지 내외가 나온다 하니, 편지 속에 말 말라 한 것은 없는 일을 장만한 듯도 싶으고, 또 편지 가지고 갔던 하인이 중로에서 혼자 도망하였다 하니, 강동지 내외가 길잃고 고생할까 염려도 되고, 하인이 잘못한 일까지 그 불은 김승지가 받을 듯한 생각이 있으나 어찌하면 좋을지 몰라서 발을 구르며 애를 쓰고 있는데, 봉은사 주장 중이 보이니 걱정 맙시사 하면서 종을 치니 봉은사에 있는 중이 낱낱이 모여드는데, 강동지는 어디서 종소리를 듣고 절을 찾아 들어간 터이라.

그러나 강동지의 마누라는 어디서 고생을 하는지 몰라서, 횃불을 잡히고 찾으러 나섰다가 공교히 춘천집 시체 있는 곳에서 만나서 강동지 내외 우는 통에 김승지까지 따라 울던 터이라. 그때 정릉 참봉이 시골 생장(生長)으로 정릉 참봉 초사172)를 하더니 의정대신이나 한 듯이 키가 높대서 있던 터에, 밤중에 능자 내에서 울음 소리가 들린다고 능군(陵軍)173)을 풀어 내보내면서 하는 말이, 막중한 능침174) 지건지처에서 방성대곡하는 놈이 어떠한 놈인지 반상 무론하고 잡아오라 한 터이라. 능군들이 먹을 수나 난 듯이 울음 소리 나는 곳을 찾아가서 만만한 중을 낱낱이 묶으

---

172) 처음으로 벼슬길에 오름.
173) 수릉군(守陵軍). 각 왕가의 능에 딸려 밑에서 그곳의 잡일을 맡아 보던 일꾼.
174) 침원(寢園). 임금의 산소. 능(陵).

려 하니, 중들은 횃불을 버리고 도주하고 남은 사람은 김승지와 강동지 내외뿐이라.

　정선릉 산중에서 간밤에 오던 비는 비 끝에 바람 일어 구만 리 장천에 겹겹이 싸인 구름을 비로 쓸어 버린 듯이 불어 흩이더니, 그 바람이 다시 밖 남산으로 소리 없이 지나가서 삼각산 밑동으로 들이치는데, 삼청동 김승지 집 안방 미닫이 살이 부러지도록 들이친다.
　밖 남산 밑 도동서부터 바람을 지고 들어오는 점순이가 김승지 집 안방 문을 펄쩍 열고 들어서는데, 눈은 놀란 토끼 눈 같고 얼굴은 파랗게 질렸더라.
　"마님 이를 어찌합니까, 큰일났습니다."
　"……."
　"그 일이 탄로가 났습니다."
　"탈이라니, 누가 그 일을 알았단 말이냐?"
　"다른 사람이 알았더라도 소문이 퍼질 터인데, 다른 사람은 고사하고 우리 댁 영감께서도 알으시고, 강동지의 내외도 알고, 봉은사 중과 정선릉 속까지 다 알았답니다. 어젯밤에 영감마님께서 강동지 내외와 같이 춘천마마 시체 있는 구렁텅이 속에서 울으시다가 능군들에게 욕을 보실 뻔하였는데, 온 세상에 소문이 떡 벌어지게 되었답니다."
　"이애, 걱정 마라, 춘천집의 송장을 찾았기로 그년이 뒤어질 때만 누가 아니 보았으면 그만이지, 그렇게 겁날 것 무엇 있느냐. 그러나 영감께서 산 구렁텅이에 가서 울으시다가 능군에게 망신할 뻔하였다 하니, 망신이나 좀 하시더면 좋을 뻔하였다. 그래, 그년 죽은 것이 그리 설워서 점잖으신 터에 산 구렁텅이에 들어

가서 객객 울으신단 말이냐."

"에그, 마님께서는 그렇게 겁나실 일이 없지마는 쇤네와 최가
는 그렇지 아니합니다."

하며 그 전전날 밤에 웬 수상한 늙은 사람 내외에게 비녀·가락
지 잃어버리던 이야기를 낱낱이 하면서, 그것이 정녕 강동지 내
외인가 보다 하니, 부인도 눈이 둥그래지며 벌벌 떨다가 다시 점
순이를 보며,

"이애, 정선릉에서 어젯밤 지낸 일을 네가 어찌 그리 자세히
알았느냐?"

"영감께서 무슨 생각으로 그리하시는지 오늘 갑쇠를 서울로 심
부름을 시키시면서, 댁에는 들르지 말고 바로 오라 하시더라 하
니 그것이 이상한 일이 아니오니까. 쇤네는 영감께서 어제 봉은
사에 가신 줄도 몰랐더니, 오늘 갑쇠를 길에서 보고 자세한 말을
들었습니다."

"그러면 우리들 하던 일이 다 드러났나 보구나. 네 생각에는
이 일을 어떻게 하면 좋겠느냐."

"아무 수 없습니다. 쇤네는 최가를 데리고 어디로 도망하는 수
밖에 없습니다. 쇤네와 최가만 없으면 강동지가 암만 지랄하기로
쓸데 있습니까."

"옳지, 네 생각 잘 들어갔다. 내가 먹고 살 만치는 줄 터이니,
어디든지 흔적없이 잘 가 살아라."

그 말 끝에 그 시로 점순이와 최가는 거처 없이 도망을 하였더
라.

최가와 점순이가 달아난 뒤에는 춘천집 죽인 일이 김승지의 부
인에게는 증거가 없는 일이라. 부인은 한숨을 휘 쉬고, 강동지의
마누라는 상성을 하여 다니고, 강동지는 닭 쫓던 개가 울만 쳐다
보고 있듯 한다.

본래 김승지가 박참봉에게 편지할 때에 강동지 내외에게는 알리지 말고 춘천집의 장사를 지내려 한 것은, 김승지 생각에 강동지가 그 딸의 시체를 보면 정녕 시친(屍親)175)으로 원고되어 기소할 터인즉, 춘천집 모자의 시체를 검시하느라고 두 번 죽음을 시키는 것도 같고, 또 집안에 가화(家禍)176)가 난 것을 온 세상이 모두 아는 것도 좋지 못한 일이라, 춘천집 모자의 송장을 얼른 감장(勘葬)177)한 후에, 집은 경가파산(傾家破産)178)을 할지라도 강동지의 욕심 채움이나 하여 주자는 작정으로 박참봉더러 봉은사로 나오라 한 것이러니, 최가와 점순이가 달아난 후에는 강동지에게 알리지 말라 한 김승지의 편지가 증거물이 될 만치 되었는데, 애꿎은 박참봉은 지폐 오십 원 얻어 쓴 것도 후회가 나고, 편지 한 장 받아 본 것도 주작(朱雀)살179)이 뻗친 줄로만 여기고 있는데, 김승지와 마주앉아서 의논이 부산하다.

김승지의 부인은 점순의 뒤를 대어 주느라고 짭짤한 세간낱은 뒤로 다 돌려 내고, 김승지는 강동지의 마음을 덧드러내지 아니할 작정으로 기둥뿌리도 아니 남을 지경이라.

점순이 있는 곳은 하늘과 땅과 김승지의 부인 밖에는 아무도 아는 사람이 없었는데, 길은 천 리나 되나 내왕 인편은 조석으로 있는 경상도 부산이라. 점순이가 박복하여 그러한지 최가가 죄가 많아 그러한지, 부산으로 도망할 때에 남대문 정거장에서 오후에 떠나는 기차를 타고 대전 가서 내렸는데, 어떠한 주막으로 갔던지 주막 방이 터지도록 사람이 들었거늘, 가장 조심하느라고 이

---

175) 살해를 당한 사람의 친척.
176) 집안의 화변(禍變). 집안에 일어난 재앙.
177) 장사(葬事) 치르기를 끝냄.
178) 집안 재산을 모두 없앰.
179) 주작에서 뻗어나오는 독하고 매서운 기운. 곧 죽을 살.

주막 들어가 보고 저 주막 들어가 보고, 이 방문 열어 보고 저 방문 열어 보고 빙빙 돌아만 다니다가, 필경 들어가기는 두 번 세번 들어가 보던 주막으로 되들어갔더니, 그 방에 도적이 있었던지 도적을 맞았는데, 몇 푼짜리 못 되는 보통이는 아니 잃고 지전 뭉텅이 집어넣은 가방만 잃었더라. 기차표는 아니 잃은 고로 그 이튿날 부산까지 내려갔으나 돈 한푼 없이 꼼짝할 수 없을 지경이라. 점순이가 꼈던 가락지를 팔아서 며칠 동안 주막에서 묵으면서 김승지 부인에게 편지를 부치려는데, 점순이와 최가는 낫놓고 기역자 한 자 모르는 위인들이라.

생소한 사람더러 편지 대서를 써달라는데, 마음에 있는 말을 다 하려 한즉 편지 쓰는 사람에게 말할 수 없는 말이요, 그런 긴한 말은 말자 한즉 편지하는 본의가 없는지라. 포도청 변 쓰듯이 대강 몇 마디만 하는데, 그 중에 분명한 말은 중로에서 도적 맞았단 말과, 당장에 돈 한푼 없이 있으니 돈을 속히 좀 보내달란 말과, 우체이든지 전신이든지 환전 보내는 법과 점순이가 숙식하는 주막집 통수와 주막 주인의 이름까지 자세히 적었고, 그 아래 마디는 강동지의 말을 물었는데, 말이 어찌 모호하던지 편지 쓰는 사람이 이상하게 여기는지라.

본래 점순이는 꾀가 비상한 계집이라, 김승지 집에서 도망할 공론할 때에 김승지의 부인과 세 가지 약조가 있었더라.

한 가지는 점순이가 김승지 부인에게 편지할 때에 제 이름을 점순이라 쓰지 말고 수수하게 침모라고 쓰기로 약조하였고, 한 가지는 부인이 점순에게 편지할 때에 깊은 말을 하지 말기로 약조하였고, 한 가지는 부인이 무슨 비밀한 말 할 일이 있을 때에는 부인의 심복 사람으로 전인(傳人)하기로 약조하였으니, 그것은 점순이와 최가가 제 눈으로 편지를 못 보는 까닭이더라.

점순이가 김승지 집에 보낼 편지 대서를 다 쓰인 후에, 겉봉은 편지 쓰던 사람에게 쓰이지 아니하고 어디로 들고 가더니 뉘게 겉봉을 씌었던지 편지 쓰던 사람은 그 편지가 뉘 집에로 가는 편지인지 몰랐더라.

그렇게 은밀한 편지가 나는 듯한 경부 철도 직행차를 타고 하루내에 서울로 들이닥치더니, 우편국을 잠깐 지나서 소문없이 삼청동 김승지의 부인의 손으로 들어갔더라.

그 부인이 그 편지를 들고 무슨 마음인지 손이 벌벌 떨리고 가슴이 울렁울렁하여 편지를 얼른 뜯지 못하고, 편지 받아 들여놓던 계월이를 쳐다보며 지향없이 말을 묻는다.

"이애 계월아, 이 편지를 누가 가지고 왔더냐. 그래 그 사람 벌써 갔니?……."

그러한 정신없는 소리를 하다가 편지를 뜯어 보더니 깜짝 놀라면서 무심중에 하는 말이,

"응, 점순이가 가다가 도적을 맞아……."

상전 흉은 종의 입에서 나는 법이요, 반하(班下)의 시기는 같은 종끼리 하는 것이라.

김승지 부인의 마음에는 나 하는 일은 아무도 모르거니 여기고 있으나, 한 입 건너 두 입 되고, 한 귀 건너 두 귀로 전하는 말이 나는 듯이 돌아다닌다.

김승지 집이 아무리 내 주장으로 지내던 집이나, 돈 맡긴 것을 찾으려면 김승지의 도장 맞힌 표가 없으면 찾지 못하는지라. 이전 같으면 부인이 김승지더러 무슨 핑계를 하든지 돈 쓸 일을 말하고 돈을 달라 하면 김승지가 긴 대답하고 얼마가 되든지 찾아다가 바쳤을 터인데, 이번에 점순에게 보내려는 돈은 부인의 간에도 김승지더러 달라 할 엄두가 나지 아니한다.

또 김승지는 봉은사에서 아직 돌아오지도 아니하고 강동지 내외를 조상 섬기듯 하고 있단 말을 들었으나, 부인이 벙어리 냉가

슴 앓듯하면서 그 남편에게 호령 편지 한 장 부치지 못하고 있는 터이라.

그런 중에 점순의 편지를 보고 돈을 보내 주고 싶은 생각이 불 같으나 급히 보낼 도리가 없어서 발광을 하다가, 세간 그릇 속에 있는 돈푼 싼 것은 종작없이[180] 내다 파는데, 천 냥짜리는 백 냥도 받고 백 냥짜리는 열 냥도 받고 팔아다가 우선 얼마든지 되는 대로 점순에게 환전을 부치는데, 돈이 없을 때는 변통하느라고 법석을 하더니 돈 변통한 후에는 진고개 우편국에 가서 환전 부칠 사람이 없어서 법석을 한다.

"이애 계월아, 너더러야 무슨 말을 못하겠느냐, 점순에게 돈을 좀 보내 줄 터인데 내 발로 가서 부치지 못하고 어찌할 수가 없구나. 네가 돈을 좀 부쳐 줄 수가 있겠느냐?"

"점순이가 어디 있습니까?"

"부산 초량에 있단다. 네 얼른 진고개 가서 좀 부치고 오너라."

"쇤네가 그것을 어떻게 부칩니까?"

"이애, 그러면 어린년이를 좀 불러라."

그렇게 법석을 하며, 이 사람더러 부탁하다가 저 사람더러 부탁하다가, 몇 사람더러 부탁을 하는지 온 세상을 떠들어 부탁하면서, 부탁하는 곳마다 이 일은 너만 알고 있고 다른 사람에게 말 내지 말라 하는 부탁을 번번이 하더니 필경 돈은 잘 보냈더라.

월남(越濫)을 풀어 넣은 듯한 바닷물은 하늘에 닿은 듯하더니, 기울어져 가는 저녁 볕이 물 위에 황금을 뿌려 놓은 듯이 바닷물에 다시금 빛이 번쩍거리는데, 그 빛이 부산 초량 들어가는 어귀 산모퉁이에 거진 다 쓰러져 가는 외딴집 흙벽에 들이비쳤더라.

---

180) 대중을 헤아려 잡은 짐작이 없이.

움 속 같은 집 속에 그런 좋은 경치도 다 없지 못한 일인데, 그 흙벽 속에 들어 있는 집주인은 의복 깨끗하고 인물 쏙 빠지고 참새 굴레 씌울 듯한 계집이 앉았는데, 그 계집은 어디서 새로 이사 온 최서방 집 여편네요, 그 근본은 서울 삼청동 사는 김승지 집 종노릇 하던 점순이라.

점순이가 천한 종노릇은 하였으나 기왓장골 밑에서만 자라나던 사람이요, 돈을 물 쓰듯 하는 것만 보고 자라나던 사람이라, 더구나 춘천집 죽일 흉계를 꾸밀 때에 김승지의 부인은 돈을 길어 대듯 하고 점순이는 빈손으로 돈을 물 쓰듯 하던 사람이라.

일이 탄로가 되어 부산으로 도망한 후에 김승지의 부인도 세도 하던 꼭지가 돌았던지 돈 한푼 쓸 수 없이 되었는데, 점순이가 처음으로 부치던 편지는 잘 가고 회편에 돈 백 원이 왔으나, 점순의 마음에는 이만 돈은 이후에 몇 번이든지 서울서 부쳐 주려니 생각하고 부산 초량 같은 번화한 항구에서 최가와 돌아다니며 구경도 하고 무엇을 사기도 하다가 겨우 하루 동안에 돈이 반은 없어지는지라. 최가는 돈을 몇만 원이나 가진 듯이 희떱게[181] 돈을 쓰려 하는데, 본래 점순이는 주밀한[182] 사람이라. 우선 오막살이 집이라도 사서 있는 것이 주막집에 있기보다 조용하겠다 하고 방 한 간 부엌 한 간 되는 집을 사서 들은 터이라. 이전 같으면 점순이 같은 위인이 그러한 집 꼬락서니를 보면 점순의 마음에 저 속에도 사람이 있나 싶으던 점순이라, 죄 짓고 탄로가 되어 망명한 중인 고로 마지못하여 있으나, 마음에는 지옥에 들어앉은 것 같은지라.

그러한 집 속에서도 돈만 있으면 아무 근심 없을 터이나, 돈은

---

181) 속은 텅텅 비어 있어도 겉으로는 호화롭게. 한 푼이 없어도 손이 크며 마음이 넓게.
182) 무슨 일에든지 허술한 구석이 없고 아주 자세한.

그 집 사고 부정지속(釜鼎之屬)[183] 장만하던 날에 없어지고 다시 돈 구경을 못 하였더라.

김승지의 부인이 마음이 변하였는지 돈 백 원을 보낸 후에 점순이가 또 돈을 좀 보내달라고 편지를 두세 번 하였으나, 돈은 고사하고 편지 답장도 없으니 웬일인지 궁금증이 나서 날마다 문 밖을 내다보며 편지 오기를 기다린다.

"여보 최서방, 이런 변이 있소. 우리가 춘천집 죽이면 김승지 댁 마님이 몸뚱이 외에는 우리에게 다 내줄 듯이 말하시더니 말과 일이 딴판이 되니 이런 맹랑한 일이 있소. 춘천집 죽은 후에 마님은 소원을 성취하고, 우리는 목숨을 도망하여 이 구석에 와 있으니 마님이 우리를 불쌍한 생각이 있을 것 같으면 어떻게 하기로 우리 두 식구 먹고 살 것이야 못 보내 줄 터이 아니언마는, 생시치미를 뚝 떼고 있으니 이런 무정한 사람이 있소. 우리가 춘천집을 미워서 죽인 것도 아니요, 다만 돈 하나 바라고 죽인 터인데, 돈도 보내 주지 아니하고 편지 답장도 아니하니, 이런 기막힌 일이 있소. 여보 최서방, 이것 참 분하여 못 살겠소그려. 김승지 댁 마님이 저 재물을 혼자 먹고 쓰고 지낸단 말이오. 가깝게 있는 터 같으면 밤중에 가서 김승지 댁 안방에 화약이나 터뜨리고 싶소. 우리가 화약을 아니 묻기로 마님이 마음을 그따위로 먹고 복을 받겠소?"

점순이가 저는 가장 복받을 일이나 한 듯이 김승지의 부인을 악담도 하고 원망도 하며, 독살이 나서 날뛰던 차에, 난데없는 판수 하나가 지나가는데, 시골서는 없던 소리라.

"무리슈예……."

소리를 청승스럽게 마디를 꺾어서 목청 좋게 길게 빼어 지르면

---

183) 솥·가마·냄비 등 부엌용 기구.

서 대지팡이를 뚜덕뚜덕하며 점순의 집 앞으로 지나가는데, 마침 그 앞으로 웬 양복 입은 노인 하나가 지나가다가, 판수의 지팡이를 좀 밟았던지 건드렸던지, 판수가 지팡이를 놓치고 눈을 번쩍거리고 서서 지팡이 건드리던 사람을 욕을 하니, 양복 입은 노인이 판수를 호령하거늘, 판수가 눈을 멍뚱멀뚱하고 서서 주머니를 훔척훔척하더니 산통(算筒)184)을 꺼내 들고 점을 치는 모양이라. 점순이가 그 구경을 하러 문 밖에 나가 섰는데, 양복 입은 사람은 판수의 동정이 이상하여 보고 섰는지 판수를 물끄러미 보고 섰더라.

"응 괘씸한 놈이로군. 이놈이 남의 돈을 생으로 떼어먹으려 들어. 네 이놈 보아라. 내가 입 한 번만 벙긋 하면 너는 그 돈을 먹고 새기지 못하고 좀 단단히 속을걸."

양복 입은 노인이 깜짝 놀라면서 판수에게 비는 모양이라.

"여보 장님, 내가 잘못하였소, 나와 같이 술집에나 가십시다."

판수가 아무 소리 없이 무슨 생각을 하는 모양이더니 싱긋 웃으며,

"그만두어라. 내가 네게 호령을 듣고 술 한 잔에 팔려서 너를 따라가? 네가 그 돈을 나를 다 주면 내 입을 봉할까……."

양복한 노인이 지팡이를 집어서 판수의 손에 쥐어 주며 석석 비는데, 판수가 지팡이도 받지 아니하고 산통을 들고 엄지손가락 손톱으로 칠대 어인 것을 세면서 눈을 멀뚱멀뚱하며 섰거늘, 양복 입은 노인이 장님의 산통을 쑥 빼앗아 들고 달아나면서,

"이놈, 네가 이 산통만 없으면 알기는 무엇을 알아. 눈먼 놈이 눈 밝은 놈을 쫓아오겠느냐? 내가 술집으로 가자 할 때에 술집에나 갔으면 술잔이나 사서 먹었지…… 남의 돈을 다 뺏을 욕심으

---

184) 장님이 점을 칠 때 쓰는 산가지를 넣는 통.

로…… 이놈, 무엇이고 무엇이야?”

하면서 짤막한 서양 지팡이를 휘들휘들 내저으면서 뒤도 돌아보지 아니하고 가니, 판수가 우두커니 서서 혼잣말로,

“허허 우스운 놈 다 보겠군. 내가 산통 없으면 다시는 점 못 칠 줄 아나 보구나. 이놈, 네가 어디로 달아나기로 내가 모를 줄 알구…….”

말을 뚝 그치고 장승같이 가만히 섰다가 혼자 싱긋 웃으며,

“참 용하다. 내나 이런 것을 알지…… 이런 점괘 풀 놈은 없으렷다. 서울 삼청동 김승지 집안에서 나온 돈이로군.”

키 크고 다리 긴 양복 입은 사람은 판수 점 칠 동안에 벌써 오리나 되는 산모퉁이를 거진 다 지나가게 되었는데, 석양은 묘묘하고 사람의 형체는 점점 작아져서 대 푼짜리 오뚝이만하여 보인다.

일 없고 근심 많은 점순이가 판수와 양복 입은 사람과 싸우던 시초부터 보고서, 벌써부터 불러들여서 점이나 좀 쳐달라고 싶으나, 돈이 한푼도 없는 고로 못 불러들였더니, 서울 삼청동 김승지 집이니 무엇이니 하는 소리에 귀가 번쩍 띄어서, 어떻든지 그 점 한 번 못 쳐보면 직성이 풀리지 아니할 지경이라. 그러나 돈 없이 점 쳐달라고 부를 수는 없는 터이라.

점순이가 판수의 앞으로 나오더니, 지팡이를 집어서 판수의 손에 쥐어 주며 갖은 요약을 다 부린다.

“장님은 어디 계신 장님이시오니까? 어떤 몹쓸 놈이 장님 지팡이를 뺏어 내버렸지요? 에그, 가엾어라. 앞 못 보시는 터에 그런 몹쓸 놈을 만나서…… 장님, 내 집에 들어가서 잠깐 쉬어나 가시오.”

꾀꼬리 같은 목소리로 정이 똑똑 듣는 듯이 말을 하니, 장님의 마음이 그리 검측검측하던지[185] 점순의 목소리를 듣고 지팡이를 받는 체하고 점순의 손을 껴서 받으면서 씩 웃는다.

"응, 복받을 사람은 이러하것다. 옛날 박상의가 뫼터를 공으로 잡아 주었다더니 이런 일이 있었던 것이로군. 여보 마누라님, 댁이 어디요? 내가 잠깐 들어가서 신수점이나 하나 쳐드리리다."

점순이가 제 마음에 꼭 맞는 소리를 듣고 좋아서 싱긋 웃으면서 생시치미를 뗀다.

"점은 쳐서 주시든지 말든지 다리나 좀 쉬어 가시오. 자아, 이리 들어오시오. 우리 아버지뻘이나 되는 장님에게 무슨 허물이 있을라구. 자아, 나만 따라오시오."

장님이 씩 웃으며,

"허어, 세월 다 갔군. 날더러 아버지뻘이니 할아버지뻘이니 하니, 내가 그렇게 늙어 보이나. 눈이 멀면, 얼굴에 나이 들어 보이는 것이로군."

하면서 점순이를 따라 들어가는데, 그 집은 담도 울도 아무것도 없고 길가에 순포막 짓듯 한 길갓집이라. 방으로 들어가는데 손으로 문지방을 더듬더듬 만지며 씩 웃고 무슨 농담을 하려다가 마침 방에서 남자의 목소리 나는 것을 듣고 깜짝 놀라는 모양이라.

점순이가 그 모양을 보고 방긋 웃으며, 최가를 보며 손짓을 살살하더니 장님을 붙들어 들이며 요악을 편다.

"여기가 아랫목이올시다. 이리로 앉으시오."

"어어 아랫목 싫어. 나는 지금 바깥에서 웬 고약한 놈을 만나서 열이 잔뜩 나더니 갑갑증이 나서 아랫목 싫소."

"글쎄, 그 양복 입은 놈이 웬 놈이오니까?"

"응, 그놈이 양복 입었습더니까? 양복 입고 다니는 사람은 잡놈이 더 많겠다."

---

185) 마음이 몹시 음침하고 욕심이 많던지.

“참, 장님이 양복 입은 것은 못 보아.”

“복색은 무슨 복색을 하든지 제 마음만 옳게 먹고 있으면 좋으련마는, 세상 사람들이 눈이 벌개서 다니는 것들이 마음 옳게 가지고 있는 사람을 내가 못 보았어. 우리는 남의 앞일이나 일러주고 복채나 받아먹고 사는 사람이오. 누가 우리같이 남에게 적선하여 주고 먹고사는 사람이 어디 있어. 자아, 주인아씨께도 적선으로 신수점이나 하여 드리고 가리다.”

“에그, 참 돈이나 있었더면 장님께 신수점이나 하나 하여 줍시사 할 것을…… 에그, 내가 낙지(落地) 이후에 이렇게 돈 한푼 없이 살아 본 적은 없었더니, 오늘 이리 될 줄 누가 알아. 여보 장님, 말이 난 김에 내 신수점 하나만 잘 하여 주시구려. 내가 돈 생기거든 얼마든지 아끼지 아니하고 드리리다.”

“내가 돈을 받으려고 내 입으로 점을 하여 드리겠다 하였겠소. 주인아씨가 내게 하도 고맙게 물으시는 고로 그 신세를 갚고 가자는 것이지.”

하면서 산통을 찾으려는지 주머니를 훔척훔척하다가,

“어어, 참, 내 산통을 그놈이 뺏아 갔지. 척전(擲錢)186)이나 하여 볼까. 여보 주인아씨, 여기 점돈 있거든 좀 빌리시오.”

“점돈이 장님에게나 있을 터이지, 우리 집에 누가 점을 칠 줄 알아야지 점돈이 있지.”

“그러면 엽전에 종이나 발라서 글자를 써주면 점돈 대신 쓰겠소.”

그때 점순의 집에는 엽전 한푼 없는 터이요, 또 돈이 있더라도 글자 쓸 사람도 없는지라. 점순이가 용한 판수를 만났으나 점도 칠 수가 없을 지경이라. 답답한 생각이 나서 최가를 물끄러미 보

---

186) 동전 같은 것을 던져서 드러나는 그 앞 뒤로 길흉을 점치는 것.

며 속에서 솟아나는 눈물이 나온다.

"여보 최서방, 우리 신세가 이렇게 몹시 되었단 말이오. 지전을 물쓰듯 하던 사람이 별안간에 엽전 한푼 못 얻어 보게 되었으니, 이런 답답한 일이 어디 있단 말이오. 갖은 음식을 싫어서 먹던 우리들이 서 돈 짜리 질솥을 붙여 놓고 고 솥 속에 들어갈 쌀 한 줌이 없이 앉았으니, 여기 와서 굶어 죽을 줄 누가 알았단 말이오. 여보 최서방, 내 몸뚱이에 남은 것은 비녀 하나뿐이오. 옜소, 이 비녀를 어디 가서 팔아 가지고 들어오시오. 장님 저녁 진지나 하여 드립시다. 여보시오 장님, 내 몸에 무슨 살이 있든지 무슨 몹쓸 것이 따라다니든지 하거든, 경이나 읽어서 살이나 풀어 주시오. 나는 장님을 뵈오니 우리 아버지 생각이 나오. 우리 아버지가 노래(老來)에 눈이 어두워서 날더러 하시는 말이, 사람이 일신 천 금을 치면 눈이 구백 금 어치라 하시던 일이 어제같이 생각이 나는구려. 우리 아버지는 앞을 아주 못 보시는 터이 아니나, 그렇게 갑갑하게 여기시는 것을 보았는데, 장님은 우리 아버지보다 더 갑갑하실 터이지. 여보시오 장님, 나는 장님을 우리 아버지같이 알고 있으니 장님은 나를 딸로 알으시오."

판수가 눈을 멀뚱멀뚱하고 점순의 목소리 나는 곳으로 귀를 두르고 가만히 앉았다가 씩 웃더니,

"응, 걱정 마오. 내가 어디 가든지 이때까지 주인아씨같이 내게 고맙게 구는 사람은 못 보았소. 점돈 없더라도 점치려면 칠 수 있지. 여보 주인양반, 어디 가서 솔잎 몇 개만 좀 뽑아 오시오."

최가의 내외가 솔잎을 뽑아서 신수점을 치는데, 판수가 그 점을 얼른 풀어 말하지 아니하고 입맛을 쩍쩍 다시고 있다.

"여보 장님, 점이 어떻소. 얼른 말 좀 하오."

"어어 그 점 이상하군. 말하기가 어려운걸."

"……"

“이 방에 다른 외인은 없소. 아무 소리 하든지 관계없겠소.”

“…….”

“그러면 말하지. 그러나 이런 말은 하기 어려운 말인걸. 주인양반 내외분에게 원통히 죽은 귀신이 따라다니는군. 그 귀신이 새파랗게 젊은 여귀인데, 해골 깨진 어린아이를 안고 날마다 밤마다 주인아씨 등뒤에서 쪽쪽 울며 이를 바득바득 갈며 내 목숨 살려 내어라, 내 자식 살려 내라 하며 따라다니니, 주인댁에는 아무것도 아니 되겠소.”

그 소리 한마디에 점순이가 소름이 쪽쪽 끼치며 겁이 나서 최가의 앞으로 등을 들이대이고 다가앉는다. 최가는 본래 겁이 없다고 큰소리를 탕탕하던 사람이나 판수가 어찌 그렇게 영절스럽게 말을 하였던지, 머리끝이 쭈뼛쭈뼛하던 차에 점순이가 앞으로 다가앉는 것을 보고 등에 소름이 쪽 끼치면서 겁결에 점순이를 보며 산목을 쓴다.

“요런, 요렇게도 겁이 나나. 귀신이 다 무엇이야.”

“어어, 그 양반 점점 해로울 소리만 하는군. 눈뜬 사람이 눈먼 나만치도 못 보는군. 이 양반, 댁 등뒤에 섰는 조 여귀가 겁이 아니 난단 말이오?”

하는 서슬에, 최가가 겁이 더럭 나서 어깨를 움츠린다.

“여보, 그것은 다 무슨 소리요?”

하면서 최가의 무릎을 꾹 찌르더니 다시 판수에게 빌붙는다.

“장님, 우리들에게 웬 몹쓸 여귀가 있어서 따라다닌단 말이오. 장님 덕에 그 여귀를 가두어 없애든지 못 따라다니게 살을 풀어 주든지 할 도리가 없겠소?”

“어, 나는 그 점 못 치겠군. 사람을 속이려 드니 이 점 칠 맛이 있나. 여보, 그 여귀가 웬 여귀인지 몰라서 그따위 소리를 하오? 그만 두오, 나는 가오.”

하더니 벌떡 일어나 가려 하니, 점순이가 판수의 손을 턱 붙들며,
　"여보 장님, 점은 하시든지 아니하시든지 저녁 진지나 잡숫고 가시오."
　"어, 나는 가서 내 밥 먹지 여기서 밥 먹을 까닭이 있나."
하면서 줄 곧 가려고만 하니 점순이가 지성으로 만류한다.
　"장님, 저녁 진지도 아니 잡숫고 가시더라도 내 말이나 좀 들어 보고 가시오. 내가 장님을 속이려 든다 하시니 왜 그런 망령의 말씀을 하시오. 귀신을 속이지 장님을 어찌 속일 생각을 한단 말이오. 장님이 내 말을 어떻게 듣고 하시는 말씀인지 모르겠소. 노염을 풀으시고 어서 이리 앉으시오. 장님이 오늘 우리집에 오신 것도 하느님이 지시하여 주신 것 같소. 내가 장님께 평생 소회를 말씀할 일이 있으니 좀 들어 보시오. 무엇 내가 말 아니하기로 장님이 모르시나."
하며 어찌 붙임새 있고 앙그러지게 말을 하였던지 판수가 씩 웃으며,
　"귀신을 속이지, 나는 못 속인단 말은 너무 과한 말이야. 그러나 말이 났으니 말이지 참 귀신을 속이지 나는 못 속일걸. 저 주인아씨를 따라다니는 여귀는 강가 성 여귀렸다. 조 어린아이 죽은 귀신은 김가 성이야. 여보 어떻소, 참 기막히지?"
하며 씩 웃는다.
　점순이와 최가는 서로 보며 혀를 홰홰 내두른다.
　판수는 그렇게 성이 나서 가려 하던 위인이 무슨 마음인지 점순이가 요약 부리기를 기다리지 아니하고 제풀에 풀어지는 시늉을 한다.
　"어어, 점잖은 내가 참지. 이런 일에 적선을 아니 하여 주고, 어떤 일에 하여 주게…… 주인아씨가 처음에 날 속이려 들기는 속이려 들었것다."

“…….”

“아니야, 내가 그것을 그리 겁내는 사람인가, 그러나 다시는 그리하지 마오. 우리는 성품이 급급한 사람이라, 남을 속이려는 것을 보면 생열이 나…….”

점순이와 최가는 죄를 짓고 도망하여 있는 중에 천둥 소리만 들어도 겁이 나는 터이라, 중정(中情)이 그렇게 허한 중에 이 순풍 같은 점장이를 만나서 연놈이 그 장님에게 어찌 그리 혹하였든지, 장님이 죽어라 하면 꼭 죽지는 아니할 터이나 장님이 지팡이로 후려 때릴 지경이면 네에 잘못하였습니다 하면서 썩썩 빌 만치는 되었더라.

점순의 내외는 점점 공손하고, 장님은 점점 거드름을 피운다.

“여보 장님, 참 용하시외다. 다 알고 계신 터에 우리가 말을 아니하면, 도리어 우리에게만 해될 일이라, 바른 대로 말할 터이니, 장님께서 우리를 살 도리만 가르쳐 주시오.”

“여보, 눈 밝은 사람이 걱정이 무엇이란 말이오. 우리같이 앞 못보는 놈이 불쌍하지. 나 같은 놈은, 만일 살인하고 도망을 하더라도 필경은 잡혀 죽을걸. 죄짓고 도망하면 어디로 가기로 아니 잡으러 오나. 등뒤에 형사, 순검이 와 섰더라도 눈이 있어야 보고 달아나지.”

장님의 그 소리 한마디가 점순 내외의 귓구멍으로 쑥 들어가면서 정신 보퉁이를 어찌 몹시 흔들어 놓았던지 겁이 펄쩍 나더니, 문 밖에서 형사, 순검의 발자국 소리가 나는 듯하여 간이 콩만하여지며 얼굴에서 찬기운이 돈다.

“장님, 우리는 죽을 죄를 지은 사람이오. 죽고 살기가 장님에게 달렸으니, 죽어라 하시든지 살아라 하시든지 진작 말씀을 하여 주시오.”

“응, 진작 그렇게 말할 일이지. 점괘에 다 드러났어. 자, 자세

들어 보시오. 그러나 주인이 돈만 있는 터 같으면 이런 점은 복
채 천 원을 내도 싸고, 만 원을 내도 싸겠다. 여보 주인아씨, 목
숨 살고 돈도 생기고 일평생 마음놓고 살게 되도록 일러줄 터이
니, 그 돈 생기거든 절반은 날 주어야 합니다.”
　최가와 점순의 말이 쌍으로 뚝 떨어진다.
　“반이 무엇이오니까? 다라도 드리겠습니다.”
　“응, 나중 일 생각은 아니하고 하는 말이로구. 날 다 주면 무엇
을 먹고 살려구 그런 소리를 하누. 아니야, 다 주면 다 받을 리가
있나. 반도 과하지. 자아, 주고 아니 주기는 주인의 마음에 달린
것이지. 내가 똑 받아먹으려는 것도 아니야.”
하며 씩 웃는데, 상판대기에 욕심이 덕지덕지하여 보인다. 헛기침
을 연하여 하며 무슨 말을 할 듯 할 듯하더니 다시 아무 소리 없
이 눈을 멀뚱멀뚱 하고 앉았으니, 점순이가 장님 턱밑으로 바싹
바싹 다가앉으며,
　“여보 장님……”
　“응, 가만히 좀 있소.”
하더니 또 한참을 아무 소리 없이 앉았으니, 점순의 마음에는 장
님이 돈을 바라는 욕심으로 그리하는 줄 알고,
　“여보 장님, 내가 장님을 우리 아버지로 안다 한 말이 진정으
로 나오는 말이오. 나를 낳으신 이도 우리 부모요, 나를 살린 사
람도 우리 부모만 못지 아니한 사람이니, 나는 참 장님을 우리
아버지같이 알고 있소, 아버지, 날 살려 주오.”
　“응 정녕 내 딸 노릇 하겠소? 나는 계집도 없고 자식도 없고
아무도 없이 나 한 몸뿐이야. 주인아씨가 나를 참 부모같이 알고
내 몸을 공양하여 줄 지경이면 내가 주인아씨의 일을 내 일로 알
고 내가 아는 대로 말하리다.”
　“……”

“그러면 오늘부터 내 딸 노릇 합니다.”

“……”

“주인 최서방은 내 사위 노릇하렷다.”

최가와 점순이가 나중에는 어찌 되었던지 당장 점칠 욕심으로 장님의 말이 떨어질 새가 없이 대답한다. 장님은 웃음으로 판을 짜는 사람이라 또 씩 웃더니 참 애비나 된 듯이 서슴지 아니하고 해라를 한다.

“이애, 너희들 참 큰일났다. 너희들이 서울 삼청동 사는 김승지 첩의 모자를 죽이고 이리 도망을 하여 왔지…… 그 후에 네가 김승지 부인에게 편지한 일 있지. 그러한데 그 편지 회편에 돈 백 원 왔지. 그 후에 네가 또 편지 몇 번 부쳤지. 그 편지를 김승지 댁 종 계월이가 훔쳐내서 죽은 여인의 애비를 주고 돈을 받아먹었구나. 오늘 그 편지가 한성 재판소로 들어갔구나. 내일은 일요일, 모레 낮 전에 부산 재판소로 전보가 올 터인데, 그 전보가 오면 이리로 곧 잡으러 나올걸……”

그 말 그치기 전에 최가는 벌벌 떨고 앉았고, 점순이는 장님의 무릎 위에 폭 엎드리며 운다.

“아버지, 이를 어찌한단 말이오. 이제는 꼼짝할 수 없이 죽었소 그려.”

“응, 좋은 방위로 달아나거라.”

“발로 가기만 하면 어찌 사오. 돈 한푼 없이 어디 가서 들어앉 았으며, 무엇을 먹고 산단 말이오.”

“응, 좋을 도리가 있지.”

하며 또 말을 얼른 하지 아니하니, 점순이는 아버지를 부르고 최 가는 장인을 부르면서, 장님에게 살려달라고 떼거리를 쓴다. 본래 그 장님이라 하는 사람은 점을 쳐서 그 일을 안 것이 아니라, 강 동지의 돈을 받아먹고 서울서는 김승지의 부인을 속이고 부산 가서 점순의 내외를 속이는 터이라. 점순의 내외를 살 길 가르쳐 주는 것이 아니라 죽을 길로 몰아넣는다.

"이애 최집아, 너는 부르기가 그리 거북하구나. 최집이라 하니 귀후비개, 이쑤시개 넣은 최집 같고, 따라 부르면 너무 상스럽고, 최서방집이라고나 부를까."

"아버지, 내 이름이 점순이오, 시집 간 딸은 이름 못 부르나 아버지는 내 이름을 불러 주시오."

"점순이, 점순이, 그 이름 이상하다. 내가 점을 잘 치는 사람이라 점에는 이순풍이 부럽지 아니하다. 아마 이순풍같이 점 잘 치는 사람의 딸이 될 팔자로, 점자와 순자로 이름을 지었나 보다. 이애 점순아, 애쓰지 마라. 나 같은 애비를 두고 설마 그만 일이야……."

하며 또 씩 웃으니, 점순이와 최가의 마음에 이제는 산 듯싶으더라.

"이애 점순아, 좋은 도리 있으니 내가 이르는 대로만 하여라. 네가 서울서 떠날 때에 김승지의 부인더러 비밀한 일이 있거든 전인하라 하였지. 너는 네 눈으로 편지를 못 보는 고로 그리하였으나, 김승지의 부인의 심복 되는 사람 어디 있느냐? 처음에 네게 돈 백 원 보낼 때에도 우편국에 보내서 돈 부칠 사람이 없어서 사람을 다리 놓아서 일본말도 하고 우편으로 돈도 부칠 줄 아는 사람을 구하였는데, 그때에 돈 부쳐 주던 사람은 아까 이 앞으로 양복 입고 지나가다가 나와 싸우던 놈이 그놈이다. 김승지 부인이 네게서 두 번째 부친 편지를 보고, 세간 그릇에 돈푼 받을 만한 것은 있는 대로 다 팔아서 돈을 몇 백 원을 만들어서 계월이 시켜서 아까 그 양복한 놈더러 부쳐 달라 하였는데, 이번에는 우편으로 부치지 말고 기차를 타고 부산으로 내려가서 돈도 전하고 말도 좀 잘 전하여 달라 하였더니, 그놈이 돈을 가지고

부산까지 내려와서 졸지에 적심이 나서 그 돈을 떼어먹으려 드는
구나. 자아, 우선 좋은 도리가 있다. 이애 최춘보야, 네 이길로 그
놈을 쫓아가서 그 돈을 뺏어 오너라. 그놈이 그 돈을 양복 포켓
에 넣고 다닌다. 그놈 있는 곳을 가르쳐 줄 터이니 빨리 가거라.”
　점순이와 최가는 김승지 부인의 돈을 얻어먹으려고 천신만고
하여 춘천집을 죽였는데, 돈은 딴놈이 떼어먹었단 말을 듣고 열
이 나서 죽을 지경이라.
　최가가 주먹으로 방바닥을 치며 웅장한 목소리로 혼잣말이라.
　“응, 세상에 참 별놈 다 보겠군. 내 돈을 떼어먹고 곱게 새겨
보게. 그런 도둑놈이 있나. 남은 죽을 애를 써서 벌어 놓은 돈을
그놈이 손끝 하나 꼼짝 아니하고 가로채 먹어…… 여보 장님, 아
차, 참 말이 헛 나갔군. 장인, 일이 분하겠습니까, 아니 분하겠습
니까?”
　“글쎄, 그런 복통할 일이 있단 말이오. 우리가 그놈의 좋은 일
하여 주려고 그 애를 쓰고 그 일을 하였단 말이오. 애쓸 뿐이오,
오늘 이 고생이 다 어디서 났소. 그래 그놈은 누워서 떡 받아 먹
듯 내게 오는 돈을 떼먹는단 말이오? 여보 최서방, 그놈을 붙들
거든 대매에 쳐죽여 버리고 돈을 빼앗아 오시오.”
　“아무렴, 여부가 있나. 그놈이 죽을 수가 뻗쳐서 우리 돈 먹으
려 들었지.”
하며 연놈이 받고 차기로 날뛰다가 최가는 장님의 지휘를 듣고
양복 입은 놈을 붙들러 쫓아가니 최가의 가는 곳은 동래 범어사
요, 최가가 쫓아가는 양복 입은 사람은 강동지라.
　강동지가 서울 있을 때에 계동 박참봉을 새에 넣고 김승지를
어찌 솜씨 있게 잘 을렀던지 김승지의 재물을 욕심껏 빼앗고 사
화(私和)187)하기로 언약하고 재판소에 기송은 아니하였으나, 그
경영인즉 김승지의 재물에 욕심이 나서 그러한 것이 아니라, 김

승지 집 재물은 재물대로 빼앗고 원수는 원수대로 갚으려는 경영
이라.

서울서 구리 귀신 같은 판수를 데리고 부산으로 내려갈 때에,
머리 깎고 양복을 입고 내려가니, 본래 최가와 점순이가 강동지
내외의 얼굴을 도동 있을 때에 밤에 한 번 보았으나, 그 후에 강
동지가 머리 깎고 양복을 입으니, 밤에 한 번 보던 사람은 알아
볼 수가 없을지라.

최가는 판수의 꼬임에 빠져서 양복 입은 사람만 쫓아가기에 정
신이 골똘하여 밋밋한 몸뚱어리를 끌고 천방지축 가는데, 그날은
음력 사월 보름날 밤이라.

십 리를 못 가서 날이 어두웠으나 달이 돋아 낮같이 밝은지라,
최가가 몸에서 바람이 나도록 서슬 있게 걸음을 걸으면서 무슨
흥이 그렇게 나던지 흥김에 혼잣말이라.

"응, 세상에 참 우스운 놈 다 보겠군. 나를 누구로 알구 내 것
을 떼어먹으려 들어. 산 범의 눈썹을 빼려 들지언정 최춘보 이놈
의 것을 먹고 배길 놈이 생겨났단 말이냐. 네 이놈 보아라. 내일
아침 때만 되면 너는 내 손에 더운 죽음을 하고, 돈은 내 손에 돌
아올 것이다. 그러나 김승지 댁 마님의 돈 얻어먹기 참 힘든다.
춘천집 모자를 죽이고, 또 한 놈 죽여야 그 돈이 내 손에 들어온
단 말이냐. 대체 이상한 일이지. 지난달 보름날 밤에 춘천집 죽일
때에 달이 밝더니, 오늘 그놈을 죽이러 가는데 또 달이 밝아……
밤길 가기 참 좋다. 밤새도록 가도 싫지 아니하겠군."

최가의 마음에 판수의 말대로만 하면 산에서 호랑이를 만나도
죽지 아니할 줄로 알고 걸음을 걸으면서, 판수가 일러주던 말만
골똘히 생각하며 간다.

---

187) 송사(訟事)를 화해함.

그 말은 무슨 말인고. 오늘 밤으로 범어사로 가노라면 길은 알 도리가 있으리라 하였고 오늘 밤중이라도 범어사에 들어가서 자고 있으면 내일 아침 식후에 그 양복한 놈이 어디로 갈 터이니 그 뒤만 따라서면 얼마 아니 가서 호젓한 곳을 만날 터이니, 그곳에서 그놈을 죽이라 하였는지라.

제갈량의 금낭이나 받은 듯이 잔뜩 믿는 마음뿐이라. 처음 가는 모르는 길에 가장 아는 길 가듯 큰길로만 달아난다. 밤은 적적하고 행인은 끊어졌는데, 어떠한 중 하나가 세대 삿갓을 쓰고 바랑 지고 지팡이 짚고 최가의 앞을 향하여 오다가 최가를 보고 허리를 구부리며,

"소승 문안드립니다."

"응, 대사 어느 절 중인고?"

"소승은 동래 범어사에 있습니다."

"옳지, 잘 만났구. 내가 지금 범어사에 가는 길이러니…… 그래, 범어사가 여기서 얼마나 되누?"

"어, 길 잘못 들으셨습니다. 이 길은 양산으로 가는 큰길이올시다."

"어어, 그것 참 아니 되었구. 대사가 범어사 중이거든 나와 함께 범어사로 같이 가면 내일 상급이나 많이 주지."

중이 상급 준다는 말에 귀가 번쩍 띄어서 따라가는 듯이 저 갈 길을 아니 가고 최가의 지로승(指路僧)이 되었는데, 그 중인즉 그날 양복 입고 점순의 집 앞으로 지나던 강동지라.

중의 복색은 어디 두었다가 입고 나섰던지, 손빈[188]이가 마릉에 복병하고 방연이를 기다리듯, 산모퉁이 호젓한 길목쟁이에서 최가

---

188) 중국 전국 시대 제(齊)나라의 병법가. 기원 전 367년경 위(魏)나라 군사를 계릉(桂陵)에서 대파하고 기원 전 353년 조(趙)나라를 도와 위나라 군사를 하남 대량(河南大樑)에서 재차 격파하여 병법가로 명성이 높았음.

가 오기만 기다리다가 최가 오는 것을 보고 뛰어나선 터이라 강동지가 큰길을 비켜 놓고 산비탈로 들어서니, 최가는 그 길이 범어사로 들어가는 길로만 알고 따라간다. 강동지가 획 돌아서더니,

"여보시오, 서방님은 어디 계신 양반이시오니까?"

"응, 나는 서울 사네. 내가 갈 길이 바쁘니 어서 가면서 이야기하세."

"네, 걱정 맙시오. 거진 다 왔습니다. 그러나 소승이 서방님을 모시고 소승의 절로 들어가면, 어디 계신 양반님이신지, 무슨 일로 소승의 절에 오시는지, 알고 들어가야 모시고 가는 본의도 있고, 또 서방님의 보실 일 거행도 잘 할 도리가 있습니다."

"응, 그도 그러하겠네. 오늘 저녁때 범어사로 어떤 머리 깎고 양복 입은 자 하나 간 것 보았나?"

"소승은 오늘 양산 통도에서 오는 길이올시다."

"응, 그러면 자네는 모르겠네."

"서방님께서 그 양복 입은 양반을 뵈오러 가시는 길이오니까?"

최가가 무슨 말을 하려 하다가 아니하니, 강동지가 선뜻 달려들어 최가의 손에 든 몽둥이를 쑥 빼앗아서 획 집어 내던지고 지팡이 끝으로 최가의 가슴을 찌르니, 최가가 지팡이 끝을 턱 붙들며 무슨 소리를 막 냅뜨려 할 즈음에, 강동지가 지팡이를 와락 잡아당기는데 칼이 쏙 빠지며, 최가의 손에는 칼집만 있고 강동지의 손에는 서리 같은 칼날이 달빛에 번쩍거린다.

최가가 제 뚝심만 믿고 칼자루를 들고 칼을 막으려 드는데, 강동지는 오른손에 칼을 높이 들고 섰고 최가는 두 손으로 칼집을 쥐고 섰다.

강동지가 소리를 버럭 지르며 칼로 내리치니, 최가가 몸을 슬쩍 비키면서 칼집으로 내려오는 칼을 받는다.

본래 강동지의 칼이 뼘 좁은 지팡이 칼이라. 내리치는 힘도 장

수의 근력이요 올려 받는 힘도 장수의 근력이라, 칼도 부러지고 칼집도 부러지니, 최가가 부러진 칼집을 던지고 와락 달려들며 강동지 멱살을 움키어쥐는데, 강동지가 부러진 칼도막을 내던지며 무쇠 같은 주먹으로 최가의 팔뚝을 내리치니, 강동지의 옷깃이 문청 떨어지며 멱살 쥐던 최가의 팔이 부러지는 듯하여 감히 다시 대적할 생의를 못하고 겁결에 달아난다.

본래 최가는 몸이 비대하고 둔한 사람이요, 강동지는 키가 크고 몸에 육기가 없는데, 몸이 열쌔고 눈이 썩 밝은 사람이라. 가령 두 사람의 힘은 상적하더라도, 강동지가 열쌘 것만 하여도 최가를 겁내지 아니할 만한 터이라. 그 강동지는 몸만 열쌜 뿐 아니라 삼학산 범을 만나지 못한 것만 걱정이지 만나기만 하면 때려잡을 듯 담력이 있는 사람이라. 최가가 두어간 동안이나 달아나도록 쫓아가지 아니하고 선웃음 한마디로 허허 웃으면서,

"네가 달아나면 몇 발자국이나 가다가 붙들리겠느냐."

하더니 살같이 빠른 걸음으로 쫓아가서 최가의 다리를 붙들어서 어찌 몹시 메쳤던지, 켁 소리 한마디가 나면서 최가가 땅바닥에 가로 떨어져서 꼼짝을 못한다.

"이놈, 정신 좀 차려라. 네가 어찌하야 죽는지 알고나 죽느냐?"

최가가 간이 떨어졌는지 염통이 쏟아졌는지 아가리로 피를 퍽퍽 토하면서 정신은 잃지 아니한지라, 겨우 입 밖에 나오는 목소리로,

"대사님, 사람 좀 살려 주시오. 나는 아무 죄 없는 사람이오. 몸에 아무것도 없소. 있거든 있는 대로 다 가져가오."

"응, 도적놈이라는 것은 할 일 없는 놈이로군. 제 마음대로 남의 마음을 짐작하는구나. 그만두어라. 너를 데리고 긴 말 할 것 없다. 두말 말고 네가 오늘 밤에 춘천 강동지의 손에 죽는 줄만 알고 죽어라."

최가의 귀에 강동지라 하는 소리가 들어가면서 혼은 죽기도 전

에 황천으로 달아난다. 강동지가 철장대 같은 팔을 쑥 내밀며 쇠
스랑 같은 손가락을 딱 벌리더니 모로 드러누운 최가의 갈빗대를
누르니 최가의 갈빗대 부러지는 소리가 고목나무 삭정이 꺾는 소
리가 난다.

강동지는 옷에 피 한 점 아니 묻히고 최가를 죽였더라.

깊은 산 수풀 속에 밤새 소리는 그윽하고 너른 들 원촌에는 닭
의 소리가 꿈속같이 들리는데, 강동지는 최가의 송장을 치우지도
아니하고 그 길로 부산으로 내려간다.

지새는 달빛은 서산에 걸렸는데, 강동지는 열에 뜬 사람이라
잠잘 줄을 모르고 길만 가거니와, 온 세상이 괴괴하여 새벽잠 엷
은 꿈속에 있는 때이라.

부산 초량 들어가는 산모퉁이 외딴집 단간방에 아랫목에는 장
님이 누워 자고 윗목에는 점순이가 누워 자는데, 장님이 별안간
에 소리를 버럭 지르며 벌떡 일어앉는 서슬에 점순이가 에그머니
소리를 지르며 마주 일어앉는다.

"아버지, 웬 잠꼬대를 그리 대단히 하시오. 나는 꿈자리가 사나와
서 애를 무수히 쓰던 터인데, 아버지 잠꼬대에 혼이 나서 깨었소."

"너는 꿈을 어떻게 꾸었느냐?"

"꿈도 하 뒤숭숭하니, 웬 꿈이 그러한지. 꿈을 많이 꾸었으나,
꾸는 대로 잊어버리고 하나만 생각이 나오."

"응, 무슨 꿈?"

"꿈에는 아버지가 왜 나를 그리 미워하던지 지팡이를 들고 나
를 쳐죽이려고 쫓아다니는데, 내가 쫓겨다니느라고 애를 죽도록
썼소. 무슨 꿈이 그렇게 이상하오."

"네 꿈은 개꿈이다. 네가 꿈이 다 무엇이냐. 내 꿈이 참 영한
꿈이지. 네 좀 들어 보아라. 춘천집의 애비 강동지가 오늘 부산으
로 내려와서 부산 재판소 순검을 데리고 너희들을 움치고 뜰 수

가 없이 잡을 작정으로 지금부터 남대문 밖 정거장에 나와 앉아서 첫 기차 떠나는 시간을 기다리고 앉았구나. 이애, 큰일났다. 이 집에 있다가는 나까지 봉변을 하겠다. 어 지금부터라도 어디로 갈 일이로구."

점순이가 기가 막혀서 장님을 붙들고 운다.

"아버지, 그것이 무슨 말씀이오. 나 혼자 붙들려 죽든지 말든지 내버려두고 아버지 혼자 어디로 가신단 말이오. 여보, 말으시오. 아무리 낳은 자식이 아니기로 그렇게 무정히 구신단 말이오. 아버지 혼자 어디 가서 잘 살으시오. 나 혼자 집에 있다가 잡혀 가서 죽으면 아버지 마음에 좋을 터이지."

점순이가 야속하여 하는 말같이 하나 실상은 장님에게 붙임새 있게 하는 말이라.

"응, 네가 말귀를 잘못 알아듣고 하는 말이다. 내야 실상 아무 상관 없는 일에 붙들리기로 무슨 탓할 것 무엇 있니. 어서 바삐 너를 데리고 가서 피난을 시키잔 말이다. 두말 말고 날 따라서 범어사로 가자. 늦게 가면 최춘보가 그 절에 아니 있기 쉬우니, 도망하는 사람이 각각 헤어져서는 못쓰나니라."
하며 부스럭부스럭 일어나니, 점순이는 겁에 잔뜩 띈 사람이라 산도 설고 물도 선 곳에 와서 믿을 곳은 장님 하나뿐이라.

이불도 없이 등걸잠 자던 몸이 서늘한 새벽 기운에 한데로 나서니, 너른 바다에서 몰려 들어오는 바람이 산을 무너뜨릴 듯이 후리쳐 부는데, 사월 보름께라도 해풍에는 딴 추위라.

점순이가 발발 떨며 장님을 따라 나가는데, 서산에 지는 달이 우중충하기는 장님의 마음과 같은지라 장님은 밤이나 낮이나 못 보기는 일반이라. 지팡이 하나만 앞세우면 아무 데든지 거침새없이 다니는 것은 장님이라. 장님은 앞에 서고 점순이는 뒤에 서서 산비탈 좁은 길로 이리저리 들어가는데, 날은 밝아 오나 산은 깊어 간다.

먹바지 저고리 입고 세대 삿갓 쓰고 산모퉁이에서 쑥 나서며 장님에게 인사하는 것은 늙은 중이라.

장님이 지팡이를 뚜덕뚜덕하며 발을 더듬더듬하며 눈을 휘번쩍거리며 걸디건 목소리로,

"거 누구, 누가 날도 새기 전에 이 산중에를 들어올 사람이 있담."

하면서 제 행색 수상한 것은 생각도 아니하고 남을 의심하는 것 같이 말을 하니, 점순이는 민망한 마음이 있으나 장님에게 눈짓할 수도 없고 딱한 생각뿐이라.

"여보 장님, 무슨 말을 그리 이상하게 하시오. 내가 도적놈인 듯싶소? 내 눈에는 장님이 수상하오. 웬 젊은 아씨를 데리고 밝기도 전에 남의 절 근처로 오시니 참 이상한 일이오."

"응, 모르는 사람은 그렇게 보기도 고이치 아니하지. 나는 딸을 데리고 사위에게로 가는 길이야. 수상할 것 없지."

"네, 그러하시오니까? 소승이 말씀을 좀 잘못하였습니다."

"응, 관계없어. 모르고 그렇게 말하기 예사지. 그러나 대사, 어느 절에 있소?"

"소승은 동래 범어사에 있습니다."

"범어사에 있어? 내가 지금 범어사로 가는 터인데. 그래, 밝기도 전에 어디로 가오?"

"오늘 새벽에 소승의 절에서 무슨 일이 좀 생겨서 소승이 그 일로 인연하여 어디로 좀 가는 길이올시다."

"일은 무슨 일, 내가 범어사로 좀 놀러 가는데, 절이 과히 분주치는 아니할까?"

"절이 분요도 합니다. 어젯밤에 웬 손님 두 분이 싸움을 하여, 하나는 죽도록 얻어맞고 하나는 어디로 도망을 하였는데, 때리고

도망한 자는 양복 입은 사람이요, 맞고 드러누운 자는 구레나룻 많이 난 사람인데, 만일 죽고 보면 소승의 절은 탈이올시다. 그렇게 몹시 맞은 줄 알았더면 절에서 양복 입은 자를 붙들어 결박을 하여 두었을 터인데, 그놈을 놓쳤으니 소승의 절에서 살인 정범을 도망이나 시킨 듯이 그 허물은 절에서 뒤집어쓸 터이올시다. 그런고로 소승의 절에서는 그 구레나룻 난 자가 죽기 전에 부산 재판소에 가서 전하고 양복 입은 자를 바삐 근포(跟捕)189)하여야 되겠습니다. 장님께서 오시는 길에 혹 못 보셨습니까? 에그, 참 장님은 그놈을 만났기로 알 수가 있나. 황송한 말씀이올시다마는 저기 계신 아씨께서는 혹 그런 사람을 보셨는지요."

점순이는 그 말을 듣고 속이 타서 날뛰는데, 장님은 천연히 서서 입맛을 다시며 제 걱정만 하고 섰다.

"어, 내 산통은 아주 잃었구. 그 몹쓸 놈, 내 산통이나 두고 달아날 일이지. 정녕 가지고 갔으렷다."
하는 소리가 점순의 귀에 들어가며 점순이가 기가 막혀서 말이 아니 나올 지경이라.

그곳은 어디인지 과히 깊은 산도 아니나, 호젓하기는 그만한 곳이 없을 만치 되었더라. 그 산 너머는 층암 절벽에 날아가는 새도 발 붙일 수 없는 곳인데, 그 밖에는 망망대해라. 그 산 너머서는 오는 사람 있을 까닭이 만무하고 앞으로는 너른 들이 내다보이는데, 그 산에 올라오는 사람이 있을 지경이면 오 리 밖에 오는 사람을 미리 보고 있는 터이라. 그 산에는 수목도 없는 고로 나무꾼도 아니 다니는 곳이요, 다만 봄 한철에 나물 뜯는 계집이나 다니던 곳이라. 점순이가 아무리 약고 똑똑한 계집이나 서울서 생장한 것이라 장님에게 속아서 그곳에를 온 터이라.

---

189) 죄인을 수탐(搜探)하여 쫓아가서 잡음.

"어, 다리 아파, 여기 좀 앉아 쉬어 가야."
하면서 이슬에 젖은 풀 위에 털썩 앉으니 점순이가 참다못하여 말을 냅뜬다.
"여보 장님, 어찌할 작정이오?"
"응, 그러하렷다. 아쉬면 아버지 아버지 하고, 볼 것 없을 때는 장님이니 눈먼 놈이니 하는군."
점순이가 말대답을 하려는데, 중이 달려들어 점순의 손목을 끄니, 점순이는 골이 잔뜩 났던 터이라, 손목을 뿌리치며 만만한 중에게 포달을 부리니 중이 점순의 뺨을 치면서 남의 이름을 언제 알았던지,
"요년 점순아, 눈 좀 바로 떠 보아라. 네가 나를 몇 번째 보면서 몰라보니 염라국에서 네 혼은 다 뺏어갔나 보구나."
하는 소리에 점순이가 중을 쳐다보니 어제 양복 입고 점순의 집 앞에서 장님과 싸움하던 사람이라. 어제는 서로 싸우던 위인들이 오늘은 장님과 중이 웬 의가 그리 좋던지, 중이 허허 웃으면서,
"여보 장님, 밤새 평안하오."
"응, 이거 누구야, 아아, 강동지가 여기를 어찌 왔나?"
중이 장님의 말 대답은 아니하고 장님 옆에 가서 턱 앉으며 점순이를 부른다.
점순이가 옴치고 뛸 수 없이 강동지 손에 죽을 터이라. 못된 꾀는 아무리 많을지라도 섬섬약질의 계집이 벌같이 강한 원수를 만났으니 빌어도 쓸데없고 울어도 쓸데없고 강동지의 주먹아래 죽는 것밖에 수가 없다.
사람이 죄는 있든지 없든지 죽는 것 설워하기는 일반이라. 점순이가 얼굴은 파랗게 질리고 몸은 사시나무 떨 듯하며 가도 오도 못하고 섰다.
강동지가 벌떡 일어나서 점순의 앞으로 향하여 가니, 점순의

마음에 인제는 죽나 보다 싶은 생각뿐이라 간이 살살 녹는데 강
동지가 천연한 목소리로,

"이애, 겁내지 말고 저리 좀 가자. 너더러 물어 볼 일이 있다."
하면서 점순이의 손목을 잡아 끌고 장님 앉은 옆으로 가다가 점
순이를 돌아다보며,

"이애, 너도 변하였구나. 또 뿌리치지 아니하니. 네가 절에 간
색시지, 허허허."
웃으면서 점순이를 붙들어 앉히고 김승지 부인의 말을 가지각색
으로 묻는다. 물을 말 다 묻고 할 토죄(討罪) 다한 후에,

"요년 더 할 말 없다. 너 그만 죽어 보아라."
하더니 부스스 일어나니, 점순이가 제 죄는 생각지 아니하고 죽
기 싫은 마음에 악이 나서 장님을 보며 포달을 부린다.

"이 몹쓸 놈, 사람을 그렇게 몹시 속인단 말이냐. 내가 네게 무
슨 원수를 지었기에 나를 끌고 이곳에 와서 죽게 한단 말이냐.
죽이려거든 내 집에서나 죽일 일이지…… 에그, 이 몹쓸놈아, 이
자리에서 눈깔이나 빠져 죽어라."

"조런 못된 년 보았나. 가뜩 못 보는 눈을 또 빠지란단 말이냐.
여보 강동지, 내 청으로 고년 주둥이 좀 짓찧어 주오."
강동지가 호령을 천둥같이 하면서 달려들더니 점순의 쪽진 머
리채를 움키어쥐고 널찍한 반석 위로 끌고 가더니 번쩍 들어 메
치는데, 푸른 이끼가 길길이 앉은 바위 위에 홍보(紅褓)를 펴놓은
듯이 핏빛뿐이라.

강동지가 한숨을 휘 쉬면서 돌아다보니 바다 위에 아침 안개가
걷히며 오륙도(五六島)에 해가 돋아 붉었더라.

강동지가 장님을 데리고 그 길로 부산으로 내려가서 첫 기차를
기다려 타고 서울로 올라간다. 풍우같이 빨리 가는 기차가 천 리
경성을 하루에 들어가는데, 그 기차가 경성에 가깝게 들어갈수록

삼청동 김승지 부인의 뼈마디가 짜릿짜릿하다. 시앗이 있을 때는 시앗만 없으면 세상에 걱정될 일이 없을 것 같더니, 시앗이 죽은 후에 천하 근심은 다 내 몸에만 모여든 것 같다. 판관사령 같던 김승지도 그 마누라가 춘천집 모자를 죽인 줄 안 후로는 잠을 자도 사랑에서 자고, 밥을 먹어도 사랑에서 내다 먹고, 부인이 무슨 말을 물으면 대답도 아니하고 사랑으로 나가니, 그 부인이 미칠 지경이라.

무당을 불러서 살도 풀어 보고 판수를 불러 경도 읽어 본다. 본래 강동지가 김승지의 돈을 빼앗아서 그 돈으로 김승지 집 계집종들에게 풀어 먹이는데, 김승지의 부인이 손가락 하나만 꼼짝하여도 강동지가 알고 있고, 점순에게서 편지 한 장만 와도 그 편지가 강동지의 손으로 들어오고, 김승지의 부인이 답장을 하면 그 편지가 우체통으로 들어가지 아니하고 쏜살같이 강동지의 손으로 들어갔는데, 점순에게 가는 편지 한 장만 가져다가 강동지를 주면 돈 백 원도 집어 주고 오십 원도 집어 주니, 부인이 점순에게 편지 두어 번 한 것이 한 장도 점순에게는 못 갔더라.

부산 가서 점순이를 속이던 판수는 김승지 부인에게 불려가서 춘천집의 귀신을 잡아 가두려고 경 읽던 장판수라. 강동지가 그 소문을 듣고 장판수를 찾아가서 김승지 부인의 돈을 잘 뺏을 도리도 가르쳐 주고, 또 강동지는 김승지의 돈을 문청문청 뺏어다가 장판수를 주니, 장판수는 강동지가 죽어라 하면 죽는 시늉이라도 할 지경이라.

장판수가 김승지의 부인을 어찌 묘리 있게 속였던지, 장판수의 말은 낱낱이 시행이라. 그 속이던 말은 장황하나 일은 단 두 가지뿐이라.

한 가지는 자객을 사서 강동지 내외를 죽이면 원수 갚을 놈이 없으리라 하는 말로 돈을 많이 뺏어 내었고, 한 가지는 장판수가 부산을 내려가서 점순이를 데려다가 제 집 건넌방에 감추어 두겠다 하고 치행할 돈도 뺏었더라.

부산을 내려가서 최가와 점순이를 꾀어다가 무인지경에서 강동지 손에 죽게 하고 서울로 올라오던 그 이튿날, 김승지의 부인에게 통기한 일이 있었더라.

'강동지 내외는 자객의 손에 죽었다 하였고, 점순이는 데려다가 제 집 건넌방에 감추어 두었다 하였고, 자세한 말은 오늘 밤중에 점순이가 가서 뵈올 터이니 사람을 물리치고, 부디 혼자 계시라.' 하였더라.

부인이 장님의 통기한 말을 듣고 점순이를 만나 보려고 밤 되기를 기다려서 초저녁부터 계집종들은 행랑으로 다 내쫓고 대문과 중문은 지쳐만 두고 안방에 혼자 앉아 기다린다.

문풍지 떠는 소리만 들어도 점순이 오느냐, 새앙쥐가 바싹 하는 소리만 들어도 점순이 오느냐 하며 앉았는데, 종로 보신각에서 밤 열두시 치는 종소리가 땡땡 나도록 소식이 없으니, 김승지 부인이 통통증이 나서 혼잣말이라.

"고 배라먹을 년, 오려거든 진작 좀 오지, 무엇 하느라고 이때까지 아니 오누. 나는 이렇게 기다리는데, 고년은 날 보고 싶은 생각도 없담. 고년은 무슨 일이든지 좀 시원시원한 꼴을 못 보아. 이렇게 조용한 때에 아니 오고 언제 오려누. 요년, 오늘 밤에 아니 오려는 것이로군. 올 것 같으면 벌써 왔지."
하면서 실성한 사람같이 중얼거리다가 옷 입은 채로 골김190)에 드러누웠더라. 부인의 마음에 점순이를 보면 눈이 빠지도록 꾸짖을 작정이라. 벽상에 걸린 자명종은 새로 한 점을 땅 치면서 창밖에서 사람의 발자취 소리가 나니, 부인의 마음에 옳지 인제 점

---

190) 골이 났던 그 바람. 홧김.

순이가 오거니 여기고 누웠는데, 늦게 오는 것이 괘씸한 생각이
있어서 잠도 아니 든 눈을 감고 누웠는데, 방문 여는 소리가 펄
쩍 나니, 본래 김승지의 부인이 참을성 없는 사람이라, 눈을 번쩍
떠서 보니 키가 구척 장신의 남자이라.

　서릿빛 같은 삼척 장검을 쑥 빼어 번쩍 들고,

　"이년, 네가 꿀꺽 소리를 질렀다가는 뒤어지리라."

　"에그, 살려 주오."

하며 벌벌 떨고 꼼짝을 못한다.

　"이년, 네가 재물이 중하냐, 목숨이 중하냐"

　"재물은 있는 대로 다 가져가더라도 목숨만 살려 주오."

　"그러면 무슨 말이든지 내 말대로 듣겠느냐?"

　"아무 말이든지 들을 터이니 살려 주오."

하면서 칼을 쳐다본다.

　그 남자는 부인 앞으로 바싹 다가오더니

　"그러면 내가 네 재물도 싫고 네게 탐내는 것이 있으니 그 말
만 들을 터이면 너를 살리다뿐이겠느냐."

　"무슨 말이오?"

　"응, 그만하면 알 일이지. 내가 너를 탐을 내서 이렇게 들어온
사람이라. 만일 내 말을 아니 들을 지경이면 이 칼로 네 목을 칠
것이요, 내 말을 들으면 내가 이 밤에 너를 데리고 자고 갈 뿐이
라, 네 재물 가지고 갈 리가 만무하다. 네가 나를 누구인지 자세
히 알 것 같으면 네가 그만한 은혜는 갚을 만도 하니라."

　"누구란 말이오?"

　"응, 나는 장판수의 부탁을 듣고 춘천 사는 강동지 내외를 내
손으로 죽였다. 강동지를 네가 죽여 달라 하였지. 자아, 이제는
걱정될 일은 아무것도 없으니 마음을 놓아라. 강동지 내외를 죽
일 때에 그까짓 돈푼을 바라고 사람을 둘이나 죽였겠느냐. 너같

이 곱게 자라난 계집이 탐이 나서 그랬지."

부인이 겁결에 강동지를 죽인 사람이라 하는 소리를 듣고 겁나던 마음이 좀 풀렸던지 얼굴에 웃는 빛이 나며 말을 묻는다.

"여보, 강동지를 참 죽였소?"

"네 마음에 못미더우냐?"

"아니오, 못믿어서 하는 말이 아니오……."

"자아, 밤 들었으니 긴 말 할 것 없다. 내 말을 정녕 듣지?"

"누가 아니 듣는다고 무엇이라 합더니까. 그러나 강동지 죽이던 이야기 좀 자세 하구려."

"너는 종시도 내가 강동지를 아니 죽이고 죽였다는 줄로 아느냐?"

"아니오. 의심하는 말이 아니오."

"오냐, 강동지 죽이던 모양 좀 보아라. 이렇게 죽였다."
하면서 칼로 부인의 목을 치는데, 원래 그 남자는 강동지라.

강동지의 힘은 장사요 칼은 비수 같은지라, 번개같이 빠른 칼이 번쩍 하며 부인의 목이 뚝 떨어졌다.

강동지가 칼을 턱 놓고 한숨을 휘이 쉬더니, 김승지 부인의 목을 흘겨보며 토죄를 한다.

"이년, 네가 시앗을 없애고 너 혼자 얼마나 호강을 하려고 그런 흉악한 일을 하였더냐. 내가 내 딸을 데리고 서울로 왔을 때에 네가 극성을 어떻게 부렸느냐. 이년, 이 개잡년아, 네가 숙부인, 숙부인인지 쑥부인인지. 뺑때부인이라도 너 같은 잡년은 없겠다. 이년, 이 망할년, 네가 걸핏하면 양반이니 염소반이니 하며, 너는 고소대같이 높은 사람이 되고 내 딸은 상년이라 그년 그년, 그까짓 년, 남의 첩년, 강동지의 딸년, 죽일 년 살릴 년 하며 너 혼자 세상에 다시 없는 깨끗한 양반의 여편네인 체하던 년이 그렇게 쉽게 몸을 허락한단 말이냐. 이년, 네 마음이 얼음같이 깨끗하고 칼날같이 독할 지경이면, 남의 칼을 무서워하며 목숨을 아끼단 말이냐. 이년, 너같이 망할 년이 안방 구석에 갇혀 들어앉았지 아니하였으면 어떠한 잡년이 되었을는지 모를 것이다. 오냐, 내가 네 소원을 풀어 주려고 내외 없는 저승으로 보내 준다. 저승에 가거든 소원대로 서방질이나 싫도록 하여라.”
하더니 칼을 다시 집어들고 죽어 자빠진 송장을 후려치고 돌쳐 나가니, 그날은 사월 열이렛날이라. 누르스름한 달은 서천에 기울어졌고 장안은 적적한 깊은 밤이라. 강동지가 칼을 품고 김승지 집에 있던 계동 침모의 집으로 향하여 간다.

　본래 강동지가 점순이를 죽일 때에 전후 죄상을 낱낱이 조사받는데, 점순이가 춘천집 죽이던 일에 침모도 참섭이 있는 줄로 말한지라. 강동지가 서울로 올라오던 길로 침모의 있는 곳을 알아 보니, 침모는 계동 막바지에서 그 어머니와 같이 양대 과부 세간살이를 하고 있다 하는지라.

　강동지가 하루 종일토록 다니면서 삼청동 김승지 집과 계동 침모의 집을 자세히 보아 두었다가 그날 밤에 삼청동 가서 김승지의 부인을 죽이고, 피가 뚝뚝 떨어지는 칼을 씻지도 아니하고 두어 번 훽훽 뿌려 칼집에 꽂았는데, 칼에서는 찬바람이 나고 강동지는 열이 꼭뒤까지 올랐더라.

　계동 막바지에 죽은 배부장 집을 찾아가서 뒷담을 훌쩍 넘어 들어섰더라. 배부장 집이라 하는 것은, 즉 침모의 집이라. 강동지가 칼을 빼어 들고 배부장 집 안방으로 쏜살같이 들어가려 하다가, 발을 멈추고 기척 없이 서서 그 집 동정을 보며 무슨 생각을 한다.

　‘침모를 죽일 때에 그 어미 되는 노파가 깨었거든 그 어미까지 죽이고, 그 어미가 모르고 자거든 침모만 죽이리라’.
하는 생각이 나서 그 방안 뒷문 밖에서 안방에 있는 사람들이 잠이 들었나 아니 들었나 엿듣는다.

방 안에서 기침소리가 나더니 늙은 노파의 목소리가 난다.

"이애 아가, 옷 벗고 자거라. 왜 옷도 아니 벗고 등걸잠을 자느냐, 감기 들라."

윗목에서 기지개를 부드득 켜는 소리가 나면서 젊은 여편네 목소리가 나는 것은 침모이라.

"응, 관계치 아니하여, 가만히 내버려두오."

"이애, 정신 좀 차려서 일어나 옷 벗고 이불 덮고 드러누워라."

침모가 잠이 번쩍 깨어 벌떡 일어나며,

"에그머니, 오늘은 내가 날마다 하던 일을 잊었네. 어머니는 왜 진작 좀 깨워 주시지 아니하고 이때까지 내버려두었단 말이오."

하면서 방문을 열고 안마당으로 나가더니 무엇을 하는지 기척이 없는지라 강동지가 발자국 소리도 없이 안마당으로 돌아가는데, 침모는 누가 오는지도 모르고 마당 한가운데에 돗자리 한 잎 펴고 소반 위에 정화수 떠놓고 침모는 북두칠성을 향하여 소반 앞에 넙죽 엎드려서 무엇을 비는 모양이다.

"칠성님, 칠성님께 빕니다. 미련한 인생이 마음을 잠깐 잘못 먹고 하마터면 점순의 꼬임에 빠져서 춘천집을 죽일 뻔하였습니다. 나는 우리 어머니가 어지신 마음으로 어지신 경을 주셔서 못된 꼬임에 빠지지 아니하였으니 내 신상에는 편하나 고 몹쓸 점순이란 년이 춘천집을 참 죽일까 염려되어 못 견디겠습니다. 칠성님 칠성님, 어지신 칠성님 춘천집을 도와 주셔서 비명에 죽지 말게 하여 줍시사. 죄 없는 춘천집과 철모르는 거북이가 고 몹쓸 점순의 손에 죽으면, 그런 불쌍하고 악착한 일이 어디 있겠습니까. 칠성님이 굽어보시고 살펴보셔서 제발 덕분에 도와 줍시사."

하면서 정신없이 비는데, 강동지가 장승같이 딱 서서 한참 동안을 듣다가 기침 한 번 컥 하니, 침모가 깜짝 놀라 일어나며 에그머니 소리를 하거늘, 강동지가 허허 웃으면서 놀라지 말라 하고 방으로 들어가자 하니, 침모가 겁이 나서 대답도 못하고 벌벌 떨고 섰는데, 본래 눈먼 사람이 귀는 남달리 밝은 터이라. 방안에 누웠던 노파가 그 소리를 듣고 그 딸을 부른다.

"이애, 거기 누가 왔나 보구나. 누구든지 방으로 데리고 들어오려무나."

그 어머니 소리를 듣고 방으로 들어가며 일변 불을 켜니, 강동지가 따라 들어가서 윗목에 앉으며 좋은 기색으로 말을 하는데, 나는 춘천집의 애비라는 말과, 그 딸 춘천집과 모자가 죽은 일과, 그 원수 갚은 일과, 침모까지 죽이러 왔다가, 침모가 춘천집을 위하여 정화수를 떠놓고 비는 것을 보고, 침모의 어진 마음이 있는 줄 알고 이런 이야기나 하러 들어왔다는 말을 낱낱이 하면서 벼루집을 빌려 달라 하더니, 김승지에게 편지 한 장을 써놓고 나가는데, 침모의 마음은 저승 문턱에로 들어갔다 나온 것 같은지라.

그 편지에 무슨 말이 있는지 모르나, 조심되는 마음에 아니 전할 수가 없어서 그 후 십여 일 만에 침모가 그 편지를 가지고 김승지 집에 가서 김승지에게 전하니, 김승지가 그 편지를 뜯어 보는데, 침모와 같이 보라는 언문 편지라. 그 사연을 자세히 본즉, 김승지를 원망한 말은 조금도 없고, 강동지 제가 두 가지 후회나는 일을 말하였는데, 한 가지는 그 딸을 남의 시앗 될 곳으로 보낸 것이요, 한 가지는 그 딸을 데리고 서울 왔을 때에 김승지의 부인이 그렇게 투기하는 것을 보면서 그 딸을 춘천으로 도로 데리고 가지 아니한 일이라. 편지 끝에 또 말하였으되, 객쩍은 말 같으나 내 딸이 불쌍한 마음이 있거든 이 침모를 내 딸로 알고 데리고 살라 하였는데, 김승지도 눈물을 씻고 침모도 낙루를 하며 춘천집의 말을 한다.

김승지도 평생에 홀아비로 지내려 하는 작정이요, 침모도 평생에 과부로 지내려 하는 작정이 있더니, 강동지가 그런 편지 한 것을 본즉, 김승지와 침모의 마음에 죽은 춘천집의 모자도 불쌍하거니와 산 강동지의 내외를 더 불쌍하게 여겨서 김승지와 침모가 내외 되어 강동지 내외 일평생에 고생이나 아니하고 죽게 하자는 의논을 하였으나, 강동지는 김승지 부인을 죽이고 침모의 집에 가던 그날 새벽에 그 마누라를 데리고 남문 밖 정거장 앞에 가 앉았다가, 경부철로 첫 기차 떠나는 것을 기다려 타고 부산으로 내려가서, 부산서 원산 가는 배를 타고 함경도로 내려가더니 며칠 후에 해삼위로 갔다는데 종적을 알 수 없더라.

　김승지와 침모가 강동지 내외 간 곳을 찾으려 하다가 못 찾고 춘천집 모자의 묘를 춘천 삼학산으로 면례(緬禮)191)를 하는데, 신연강으로 청룡을 삼고 남내면 솔개 동네로 향을 삼았더라.

　그 묘 쓴 후에 삼학산 깊은 곳에 춘삼월 꽃 필 때가 되면 이상한 새소리가 나는데, 그 새는 밤에 우는 새라. 무심히 듣는 사람은 무슨 소린지 모르지마는 유심히 들으면 너무 영절스럽게 우니, 말지기가 그 새소리를 듣고 춘천집의 원혼이 새가 되었다 하는데, 대체 이상하게 우는 소리라.

　시앗 되지 마라
　시앗, 시앗
　시앗 되지 마라
　시앗, 시앗

　시앗새는 슬프게 우는데, 춘천 근처의 시앗 된 사람들은 분을 뒷박같이 바르고 꽃 떨어지는 봄바람에 시앗새 구경을 하러 삼학

---

191) 무덤을 옮기고 다시 장사지냄.

산으로 올라가니, 새는 죽었는지 다시 우는 소리 없고, 적적한 푸른 산에 풀이 우거진 둥그런 무덤 하나 있고, 그 옆에는 조그마한 애총〔兒塚〕192) 하나뿐이더라.

192) 어린 아이의 무덤.

《혈(血)의 누(淚)·귀(鬼)의 성(聲)》 바로 읽기

황정현(서울교대 교수, 문학평론가)

I. 신소설의 시대적 배경과 특성

개화기는 봉건사회에서 근대사회에로의 이행기라는 긍정적 측면과 서구 열강의 침략이 시작되는 부정적 측면을 동시에 내포하고 있는 모순의 역사적 시기였으며, 동시에 봉건 체제의 붕괴에 따른 민족 내부의 신분 계층적 갈등과 외세의 침략에 의한 식민지 이행기의 갈등이 심화되어 가던 시기였다. 이러한 모순과 갈등을 축(軸)으로 하는 개화기는 우리의 역사상 어느 시기보다도 신분 계층과 이념이 날카로운 단층을 이룬 시기이기도 하다.

개화기라는 특수한 역사적 상황을 배경으로 등장한 신소설은 이러한 시대적 환경을 그대로 반영하고 있다. 신소설의 주제가 봉건적 가치를 부정하고 근대적 가치를 옹호하며, 신분·계층간의 갈등과 외세에 대한 자강, 자주독립으로 주류를 이루는 것도 이 때문이다. 그리고 국문학사상 신소설은 고대소설과 근대소설

사이의 과도기에 등장하여 신소설에는 내용과 형식적인 측면에서 고대 소설적 요소와 근대 소설적 요소가 혼효(混淆)되어 있는 것 또한 시대적 특성을 반영하고 있다.

이러한 시대와 관련한 신소설의 특성은 낡은 것에 대하여 새롭다는 의미로 해석해야 할 것이다. 그렇다면 '새롭다'는 것의 의미를 파악하는 것이 신소설의 특성을 바르게 이해하는 지름길이 될 것이다. 고대소설에 비해 신소설의 새로운 특성을 크게 내용과 형식으로 구분해 살펴보면 다음과 같다.

첫째, 내용의 면에서 신소설은 주제의 새로움을 들 수 있을 것이다. 고대소설의 주제는 봉건적 이데올로기였던 유교 이념을 주제로 하고 있다는 것은 주지의 사실이다. 예컨대 충(忠)·효(孝)·열(烈)과 같은 유교적 덕목들을 주제로 삼고 그러한 이념에 충실한 사람이 주인공이 되어 온갖 어려움을 이겨내고 그 이념을 실현해 나가는 과정을 그린 것이다. 이에 비해 신소설에서는 이러한 주제는 사라지고 근대사회의 상황에 알맞은 주제를 다루고 있다는 점이다. 이러한 주제는 고대소설의 주제를 부정한다. 봉건사상에 대해 근대사상을, 신분제도가 엄격했던 봉건사회에 대해 신분 타파를, 남녀 차별에 대해 남녀 평등사상을, 구학문인 유학에 대해 신학문을, 남녀칠세부동석(男女七歲不同席)에 대해 자유연애와 결혼을, 조혼에 대해 조혼 폐지를, 과부의 개과 금지에 대해 개과 허용을, 그 밖에 봉건사회의 폐해를 비판하는 내용을 중심으로 다루고 있다.

둘째, 이러한 내용의 변화에 따라 신소설의 형식 또한 고대소설에 비해 현격하게 달라진다. 우선 소설의 서두의 변화를 들 수 있을 것이다. 고대소설의 서두는 "무슨 왕 몇 년~" 등과 같은 설화성에 대해, 구체적이고 현실적 사건으로 바로 시작한다는 점이다. 예컨대, <혈(血)의 누(淚)>의 서두는 "일청 전쟁(日

淸戰爭)의 총소리는 평양 일경이 떠나가는 듯하더니, 그 총소리가 그치매 사람의 자취는 끊어지고~"로 시작한다. 그리고 고대소설의 자연적 시간의 구성에서 합리적 사고에 의한 인과법칙이 지배하는 구성으로 변하여 역전 구성이 등장하고, 문체는 고대소설의 문어체 중심에서 언문일치(言文一致)의 문장으로 현실성을 강조하며, 고대소설의 우연성을 배제하고 필연성을, 고대소설의 설명형식의 서술에서 묘사형식의 증가 등 많은 변화를 보이고 있다.

소설은 그 시대를 반영한다. 신소설의 경우도 예외 없이 봉건사회에서 근대사회로 넘어가는 시대적 특성을 반영하고 있는 것이다.

2. 작가 이인직(李人稙)에 관한 이해

국초(菊初) 이인직은 1862년 음력 7월 27일 출생하여 1916년 11월 25일 55세의 나이로 세상을 떠났다.

이인직은 1900년 2월 구한국 정부의 관비 유학생으로 일본에 건너가 동경정치학교 학생으로 수학하고, 노일전쟁 때는 일본 육군성 통역사로 임명되어 종군하였다. 그리고 1906년 「國民新報」주필을 거쳐 「萬歲報」 주필을 역임하고, 다시 「大韓新聞」 사장에 취임하여 언론사에 근무하면서 이완용의 비서역을 겸임하였다. 그 후 그는 한일 합방 후 1911년에는 경학원(經學院) 사성(司成)에 취임하여 세상을 떠날 때까지 현직에 있었다. 그는 한일합방의 주역이었던 이완용의 비서로서 한일 합방 조약 체결에 깊이 간여하고 매개 역할을 하여 지금도 그는 친일파라는 의혹을 받고 있다.

이인직은 장편으로 <혈(血)의 누(淚)>, <모란봉(牧丹峰)>, <귀(鬼)의 성(聲)>, <치악산(雉岳山)>, <은세계(銀世界)>, 단편으로 무제(無題)의 <단편(短篇)> 및 <빈선랑(貧鮮郞)의 일미인(日美人)> 등의 작품을 1906년부터 1913년까지 약 8년간에 걸쳐 발표하였다.

그의 작품 가운데 <혈의 누>는 1906년 7월 22일부터 같은 해 10월 10일까지 50회에 걸쳐「萬歲報」에 연재된 이인직의 처녀 장편 소설이면서 동시에 우리 나라 신소설의 효시를 이룬다. <혈의 누>의 출현으로 비로소 우리 나라의 소설은 형식 및 내용 면에서 고대소설의 낡은 탈을 벗어버리고 서구적인 근대소설의 첫발걸음을 내어 디딜 수 있는 문학사적인 새로운 계기를 마련할 수 있었다.

3. 〈혈(血)의 누(淚)〉의 이해

<혈의 누>는 최초의 신소설로서 많은 논자들에 의해 이미 논의가 되어 온 작품이다. 청일전쟁 당시 평양을 배경으로 옥련 일가의 이산과 주인공 옥련의 7세에서 17세에 이르기까지의 기구한 운명을 줄거리로 하고 있으며, 평이한 문장과 소설 서두의 파격적 변형, 사실적 묘사 등의 외형적 특성을 가지고 있다.

이 작품은 개화기에 필요한 다양한 덕목을 주제로 하고 있다. 청일전쟁의 틈바구니에서 절실하게 느껴지는 자주 독립 의식과 반봉건 사상이 주를 이루고 있다.

<혈의 누> 서두에 묘사되는 청일전쟁(1894)은 봉건국가로 상징되는 청나라와 근대국가로 상징되는 일본의 대립에서 청나라의 패배는 역사 발전의 필연적 결과이며 같은 봉건국가 체제를

지니고 있는 우리 나라의 고통도 피할 수 없음을 보여주고 있다. 이것은 개편되어 가는 세계 질서 속에 봉건국가는 더 이상 존재할 수 없는 것을 보여 주는 하나의 예이다.

지금까지 논의되어 온 <혈의 누> 서두의 청일전쟁의 해석은 우리 민족의 수난사에만 초점을 맞추어 왔는데 이것을 새로운 시대에 새로운 정치체제를 갖추지 못한 국가들의 수난이란 관점에서 보면 우리 민족이 당하는 수난은 세계사적인 관점에서 우리 민족만이 당하는 것이 아니라 약소 국가의 보편적 상황이란 것으로 이해할 수 있다.

이러한 관점에서 보면 결국 자주 독립의 문제는 봉건 사상에서 벗어나는 것이 우선적 과제였다. 그래서 <혈의 누>에서는 반봉건 사상이 중요한 주제로 등장한다.

"나는 술이나 먹겠다. 부담에 달았던 술 한 병을 떼어오고 찬합만 끌러 놓아라. 혼자 이 방에 앉아 술이나 먹다가 밤새거든 새벽길 떠나서 도로 부산으로 가자. 난리가 무엇인가 하였더니 당하여 보니 인간에 지독한 일은 난리로구나. 내 혈육은 딸 하나 외손녀 하나뿐이려니 와서 보니 이 모양이로구나. 막동아, 너같이 무식한 놈더러 쓸데없는 말 같지마는 이후에는 자손 보존하고 싶은 생각 있거든 나라를 위하여라. 우리나라가 강하였더면 이 난리가 아니 났을 것이다. 세상 고생 다 시키고 길러낸 내 딸자식 나 젊고 무병하건마는 난리에 죽었구나. 역질 홍역 다 시키고 잔 주접 다 떨어놓은 외손녀도 난리 중에 죽었구나."

"나라는 양반님네가 다 망하여 놓으셨지요. 상놈들은 양반이 죽이면 죽었고, 때리면 맞았고, 재물이 있으면 양반에게 빼앗겼고, 계집이 어여쁘면 양반에게 빼앗겼으니 소인 같은 상놈들은 제 재물 제 계집 제 목숨 하나를 위할 수가 없이 양반에게 매었으니 나라 위할 힘이 있습니까. 입 한번을 잘못 벌려도 죽일 놈이니 살릴 놈이니, 오금을 끊어라 귀양을 보내라 하는 양반님 서슬에 상놈이 무슨 사람값에 갔습니까. 난리가 나도 양반의 탓이올시다. 일청전쟁도 민영춘이란 양반이 청인을 불러 왔답니다. 나리께서 난리 때문에 따님아씨도 돌아가시고 손녀아기도 죽었으니 그 원통한 귀신들이 민영춘이라는 양반을 잡아갈 것입니다.”

여기서 최씨는 김관일의 장인이며, 옥련의 외할아버지이다. 그는 평양에 난리가 났다는 소식을 듣고 부산에서 평양까지 딸의 가족을 찾으러 왔으나 딸의 가족은 만나지 못하고 한탄하며 이런 꼴을 당하지 않으려면 나라가 강하여 자주 독립을 하여야 한다고 역설하지만 최씨가 데리고 온 하인인 막동이의 비판을 받는다. 봉건 지배층에 대한 막동의 비판은 상당한 설득력을 지니고 있으며, 반봉건적 의식 또한 자주독립보다 주제적 형상화가 뛰어나다.

당시의 봉건 지배층인 민씨 일파는 족벌의 이기적 욕망으로 인해 자신들의 기득권을 보호해 주는 봉건 체제를 고수하게 되고 같은 봉건국가로서 대국이었던 청나라의 보호를 필요로 하였다.

우리 근대사에 있어 유일하게 민중적 역량을 집결시켰던 반봉건, 반제의 동학혁명을 분쇄시켰던 세력이 바로 봉건 지배 계층이었다. 봉건 지배 계층은 근대화에 있어 암적인 존재였으며 따라서 자주 독립의 실현을 불가능케 한 것도 이들이었다. 결국 자주 독립의 문제는 근대화의 여부에 있었고 근대화의 여부는 지배 계층의 정치적 성향에 있었는데, 봉건 지배 계층이 국가나 민족이라는 대국적 견지보다는 이기적 욕망으로 인해 기존의 정치체제를 고수함으로 인하여 근대국가의 식민지로 전락하게 되었던 것이다. 따라서 민족의 내부적 모순의 해결이 없이 자주

독립을 논한다는 것 자체가 이미 현실성이 없을 수밖에 없었다.

우리 나라가 근대국가로 가는 데는 한계가 있었다. 그것은 근대국가로 가기 위해서는 서양의 문물·제도를 받아들이기 위해서는 문호를 개방하여야 하는데 문호를 개방하면 서양의 제국주의에 흡수되어 나라를 빼앗기게 되기 때문이다. 그럼에도 불구하고 구완서는 우리도 노력하여 독일같이 연방국가를 만들어 강국을 만들어야 한다고 생각한다.

> 구씨의 목적은 공부를 힘써 하여 귀국한 뒤에 우리나라를 독일국같이 연방도를 삼되, 일본과 만주를 한데 합하여 문명한 강국을 만들고자 하는 비사맥(비스마르크) 같은 마음이요.

그러나 이러한 이상의 추구는 현실을 무시한 발상이다. 이것은 제국주의의 논리를 그대로 인정하는 사회 진화론에 바탕을 두고 있는 것이다. 당시 우리 나라의 형편은 약소국으로 문호를 개방하는 즉시 식민지 지배를 받을 수밖에 없는 입장이었다. 그런 점에서 이 작품의 주요 주제인 자주독립은 현실과 모순을 이루고 있다.

이 작품의 또 다른 주제인 남녀평등, 자유결혼, 조혼폐지 등은 잘못된 우리 나라의 폐습을 비판하고 있다. 7살 때 청일전쟁으로 부모와 헤어져 일본 군의관에 의해 일본에 보내졌다가 다시 구완서를 만나 미국으로 함께 공부하러 간 옥련은 구완서의 도움을 받아 공부를 마치고 미국에서 그리던 아버지를 만난다. 구완서와 옥련은 결혼을 앞두고 주고받는 대화에서 우리 나라의 결혼 풍습에 대한 비판을 드러낸다.

> (가) 우리는 혼인을 하여도 서양 사람과 같이 부모의 명령을 좇을 것이 아니라, 우리가 서로 부부 될 마음이 있으면 서로 직접하

여 말하는 것이 옳은 일이다.

(나) 여보게 옥련, 지금은 우리가 동무이지. 귀국하면 내외가 될 터이지. 우리가 자유로 결혼하자 언약만 맺은 사람이라. 언약을 맺어도 자유, 언약을 피하여도 자유, 어느 때로 행례할 기약을 정하는 것도 자유로 할 일이라.

(다) 학문도 없고 지식도 없고 입에서 젖내가 모락모락 나는 것을 장가들이면 짐승의 자웅(雌雄)같이 아무 것도 모르고 음양의 배합의 낙만 알 것이라. 그런고로 우리나라 사람들이 짐승같이 제 몸이나 알고 제 계집 제 새끼나 알고 나라를 위하기는 고사하고 날 재물을 도둑질하여 먹으려고 눈이 벌겋게 뒤집혀서 돌아다니는 것이 다 어려서 학문을 배우지 못한 연고라.

위의 글 (가)는 자유 연애, (나)는 남녀평등, (다)는 조혼 풍습에 대한 비판이다.

(가)의 봉건 사회의 결혼 풍습에 대한 비판은 결혼 제도에 대한 비판이기도 하지만 본질적으로는 사회 제도보다 개인의 자유 확충이라는 근대의식에서 비롯된 것이며, (나)에서는 구완서가 옥련이를 친구로 여기는 것은 당시 남존여비 사상에서 보면 혁명적인 발상이다. 남녀 평등은 '모든 인간은 평등하다'는 근대사상에서 나왔으며 나아가 결국 신분 계층의 평등으로 나아간다.

(다)의 경우는 조혼 풍습에 대한 비판 또한 단순한 제도의 비판이 아니라 학문을 소홀히 하고 자기 가족만 위하는 가족 이기주의의 폐해를 비판하고 있다. 그렇기 때문에 나라의 발전을 위해서는 젊었을 때 학문을 배우고 나라를 위해 일을 해야 한다는 것이다.

  이상과 같은 (가), (나), (다)는 부국강병을 위해서는 내부적으로 근대적 의식을 지닐 때 가능하다는 것을 작가는 말하고 있는 것이다.

4. 〈귀(鬼)의 성(聲)〉의 이해

  〈귀(鬼)의 성(聲)〉은 가족 내지는 가족 구조의 문제를 중점적으로 다루고 있는 소설이다. 특히 봉건적 가족 사회에서의 처·첩 갈등을 중심으로 사건이 전개된다.
  춘천 솔개(松峴) 동네 사는 평민 강동지는 돈과 양반 신분에 대한 허욕 때문에 자기의 딸 길순이를 춘천 군수인 김승지의 첩으로 보낸다. 그런데 곧 김승지가 승지로 서울로 옮겨가게 되자 강동지는 딸을 서울로 데리고 상경한다. 그러나 질투심 많은 김승지의 본 부인은 길순을 증오하고 시기한 나머지 비복인 점순이와 최춘보를 시켜 길순과 그의 아들 거북이를 산 속으로 유인하여 참혹하게 죽인다. 이 사실을 알게된 강동지는 복수를 계획하고 최춘보와 점순이를 차례로 죽이고 다시 주모자인 김승지 부인을 살해하고 끝내 해삼위(블라디보스토크)로 도망하여 버린다.
  이 작품은 결혼제도가 지니고 있는 봉건적 유습으로서의 일부다처제의 병리 내지는 정략 결혼이 지닌 가정파탄의 실상이 얼마나 한 개인이나 가정을 파탄시키고 있는가와 그것이 결국은 인간관계를 또한 얼마나 폭력화시키는가를 문제 삼고 있다. 이러한 사건을 불러일으키는 봉건 사회의 문제를 알아보자.

  첫째, 일부다처제는 봉건사회가 남성 중심 사회임을 의미한다. 강동지가 딸의 의사와는 상관없이 돈 때문에 자기의 딸을 나이 많은 김승지에게 바치는 행위라든지, 첩을 취하더라도 아무런 법적 대응을 할 수 없었던 김승지 부인의 사회적 지위라든지, 아들을 낳지 못하는 김승지 부인의 다음과 같은 하소연을 통해서도 알 수 있다.

이 몸이 죽기 전에 영감은 춘천집(길순)에게 뺏겼소그려. 영감은 돌아가신 후에 춘천집이 낳은 자식에게 따뜻한 제사를 받아 잡수시겠소그려. 에고 설운지고, 이년의 신세는 어찌될 것인고, 죽어서는 무자귀될 것이요, 살아서는 소박데기 되겠구나.

집안의 대를 잇는 것도 아들이요, 조상의 제사를 받드는 것 또한 아들이므로 봉건 사회에서의 남성적 지위는 절대적이었다. 김승지가 길순을 첩으로 맞아들이는 데 있어 본처가 아들을 낳지 못한다는 명분을 내세우는 것을 보아도 알 수 있다.

둘째, 신분, 계층간의 갈등의 심화를 들 수 있다. 봉건 사회에서의 신분·계층의 문제는 안정적이었으나 근대사회로 이행하면서 신분·계층 불안정한 상태가 된다. 강동지가 김 승지에게 저항하는 것이나 김승지 부인을 살해하는 것이 모두 이 때문이다.

평민이나 천민들은 더 이상 과거의 수직적 인간관계에 머물려고 하지 않는다. 그들도 자신들의 욕망에 따라 행동한다. 예를 들어 <귀의 성>에서 실제로 사건을 주도해 가는 인물은 봉건적 지배층의 인물인 김승지도, 승지 부인도 아니며 그렇다고 피지배층이면서도 봉건 의식에 젖어 희생을 당하는 강길순도 아니다. 그것은 승지 부인의 몸종인 점순과 강길순의 아버지인 강동지이다.

　점순은 비록 승지 부인의 몸종이지만 봉건적 제도의 지배를 받는 인물이 아니다. 그녀는 강길순에 대한 모든 정보와 처치에 관련된 일을 전담하면서 그에 대한 보상을 노리고 또한 받기 때문에 수직적 관계라기보다는 일종의 거래 형식을 갖춘 수평적 관계를 이루고 있다. 점순은 금전과 속량이라는 이해와 관련되어 자신의 개인적 욕망을 성취하기 위해 살인까지 할 수 있는 인물이다.

　강동지의 경우는 점순에 비해 보다 복잡한 의식의 소유자이다. 그는 가부장적인 봉건 의식을 지니고 있으면서도 돈을 위해서는 딸까지 팔아먹을 수 있는 부도덕한 인물이며 그리고 양반에 대한 반감이 강하면서도 양반을 두려워하는 이중적 의식의 소유자이다.

　강동지의 이중적 의식의 배경은 개화기가 지니고 있는 모순적 성격을 그대로 반영하고 있다. 즉, 양반에 대한 반감은 반봉건 의식의 산물이고, 양반을 두려워하는 것은 봉건적 의식의 지배를 여전히 받고 있음을 보여 주고 있으며 그 이중적 의식 사이에 개인적 욕망을 달성하려는 것은 돈을 매개로 하는 초기 자본주의 속성을 그대로 따르고 있다.

5. 마치며

　신소설은 개화기라는 특수한 시대적 환경을 배경으로 생산되었다. 개화기는 새로운 사상과 문물이 도입되어 우리 나라의 기존 질서에 대한 변혁 내지 상충이 불가피하게 수반될 수밖에 없었으며, 그에 따르는 저항이나 거부반응이 일어나기 마련이었고 또한 그러한 희생은 치루어질 수밖에 없는 과정으로서의 현상이기도 하다.

19세기 후반 병자수호조약이 체결된 이후, 서구 문물이 본격적으로 도입되고 서구 사조와 접촉하는 과정에서 기존의 질서를 지키자는 수구파(守舊派)와 기존의 질서를 변혁시키려는 개화파(開化派)로 나뉘었다. 수구파는 자신들의 기득권을 지키고자 하였고, 개화파 역시 수구파가 지지하는 봉건제도를 붕괴시키고 근대 사회로 나아가기 위해 힘을 집결시켰다. 그러나 이러한 내부적 대립으로 우리 나라의 근대화는 국력을 집결시키기가 어려웠으며, 근대화에 대한 모순을 유발시켰다.

이런 시대적 배경을 반영하는 신소설에서 주제, 인물, 서사구조, 표현 기법 등이 근대소설에 비해 불안정할 수밖에 없었다. 특히 대표적인 신소설 작가인 이인직의 <혈의 누>와 <귀의 성>은 이런 모순을 잘 드러내는 작품이다.

<혈의 누>는 근대화를 위한 주제의 형상화에서 반봉건과 관련된 주제는 상당히 설득력을 지니고 있으나 자주독립과 관련한 주제는 추상적이고 설득력이 떨어지는 것은 우리 나라의 현실적 여건에 괴리감이 있기 때문이다. 이에 비해 <귀의 성>은 봉건 제도의 폐해인 처첩간의 갈등을 중심으로 주제를 다루고 있어 주제 형상화에 성공하고 있으며, 등장 인물의 모순된 성격은 개화기의 민중들의 의식의 반영이란 점에서 긍정적이다.

이인직 연보

1862년   경기도 이천에서 한산 이씨 윤기(胤耆)와 전주 이씨의
             차남으로 태어남. 친족의 양자로 들어가 음죽군(현 이
             천군) 거문리에서 성장하였고 한문을 수학. 5세 때 친
             부와 11세 때 양모(養母), 그리고 18세 때 친모(親母)
             를 잃음. 그리하여 외로운 성장기를 보냄.

1900년(39세) 구한국 정부 유학생으로서 일본 동경정치학교에
             서 수학, 일본 여자와 결혼, 은좌(銀座)에서 요정을 경
             영하였다 함.

1903년(42세) 「미야코〔都〕」신문 견습생으로 근무. ≪과부의
             꿈≫ 발표. 이 경험을 통하여 훗날 신문사 경영과 신
             소설 집필에 영향을 받았다. 동경정치학교 졸업.

1904년(43세) 노일 전쟁 때는 일본 육군성 소속 한국어 통역으
             로 종군.

1906년(45세) 「국민일보」주필. ≪백로주강상촌≫ 발표.「만세
             보」주필로 자리를 옮김.「만세보」의 주필이 된 후,
             이 신문에 최초의 신소설 ≪혈의 누≫를 발표하였고
             이어서 ≪귀의 성≫ 연재.「소년한반도」에 ≪사회학≫
             을 연재함.

1907년(46세) ≪혈의 누≫를 광학서포에서 발간. 재정난에 빠
             진 「만세보」를 이완용의 후원으로 인수한 후, 「대한신

문」을 창간, 사장에 취임(「대한신문」은 이완용 친일
적 내각의 선전기관 역할을 함). ≪강상선≫을 「대한
신문」에 연재. ≪귀의 성≫(상권)을 김상만책사에서
발간.

1908년(47세) 일본 연극계 시찰이란 명목으로 도일. (한일합방
과 관련된 모종의 임무를 수행하였을 가능성이 있음.)
원각사에서 창극 ≪은세계≫ 공연. ≪귀의 성≫(하권)
을 중앙서관에서 발간. ≪치악산≫(상권)을 유일서관
에서 발간. '연극소설'이란 표제로 동문사에서 ≪은세
계≫ 발간.

1909년(48세) '공자교회(친일적 유교단체)' 설립에 발기인으로
참가. 한일간을 오가며 합방을 위한 사전 작업에 골몰.

1910년(49세) 8월 4일 합방을 위한 마지막 막후작업으로 이후
총독부 외사국장이 되는 고마쓰[小松綠]와 밀담.

1911년(50세) 일제가 성균관에 설치한 경학원의 사성(司成)으
로 임명됨.「경학원」편찬 겸 발행인을 겸직.

1912년(51세) 단편 ≪빈선랑의 일미인≫을 「매일신보」를 통해
발표.

1913년(52세) ≪혈의 누≫ 하편에 해당하는 ≪모란봉≫을 연재
하다 중단. 전라도 등지를 시찰하며 유림을 대상으로
의병을 규탄하는 강연을 하였다 함.

1914년(53세) 「경학원」 직원들과 함께 대정박람회 및 일본 각
지를 시찰.

1915년(54세) 주로 「경학원」 업무에 치중.

1916년(55세) 11월 25일 죽음. 평소 신봉하던 천리교 예식으로
화장됨.

혜원 세계문학 시리즈

잇고 사는 것들,
잃어버린 것들에 대해
새롭게 의미를 부여하고
젊은이들의 순수한 마음에 오래도록
풍부한 자양분이 될 세계의 명작들!

1. 부활 / 톨스토이
2. 좁은 문 외 / 앙드레 지드
3. 아Q정전 외 / 노신
4. 대위의 딸 외 / 푸슈킨·톨스토이
5. 채털리 부인의 사랑 / 로렌스
6. 폭풍의 언덕 / 에밀리 브론테
7. 귀여운 여인 외 / 체홉
8. 첫사랑·전날밤 / 투르게네프
9. 데미안·싯타르타 / 헤르만 헤세
10. 파우스트 / 괴테
11. 젊은 베르테르의 슬픔 외 / 괴테
12. 햄릿 외 / 셰익스피어
13. 마지막 잎새 외 / 오 헨리
14. 성·변신 / 카프카
15. 보바리 부인 / 플로베르
16. 주홍 글씨 외 / 호돈
17. 테스 / 토머스 하디
18. 신곡 / 단테
19. 여자의 일생 외 / 모파상
20. 적과 흑 / 스탕달
21. 검은 고양이 외 / 포우
22. 제인 에어 / 샬로트 브론테
23. 개선문 / 레마르크
24. 무기여 잘 있거라 외 / 헤밍웨이
25. 실낙원·복낙원 / 밀턴

26. 안네의 일기 / 안네 프랑크
27. 보물섬 외 / 스티븐슨
28. 그리스 로마 신화 / 토머스 불핀치
29. 골짜기의 백합 / 발자크
30. 성채 / 크로닌
31. 나나 / 에밀 졸라
32. 일리아드 / 호메로스
33. 오딧세이아 / 호메로스
34. 닥터 지바고 / 파스테르나크
35. 누구를 위하여 조종은 울리나 / 헤밍웨이
36. 죄와 벌(상) / 도스토예프스키
37. 죄와 벌(하) / 도스토예프스키
38. 대지(Ⅰ) / 펄 벅
39. 대지(Ⅱ) / 펄 벅
40. 셰익스피어 4대 비극 / 셰익스피어
41. 어린 왕자·야간 비행 / 생텍쥐페리
42. 이방인·페스트 / 알베르 카뮈
43. 분노의 포도 / 존 스타인벡
44. 백경 / 허먼 멜빌
45. 카라마조프가 형제(상) / 도스토예프스키
46. 카라마조프가 형제(하) / 도스토예프스키
47. 바람과 함께 사라지다(상) / 마거릿 미첼
48. 바람과 함께 사라지다(하) / 마거릿 미첼
49. 생의 한가운데 / 루이제 린저
50. 백년 동안의 고독 / 마르케스

51. 천국의 열쇠 / 크로닌
52. 가시나무새 / 콜린 맥컬로우
53. 달과 6펜스 외 / 서머셋 몸
54. 레 미제라블(상) / 빅토르 위고
55. 레 미제라블(중) / 빅토르 위고
56. 레 미제라블(하) / 빅토르 위고
57. 셰익스피어 희극선 / 셰익스피어
58. 지와 사랑 / 헤르만 헤세
59. 위대한 유산 / 디킨스
60. 안나 카레니나(상) / 톨스토이
61. 안나 카레니나(하) / 톨스토이
62. 데카메론(상) / 보카치오
63. 데카메론(하) / 보카치오
64. 오만과 편견 / 제인 오스틴
65. 타고르 선집 / 타고르
66. 초당 / 강용흘
67. 아에네이스 / 베르길리우스
68. 멋진 신세계 / 헉슬리
69. 세계의 신화 전설 / 하선미 편
70. 전쟁과 평화(상) / 톨스토이
71. 전쟁과 평화(중) / 톨스토이
72. 전쟁과 평화(하) / 톨스토이
73. 동물농장 · 1984년 / 조지 오웰
74. 인간 요건 · 사랑의 종말 / 그레이엄 그린
75. 성채 / 생텍쥐페리

76. 춘희 · 카르멘 / 뒤마 피스 · 메리메
77. 인형의 집 / 입센
78. 에덴의 동쪽(상) / 존 스타인벡
79. 에덴의 동쪽(하) / 존 스타인벡
80. 유리알 유희 / 헤르만 헤세
81. 천로역정 / 존 버니언
82. 어머니 / 막심 고리키
83. 구토 외 / 사르트르
84. 장 크리스토프(상) / 로맹 롤랑
85. 장 크리스토프(하) / 로맹 롤랑
86. 완전한 기쁨 · 다니엘라 / 루이제 린저
87. 올랜도 / 버지니아 울프
88. 체호프 4대 희곡 / 체호프
89. 말테의 수기 / 릴케
90. 심판 · 유형지에서 / 카프카
91. 이지와 감정 / 제인 오스틴
92. 중국 현대 단편선 / 루쉰 외
93. 검찰관 · 외투 / 고골리
94. 위대한 개츠비 / 스콧 피츠제럴드
95. 첼카쉬 / 막심 고리키
96. 돈 키호테 / 세르반테스

✽계속 간행됩니다✽